揭开敦煌千年的神秘面纱

DUNHUANG PASSWORD
敦煌密码

第一卷
敦煌禁地

九州出版社
JIUZHOUPRESS

图书在版编目(CIP)数据

敦煌禁地 / 飞天著. — 北京：九州出版社，2010.10
（敦煌密码）
ISBN 978-7-5108-0680-3

Ⅰ. ①敦… Ⅱ. ①飞… Ⅲ. ①长篇小说－中国－当代 Ⅳ. ①I247.5

中国版本图书馆CIP数据核字(2010)第187184号

敦煌禁地

作　　者	飞　天　著
出版发行	九州出版社
出 版 人	徐尚定
地　　址	北京市西城区阜外大街甲35号（100037）
发行电话	（010）68992190/2/3/5/6
网　　址	www.jiuzhoupress.com
电子邮箱	jiuzhou@jiuzhoupress.com
印　　刷	三河市祥达印装厂
开　　本	710毫米×1000毫米　16开
印　　张	17
字　　数	260千字
版　　次	2010年10月第1版
印　　次	2010年10月第1次印刷
书　　号	ISBN 978-7-5108-0680-3
定　　价	28.00元

揭开敦煌千年的神秘面纱

DUNHUANG PASSWORD

敦煌密码

第一卷

敦煌禁地

第一部　反弹琵琶

第二部　翼王宝藏

第三部　危崖石窟

敦煌禁地

卷一 引子

“敦，大也；煌，盛也。”

敦煌自古以来就以博大精深的文化内涵而闻名于世，它坐落在河西走廊西端，南枕气势雄伟的祁连山，西接浩瀚无垠的罗布泊，北靠嶙峋蛇曲的北塞山，东峙峰岩突兀的三危山，历经汉风、唐雨、宋乱、明战、清劫的重重洗礼，文化灿烂，古迹遍布。

敦煌城东南的莫高窟素有“东方艺术明珠”之称，洞窟内的壁画彩塑技艺精湛无双，被公认为是“人类文明的曙光”、“世界佛教艺术的宝库”。

莫高窟（Dunhuang Caves）俗称千佛洞，被誉为“20世纪最有价值的文化发现”、“东方卢浮宫”，以精美的壁画和塑像闻名于世。它始建于十六国的前秦时期，历经十六国、北朝、隋、唐、五代、西夏、元等历代的兴建，形成巨大的规模，现有洞窟735个，壁画4.5万平方米、泥质彩塑2415尊，是世界上现存规模最大、内容最丰富的佛教艺术圣地。近代发现的藏经洞，内有5万多件古代文物，并由此衍生专门研究藏经洞典籍和敦煌艺术的学科——敦煌学。

无数国际专家惊叹：“看了敦煌莫高窟，就相当于看到了全世界的古代文明”；“莫高窟是世界上最长、规模最大、内容最丰富的画廊”；“它是世界现存佛教艺术最伟大的宝库”。今时今日，敦煌在五千年的漫长曲折历程后依旧辉煌，如同一块青翠欲滴的美玉镶嵌在中国西北的万里黄沙之上。

“敦煌千年窟，黄沙万里后，大漠边陲下，风沙挥不去”——那挥毫泼墨着二十个遒劲大字的横幅悬挂在大哥书房里已经太久了，每次看到它们，大哥的影子总会倏地浮上我的脑海。作为“亚洲第一寻宝师”，他的足迹遍及亚洲大陆的每一个神秘国度，每到一处，江湖上总是流传着关于他最新的豪侠传奇故事。男人艳羡他，女人倾慕他，美国探索频道和国家地理杂志的摄影镜头跟随着他……

大哥杨正，已经是寻宝师这一行业的大宗师，是所有江湖传奇中的传奇，但他却在边陲敦煌星子一样陨落，突然无声无息地消失，像一条辉煌灿烂的黄金链条突然断开一样，令那些穿在金链上的绝世珍珠般的故事永远没有了结尾，剩下的就只有我内心深处痛得无法细察的记忆……

敦煌密码

卷①

敦煌禁地

第一部　反弹琵琶

〔壹〕

惊心动魄的反弹琵琶舞

“禁地”——那张微微泛黄的中国甘肃地图上写着这么两个汉隶小字，是用极细的羊毫小楷蘸着鲜血写下的。字的下面，代表敦煌区域的地方亦被鲜血反复涂抹过，直到连地图背面都洇透了，泛着一股说不出来的死气沉沉的黄褐色。

这张地图，是大哥杨正留下的两件神秘遗物之一，就夹在他书房里的台历里面。再有，就是我面前这面六尺宽、一尺高的仿古青铜镜子，现在，镜子就在我的轻抚之下，我的指尖正好触到它右上角的两句汉隶诗句——“不敢高声语，恐惊天上人”。

大亨雷动天第一次看到这面古镜时，立刻迷惑不解到大摇其头：“阿正放这么一面镜子在书房干什么？以他的名望和地位，完全没必要张挂仿品，只要开口，港岛近百位专门做两汉青铜镜古玩生意的行家，谁不会抢着送上门来巴结他？”

大哥杨正被古玩界尊称为“亚洲第一大寻宝师”，雷动天的那句话绝对没有言过其实。但是，他的书房里偏偏出现了这样一面飞鸟连珠扭花纹、精仿两汉透光工艺的青铜镜，其市场价值绝不会超过两万美金。那么，镜子和地图里到底隐藏着什么样的秘密呢？难道以莫高窟壁画闻名全球的敦煌市会成为大寻宝师的禁地？

禁地(aI-Haram)，原是伊斯兰教用语，亦称圣地，为阿拉伯语“哈兰”的意译。原意为“神圣的”、“被禁止的”，引申为“圣地”，一般指麦加和麦地那两圣地(Har-mayn)及其周围地区，泛指伊斯兰教的其他圣地(如耶路撒冷、纳贾夫、卡尔巴拉、马什哈德、库姆等)、一些清真寺(如阿克萨清真寺、大马士革伍麦叶清真寺、凯鲁万的欧格白清真寺等)以及什叶派伊玛目和苏菲派谢赫的陵墓之地等。

伊斯兰教法规定，禁地为神圣之地，故在禁地内禁止凶杀、抢劫、械斗，禁止狩猎、砍伐树木，禁止破坏建筑设施和古迹，严禁非穆斯林进入。直到现在，通往麦加和麦地那两圣地的入境处，仍旧设有“严禁非穆斯林进入”的大型标牌。

那么，在被同行尊称为“亚洲第一寻宝师”的大哥杨正神秘失踪后，他留下的敦煌地图上标示着的“禁地”二字到底指的是什么？其上被鲜血浸涂的大陆西北小城敦煌又藏着什么样的诡谲秘密？

墙上的电子钟以一阵悠扬的华尔兹舞曲报时，已经是下午四点半钟，距离大亨雷动天的晚宴邀请还有最后半小时。

想到晚宴，“石布”这个名字立刻浮上我的脑海，因为这次晚宴，就是大亨为了欢迎他从敦煌寻宝归来而举行的。

毫无疑问，石布是大哥杨正五年前失踪后业界最知名的寻宝师之一，胆大心细、身手敏捷、目光锐利、聪明睿智，总之“寻宝师”这一职业该具备的优秀特质，他都完全具备了。否则，大亨雷动天又怎么会委托他去大陆的四川、甘肃、青海三地寻找传说中的“太平天国石达开宝藏”？

我换好衣服下楼，出门前在客厅门边的大镜子前驻足，凝视着略显黑瘦的自己。哥哥失踪十年来，我的体重始终都没有跨过七十五公斤的门槛，似乎自己的思想也随着哥哥最后一次敦煌之行而凝滞不动了。

“不知所终，不知所云，就是寻宝师的最后归宿。”我拉了拉黑皮猎装的宽大领子，对着镜中的自己苦笑一声。那句话，是大哥从前总挂在嘴边上的，所以他很早就把名下的所有财产包括脚下的这座独栋别墅转移给我，以应付将来的突发事件。

五点整，外面传来汽车喇叭声，我立刻收拾起满腹心事，快步出门。

仿古铁艺大门外，雷动天的黑色加长奔驰房车靠在街边，后座的门开着，雷动天和一个穿着白纱裙洋装的年轻女孩子正向我这边招手。

“雷叔。”我上了车，淡然却不失礼貌地向这个狮子鼻、元宝口、卧蚕眉、吊凤眼的老人问候。

车子缓缓启动，车厢里的法国白兰地酒香也随着轻轻荡漾起来。

车子里并没有平日从不离雷动天左右的保镖雷五，只有那个乖乖坐在他身侧的女孩子。

“阿进，这是刚刚从法国带回来的雅邑白兰地，是唐月刚刚从欧洲秋季奢侈品拍卖会上高价拿下的，与当年法国皇帝拿破仑•波拿巴最爱喝的酒出自同一酒窖，味道非常之好，连我这品酒的老饕都只有点头赞叹的份儿！”雷动天伸出青筋虬结的巨大手掌，在旁边那女孩子肩头象征性地轻轻一拍。

那明眸皓齿的女孩子微笑着，优雅地向我点点头：“杨进大哥，久仰了。我是唐月，初次见面，请多多关照。”

我只是礼貌地笑笑，没有开口回应，沉默地接过雷动天递来的酒杯。

法国白兰地中，干邑（Cognac）和雅邑（Armagnac）两地所产的白兰地品质最为上乘，从1909年起，法国政府特地颁布了有关酒类命名的法令，对于干邑和雅邑的白兰地的生产区域、葡萄原料的品种和蒸馏法，做出严格的规定，如不合规定，即不能冠以以上地名，在干邑和雅邑以外的其他法国地区，也出产白兰地，不过为了和高品质的干邑、雅邑白兰地相区分，其他地区出产的白兰地只能统称为“法国白兰地”。

雷动天富可敌国，是港岛黑白两道上无出其右的大人物，所以世界上只要是金钱能够换到的东西，他都可以予取予求，毫不吝惜。

“阿进，又在为往事伤感了？”雷动天推了推我的肩膀，忽然若有所思，“石布说，有一样很奇怪的东西要送给你，所以才特地恳请我一定要邀你参加今晚的宴会。”

我一向对任何人送给自己的礼物都不太感兴趣，况且我和石布没有私交，他送给我的也不会是什么好东西。

“那‘石达开宝藏’的事进行得怎么样了？”出于礼貌，我不能再保持沉默了。

雷动天哈哈一笑：“那件事说来好笑，其实谁都知道历史上的太平天国六大王之中，翼王石达开最是清廉，不像其余五人那样穷奢极欲，为所欲为。石达开戎马一生，行营中不可能携带太多金银财宝，况且当年在大渡河穷途末路之时，粮草辎重都被清军劫掠大半，又怎么可能有大笔宝藏遗留下来？再者说，石达开最后的被俘之地是在大清四川总督骆秉章的大渡河畔行营里，与敦煌所在的大西北千里之遥，到那里去寻宝，岂不是缘木求鱼，南辕北辙？”

同样的问题，我从去年七月份石布动身去敦煌时就想到过，但那是他和雷动天之间的秘密约定，外人并不知道其中还有什么特殊之处。

“所以，去敦煌次数再多也无济于事，比如这一次，石布仍然是无功而返。我前几天见他时，他的精神状态和身体状况都很不好，一直在咳嗽，还精神恍惚的。我现在正在考虑，要劝他终止探宝行动，好好地休养一阵再说。”雷动天仰头喝干了杯中的酒，唐月立刻笑吟吟地捧起高大的水晶酒瓶，替他斟酒。

我耸了耸肩，低声回应：“雷叔的决定很对，空耗下去，没有什么好处。”

车子折进中环干诺道，文华东方酒店已经进入我们的视线之内。

我终于忍不住问：“雷叔，五哥呢？没陪您过来？”

雷动天一笑：“他有事，不过现在有唐月在，你大可放心就好。阿进，今晚吃法国菜，开心点，我一直都希望你能从阿正失踪的阴影中走出来，像他一样，成为亚洲首屈一指的寻宝师。阿正曾说过，你有非常优秀的潜质，假以时日，定能一鸣惊人。”同样的话，五年来大亨已经跟我说过多次，他与大哥杨正是半师半友的关系，所以对我格外关照。

我点点头：“多谢雷叔。”

港岛文华东方酒店是文华东方酒店集团旗下的五星级旗舰酒店，位于中环心脏地带的置地广场，是一家东方气息浓郁、格调高雅的酒店，其特征是将传统与现代、西方与东方很好地结合了起来。这里有香港著名的法国菜、广东菜的餐厅，在房间内就可眺望维多利亚港景色，历年来一直被评为亚洲最佳酒店之一，不少名人政要曾在此居住，其中包括已故戴安娜王妃，前英国首相撒切尔夫人，美国前总统尼克松、福特与老布什，汤姆克鲁斯、凯文·斯科特纳、马友友、文莱苏丹等等。其实，前香港著名歌手“哥哥”张国荣也是文华东方酒店的熟客之一，不过他在2003年4月1日，从酒店二十四楼咖啡室一跃而下丧生，成为了全球娱乐界的一大憾事。

电梯直上酒店的二十五楼包房，唐月一直挽着雷动天的胳膊，小鸟依人一般。

当我们步入宽敞阔绰的豪华包房时，米色长沙发上坐着的那个一身黑色皮衣、皮裤、皮靴的长发女孩子立刻站起来，向雷动天深深一躬。

房间里只有她自己，并没有看到石布的影子。

雷动天大笑："石小姐，千万不要这样客气。"

那女孩子直起腰来，礼貌地向我和唐月笑不露齿地点头，然后才正视雷动天："雷先生，我哥哥有些不舒服，正在套间里小睡，非常抱歉，请您原谅，我马上去叫他。"

她有一头及肩的黑发，两道黛黑英挺的眉，一双明亮如盈盈秋水的眸子，整个人干练而精神，如同一块刚刚从切割流水线上打磨完成的上等水晶。当她旋身向套间方向走的时候，我敏锐地注意到，她的右手食指上戴着一枚硕大的藏银戒指，戒指图案为一只缩颈藏头、敛翼蛰伏的秃鹫。

如果我没有猜错的话，那戒指其实是一件能够发射牛毛细针的暗器，针孔就在秃鹫的眼睛里。

"这位石小姐好爽朗呀，干爹！"唐月咯咯咯咯地浅笑起来。

雷动天再次大笑："石梦小姐是日本早稻田大学考古专业的高材生，家学渊源，胸藏锦绣，你以后要记得多向她请教才对。"

唐月忽然压低了声音："嘻嘻，石小姐祖上是做什么的？怎么连指头上都带着暗器，不会是杀手世家吧？"

我忽然发现自己太忽略了唐月，立即凝聚精神，抛开脑子里因大哥的地图和古镜带来的悒郁。21世纪的港岛"东方之珠"的地位日见凸显，非但各国政府、白道人马注意到了这一点，连各大洲的黑道至尊们也觊觎不已。所以，港岛黑道里的超级人才越来越多，一个不注意，小小疏忽，就要吃大亏。

雷动天还没回答，套间的门已经被人大力拉开，一个灰衬衫领子大开、领带歪歪扭扭斜挂在脖子上的年轻人出现了。他靠在门框上喘息了两大口，推开石梦伸过来的手，踉踉跄跄地前行，一直走到雷动天面前。

"石布，你看起来不是太好，要不要叫医生？"雷动天有些愠怒。

那人的年龄大约在三十岁左右，身体挺拔健硕，五官相貌与石梦相似，只是眼睛里爬满血丝，上下眼皮都浮肿得厉害，像是数天数夜都没睡觉了似的。

"我没事，雷先生，呵呵，我没事！"石布用力摇头，张嘴打了个酒嗝，散发出令人作呕的酒气。

我忍不住微微皱眉，对这种晚餐还没开始就喝得醉醺醺的人有些反感。之前雷动天就“邀石布出马去寻找石达开宝藏”那件事特别咨询过我，以他的财力来说，寻宝换钱已非目的，而是要揭开太平天国起义军中第一猛将石达开的生平诸多疑点，以解决历史上遗留下来的种种无解之谜。他与麾下的智囊团当然知道石达开被枭首之地与敦煌相隔较远，像这种“隔山打牛”的弄法，其成功可能性不足百分之一。但是，他依然出钱支持石布远赴西北，不知到底是怎么想的。

雷动天指向餐桌：“那好，石布，坐下边吃边谈吧。”

石梦立刻扭住石布的胳膊，柔声说：“好了，把那些话说出来，说给雷先生听听，心情放松，心情放松。”

石布又要甩手，但石梦的手臂灵巧地穿入他的腋下，发力一扣，使出柔道里面的“钳制技”，令石布挣扎不得，只能乖乖地在雷动天对面坐下来。

“阿进、唐月，坐吧。”雷动天招招手。

当他叫我的名字时，石布脸上突然有了奇怪的反应，斜着眼睛向我连续瞟了几眼。

“雷先生，我哥哥从敦煌返回港岛时，情绪始终不太正常，每隔四个小时，就要打一针‘镇静剂’，否则就极度烦躁不安，一分钟都坐不住。我想代表他的私人医生向您发出请求，可不可以让哥哥在港岛休养一阵，等到下一批再出马去找宝藏？”石梦的温柔女声极是动听，不过看她刚才对付石布的几招，足见她在日本柔道方面造诣颇深。

雷动天点点头：“我也是这样想的，反正敦煌那边的事急也没用，暂时停停未必不是一件好事。我会让手下提前送张支票过来，作为明年的工作费用。现在，我们该收拾心情，好好吃一顿法式大餐了，你们说呢？”

我和唐月还没有回答，石布陡地大喝一声，挣脱了石梦的束缚，飞身跳了起来。

房间的东北角是一个小小的演出舞台，从前在这里吃饭时，总会有大提琴和钢琴的宴会伴奏。现在，舞台上的钢琴是合着盖子的，上面竟然横放着一把紫红色的琵琶。石布离开座位后，连续两个侧手翻，已经抓到了那琵琶。

唐月一惊，刷的一声，已经撩开长裙一角，从长筒袜里抽出一柄银白色短枪，指向石布。

“喂，别开枪，有误会！”石梦一怔，反应过来后，立即张开双臂，拦在唐月身前，挡住了那个黑洞洞的枪口。

“五哥不在，我是唯一的保镖，必须要保证干爹安全，得罪了！”唐月横向跨步，想要绕过石梦，但后者右手五指张开，擒住她的腕子，一捏一捋，那柄微型勃朗宁手枪就落入了对方手中，随即指向唐月的太阳穴。

“不要动，别伤我哥哥，否则大家就一起死！”她咬牙切齿地说，望望我，再转头盯着已经进入癫狂状态的石布。

现在，石布已经把琵琶抱在怀中，随即嘎吱嘎吱紧了几下弦轴，骤然开始弹奏，铿铿锵锵的琵琶声立刻充满了整个房间。

我冷眼看着石布，只要雷动天没有下令，我是不会像唐月一样妄动的。说起来，像石布那样的探险界奇人，大多有些难以理解的怪癖，比如这种在西式餐厅里放中式乐器而且还要即席演奏的做法，就根本是文不对题、贻笑大方。

“石布。”雷动天不悦地叫了一声，但对方置若罔闻，一轮急促的夹弹和夹扫之后，琵琶声一滞，忽然结束了这种毫无章法的即兴杂弹，开始演奏一曲《霸王卸甲》。

他的拨弦手法大概是传自琵琶流派中的“浦东派”，那一派中的好手包括有“江南第一手”之誉的鞠士林，传承弟子鞠茂堂、陈子敬、倪清泉、沈浩初等，其保留曲目就是指套铜甲后所弹的《霸王卸甲》，声调洪亮，绝对有西楚霸王“力拔山兮气盖世”的英雄气概。浦东派琵琶的特点是武曲气势雄伟，擅用大琵琶，开弓饱满，力度强烈，文曲则沉静细腻。其富有特色的传统技法有夹滚、长夹滚、各种夹弹和夹扫、大摭分、飞、双飞、轮滚四条弦、弦数变化、并四条三条二条弦、扫撇、八声凤点头、多种吟奏、音色变化奏法、锣鼓奏法等等。

我没想到以探险为终身职业的石布，竟然是一位难得的琵琶高手，将一曲《霸王卸甲》演绎得犹如白乐天长诗《琵琶行》中所诵“银瓶乍破水浆迸，铁骑突出刀枪鸣”，端得厉害。

“雷先生，请让他弹完。”石梦不卑不亢地微笑着。

她用一柄枪逼住唐月，以此为人质，浑然不怕得罪了跺跺脚中环就要颤三颤的雷动天，而且脸上还能适时地浮出得体的笑容，这份定力，令人钦佩。

“石小姐，不要挑战我的忍耐底限好吗？不过，我可以给你个面子，听他弹完，但你先放了唐月，小心枪会走火。”雷动天的脸色沉了下来，取出一只黑沉沉的铁木烟斗，在桌面上重重地一顿。

石梦随即垂下手臂，向后退了一大步，远远地离开唐月。

她的鹰爪功虽然厉害，我却知道女孩子修炼这种武功往往徒有其表，而不得其铁指内劲，所以并不可怕。我不愿在雷动天的地盘上越俎代庖，又见石梦没有恶意，于是乐得静观其变，紧盯住石布。

一曲终了，石布右手五指轮弹，那只紫檀木琵琶发出一连串音量极强、极洪亮并富有金石音色的高亢尾音，震得我的耳鼓都一阵微痒。

“够了！”雷动天又喝了一声。

“梦里不知身是客，一晌尽贪欢……”石布没有住手，反而屈膝一跃，凌空虚度，落在了我们面前的花梨木长方形餐桌上。他只用右脚脚尖支撑，左腿屈膝，借着身体的惯性，风车一般飞速旋转着。琵琶声又起，却变成了一支我从未接触过的曲子，节奏不疾不徐，仿佛秋风拂过枯林，席卷无数落叶。倏地，他将琵琶反举到脑后去，左手依旧有条不紊地按着品位，右手反复地弹奏着缠弦和老弦，琵琶声不再尖锐高亢，而是不断发出沉闷而晦涩的声音。

石梦突然发出一声低叫，右手一松，短枪下落，而唐月则是嘻嘻一笑，如穿帘燕子般俯身一抄，捞住了自己的枪，小心翼翼地吹了吹被石梦握过的枪柄，然后收回长裙下面。

“你竟连枪柄上也要下毒？”石梦摊开右掌，掌心里已经出现了一大一小两排猩红的水泡。

唐月笑声不绝：“嘻嘻，下毒归下毒，又没想刻意伤谁。石小姐出手那么勇猛，把我的腕子都抓破了一层皮，我只是‘以彼之道还施彼身’罢了。大家互相暗算了一道，现在扯平啦？”

她的笑容越开心，我便越觉得是心头一凉，忽然醒悟过来，原来她姓名中的“唐”字不是百家姓上名列第六十四位的普普通通的一个中国姓氏，而是代表了数百年来在黑道上屹立不倒的一个江湖门派——以“炼毒、下毒、暗器、暗杀”出名的“蜀中唐门”。

我没有出声去制止两个女孩子的暗斗，只是稍稍移动位置，挡在两人中间，随时准备出手隔开两人的下一次出手。为了雷动天的安全考量，我希望今天谁都不要闹得太大。

“锵锵锵锵锵锵锵锵……”石布的右手五指蓦地加快了速度，轮扫出一连串金鼓齐鸣般的激烈钢音，同时，他的身体奇怪地左右摇摆起来，腰肢灵活地扭动着，像少数民族的女孩子们正在伴着乐声妖娆起舞一样。自始至终，那只琵琶都被他反举在脑后，以一种古怪的姿势横亘于肩头。

石梦忽然走向房间一角的沙发，从沙发靠背上拿起一个灰色封面的速写本和一支铅笔，急急地走回来，对着狂舞中的石布匆匆下笔。

“他在干什么？”唐月似是自言自语，又似是在向房间里的每一个人提问。

石布的癫狂表演，让我想起敦煌壁画中的《反弹琵琶图》，那幅图画位列于莫高窟第112窟的《伎乐图》，为该窟《西方净土变》的一部分，描绘的是伎乐天伴随着仙乐翩翩起舞，举足旋身，使出了“反弹琵琶”绝技时刹那间的灵动舞势。

石梦笔下出现的线条杂乱的人物构图，亦证实了我的想法。她所描画出来的形象，已经去掉了外在的男女服饰特征和骨骼皮肉，只有抽象的人体动作图解，旁边的题目标注，正是“西方净土变反弹琵琶”这九个字。

石布的舞姿越来越快，到了后来，他竟能让自己的每个动作都对应到手指下的每一个音符节奏中，每次到了四弦轮扫时，我甚至能听到他的裤脚带风之声。我仰面望着他，感觉那只琵琶像一座沉重的大山压在他的肩上，与其说他是在舞蹈，不如说他是在大山重压下挣扎，企图摆脱琵琶，挣脱出来。

蓦地，我看到了一幅奇怪的画面，他的脸部五官正在发生诡异的改变，并且瞬间变成了一个脸颊丰满、额头圆润、眉眼修长、鼻梁挺直的女人，并且是一个极具古典风格的美女。我张嘴要叫，冷不防石梦左手平伸，啪的一声按在我肩头，五指随即收紧，鹰爪功的指力直透我的肩胛骨。

“别动，且看！”石梦的声音苦涩得像刚刚泡好的一大杯苦丁叶浓茶。

我没有说什么，只是轻轻点了一下头。

石布变为美女的时间极短，大概只有十秒钟不到的样子，随即再次转脸时，一下子现出了一只骷髅头来。男脸、美女、骷髅的角色转换，一次比一次令人骇然。现在，那灰白色的骷髅正对着我和石梦，五官部位变成了空空如也的狰狞窟窿，偏偏却生长在一个完好无损的身体上。这种诡谲画面是我平生第一次见到，并且一见难忘。

骷髅头的幻觉（我姑且将它称为幻觉吧）维持了五秒钟左右，嚓嚓嚓嚓四声几乎同时响起，那只琵琶的四条弦一起断开，乐声停了，石布的舞姿也停了。我再看他的脸，石布仍是石布，与任何女人、骷髅都没有任何相关。

房间里静默了几秒钟，雷动天忽然慢慢地鼓掌：“好好，石布，没想到你还有这么高明的舞蹈天赋、演奏天赋，看来单单把你当做寻宝师真是太屈才了，呵呵呵呵……”

唐月也跟着笑嘻嘻地鼓掌，只有我和石梦木然地站在一起，凝视着石布额头上的涔涔冷汗。他茫然地低头看看脚下的桌面，雪白的法兰西丝绸桌布已经被他踩踏搓揉得一塌糊涂，六套法式骨瓷餐具也前仰后合地倒下，犹如被龙卷风袭击过的俄克拉荷马小镇。

〔贰〕

寻宝师石布诡异跳楼事件

“我去下洗手间，雷先生，真是抱歉。”石布突然涨红了脸，跳下桌子，向外走去。

豪华包房里设置着贵宾洗手间，但他却是径直向外走。我不假思索地跟上去，扭头向雷动天说：“雷叔，我去看看，石先生可能是喝醉了。”

刚才看到的那一幕恐怖变化犹在眼前，我无法解释为什么会出现那样的幻觉，而今天石布的表现如同鬼魂附体一般，举止古怪到了极点，已经无法用醉酒失态来解释。

石布出门向右，走向靠近酒店外墙一侧的公用洗手间。

“今晚的客人真少，二十五楼只有我们。”石布的表情已经恢复了正常，然后他看了看腕上的钻石金表，微笑着叹息，“已经是黄昏六点钟了，我的时刻就要到来了。杨先生，你跟出来做什么？反正也帮不了我？”

我微微一笑，只是向前一指，不愿回答他任何莫名其妙的问题。

如他所说，今晚酒店里有些冷清，所有的服务生都排成两行，站在二十五楼入口处，随时准备欢迎上来用餐的客人。我们所经之处，包房静悄悄的，外面的零点座位，空荡荡的，的确没有第二桌客人。不过，这也没有什么好奇怪的，之前雷动天也有包下酒店的整层来招待客人的例子，只要有钱，像文华东方这样的五星级酒店愿意提供任何服务，并且绝无怨言。

“我给你带了一些东西来，都在石梦那里，你可以找她要。有一句话，我必须要当面讲给你听，那就是——‘永远不要相信眼睛里看到的世界，这个世界永远比我们想象的复杂。要么做个白痴，什么都不要管；要么做个跳出三界外、不在五行中的超级智者，去破除一切’。”他说到此刻，我们已经进了洗手间。

石布又是一笑：“哈，果然是这样，空无一人，空无一人！只有在此时此地，我才能体会到‘不敢高声语，恐惊天上人’是什么意思。智者，智者，大寻宝师杨正果然不愧是天下第一智者，佩服佩服！”

那两句诗曾经出现在哥哥留下的仿品青铜镜上，又从石布嘴里说出来，是偶然现象吗？

“谢谢，我哥哥已经失踪了，请不要再提。”我努力克制，不愿跟石布多费唇舌。

“失踪？哈哈哈哈，错了错了，你们都错了，只有我知道其中的原因。懂不懂，你懂不懂？只有我石布知道其中的原因。放心，我会帮你找到他的，普天之下，也只有我能找到他，然后就揭开……的秘密。”他进了隔间去方便，我留在塑钢透气窗前向外面望，对他的话一是听不清，二是不相信。

靠向外墙的一列塑钢推拉窗全部开着，那是供有些客人喝多了酒后站在这里远眺港岛夜色，顺便消磨时间醒酒用的。否则，在这么高的楼层上，必须设置必要的防护措施才对。不过，那些窗子的窗台距离地面足足有一米半高，宽度却仅仅半米不到，即便是喝得酩酊大醉的成年人也不会翻身掉下去。

不知为什么，当我探出头去，向酒店前的街道俯瞰时，忽然想起了2003年4月1日那天的一则新闻报道，是关于港岛娱乐圈的天王巨星张国荣的——

“当晚6点45分左右，香港警方发布消息：在当晚收到报案，一名男子从香港文华东方酒店跳楼，警方到场后发现，现场可以看到马路中央的栏杆，还因此变形，地上也留有血迹。警方随后将伤者送往玛丽医院救治，在医院急救后宣告抢救无效死亡，遗体于晚上约 8时45分被移送至殓尸房。8点左右，香港警方证实，这名跳楼的男子就是艺人张国荣，香港警方同时公布，现年46岁的张国荣，当时前往文华东方酒店，在位于24楼的健身房健身，没想到随后服务人员就发现他跳楼身亡。”

在张国荣离世之前，我和大哥也曾是他的歌迷影迷，当朋友在电话里告诉我这个消息时，我也认为不过是“愚人节的笑话”。

“任何时候都要坚强地活下去，就算只剩最后一口气，也要死撑着，直到不得不死为止，就像大陆的黑道朋友总喜欢说的一句歇后语那样，癞蛤蟆垫桌子腿——死撑。”这是大哥告诉过我的人生名言，每次想到那句歇后语，我总会忍不住心底发笑，现在又是如此。

“看什么呢？”石布从隔间里走出来，一边整理衬衫领带，一边从另一边的窗子里向外望，“哈，从这里跳下去能够不死的话，一定会立地成佛、转手成仙，我是没有那个运气喽！”

“看夜景，等你说故事。”我转过身，若有所思地盯着他。

“说故事？寻宝师的经历比故事要精彩一万倍，难道杨正大侠没告诉过你吗？哈哈，你是他唯一的弟弟，也是他最牵挂的人。他亲口说过，在这个世界上，只放心不下你。”他边说边走向旁边的洗手台，对着墙面上巨大的镜子理顺头发，又拉开领带，重新系好。

“谢谢你，将他以前说过的话还记得这么清楚。”我的嗓子眼似乎被一团棉花堵住了，说话开始变得哽咽，眼眶也有些湿湿的。

数年来，雷动天曾无数次向我讲述过哥哥在寻宝师这一行里做出的巨大成绩，却从不谈及感情。印象中，哥哥是个坚忍而顽强的人，从不服输、从不煽情也从不落泪，所以他很少用语言来表达对我的呵护关爱，只把一切感情付之于行动之中。

因为石布的话题一直都围绕着我最尊敬的哥哥，我对他的厌恶也慢慢减淡了许多。

“有的人死了，他还活着；有的人活着，可他已经死了。”石布淡淡地笑着，把自己的手放在人体感应水龙头下，哗哗的水声回荡在洗手间里。那面六米长、两米高的大镜子被清洁工擦得一尘不染，清晰地反映着洗手间里的一切。

“你哥哥是个很伟大的人，是我石布一生最钦佩的人。杨进，希望你能像他一样，继续努力，做出同样伟大的事业来，而不是碌碌无为，虚度此生。”他从镜面上望着我，忽然抬起右手，用食指在镜面上轻轻勾勒着自己的影子。

我走过他的身边，在门口回身：“石先生，可以走了吗？雷先生还在等我们。”

大亨雷动天虽有涵养，但出于礼貌，我们不该白白在这里浪费时间，让他老人家久等。

石布头也不回地继续做着自己的游戏，随口回应：“好，几分钟就好，我得在这里留下自己的影子才是。哦对了，麻烦你看看表，现在几点钟了？”

他的腕子上明明戴着表，并且镜子的右上角也映出了洗手间里的圆形电子钟，只要低低头或是斜斜眼睛就能看到。我闷哼了一声，旋身向外走，不想再跟他纠缠下去。事实上，我跟过来的初衷，是怕他做出更为疯狂的举动，丢了雷动天的面子，给唯恐天下不乱的媒体记者们找到按下快门的机会。现在，他已经清醒了，我也就没必要待下去了。

刚刚走出洗手间外的小走廊，满脸焦虑的石梦已经大踏步地匆匆而来，劈头就问："我哥哥呢？他还好吗？"

我点点头，让到一边，请她过去。

"对不起，我太急了，请杨先生原谅。"石梦立刻意识到了自己的无礼，随即改变态度，向我道歉。

我摇摇头："没关系，我看得出你很关心他。不过他已经清醒了，正在洗手，马上就会出来。"

那时，大堂正中巨大的浮雕电子钟准确报时，已经是下午六点半钟。

石梦经过我面前，走到能够正视洗手间的位置，向那边望了一眼，脸上的焦虑之色稍减。洗手间里的水声仍在响着，可见石布仍在玩洗手画像的游戏。石梦长叹一声，退后几步，坐在旁边的非洲犀牛皮软椅上。

到此为止，我的护送任务已经完成，应该马上回包房去向雷动天说明情况了。

"杨先生，请留步。"我刚刚转身，石梦便扬声叫住我。

她的声音清脆而柔美，十几步外，几名年轻的男服务生同时向这边看，一半是为了她的声音，一半是为了她长发飘飞的动人风采。

"什么？"我缓缓地停步。

"哥哥委托我转交两件东西给你，我并不知道为什么他不亲手给你，而非要托付给我。"她从皮装的内袋里取出一只牛皮纸信封，轻轻一弹，忽而摇头苦笑，"其实不是两件东西，而是两张照片，两张——非常奇怪、极度诡异的照片。"

我不动声色地走回来，小心地捏着信封的一角，从她手中接过来。

"放心，信封上没毒，照片上也没毒。不像你那位来自蜀中唐门的朋友。明明是一个千娇百媚、笑语盈盈的小姑娘，实际却是黑道上的大行家，怪不得今晚大亨连一个保镖都不带就敢出门。"石梦继续苦笑，把双掌都在面前的小茶几上平摊开来。

“抱歉，只是误会。”我看到她掌心里的水泡越起越多，沿着感情线、智慧线、生命线和命运线次序延伸着，不由得对唐月的忌惮又深了一层。

“没事，我最近的全部心思都放在哥哥身上，无暇他顾，所以才忽视了防范。否则，就算‘蜀中唐门’里最有名的‘六识、五大魁首、四尊者、三塔’在场，我也不会吃这么大的亏，更何况是一个小姑娘？”石梦皱着眉，又是一声长叹。

我并没有立即打开信封，把已经摸到的那两张照片拿出来看。毕竟我和石家兄妹不熟，刚才又发生了那样的咄咄怪事，我当然要谨慎小心地行事，避免中了别人的圈套。

石梦弹了弹指甲，认真严肃地面对着我：“杨先生，我之前从没见过‘亚洲第一寻宝师’杨正先生，只是从一些报纸和传记资料中见识过他的模样。你手里的照片，上面拍到的人物就是他，而且看相纸的新旧程度，距今最长不超过十二个月。据我所知，杨正先生已经失踪比较长的时间了，又怎么可能出现在照片里？哥哥把它交给我时，什么都没解释，只说拿给你看，你就能明白一切。”

“让我来吧！”一只手从背后伸过来，刷的一声抢走了信封，留下一阵香奈尔香水的幽幽芬芳。

又是鬼马精灵的唐月。她的轻功非常高明，蹑足走近我的时候，我竟然丝毫没有觉察。

“我不怕有人在信封上下毒，进哥，让我代劳拿出照片，好不好？”唐月的左手小指一挥，特意留下的狭长指甲如一柄天生的裁纸刀，将信封纵向剖开，两张六英寸幅面的照片滑落出来，落在她的掌心里。

大哥失踪之后，雷动天曾在大陆的黑白两道上撒下了十二道绿林贴英雄令，高额悬赏，寻找大哥的线索。于是，很多江湖骗子纷纷登门，提供的五花八门的资料高达两尺多厚，线索多达四千多条，但最终都被证实是假的。所有骗子都遭到了严惩，而由此造成的后果就是，任何未经证实的消息都不会引起我的太大兴趣。

“果然是……”唐月愣了愣，轻轻一吹，照片平平地飘落到茶几上，整齐地并排在一起。这一手，足以证明她的内力也有相当根基，并非表面看起来的那样年少无知。

石梦非常警觉，照片落下时，她立刻举起双臂横在脸前，形成了一道遮挡一切的坚固屏障，防备唐月在一些小动作里暗藏诡异杀机。

“石姐姐，你也不必太小心了。如果我要算计你，从见面起就机会千千万，不必非要当着进哥的面。你刚刚说，就算我唐门的‘六识、五大魁首、四尊者、三塔’都到了也丝毫不惧，很好很好，真不愧是日本留学归来的巾帼大英雄。可是，你应该知道唐门‘六五四三’后面还有‘双星’、‘双星’后面还有‘一月’吧？如果连他们都到了，你会不会收回刚才说的大话？你在日本那种弹丸小国待的时间太长了，所以才会造成讯息闭塞、与华人江湖脱节的弊端，我看在干爹、进哥的面子上，不会再刁难你，但是请千万别再说这种贻笑大方的话了。在今日的港岛几大黑道社团中，高手如云，豪杰遍地，说不定什么时候你就要吃大亏了……”唐月面露微笑，一步掠到石梦身边，在对方的长发上轻轻一抹。

我清楚地看到，她的掌心里泛着淡淡的青蓝色磷光，一定又有什么古怪，刚刚要出声制止，洗手间里突然传来了一声撕心裂肺的嚎叫。那叫声是如此惨烈、绝望而且带着无法用语言表达的痛苦，只是拖长了的一个“啊”字，余音震荡着传出洗手间，令整个大厅里近五十人的注意力全部转向这边。

此时，唐月所站的位置正对洗手间，她刚转过头去，立刻瞪大了眼睛，双手一起向前指着，大喝一声：“不要跳！”

我滑步向前，映入眼帘的一幕果真是恐怖万分，因为石布已经跨上了窗台，大半个身子挤出了窗户，凌空面对二十五层楼高的虚渺世界。那种情况下，如果我有绳镖或是套索的话，自然能够轻松抓住他，但我手边什么都没有，只能凭着一丝侥幸心理，飞身跃起扑向石布。与我同时向洗手间内狂冲的还有石梦，我们两个在门框上互相推挤了一下，最终是我动作更快，抢先一步冲入。

“镜子里有什么？”我蓦地意识到之前自己离开时，石布本来是站在镜子前的，他究竟是受到了什么样的刺激，会突然做出跳楼的决定？

在我冲向石布的电光石火之间，仍向镜子转头瞥了一眼，却毫无发现。

其实，只要给我捞到石布身上的任何东西，都能发力将他扯回来，但他偏偏在我的指尖还没伸过窗台的时候便向前一纵，跃出数尺，然后直线下坠，消失在暮色与霓虹灯光交织成的港岛黄昏里。石梦收势不及，身子亦跟着跃上窗台，幸好被我一手抓住。

“哥哥！”石梦只叫了一声，便身子一软，从高高的窗台上倒翻下来，砸在我的胸膛上。

我一边抱住她，一边向窗外看。暮色中，石布像一卷即将散开的草席，笨拙地扎煞着双臂，向文华东方酒店前的灯光小广场砸下去。如此下落之势，必死无疑。

外面的人纷纷涌进来，脸上都带着无比惊讶的骇然表情。

“进哥，他为什么要跳楼？”唐月不再嬉笑，小心翼翼地站在门边，并且伸开手臂挡住那些看热闹的服务生们。

这个问题应该拿来问石梦，不过她现在已经因强烈刺激而陷入昏厥，短时间内是恢复不过来了。

我沉着脸向外一指：“去保护雷先生，报警！”

姑且不论石布因何跳楼，那是警方才关心的问题。我一直在考虑，他从平静温和到尖叫跳楼的过程中究竟发生了什么？镜子前面只有洗手池、洗手台，镜面上还留着他亲手画下的影子水渍，我简直不能相信几分钟前还站在这里纵声说笑的一代探险界奇才，就这样跳楼身亡了。

“报警，快报警！”服务生里也有人惊声尖叫，人群随即后退，按下电话拨号键的滴滴答答声响成一片。不过，不必这些人报警，酒店前那么多门童、保安、路人也早该第一时间通知警方了，因为此刻外面已经有刺耳的警笛声由远而近，刺目的红色警灯也此起彼伏地亮起来。

“石小姐，石小姐，快醒醒！”我单手揽住石梦，另一只手用力摁压她的人中。

几秒钟后，她的身体猛然一颤，像一尾被秋夜冷风冻醒的鱼一般弹跳起来，挥着袖子使劲擦了擦脸，双手挡住眼睛，用一种梦幻般惊惧的声音试探性地叫着：“哥哥，哥哥，你还好吗？你还在吗？”

受到强烈刺激的人都会产生心理上的思维盲区，故意忽略昏厥前看到的最惊恐一幕，只是自欺欺人地当那是一场噩梦，欺骗自己，寻求一点点心灵上的遮蔽。

“石小姐，请你清醒一点，面对现实。如果需要，我现在就给你叫医生，好不好？”我低声安慰她，一边侧身挡住窗口，免得她做出不理智的举动来。

石梦放下手，脸色立刻变得惨白如纸，伸手扶住洗手台，一字一句地说：“不必，我能挺得住。有些怪事，有些怪病不是医生能治疗得了的。谢谢你，我已经没事了。”

她向镜子望了一眼，随即取出电话，用上面的拍照功能对着镜子的左下角连拍了几张。那里正是石布蘸着水涂鸦的位置，我隐约看到他画完的影子头顶上有些字迹。

“敦煌，禁地。”石梦倒吸了一口凉气，坚强地挺直了后背，对着镜子里的自己惨笑，“哥哥，我一定会揭开那秘密，看看到底是何方妖孽竟然能将人的心智扰乱到如此地步，不让你白白送死。安心去吧，哥哥。”

我听她说得奇怪，立刻跨上一步，仔细地看着镜子。

我看清了，镜面上绘着一个大而清晰的人影，那代表石布。人影左右两边，又各绘着十几个渐次缩小的人影，其情形犹如一队人拍照时，距离近的面积就大、距离远的面积就小一样。最触目惊心的是，第一个人影头顶上写着“敦煌禁地”四个字和两个问号，仿佛当时站在洗手台前的石布正在问天买卦，提出两个问题，等待冥冥上天的回答。

哥哥留下的地图上，用鲜血涂抹敦煌，留下血字“禁地”，难道与石布的疯狂举动也有关系吗？

“那没什么好看的。”石梦打开水龙头，接了满满一捧水，向镜面上泼去。水渍字影立刻被冲洗掉了，不复存在。石梦连续接水、泼水，像是要用这种毫无意义的冲洗动作抹去今晚疯狂而残酷的记忆似的，一直到步履匆匆的警员们闯进来才停止。

雷动天与唐月都赶了过来，与我、石梦分别接受了警员们的询问。

我详细地将当时的情形叙述了一遍，借以梳理脑子里乱七八糟的疑惑。整个诡秘事件是从石布出现在包房套间门口时开始的，他对雷动天的态度、弹琵琶时的癫狂、在洗手间里说过的那些莫名其妙的话——我唯独隐瞒了镜子上的画和字迹，不想把这个棘手的问题丢给警方。

带队办案的警官姓梁名傲，比我大四岁，以前曾是哥哥的好友。所以，笔录过程中，所有的警员对我都很客气，不但措辞温和，还破例从旁边的咖啡厅里帮我叫了两杯天价咖啡来。

“阿进，以后不要跟这些性格偏激、行为怪异的寻宝者搅在一起了，他们做事天马行空、毫无规矩，很容易出事。东哥之前总是叫我关照你，我们虽然不常见面，我却一直关注你的消息。收好我的名片，有问题、有麻烦立刻打给我，我来帮你摆平。”梁傲待笔录结束，亲自送我出了刚才的包间，亲热地拍着我的肩膀叮嘱。

他的姓名中虽有一个“傲”字，却人非其名，对我们这一些人都很客气。

“小梁，辛苦你了，我会叫人请出警的弟兄们消夜。还有，发现什么记得知会我一声，跳楼身亡的石布是探险界的奇才，我总得为他做些什么才是。”雷动天颇有些唏嘘，但事已至此，再多感叹亦转变为遗憾，莫可奈何了。

当他与梁傲寒暄时，我看到了端坐在另一个包间里的石梦。四名警员围着她，表情并不友好，其中一个还不停地摸着腰间的橡胶警棍，一脸气急败坏的神情。

我想了想，缓步走过去，在半开的门扇上敲了敲。

四名警员一起客客气气地叫了声“进哥”，他们看梁傲和雷动天的面子，不敢对我有丝毫怠慢。

我指了指石梦，淡淡地说：“她是我朋友，请各位兄弟稍稍客气点。而且，她的哥哥刚刚过世，情绪肯定不会太好，大家不要难为她，问完了的话，就先让我带她离开吧。”

其中一名警员亮了亮笔录的本子，赔着笑脸回答：“已经问完了例行问题，石小姐可以走了，不过最好能留下住址跟电话，方便大家今后联络。”

石梦一言不发地从口袋里取出签字笔，在那个本子上潦草地写了两行字，然后站起身，推开横在面前的两名警员向外走。

四名警员的脸色一起变了，不过我及时举起双手拦下他们，然后动作很隐蔽地抽出一叠钞票，塞进负责记录的警员口袋里。

“兄弟，给我个面子，我一定会提醒她今后注意警民合作的重要性。”我甘愿替石梦摆平一切，因为我能体谅她突然失去哥哥的悲怆心情。大哥失踪时，我感觉天塌地陷一般，几乎失去了生活中的一切乐趣，想必现在的她亦是同样的心情。

钱能通神，那警员心领神会地笑笑，主动跟我握手告别。

“进哥，大家是自己人，有件事我想提醒您，刚刚死者跳楼的时间是六点四十一分，时间与坠楼触地的位置都与2003年的……一模一样，这当中可透着有点邪门了。我们刚才不想留难石小姐，主要是梁警官安排，看看能不能问出更多隐性线索来。今晚回家的时候，您最好多掸掸衣服、跺跺脚、拍拍鞋面，千万别让什么脏东西给缠上。呵呵，不过我知道您是大亨雷先生最器重的人，一定不会畏惧这些，只是善意提醒，善意提醒，呵呵呵……”那警员神神秘秘地低声关照我。

我怔了怔，马上记起石布曾问我“几点钟”的事来，难道他是故意在洗手间里拖延时间，等待“六点四十一分”这个特殊时刻的到来？

〔叁〕

敦煌莫高窟第112窟里发生了什么？

我匆匆与雷动天和唐月告别，然后冲向步行梯，连续撞开两扇地弹门，追上了一个人怔忡独行的石梦。她的肩上背着一个巨大的黑色登山者旅行包，双手插在裤袋里，一步一摇地下着台阶。

“石小姐，为什么不乘电梯下去？可以让我帮忙吗？”我善意地抓住旅行包，替她卸下这座大山一样的重负。

石梦停下来，沉沉地吁出一口闷气，背靠楼梯，目光复杂地望着我。

“令兄的死，我们大家都深感遗憾，希望你能节哀顺变。现在，我们不如乘电梯下去，送他最后一程吧？”刚才石布的尸体已经被急救人员送往附近医院，暂存于太平间里，等待脑神经方面的专家解剖。按照雷动天的想法，石布一定是受过什么强烈的刺激，才会突然选择跳楼轻生。所以他怀疑石布也许中了什么巫蛊之类的暗算，才变得心智失常了。

“不必看了，从二十五楼跃下，后果如何，用脚指头想都能想到。那么多记者围观拍照，我不想再令自己的痛苦更深一层了，相信雷先生会处理好一切的。杨先生，你不必管我，还是照顾好自己吧。我知道你一定没来得及看那两张照片，不如我现在把上面的情形说给你听？”石梦悒郁地笑起来，顺势坐在楼梯上，双手抱着头，下巴枕在膝盖上。

我只想分散她的悲痛情绪，不管她说什么，只要肯开口，我就会安安静静地听下去。当时唐月刚刚取出照片，就发生了石布跳楼事件，我自然没顾得上看。

“第一张照片，是杨正先生站在敦煌莫高窟的第112窟里，背靠‘反弹琵琶’那幅壁画，抱着胳膊沉思；第二张，则拍到他站在一个空旷的暗灰色墓室，沉腰坐马，双手斜撑在一面青铜镜上。那青铜镜的尺寸超乎寻常的大，占满了正面墙，粗略估算约八米宽、四米高，将人物和四面的景物全都映在里面。作为‘亚洲第一寻宝师’，杨正先生出现在任何墓室里都不奇怪，但我必须要提醒你的是，那些照片拍摄的时间距现在很近——”她做了个手势，要我先别打断她。

“我知道你想说什么，你是要说照片有可能是最近冲印的，但图像拍摄的年代却非常久远，只是储存在电脑里或是胶卷上的，对不对？我可以告诉你，‘反弹琵琶’壁画所在的112窟在2008年4月份刚刚经过壁面和地面的修补，只要是稍具考古知识的人，就能分辨出哪些是新痕，哪些是旧缺。我可以以一名专业考古学者的身份告诉你，那照片是在修补过后的石窟中拍成的，绝非电脑合成，也不可能是我眼花认错了。”

一气说了这么多，石梦的嘴唇有些发干，她摸索了一下皮装口袋，取出一只铁青色的扁平酒壶，紧紧地捏着。

我的情绪仍旧平静，取出电话拨了雷动天的号码。当时现场人多手杂，我相信唐月会收好那两张照片，不可能让它们遗失。步行梯内的电话讯号非常差，我拨了两次，屏幕上都出现“无法工作”的提示语。

“我说的全是真的，哥哥跳楼身亡也不是先例，与他同行的两人已经全部疯掉，结局不比他好多少。”石梦拧开瓶盖，烈性威士忌的酒味扑面而来。她轻轻地抿了一小口，双眼中的疲惫倦意立即退却，接着，她的两颊上便出现了淡淡的红晕。

“那能说明什么？”我简单回应了一句。真相大白前，我不相信任何人间奇迹，毕竟上当受骗的次数已经太多了。

“杨正先生没有死，他就在敦煌莫高窟附近，只不过是因为某种奇怪的理由隐居了起来。我相信大哥、程风博士、吉川羽博士三位都是探险界的大行家，不会保留那些造假手段低劣的照片，更不会无聊到要把照片千里迢迢捎给你的地步。十日之前，程风、吉川羽从敦煌鸣沙山东麓断崖回到市区宾馆的当夜，两个人同时陷入癫狂状态，程风因自残手臂而被就近送入敦煌精神病院，吉川羽则由他的助手于次日送回日本的神奈川县箱根乡下。三人之中，只有哥哥精神状态良好，推迟到现在才发作。那两张照片，就是他们最后一次从鸣沙山回来时冲印出来的，我怀疑就是那一次，他们看到了失踪已久的杨正先生。”石梦娓娓道来，不时地举起酒壶，无声地抿上一口，两颊的红晕越来越浓，眼睛和眉色也越来越亮。

我皱了皱眉，可惜石布死得太快、太离奇，没来得及亲口对我和雷动天说这些，否则我们就能将这些当做一条最重要的线索一路查下去，直到找出真相。说实话，我相信石布，却不能完全信任石梦，因为两个人的身份悬殊，不能同日而语。

“你不是要寻找杨正先生吗？为什么听了这个消息反而变得更沉默了？”石梦叫起来，对我的过分冷静无法理解，满脸焦躁。

我脱下皮衣，披在她的肩上，淡淡地回答：“因为你说的资料还不足以令人信服。”

石梦双臂一振，抖落了我的衣服，咬着唇冷笑：“像我哥哥那样的大寻宝师往往是大胆推测、小心求证、步步为营地揭开秘密。任何时候，他都敢于立即展开行动，而不是像阁下这样安步当车地等着别人揭示真相。我从杂志报章上见识过杨正先生在探险界的丰功伟绩，却料不到他的弟弟是个缩头缩尾的小人物。”

我捡起衣服，向下面指了指：“走吧，夜凉如水，秋风随寒，很容易感冒。有什么话，等明天你的情绪平静下来，咱们慢慢谈。”

两个人在这里熬到天明，浪费再多唾沫也不管用。石布刚死，就算石梦是铁打的身躯、钢铸的心脏，都不可能抵挡住那种南海怒涛般的情绪波动，这种情况下说出来的话，十之八九都不可信。

我们从二十五楼下来，又从酒店的侧门悄悄出去，没有惊动仍旧围绕在文华东方酒店前门小广场上的记者和围观者。

“去哪里？先送你？”我拦下了一辆黄色计程车，替石梦拉开车门请她上车，再把旅行包塞到后备厢里。

石梦犹豫了一下，蓦地转脸向着车窗外，两行清泪潸然洒落在胸口衣襟上。

计程车司机也问了一声：“老板，去哪里？”

我从口袋里取出手帕，向她递过去，随即吩咐司机：“先开车，向前走就行，我朋友情绪很差，请不要再问。”

车子在满街霓虹闪烁中穿行，港岛的夜色无限华美，但我的心却因石梦所说的照片而倍感凄惶。程风、吉川羽是寻宝探险界的两位重量级高手，前者是印尼籍华人，曾在寻找山下奉文宝藏中发现过重大线索而名扬东南亚；后者是日本人，平生最得意的战绩是在乌克兰发现了亚历山大大帝的“斩断绳索谜题之剑”，成为前苏联地区家喻户晓的名人。以上两位加上大名鼎鼎的石布，应该不会弄两张假照片来哗众取宠，那么照片上出现的哥哥是怎么回事呢？

“我无处可去，也不想一个人住酒店。杨先生，能不能容我在你那里借宿一晚？”石梦迟疑地开口。

那计程车司机从后视镜里瞥了石梦一眼，脸上露出促狭的坏笑。

我忍不住皱眉：“我那里可能不太方便，其实港岛酒店的设施和服务都是一流的，定会让你有宾至如归的感觉——”当我转头看到石梦脸上无限的沮丧与晦暗时，心头一软，马上改口，“不过，如果石小姐不嫌弃，我当然是欢迎之至。司机先生，请转去浅水湾道。”

石布跳楼事件明天一定会登上港岛日报的头条，与此相关的雷动天也会被记者刨根问底，穷追不舍。所以，今晚的欢迎宴会非但没能吃个痛快，反而惹了一身闲话，可谓得不偿失。现在，我只希望回到家里，好好地煮一壶哥伦比亚咖啡，然后静下心来，听石梦重新讲一遍鸣沙山莫高窟那边发生的怪事。

哥哥留下的地图与石布绘在镜面上的画，中间似乎由一条看不见的细线连接着，隐隐约约地提醒我，千万不能忽略了其中的任何疑点。

“你说，程风博士和吉川羽博士都疯了？为什么？”我打破了后座上的沉寂。

石梦换了个坐姿，竖起皮装的领子，把自己的脸隐藏在阴影里。

“那么大的事，为什么媒体方面一点都没得到消息？”我淡淡地笑着，进一步追问。

毕竟我和石梦只是初次见面，如果不是看她刚刚失去哥哥的份儿上，我才不会动那么大的恻隐之心，把她带回家来借宿。港岛虽然已经是个男女关系高度开放的灯红酒绿的花花世界，但我在这方面一直都很保守，始终保持着“非礼勿视、非礼勿言、非礼勿听”的君子守则。也就是说，我让石梦借宿，绝对无意占她便宜，只是出于道义和礼貌，而不是计程车司机所猜测的那样龌龊。

“哥哥小心地避过了记者的耳目，吉川羽博士回日本时，伪装成重感冒病人，口罩墨镜一起上，外面的人根本认不出来。至于程风博士，他被安排在精神病院的私人高级区，除了例行查房的医生和负责饮食药品的护士，外人根本无法进入那个被六道铁丝网和超过四十台监控设备封锁的禁区。这一切都是哥哥刻意安排的，很明显，他的目的就是保守秘密，绝不公开。”石梦开口时带着浓重的鼻音，眼皮也抬不起来了，既像是重感冒患者又像是极度渴睡的人，沉甸甸地靠在座位上，脸上一阵红一阵白的，肩头还在不停地瑟瑟颤抖。

我伸手摸摸她的额头，滚烫滚烫的，立刻明白她正在发高烧。

那时，车子已经驶入浅水湾道，停靠在五十五号门外。我付了车费，搀扶石梦下车，一只手拖着背包，有些狼狈地进入家门。

石梦倒在客厅沙发上，连客气说话的力气都没有了，等我从药箱里拿出退烧药喂她吃下去，她便一头栽倒在旁边的薰衣草大枕头上，昏昏沉沉地睡了过去。

我去卧室拿了一条毛毯过来，帮她盖好，然后立刻走到书房去打电话给雷动天。

“阿进，那两张照片真是奇怪，阿正怎么会把自己关在一个墓室里对着镜子运气发功？他出事后，我曾派超过十二拨高手远赴敦煌，查找他的下落，却始终没有音信。唉，如果石布没死就好了，他至少能说出照片的来历，并且留下一点寻找阿正的线索。你还跟石小姐在一起吗？她怎么样？”雷动天无限感慨，但也像我一样无可奈何。

“她在发烧，无处可去，所以我把她带回浅水湾别墅这边了。雷叔，麻烦你派人把照片送过来可以吗？我想亲眼看看，到底哥哥出了什么事。”我不想做太多解释，只要心底无私，别人爱怎么想就怎么想好了。

雷动天微露诧异：“她难道没跟你说过，司寇青龙的儿子是她的朋友，一起陪她从日本飞抵敦煌，又一路回港岛来的？她如果没地方去，完全可以找青龙或者龙太子司寇勋帮忙，何必跟你这个陌生人待在一起？”

这次，轮到我大吃一惊了，因为司寇青龙是雷动天的大对头，曾经是香港社团新义安大社团麾下青龙帮的领头人，任四二六双花红棍高职，活跃于尖沙咀地区，行事凶悍，常将一句“永不妥协”挂在嘴边。目前，司寇青龙已经转入幕后，不再掌管江湖上打打杀杀的事，而是老谋深算地跨行进入商界和政界，为自己谋了个东区议员的位子，由过山猛虎变成了海底游龙。

“石小姐没有提过，我也没问。如果真的是这样，我就太冒失了。”我对司寇青龙的印象极坏，对龙太子司寇勋也就相应地没什么好感。

“阿进，现在的港岛黑道是‘八零后’的世界，千万别小看了那些年轻人。这样，我马上把照片送过去，你和石小姐之间千万别发生任何超友谊的关系，那样就会变得非常被动了。你是我的小兄弟，我可不希望某天早晨醒来，听到你被新义安的杀手集团伏击的噩耗。如果石小姐醒了，就送她走或是直接帮她订酒店，千万千万切记，有些女孩子是碰不得的。你可以试着回想一下，当她哥哥跳楼身亡时，她有多冷静、多镇定？这个女孩子绝不简单，你自己当心。”雷动天一口气叮嘱完，总算松了口气。

的确，当酒店里一片混乱时，石梦仍能够克制自己的情绪，不跟到医院去查看石布最后的情况，而是独自下楼，然后避开现场记者，主动要求跟我回家。这种定力，非同一般。

“雷叔，谢谢您的关心，但我素日是什么样的人，你是知道的。等石小姐醒来，我就会联络她的朋友，把她转移到更合适的地方。”我对着那面青铜镜微笑，对雷动天的关心表示感谢。瓜田李下，君子避嫌，我明白这一点。

此刻，镜中的我精神奕奕，并没有受到酒店突发事件的影响。其实，往往遇到大事时，我的思想就会突然变得清醒而活跃，精力体力都无比充沛，敢于迎接任何挑战。这种特质，被心理学家称之为“比赛型人物”，能够适应各种艰难环境，调整状态，完成任务。追溯到大哥闯荡江湖的年代，他的朋友们亦是同样如此评价他，所以才成就了“亚洲第一寻宝师”的盛名。

“阿进，我今天特意带唐月一起去酒店，是为了……”雷动天忽然笑着换了个话题。

我立刻明白了他的意思：“雷叔，我的个人问题目前暂不考虑，大哥下落不明，我无心旁顾。”

雷动天对我的终身大事一直非常热心，此前就介绍过十几位港岛名媛给我，都被我一一推掉，连见都不想去见。找到大哥之前，我希望自己能专心致志地学习进步，直到亲手救他回来。至于女朋友的问题，一切随缘好了，不想强求。

“其实，唐月是个非常优秀的女孩子，你也知道，蜀中唐门在江湖上的影响力相当大，有她帮你，在大陆那边行走会省很多力气。机不可失，时不再来，你总不能找不到阿正就一辈子不娶吧？”雷动天不肯放弃教诲我的机会。

我淡淡地回答：“雷叔费心了，但我有自己的人生规划，就算以后找女朋友，也只从普通女孩子里找，绝不涉及江湖人物，把事业和家庭完全区分开来。”

话说到这里，雷动天有些尴尬，只好打了个哈哈，道别收线。

蜀中唐门的人浑身是毒，从古至今，从没改变过。如果娶唐月那样的女孩子，就算外表再美丽又能怎样？不过是“艳若桃李、毒如蛇蝎”而已。

我忽然记起了石梦手心里的伤，马上走出卧室，来到沙发前。

她仍沉沉地睡着，毛毯盖到眉睫，把整张脸遮住。我拉起她的右手，轻轻地将她的手指伸开，看到掌心里那些水泡已经开始挣破，流出淡黄色的液体来。

“唐门的毒，果然厉害！”我禁不住摇头叹息。

21世纪的华裔江湖人物，很懂得与时俱进，把古老的黑道绝技与现代化的枪械有机地结合在一起。起初石梦不知道唐月的身份是‘六五四三二一’中的领袖‘一月’，大意中招，才导致了现在的困境。

我从药箱里取了一管“天山雪莲膏”，挤在她掌心里一些，小心地用棉棒涂抹均匀。那些药是大哥去北天山寻宝时采摘炼制的，对付唐门毒药非常有效。睡梦中的石梦发出一声幽幽哀叹，睁了睁眼睛，看清是我，脸上绽开了一个满含歉意又楚楚可怜的笑容，再次沉沉睡去。

“哥哥，不要走。”她的嘴唇动了动，带着浓浓的鼻音吐出几个字。毛毯的上边已经被眼泪濡湿了，可见她睡得并不安心，即使身在梦中也流泪不止。

我努力回想起龙太子司寇勋的资料，印象中他曾是铜锣湾十大问题少年之一，十三岁起就因醉酒驾驶和市区飙车而被警方拘留过，其后便成了那一带最嚣张、最狂妄的古惑仔，直到二十二岁时留学日本才风头渐熄，被港岛警方和社团稍稍遗忘。

“石梦为什么要执意跟我走？她的心里真的不为石布的意外而悲痛欲绝吗？”我在客厅里来回踱了几圈，又打开空调，提高房间里的温度，免得加重石梦的病情。练武之人的体质根基都高于常人，我相信高烧感冒是打不倒她的，明日一早就能好转。

晚上十点钟，门铃声响起来。

我走到院门口，隔着铁栅栏，盯着外面跨在机车上的年轻男人。

“是杨进先生吗？”那年轻人从哈雷太子摩托车上跳下来，随手将黑色头盔挂在反光镜上，大步向门口走来。他身上穿着意大利品牌的棕色翻皮夹克，脚下是一双同色的长筒战靴，与那辆超大排量的名牌摩托车非常相配。

“我是司寇勋，石梦的朋友。”这个五官端正、眉眼之中英气勃勃的年轻人从栅栏门缝隙里伸过手来，唇红齿白的嘴角衔着一丝高傲的笑容。我脑子里掠过司寇青龙的面孔，与这年轻人比对，竟有八分神似。

我礼貌地与他握手，不动声色地问：“我是杨进，有何指教？”

外面的街道空荡荡的，视线之内，没有一辆车子经过。浅水湾这边的别墅居民都是功成名就的一类人物，年龄偏高，夜生活相对简单，大部分人一到晚上八点就会关门闭户，不再外出，在家里静心休养，与港岛绚烂激扬、五光十色的夜生活彻彻底底地划清界限。

“我知道石梦在这里，请把她交给我，我会送她去医院或酒店，不打扰杨先生了。”司寇勋彬彬有礼地微笑着说。

我并不知道他与石梦的关系亲密到了什么程度，但如果石梦将他看成是男朋友的话，一旦出事，早就投奔他而去了，何必跟我回这里来？

“她在发高烧，刚刚吃过药。我希望她今晚留在这里，明早身体好转再走。如果方便的话，请明天过来接她可以吗？”我不是故意要激怒司寇勋，但石梦的事实情况就是如此，我只是照实说话，心无杂念。

司寇勋那两道清秀的刀眉陡然一挑，摇着头冷笑：“杨先生，那样做没道理的。你和她孤男寡女共处一室，出了事怎么算？我知道她现在需要的是我，所以才来接她，也许你可以让我见见她，由她来做决定？”

当他心底开始暗暗地喷发怒气时，立刻表现在手指上，右手收紧，狠狠地攥住了我的四指。我不想生事，略一沉吟，抽回手指，拉开了木栅门上的铁栓，放他进来。

司寇青龙与雷动天之间的宿仇，能一直追溯到新义安麾下分支青龙帮与江南雷家霹雳堂两家刚刚在港岛扎根的年代，距今已经纠缠争斗了半个多世纪，谁对谁错无法细说。我不属于任何门派，也不想加入任何帮会社团，只愿意做个独来独往的自由人。当然，因为雷动天与大哥杨正间的亲密关系，司寇青龙当然会把我视作霹雳堂的人。所以司寇勋举步进入别墅小院时，精神有些紧张，右手下意识地扣在腰间，如临大敌一般。

我转身带路，走在前面，故意空门大开，以消除他的敌意。

突然，我发现二楼西侧储藏室的狭小天窗里有道并不明显的白光一闪而过，那应该是蒙了黑布的笔形电筒发出的光，通常只有小偷干活时才会用到。如果司寇勋不在的话，我会径直从小楼东侧的防火梯登上楼顶，潜近天窗，抄小偷的后路，但现在，我什么都没说，什么都没做，只是加快脚步，走进客厅。

浅水湾别墅区住着的都是富人，历来都是黑道偷盗专家们觊觎着的一块大肥肉，但相应的，警方对此地的关注度更高，巡查力度是普通民居的十倍不止，每年都有超过五百名黑道朋友落网，更有不下百名潜入者被富豪们的保镖打死、警犬咬死、电网电死，于是几经试探后，小偷们差不多已经放弃了在此地发财的念头。

今晚我的家里有“客人”，我总不至于把石梦这个陌生人请回来开门揖盗吧？

当我步入客厅时，沙发上只堆着那条毛毯，石梦已经不见了。

司寇勋一怔，指着沙发另一边的黑色旅行包：“那不是石梦的行李吗？她在哪里？”

我摇摇头，自然而然地向通往二楼的枣红色原木楼梯望去。如果石梦是“盗”，趁我在大门口与司寇勋交谈时动手，的确是个好机会。

“她从莫高窟112窟带回来的东西呢？是不是就在里面，还是已经交给了你？”司寇勋的情绪突然激动起来，一步跨向沙发，嚓嚓嚓三声，将行李包上面的三条黄铜拉链一并拉开。

〔肆〕

新义安青龙帮人马与两大宝藏

“喂，兄弟，不要乱翻别人的东西！”我同时掠了过去，伸手按向司寇勋的手背。背包是石梦的，要拿里面的任何东西，至少要取得主人的同意才行。

突然，司寇勋的左手腕子上倏地弹出了一截寒光闪闪的军刺，尖刃直逼我的喉头。

“退后，别逼我杀人。你该清楚，青龙帮的人马杀一两个人算不了什么，特别是针对霹雳堂一方的死对头，杀完之后还能回到我爸爸那里去领赏，警方也会睁一只眼闭一只眼，随随便便写个‘江湖仇杀械斗’的报告就行。”司寇勋的脸上失去了表情，五官像嵌在了一块沉默的大石头上，一动不动地面对我。

他说的是大实话，而且是比较客气的口吻。比起飞扬跋扈的司寇青龙来，他的儿子已经算是很有礼貌了。

“新义安与霹雳堂有什么过节我管不着，那东西是石小姐的，你最好等她出现后再碰。不管怎么说，她是我的客人，我有义务帮她保管一切财物。”我没有后退避让，军刺上血腥气扑面而来，刺激着我的鼻翼。

这种大陆五六式军刺被称作“放血王”，刺入人体以后，通过血槽迅速将空气引入，在体内形成大量泡沫，阻塞住血管，只需刺入人体任何部位八厘米左右就可使敌手即刻毙命。而且，在消除负压的体腔内将军刺拔出毫不费力，便于后续的连续刺杀。这是一种异常实用的黑道杀人利器，磷化处理表面后，刀刃发出的惨白光芒代替了以往惯例上的烤蓝，冶炼时出于金属性质的需要加入了一定量的砷元素，即使只擦伤敌人的皮肤也很难愈合，所以江湖上流传着“军刺浸泡过剧毒”的恐怖传说。

“杨进，我已经很给你面子了，如果是在五年之前，从木栅门到这里，你已经死过十次了！”司寇勋终于露出了像司寇青龙一样的嚣张气焰，但他不知道，如果我心存杀机，他此刻就会横尸于门外的草地上，连弹出军刺的机会都没有。

我摇摇头，推开他的手，把拉链一根一根拉好，然后才淡然回应：“我说过，石小姐是我的客人，一切等她决定。”

司寇勋可以出手杀人，但我相信倒下的不会是自己，而是他。

门铃声又响了，可我们两个僵持在这里，谁也无暇前去开门。

“有人来了，是你的帮手？我猜应该是雷动天派来给你送照片的——那些与大侠杨正有关的奇奇怪怪的照片。呵呵，杨进，我劝你还是多关心关心自己的事吧，别来搅新义安和青龙帮的浑水，小心看不到明天的太阳。”司寇勋的左腕颤了颤，军刺的刀尖绕着我的喉结划了个小小的弧圈。

我直盯着他的眼睛，一字一句地说：“拿开它，否则，你就要碰触我的忍耐底限了。”

江湖后浪推前浪，现在是“八零后”甚至“九零后”当道的时代，但归根结底，个人实力决定一切，我可以让司寇勋三步，却不能让三十步、三百步。他再不识趣的话，就该尝到某些苦头了。

还有，我希望石梦快点出现，而且给我一个可以解释得通的理由，而不是被当做小偷当场捉住。

“我需要一切来自112窟的东西，谁都别想抢在我前面。说得更直白一点，无论是石达开宝藏还是东陵大盗们藏匿下的最后一卡车西太后珍宝，都是属于我的，谁想染指，就是从我嘴里拔牙，绝没有好下场。”司寇勋用指尖在我胸口重重地戳着，每说一句话就戳一次，直到他的身体突然横飞出去十几步并且撞在客厅一角的幸福树花盆上为止。

打倒他的同时，我已经封闭了他腰间的麻穴、哑穴，血脉阻滞后，至少要半小时后才能自解。既然青龙帮的人如此嚣张，那就让他好好地躺着反省反省吧，冰凉的大理石地板能让他彻底冷静下来，想想到底该怎么客客气气跟我说话。

我第二次出门，木栅门外停着雷动天的车子，眉清目秀的司机小武正抱着一个黑色的防静电文件袋规规矩矩地站在门边。

“进哥，雷先生要我送来的。他在里面留了一张字条，还说你看了就会明白。”他把文件袋递过来，然后扭头看着司寇勋骑来的那辆光芒熠熠的哈雷摩托车，压低了声音问，“进哥，那辆车子好像是属于青龙帮的，你这边不会有麻烦吧？要不要通知雷先生，派几个人来加强保护？”

小武是雷动天的心腹，而大哥杨正一直都是他的心中偶像，所以才对我如此客气。

我摇摇头，但他仍不放心：“进哥，雷先生嘱咐过，最近道上的线人报告，司寇青龙联合了一批日本古玩界的大行家，似乎有所图谋，目标直指敦煌那边。他要我们密切注意与青龙帮有关的事，无论大小，都得向他报告。”

其实，江湖风波不断，为的只是金钱和地盘。我对那些黑道政治不感兴趣，亦不想涉猎太多，于是摇了摇头，谢绝了小武的好意：“这边没事，有必要的话，我会打电话给雷叔。对了，你手心里藏着什么？是给我的吗？”

我早就注意到，小武的左手一直藏在身后，似乎是握着一张小小的卡片。

小武嘻嘻一笑，不好意思地拿出手来：“这是唐小姐让我转交给你的，她吩咐过，不要让雷先生知道。我不知道该不该拿出来，到底是听雷先生的还是听唐小姐的呢？”

我接过卡片，原来那只不过是一张设计简洁到极点的白卡纸名片，只有正面的“唐月”两个字、一行电话号码和右上角印着的一轮月牙儿。

“好了小武，你该回去了。”我暂时搞不明白唐月的意思，但这些私人秘密不该让小武之类的外人知道，没必要再跟他说什么。

小武眨了眨眼睛，稍带酸意地轻叹着：“我跑前跑后地替唐小姐办事，她连看都不看我一眼。只有进哥这样的大英雄，才跟她那样的大美女是天造地设的一对，真的该恭喜你们了。”

我拍了拍他的肩，淡然一笑：“小武，回去吧。”

待车子远去，我才仔细地凝视着唐月的名片，并且放在鼻子下面轻轻嗅了几次，生怕那古怪的女孩子要跟我开什么过分的玩笑。奇怪的是，再三验证后，我确信那只是一张普普通通的名片，没有丝毫暗藏的玄机。

于是，我打开文件袋，将里面的照片抽出来。这次我首先看到的是照片的背面，分别用蓝色签字笔标着“第一张”和“第三张”的文字说明。

我立刻心中一动：“石梦口口声声说只有两张照片，但从序列号来看，一定还有第二张照片存在！”

借着小楼里透出来的灯光，我看清了三号照片上的大哥。他穿着一件草绿色的羊皮军大衣，正对着一张铺满整个墙面的古镜，双腿分开，膝盖微曲，扎了个“四平大马步”，双掌稳稳地按在镜面上。那种姿势，给我的第一感觉就是“他要打一场持久战”，跟那大镜子永远地耗下去。镜子只是镜子，如实地将大哥的身影反映在里面，影子自然也是四平大马、双掌平推，跟大哥的样子不差分毫。

石梦跟我描述过这张照片，可她却没说清楚镜子里还有什么。我走向小楼，一边低头审视着古镜里反映出来的一条无限延伸的宽阔走廊，也就是说，哥哥所处的地方不是墓室，而是一个很奇怪的冗长隧道，这面巨大的古镜就嵌在隧道尽头的墙面上。

另一张照片上，哥哥站在“反弹琵琶”壁画前，神情凝重，脸上的络腮胡须很久没有剃过了，看上去憔悴而落拓。他身上穿的仍旧是那件军大衣，肩上还斜背着一个沉甸甸的灰色帆布包，里面鼓鼓囊囊的，装的大概是寻宝用的探测工具。

诚如石梦所说，壁画所在的石窟壁上有新近维修过的痕迹，有些边角处填补的水泥砂浆还没干透，当然就无法进行下一步的“做旧”工序，与年代久远的壁画形成鲜明的对比。

“假如……假如照片是最近拍摄的，大哥会去了哪里？为什么不回到港岛来，说明白一切，然后重新开始探宝过程？”我站在楼前的台阶上，一阵剧烈的心潮起伏，太阳穴隐隐作痛起来。

寻宝师这一行里有句名言——“瓦罐难离井沿破，大将终归阵前亡”，意思是说，寻宝师一生的风光之处是从墓穴宝藏开始，一生的终结地点九成九以上都是死于某处黄山墓穴，用自己的性命给宝藏殉葬。

我只希望大哥还活着，无论处境有多困难，只要有一口气活下来，我们兄弟就有见面的一天。

司寇勋还没爬起来，我有点懊悔自己出手过重了，毕竟他只是个不知天高地厚的年轻人，又没真正触犯过我。我收起照片，走到他身边，在他腰际推揉了几下，帮他解开穴道。

“你要倒霉了！杨进，这件事我给你记着，青龙帮的人马一定会回来灭了你，看看到时候谁比谁下场更惨！”司寇勋一俟血脉贯通，立刻弹跳起来，指着我的鼻子叫骂。

“喂，你在说什么呢？杨先生是我的朋友，哪轮得到你来教训他？”石梦的声音从洗手间方向传来。

我回过头去看，她正弯着腰扶着旁边的栏杆，吃力地向这边走，脸色灰白，难看之极。

司寇勋一见到她，马上丢下我冲过去，细心地扶住石梦的右臂，关切之情溢于言表。毕竟是年轻人，一看到意中人出现，就什么都顾不上了，眼里只有石梦。孰料两个人的身体刚刚接触，司寇勋竟又一次仰面倒地，后背、后脑重重地磕在地板上，发出“咚”的一声。

我再次暗吃一惊，因为石梦这次用的竟是北少林“沾衣十八跌”的高明摔跤技法，其精髓所在是借力打力、四两拨千斤。大哥曾教授过我沾衣十八跌的总诀，依次是“抽身换影、乘势借力、脱化移形、引进落空、避锋藏锐、闪转走化、以斜击正、以横破正、以巧制拙、消打并举、发劲跌敌”。

这个看似柔弱瘦削的女孩子，身体里竟然蕴藏着源源无穷的力量，令人刮目相看。当然，如果司寇勋进门时二楼储藏间里的灯光亦是石梦搞出来的，那我就得特别注意她到这里来的动机了。

“从日本回来时我就说过，不要来烦我，我们之间没有任何关系，之前、现在、之后都不可能有。司寇勋，我知道你爸爸掌管的青龙帮在港岛势力庞大，但我什么都不需要，也不想再见你，懂了吗？懂了吗？”石梦努力挺直了后背，长吸了一口气，飞起一脚，踢在司寇勋的臀上。后者立刻贴地滑出，横移十步，最终停在了门口。

我和石梦的目光无意中撞在了一起，忽然间，我们两个不约而同地露出无可奈何的笑意，似乎是对眼下这个死缠烂打、自我感觉良好的年轻人难以忍受下去，只能出手薄惩，让他受点皮肉之苦。

“我拿到那些照片了，不过，其中还有一些疑点，能否帮我解释一下？”我扬了扬手中的文件袋。

“我感觉身体非常不好，两边太阳穴像是要爆开一样。刚刚在洗手间里照过镜子，我的……我的……”她跟我同时开口，一边说一边跌跌撞撞地向我走过来。现在，她的两边额角到眉骨之间的青筋全部崩跳起来，像两丛张牙舞爪的松柏树枝一样，看上去突兀而狼狈。然后，她就一头扑进我的怀里，身体依旧滚烫，但呼吸之间，嘴唇和鼻子里喷出的气息带着一股月桂与金合欢花蜜混合在一起的甜香。

"你怎么了？"我先前给她服下的不过是退烧、消炎类的西药，绝不至于有这样的糟糕反应。

"我现在觉得自己像是服食摇头丸过度的虚脱感觉，杨先生，如果我做出什么过分的亲热举动，拜托你千万不要回应。或者……或者看在你哥哥大侠杨正和我哥哥石布的面子上，求你把我锁在一个空房间里，一定等药效过了，再放我出来。现在，我胸膛里像有一团火在烧着，我快要撑不住了。"她的双臂紧紧地箍住我的腰，脸紧贴在我胸膛上，浑身散发出青春少女特有的巧克力般丝滑的诱惑。

我伸手摸她的额头，指尖无意中碰触到她的头发，立刻发现了一种黏黏涩涩的液体，就粘在唐月曾经碰过的那几绺头发上。迎着灯光细看，那些液体散发出淡淡的蓝色磷光，与当时我注意到的唐月掌心里的东西一模一样。

"唐月！"我忍不住在心底怒喝了一声。石布跳楼之前，唐月曾靠近石梦，轻抚过她的头发，我怀疑就是那时候做的手脚。

唐门毒药种类繁多，其中一些的功效接近于海洛因、大麻、摇头丸之类的毒品，目的是令人变得超常兴奋，更容易地向异性献身。我很不喜欢唐月弄出的这个恶作剧，马上揽着石梦的腰重回洗手间，打开水龙头，放满了洗手盆，然后丢进两条毛巾，再挤入小半瓶洗发液，把已经意乱情迷的石梦按在洗手台边，狠狠地帮她搓洗头发。

几分钟后，半身湿淋淋的石梦终于清醒过来，抬头对着镜中的自己，流着泪苦笑了几声后，随即不顾一切地号啕大哭起来。

我取了一条干干净净的大浴巾披在她肩上，然后轻轻拍打着她的后背，柔声劝慰："哭吧，把委屈和郁闷全都哭出来，心里会舒服好多。石先生走了，他身后的所有事都得由你来解决，打起精神来，没有过不去的火焰山，对不对？"

那句话，曾是大哥时时拿出来鼓励我的，现在却经由我来劝慰别人，可见大哥对我潜移默化的影响有多么深远。

我把石梦留在洗手间里，一个人回到客厅，拎起四仰八叉躺在客厅门口的司寇勋，带他走出木栅门外，横放在摩托车上。

"你会后悔的，青龙帮的人会把你撕成碎片！"司寇勋咬牙切齿地低叫着。

在石梦面前出丑后，他不敢对着那个女孩子发火，却把满腔怒气全都倾泻在我身上。不过，他的武功连司寇青龙的一半都赶不上，还需要好好学习、好好锻炼才是。

我替他启动摩托车，然后摘下头盔，用力扣在他头上。

今晚的夜色是如此冷清寂静，摩托车排气管的沉绵突突声听来分外刺耳，使得路对面的一家二楼上迅速关窗，以避开噪声骚扰。

“得罪了，不过我必须得警告你，以后不要拿军刺对着别人比来划去，很容易造成误伤。知道吗？江湖上的事情很复杂，很多事一搞出来，你才会发现原来你爸爸并非港督或是港府行政长官，完全罩不住的。譬如刚才如果你敢划伤我一丁点皮肤，就会横尸当场，绝不会幸免。小兄弟，要追女孩子的话，最好换一种手段，千万别气势汹汹地冲进来，很容易撞破脑袋。”我牵着他的手，放在车把上。现在我必须让司寇青龙知道，这世界上有些人并不害怕新义安和青龙帮的力量，只是不想滥杀无辜而已。

司寇勋冷笑着扭了一把油门，摩托车排气管发出一连串更为惊人的怒吼声。同时，他撮唇吹出一声尖利悠长的口哨，小楼四面的前后暗处立刻蹿出二十几名大汉，全都提刀举枪，虎视眈眈地将我团团围住。

“我永远都不会是一个人在战斗，杨进，你我之间从来没有积怨，所以我更愿意大家成为合作伙伴，而不是互为死敌。今晚我只劝你一件事，那就是——绝对不要插手敦煌那边的事，不要管石布、石梦的任何闲事。要想玩英雄救美的游戏的话，偌大的港岛有的是给你表现的舞台，却不是现在。”司寇勋终于从狼狈境地中解放出来，有那么多手下拱卫着，他似乎重新找回了自信心。

起初，我还不相信所谓的“石达开宝藏”会流落在敦煌的戈壁沙漠里，但现在看到司寇勋如此谨慎，点明要我远离石梦，便忽然觉得宝藏的事不再是子虚乌有、牵强附会的猜测，而是确有其事，连新义安青龙帮都惊动了。

“我有自己的事要做，不会多管闲事，但今晚不行，石小姐病得很厉害，我必须要照顾她一晚上。”我暗暗地计算过，围上来的共有二十四人，其中并没有特别突出的高手，不会对我造成威胁。就算马上开打，我也稳操胜券。

“我今晚若是一定要带她走呢？”司寇勋把我的低调当成了胆怯的表现，向前微微探身，死死地逼视着我。那时候，我真想一个右勾拳把他打到路边的草丛里去，先让他老老实实地清醒清醒再说。

“不行，再耗下去，你也根本没机会带走她，不如今晚就到这儿吧。”我冷笑一声，对这种“给脸不要脸”的人内心充满了鄙夷。

司寇勋猛地爆发出一阵高声怪笑，举起右手，刚要发出混战的信号，前面拐角处的一辆豪华宾利房车忽然亮起了灯，并沿着路边滑行过来，两道雪亮的光柱顿时将我们这群人笼罩住。

“停。”司寇勋叫了一声，那群蠢蠢欲动的黑道社团人马齐刷刷地后退，把刀剑枪械全都背到身后去。

我只是冷眼看这一幕，等待司寇勋的下一轮表演。

“嘿嘿，你也许可以打电话给雷动天，请你的大靠山来解围。否则，今晚你就吃不了兜着走！”司寇勋幸灾乐祸地笑起来，本来还算过得去的清秀面目扭曲得像一幅欧洲吸血鬼肖像。我仍不清楚石梦与他之间有什么瓜葛，但凭他刚刚的糟糕表现，绝对配不上石梦那样优秀的女孩子。

“雷先生忙，没空理会阁下这样的烂人烂事。”我不加掩饰地打了个重重的哈欠，明明白白地向对方表示“已经到了该结束这场闹剧的时候了”。

黑色的宾利车子停在我的别墅门前，后座的车窗无声地滑下来。

司寇勋小跑着凑过去，刚叫了一声“爹地”，就被里面突然伸出来的一只大手劈面打了一个耳光，发出极其清脆的响声。

“爹地，我没做错什么，只是来接石小姐回去，不能便宜了姓杨的这家伙。”司寇勋捂着腮，气焰顿时烟消云散，声音也瞬间降低八度，老老实实地站到一边去。

我认识那车子的牌号，正是青龙帮老大司寇青龙的专用座驾，而且这种超豪华款式的全黑宾利车本港仅此一辆，绝无重复。

司机跳下来，弯腰拉开车门，一个高大昂扬的中年人钻出车子，将右手提着的紫竹拐杖向地上重重地顿了几下，大声呵斥：“阿勋，杨正先生是‘亚洲第一寻宝师’，就算九七前的港督、九七后的港府长官都要给他三分面子，你算什么东西？敢在杨先生府邸前大吼大叫，还对着他的亲弟弟动手动脚的。如果不是我亲自过来，今晚你们就得丢人现眼吃大亏了！”

他伸手抹了抹修得整整齐齐、纹丝不乱的鬓角黑发，大步走向我，刻意低下头，满脸堆着春风化雨般的谦和笑容，声音清晰而稳重：“小杨，别跟我儿子一般见识。他在日本这几年没学到什么新知识，反而把港岛黑白两道上的礼节、仁义、尊卑全都忘光了。我回去会好好教育他，希望今晚的事没给你带来太大困扰。”

两面三刀、见风使舵是司寇青龙最擅长的手段之一，打在司寇勋脸上的那一掌，也不过是收买人心之举，我对此早就看得一清二楚。

“青龙前辈夤夜到此，有什么吩咐，不妨直说。”我不卑不亢地回应。

司寇勋说过，他已经吃定石布、石梦，要将敦煌那边的秘密独吞，然后好像还牵扯到东陵大盗们的宝藏之类。在任何一个具备良好逻辑能力的江湖高手来看，石达开宝藏、敦煌莫高窟壁画、东陵大盗是三件毫不相干的东西，不可能被石家兄妹统统纳入敦煌之行的备忘录中。同样，青龙帮司寇青龙、司寇勋父子也不可能南北通吃、东西兼并，有这种超强能力的话，他们又何苦蛰伏在新义安麾下，看大社团的脸色吃饭？

司寇青龙举起拐杖，在我面前的方砖地上划了一个直径三步的大圆圈，然后一步踏进去，昂首挺胸地屹立着，如同一个面南背北、九五之尊的帝王，居高临下，据傲地俯瞰着率土之滨的子民们。

“小杨，同样的话，杨正失踪前，我也对他说过。年轻人有冲劲、敢想敢干是好事，很快就能打出自己的江山来。但是，别忘了你们是在新世纪的港岛，而不是《鲁滨孙漂流记》里的荒岛，一切都得按规矩来，而规矩就是我们这些老家伙们定的。你该明白，港岛各大社团的当家人每个农历年的最后一天下午，都要坐到一张长桌上会谈，谈整整一个下午。猜猜看，我们谈什么？”他又一次昂昂然而笑，显而易见，这傲慢不羁的黑道大豪完全没有把我放在眼里。

我摇摇头，用眼角余光搜索着房车里的动静。

“利益、地盘、计划——也就是说，这个世界的其中一条命脉是掌握在我们手中的。相对来说，大部分人的命运是受我们控制，顺我者昌，逆我者亡，古往今来都是如此。现在，我郑重地再次警告你，离开石梦，别管闲事，怎么样？”司寇青龙缓缓地伸出右手中指，在我面前晃了一下，满脸都是高深莫测的诡笑，“你给我让条路走，是不会吃亏的，只要轻轻地点一点头，明天你的个人账户上就会多出这个数。”

〔伍〕

大寻宝师杨正被刺杀的第三张照片

“好。”我微笑着回答，但就在对方眉梢一动、仰天欲笑的当口，又加了一句，“不过，要等她的情绪完全平复之后。知道吗？我对你们说的黑道政治毫无兴趣，只是出于侠道原则，才把石小姐带回这里来的，至于她脑子里存着多少与宝藏有关的信息，来时多少，走时就还剩多少，绝不会落在我的别墅里。”

司寇青龙的眉猛然倒竖起来，收回了那根手指。

“爹地，那些东西就在石小姐的背包里，我之前注意到，那个黑包从不离开她的身边半步，那古书一定就在里面，现在正是下手的大好时机。”司寇勋忍不住了，跺着脚长叹，似乎对司寇青龙的忍耐很不理解，觉得应该冲进来硬抢。

司寇青龙的脸色变了：“滚，你这个没用的东西！”

我明白，他是在责怪司寇勋今晚泄露了太多秘密，只盼他没动“杀人灭口”的念头就好了。

“对于石家兄妹的敦煌之行，老雷怎么说？”他阴沉沉地笑起来。

其实，他跟雷动天的年龄相仿，都在五十岁上下，经过细心修饰后，外人看了只以为他们才刚过四十岁而已，绝对是人生中年富力强的黄金时段。

我摇摇头：“什么都没说，酒店里有你的内线，这一点无需我反复解释吧？”

雷动天说过，青龙帮与霹雳堂都在对方阵营里安插了线人和死间，双方几乎是在打明牌，没有太多秘密能逃得过对方的监视。

司寇青龙一笑，向小楼里指着：“小杨，把石小姐背着的包给我，我们马上就会撤走，不给你添麻烦。当然，那包里有什么，你也无需过问。给我个面子，必有厚报。”

我还没来得及做第二个动作，他已经猱身而进，双臂十字交叉拿住了我的双肘后顺势近身靠压，肘关节抵住我的双肩，将我锁死在木栅门旁的铸铁灯柱上。

“给我个面子，可以吗？”他近在咫尺地盯着我，嘴里呵出的热气直喷在我额头上。与此同时，两名枪手从旁边抢过来，两柄短枪死死地顶住了我的左右太阳穴。

“动，就要你命，懂吗？在港岛这块地盘上，我就是扶摇九天的战龙、决断生死的阎王，谁敢跟我玩螳臂当车的游戏，下场都是一样的，就是被碾成一摊烂泥……”司寇青龙的铁青脸色凝重如一块冻僵了的钢板，说出的每一个字都带着淡漠到极点的寒意。

我无法多说什么，只是淡淡地一笑，稍稍仰头，避开对方咄咄逼人的气息。

司寇勋大踏步地向小楼里走去，一副小人得志、趾高气扬的架势。

“快跑！跑步去拿，笨蛋！”司寇青龙再次低吼起来。雷动天说过，司寇青龙的最可怕之处在于，就算他完全占据上风，依然非常谨慎小心，不露丝毫破绽，像一台超级电脑一样准确地判断形势，然后一个一个地执行着最恰当的程序。

“青龙前辈，你这样破坏港岛黑道的游戏规则，是很容易出事的。”我终于忍不住告诫他。现在，我只需将脚下这双皮鞋的鞋尖稍稍抬起一个角度，鞋跟互搓发力，鞋面上的机关里就能射出两支半寸长的银燕飞梭，没入对方的小腹和裆下要害。只此一招，司寇青龙差不多就要当场毙命。

“我只要那背包，小杨，别逼我杀你。”司寇青龙又笑了，“而且那包是石小姐的，与你没有干系。再说，那本古书的最初主人也不是她，她只不过是机缘巧合，从别人那里拿去的……”

突然，司寇勋大惊失色地从小楼里狂奔出来，大叫一声，打断了司寇青龙的话：“爹地，不好了，石小姐连带那背包都不见了，桌子上只留了这样一张纸条，快看，快看！”

司寇青龙一愣，陡然撤开双臂后撤，向司寇勋迎去。

“爹地，是燕盟的人下的手，你看，上面明明白白地留着燕盟的‘连体双杀燕’标志。我记得上次你去新加坡时，主掌燕盟的梁氏集团梁伤燕梁夫人曾说过，她的人绝不会捞过界，抢港岛黑道的饭碗，还信誓旦旦地跟你击掌为盟。现在好了，咱们没动燕盟的利益，她反倒是抢先出手，把古书和石小姐全带走了，可见对石达开宝藏和东陵遗宝——”

啪的一声，司寇青龙又是一掌掮在司寇勋脸上，打得他横跌出去，倒在旁边的半枯草坪里。

现在，司寇青龙手里捏着一张雪白的信笺，上面留着几行龙飞凤舞的小字，信的落款处，果然留着一方联体飞燕的阴刻印章。

“小杨，想不到你跟新加坡梁氏集团也有关系？或者说你故意走漏消息给他们，要燕盟也插手这块肥肉？嘿，我还真是小看了你们这些年轻人呢！好吧，今晚的事，我给梁夫人面子，就此收兵，这笔账以后再算。”司寇青龙食指一弹，那张信笺平展展地飞过来，落在我的掌心里。

“不过，我告诉你，跟老雷走是没有好下场的，他想平平静静地金盆洗手、退隐江湖，哪有那样的好事？港岛所有的社团都在觊觎着他名下的十几亿资产，不把那些钱掏空了，是绝不会放过他的。所以小杨，看在你今晚尊称我一声‘前辈’份上，我给你指一条明路吧，那就是站到我这边来，掀老雷的底牌，然后顺势换自己上位，把江南霹雳堂雷家这块金字招牌彻底掉转过来改成别姓。哈哈，到那时候，你就不必跟在别人后面捡剩饭了——”他打了个响指，一直留在宾利车旁边候命的司机马上跑过来，打开烟盒送到他面前。

司寇青龙取了一支雪茄烟，悠闲地衔在唇上，司机嚓的一声擦亮了打火机，送上去给他点烟。那时，他稳稳地岔开双腿，站在属于我的别墅小花园里，一副鲸吞天下、唯我独尊的狂傲气势，大概真的将自己当成无所不能的飞天青龙了。

蓦地，司寇青龙转头望向自己的右后方，盯着五十步外的另一栋别墅，脚下连环跨步，绕到司机侧面，将他当成了自己的挡箭牌。

“喂，大家后撤，全都后撤，收兵。”司寇青龙轻轻一吐，任那支名贵的古巴雪茄跌落在脚下，如临大敌一样扶着司机的肩，缓步退向车子。

司寇勋莫名其妙地爬起来，捂着已经红肿的半边脸跑向自己的摩托车。

“怪不得今晚没看到‘独狼’雷五贴身出现在老雷身边，原来躲在这里等着我们呢！小杨，转告他，狼都是要吃肉的，我青龙帮有的是他想要的东西，随时恭候他改弦易辙，加入我们这一方。”司寇青龙钻进车子，迅速将防弹玻璃车窗升起来。

两辆埋伏在拐角处的丰田中巴车开过来，青龙帮的人马立即上车，准备撤离。

“我跟梁氏集团没关系，跟任何台港澳、东南亚黑道集团都没关系。不过，我不希望今晚的事发生第二次，现在叫你一声‘前辈’是客气，真要逼我翻脸的话，港岛几大社团的高手同来，我也会放手留客，让青龙帮付出血与火的代价。”我拍着那面车窗，一字一句地向司寇青龙说清楚。

他们风风火火而来，急急匆匆而去，自以为占据天时、地利、人和就可以为所欲为，这是完全没把天下英雄放在眼里的结果。总有一天，青龙帮将因此而付出惨痛的代价，黑道历史上的很多例子完全能说明这一点。

宾利车发动，迅速消失在茫茫夜色之中，只留下被践踏过的门前花圃和门内草坪。

大亨雷动天的确想过要退出江湖，农历春节的私人小聚上，他就向我谈起过这问题，同时感叹：“天下风云出我辈，一入江湖岁月催。皇图霸业谈笑中，不胜人生一场醉。黑道江湖虽然多姿多彩，却只能当做冒险家的乐园，特别是在今日睚眦必报、蝇营狗苟的暴力港岛环境，更不适合我这种宽宏隐忍、谦和谨慎的人。我真的很想退休了，放弃一切，去美国的无名大学做一名专心研究学问的教授，或是干脆搬到法国的乡下小镇去，放羊喂马，种植葡萄，做个无欲无求的农场主。阿进，未来是你们的，也是我们的，但归根结底还是你们的——”

我理解大亨的心情，但诚如司寇青龙所说，眼下的这个五彩斑斓的江湖像一台巨大的滚筒洗衣机，一旦把什么东西绞进来，就会永远不停地搅动下去，没有什么能逆向退出，只能随波逐流。江湖是单行道，不容任何人退出，除非是死人。

敌人离去后，我并没有着急回楼里去，而是静静地站在门前等待着，直到一个举着酒壶边走边喝的瘦高大汉迤逦而来。

“今晚的月色不错，你也很有雅兴，站在这里欣赏月亮。不过，我总觉得港岛的月亮被俗世风尘玷污了大半，不如外国的月亮更圆更亮呢！”那大汉甩了甩左肩上背着的灰色牛皮袋子，袋子又旧又长，里面塞着几截长约两尺左右的棍棒状东西。我知道，在他那十根瘦长灵活的手指摆弄下，看似毫不起眼的棍子，十五秒钟内就能组装成一支三百米内一切生物必杀的狙击步枪。

“五哥，谢谢你替我解围。”我由衷地笑了，心里涌过一阵无声的暖流。

大哥说过：“真正的朋友，就是那些能令你心底时时感到温暖的人，无论等级高低、身份贵贱，只有那种人，才值得深交。”

毫无疑问，“独狼”雷五就是这样一个人，他的话很少，整日酒不离手，但却拥有一手精湛无比的枪法。最重要的是，他有一颗赤诚无比的忠心，将“保护雷动天安全”这件事看得比生命更重。他与大哥曾是肝胆相照的“枪友”，经常在雷动天的别墅里通宵达旦地比枪喝酒、谈天说地，亲密无间，有一次甚至被好事的媒体记者歪曲为“性取向有问题”。

大哥失踪后，雷五只跟我深谈过一次，他说：“杨正不在，我就是你的哥哥，你就是我的亲弟弟。谁敢动你，就提我‘独狼雷五’的名字，叫他先掂量掂量能不能过了我的瞄具十字丝再说。还有，从现在起你的事就是我的事，任何需要我帮助的时候，只要一个电话，我就算身在南北两极、东西海岸，也会放下手边的所有事，第一时间赶到你身边。如果我实现不了这个诺言，就让我被穿甲弹爆膛炸死，五官全毁，免得无颜面对杨正。”

“司寇青龙很狡猾，他大概是感觉到了我心里的杀机才悚然离去的。不得不承认，他是一名敏感而强大的敌人，所以才能在高手如云的新义安里一步一步爬升起来。阿进，你没被他伤到吧？”雷五用左手轻轻抚摸着那只黑皮枪袋，走到司寇勋倒下过的地方，仔细地搜索了一阵，再次补充，“我一直都在奇怪，司寇勋绝不该表现得如此脓包，因为他在日本师从一位日籍华裔高手，潜心修行暗杀术，已经有相当成就，不可能轻易在你手下服软。如果以后再遇到他，记得提高警惕，千万不要留下今天先入为主的印象。”

我并不希望重蹈今晚的危机，如果雷五没出现的话，一旦陷入混战，就会弄得难以收场了。

“五哥，请进来坐吧，我泡杯红茶给你。”男人间的友情，往往无法用语言表达，大哥与雷五如此，我与他亦是如此。

雷五皱了皱稀疏的长眉，吸了吸鼻子，忽然长叹：“好吧，我最近总感觉腰酸背痛、身体发紧，可能港岛这片天空马上就要风雨欲来了。看看月亮，风圈黄晕高挂，农谚里有‘月亮挂风圈、大风刮三天’的讲法，明天就该变天了。”

他本来不是个喜欢吟风弄月的人，那些话里的“风、月”都是别有所指，我当然能听得出来。

回到客厅后，我才把那张白信笺递给雷五，要他看那几行龙飞凤舞的毛笔小楷：“书呈杨进先生，凤凰不落无宝之地，传新加坡燕盟梁夫人令，敦煌宝藏，她已预订。妄图染指者，杀；妄言夺宝者，杀；觊觎不离者，杀；从中作梗者，杀。燕盟十二君子，六人至港岛，六人至敦煌，志在必得，绝无虚言，君若聪明，就请退避三舍，后当图报。此致敬礼，恭祝安顺。”

雷五摸了摸皮肤暗黄、遍布雀斑的鼻尖，摇着头苦笑：“燕盟梁夫人麾下的‘十二君子’出马，恐怕又要在江湖上掀起一场腥风血雨了。不过，青龙帮与燕盟同争一块肥肉，势必要展开鹬蚌之争，别的社团帮会乐得坐山观虎斗，看他们的笑话，这未必不是一件好事。”

石梦真的不见了，当我四处搜索未果时，忽然闻到厨房里飘出的红茶醇香，忽然一怔，马上急步进入厨房。之前我记得要给石梦泡茶的，但只打开了茶罐，没来得及动手，现在倒好，茶罐、糖罐都开着，旁边的水壶也烧开并使用过，现在摸上去仍旧滚烫。向橱柜里看时，那套精致的青花骨瓷杯也少了一只，足以证明，有人刚刚在我家里烧水沏茶，自由自在地享受过了。

雷五背着他的枪袋拖拖沓沓地走进来，低声问：“出了什么事？”

我警觉地环顾室内，却看不到任何可以追踪的线索。

恰在此时，雷五的电话响起来。

他看了看液晶屏，低声冷笑：“是司寇青龙！嘿嘿，他最近一直想要策反我，给出的条件优厚得无法想象，不像是请一名保镖，倒像是请一个雇佣兵保镖团。不过，整个港岛黑道，也就只有他相信能成功地拉拢我倒戈叛逃了。”

港岛老一代江湖人物都知道雷动天与雷五之间的铁血感情，那是钢刀或利益都无法离间的。当年，雷五带人跟黑道上最毒辣剽悍的“湾仔七条虎”在葵涌码头械斗，身重十余刀，手下兄弟全部死伤倒地，连自己的女人和两个妹妹也被敌人尽情羞辱，彼时生不如死，幸亏雷动天出现，格杀七虎，救下雷五。当晚，雷五在七虎、女人、妹妹的眉心里各射了一枪后，跪拜在雷动天脚下，发誓此生做他的保镖，用自己这条命报答他的大恩。

雷五常说：“我的命，已经不是自己的，属于雷先生。”

“他总是很有想象力，把港岛黑道当成自己的后花园，想怎么玩就怎么玩。他明白你对他是一种巨大的威胁，才拼命拉拢你。五哥，你是黑道上‘义气和报恩’的标杆人物，很多年轻后辈都以你为榜样，你可千万别让他们失望啊！”我了解雷五的内心世界，他至今不娶，也不再接近女人，为的就是把全部的精力都贯注于“报恩”这件事上。

雷五点头，把电话放回口袋里。

我抬手去橱柜里拿杯子，忽然有张照片从柜门后面飘然落下，跌在台面上。照片拍到的是面对面站着的两个人，正对镜头的这个，正被另一个人手中的格斗刀刺中胸膛，脸上露出极其痛苦的表情。出刀的人是个大行家，无论手法还是部位，都拿捏得相当准，格斗刀的一半已经没进被刺者的左胸心脏位置，构成必杀的一击。

“大哥？”我的右手一抖，一只青花骨瓷杯被手指勾倒了，从橱柜最上层滚落下来。

雷五及时伸手，捞住那杯子。

“大哥！”我的眼泪哗的一下滚出眼眶，滴落在台面上。

被刺者重枣眉、丹凤眼、悬胆鼻、菱角口，下巴上挂满了密密的黑色胡子茬儿，肩膀宽厚，身材矫健，身上穿着一件大陆西北牧民常见的那种老羊皮袍子，腰间系着条黑布带子……那是大哥，绝不会错，就是大哥杨正。当他紧皱着眉，忍受尖刀一刺的时候，我感觉那柄尖刀犹如刺中了我的胸膛一样，尖锐而深刻的痛楚感翻江倒海般在我身体里爆发开来。

雷五摸出酒壶，拧下盖子，送到我嘴边来。

我木然地凑着他的手喝了两大口酒，浓烈的酒味像给我打了一剂强心针，终于从极度痛苦中清醒过来。

“谁带来的照片？燕盟的人吗？带走石小姐的人吗？”雷五问。

我用力地搓了两把脸，把照片翻过来，它的背面赫然用蓝色签字笔标着“第二张”的字样，跟先前小武送来的一模一样。石梦曾说，石布要她转交的只有两张照片，现在这第三张又会是谁送来的？难道是偷偷藏在这里沏茶的人？

“是谁？谁在我家里？”我提气大叫，估计那人只要还在楼里，就一定能听得见。但是，没有任何回音传来，似乎除了我和雷五之外，就只有无处不在的空气了。

“阿进，冷静点，好好想想你带石小姐回来的过程中，有没有什么怪事发生？比如灯光、可疑车辆、陌生访客之类的？”

雷五不是我，所以见了那张诡异而古怪的照片并没有失去理智。我和大哥之间的手足情深，外人当然无法体会。

我忽然记起了曾出现在储藏室天窗的手电筒光，马上奔上楼梯，匆匆上到二楼，直扑储藏间，一脚踢开了那扇草绿色的小木门。雷五紧跟在后面，双手各提着一柄短枪，那么瘦长的一个成年人，脚步却轻捷如一只灵猫。

储藏室的进深约十步，左右宽度为五步，左边墙空着，右边的墙则被做成了一个巨大的八层展示架，上面摆着三排书、两排汽车模型、两排工艺品刀剑，最下面一排则是枪模和子弹。这个房间很少有人进来，平时应该飘着旧书和机油混合在一起的怪味，但现在，除了原有的味道，却多出了一种淡淡的茶香。

雷五一惊："有人来过？"

我没有回答，扭动最下面那排的一只"沙漠之鹰"枪模，左五圈、右五圈，接着又是左五圈、右五圈，随着机关扭簧的轧轧声，靠近门口的三分之一面架子忽然向里面打开，露出一个五步见方的密室来。既是密室，就绝对该是没有人的，但现在里面却多了一坐一站的两个人，而且都是楚楚动人的大美女。

"别动！"雷五向右一闪，跪姿举枪，分别瞄准了那两个女孩子。

当我看清那个倒背着手站着的女孩子正是石梦的时候，忽然轻轻松了一口气，心上压着的一块大石头终于落地。不知为什么，经过今晚的事，我感觉跟她之间仿佛有了同病相怜般的默契，因为我们都是在一种极其诡异的状态下失去了自己的亲哥哥，身上心上有着同样的创痛。

"慢慢举手，走出来，千万别想反抗，我的枪很容易走火的。"雷五冷冰冰地下了最后通牒，但坐着的那女孩子一下子捂住了嘴，嗤嗤地浅笑起来，仿佛听到如临大敌的雷五那些话后，不亚于看到了一个拙劣的话剧演员在舞台上的最蹩脚表演。

"呀，看看你，引得我笑得那么厉害，红茶都洒出来了！"她笑够了，轻轻蹙眉，凝视着右手里握着的青花骨瓷杯。

雷五突然倒抽了一口凉气，再次重复："出来，不要搞怪，我真的会开枪的。"

那女孩子伸出左手，捏成一个最完美的兰花指，倏地一晃，指尖上便出现了一小袋纸巾。

我禁不住一声苦笑，那杯子、红茶包括纸巾都是我家厨房里的，她的眼睛真是够尖、手法真是够快，在青龙帮大敌环伺之时，仍能有条不紊地烧水沏茶，带好了所有用品，再挟着石梦进入我的密室。这份胆识，已经证明对方不是个简简单单的人物。

“我的毛笔字还算好吧？”她弯起嘴角，向我微笑着，左手变魔术一样地又晃了一下，纸巾袋不见了，只剩下一张纸巾，然后便轻轻抹拭着杯沿上的茶痕，若有所思地轻叹，“良夜无寐，红茶为伴；青花古杯，价值千金。用这种杯子沏茶，好是好，但未免多添了美人小恙、西子捧心般的凄惶。所以，你的橱柜里应该多准备一些纯奶、奶精或是固体奶砖之类的东西，当然，每次喝茶时再添一小碟即时烘焙的英式果仁点心，就能中和凄风苦雨带来的悲凉。你说呢？”

我记起了那张来自燕盟的字条，那笔行云流水般的小字配她这样美若桃李、声如钟磬、肤如凝脂、惊艳绝尘的女孩子，令人不知不觉地便对她有了深深的好感。

“请出来说话可以吗？阁下是梁夫人麾下十二君子的哪一位？”我不敢大意，慢慢地后退了一步，留出应变对方魔术师般突袭的距离。

“‘北风卷地白草折，胡天八月即飞雪’——这两句诗里就嵌着我的名字呢，像杨先生这样饱读诗书、学识渊博的谦谦君子，一定能找出是哪两个字的，对不对？”她把用过的纸巾在指尖上轻轻揉捏着，哧的一声向外弹出，射向精神高度紧张的雷五。

〔陆〕

燕盟白雪带来的宝藏消息

像雷五那种枪术高手，一旦进入射击前的专注戒备状态，身体就会变得像一块沉在河底的石头一样，无论受到任何骚扰都纹丝不动。所以，当那团纸巾笔直地奔向他的鼻尖时，他仍然紧盯着那女孩子，身体不动，眼睛也一眨不眨。

蓦地，纸巾凭空消失了，那女孩子叹道："独狼雷五的定力在港岛江湖首屈一指，果然名不虚传。"

她捧着杯子，浅浅地喝了一口，妙目轻扬，向我一笑："杨先生，猜到我的名字了吗？还有，梁夫人传过来的命令，你最好都放在心上，否则她生起气来，大家就都有得忙了。"

刚刚她吟诵的两句诗出自唐朝边塞诗人岑参的《白雪歌送武判官归京》，非但诗里嵌着她的名字，那首诗题目上的前两个字，亦是她的名字，她就是"十二君子"的领头人白雪，亦是燕盟梁夫人最为宠信的"千军万马大总管"。

"失敬了，白雪小姐。"我现在明白之前雷五要倒吸一口凉气了，因为他提早判断出对方的身份。

"杨先生客气了，我这个不速之客夤夜探访，冒昧地动用了你的厨房，捧着你的康熙年浙料缠枝莲青花骨瓷杯，喝了你专为石小姐拿出的立顿红茶，然后又跑到这里来，坐在你的前明朝紫檀官帽椅上——"她扭了扭身子，拍了拍椅子扶手，发出如落花轻拂秋水般的叹息声，"这椅子曾在嘉士伯冬季拍卖会上拍出了一千五百万港元的高价，却被放在一个连老鼠都钻不进来的密室里，真是明珠暗投的经典阐释。唉，该道歉的应该是我才对，梁夫人说过，杨先生非常谦虚淡定，待人十分客气，是今日浮躁港岛中难得一见的谦谦君子。现在看来，夫人连一个字都没有说错。”

我只淡淡一笑，对别人的溢美和恭维并不在意。

白雪在新加坡马六甲海峡一代的华人圈里大大有名，被称为“千幻大魔术手”、“第一神偷娘”、“银针销魂骷髅客”，最擅长魔幻易容、潜入偷盗、伏击刺杀三项，早就成为燕盟的三军之帅。她出现在此地，一定不会是为喝茶聊天而来。

“杨先生？”白雪修长的柳叶眉挑了挑，带着春水柔波的杏花眼微微一转，“青龙帮的人应该是撤退了吧？梁夫人说过，燕盟永远不想与港岛的任何社团发生正面冲突，君子求财不求气，我们要的只是宝藏，对新义安青龙帮的地盘不感兴趣，至于你们这边所谓的黑道政治，更是看得轻如鸿毛。她一直都说，可惜‘亚洲第一寻宝师’杨正大侠失踪了，否则燕盟会直接跟他合作，把其他玩家都扔到维多利亚港里去喂鱼好了。呵呵呵呵，你知道，梁夫人对杨正大侠最为看重，常常嗟叹人生无常，上帝之手竟然将他那样的大英雄攫走隐藏，不知所终。否则的话，他与夫人一在港岛，一在新加坡，英雄侠女，遥相呼应，该是亚洲江湖的一段传奇佳话了……”

她的唇红艳得像三月的桃花瓣，鼻梁挺直莹白，如无瑕质地的象牙玉雕刻出来的一样，五官相貌完美得无懈可击，比近几届的港姐、亚姐三甲都要美上十倍不止，但就是这样一个让人怦然心动的女孩子，却是黑道上鼎鼎有名的大行家，只可远观，不可亵玩。

石梦一直沉默地站着，头发凌乱，面色憔悴，只有那双微微红肿的眼睛里依旧透着坚强倔强的冷光。如果说仪态万方的白雪是春风中的繁花，她就是秋雨夜的幽谷兰草，不以无人而不芳，坚持着只给自己看的那道风景。

“我很好，不要替我担心。”她打断了白雪的话，冷傲地挺直了脊背。那个被司寇青龙惦记的黑色背包就在她的脚下，半敞着口，露出一只薄薄的不锈钢匣子来。

她开口的时候，并没有直视着我，像是自言自语一般，但我知道，她一定看透了我心头的丝丝牵挂。就像看到雷五时那样，听了她的话，我的心头又有了温暖的感觉。

“每个来到这里的人，关心的只是宝藏，各种各样的宝藏，无论是来自太平天国翼王石达开的宝藏，还是千年敦煌鸣沙山上留传自瓦岗寨英雄的宝藏，再加上传说中东陵大盗西逃时最后一车西太后宝藏——人人都看到了宝藏的金光，人人眼中都放射出贪婪之光，人人都形如饕餮巨兽，择宝而食。好吧，我就拿出大家最想看到的那本古书，公之于众，免得最后应了那句‘君子无罪、怀璧其罪’的古训。”石梦弯腰抄起那个半尺长、三寸宽、一寸厚的匣子，在手里掂了掂，大步走出密室，站在我的面前。

白雪忽然轻拍着官帽椅的扶手，又一次哧哧地笑出声来：“小妹妹，这次你可真的是上当了，中了密室设计者的一个小小的恶作剧式的圈套。”

石梦把匣子向我递过来，头也不回地冷笑：“圈套？我哥哥因这本古书而丧命，那岂不已经是世间最惨烈的圈套？杨先生密室里的圈套再厉害，能比得上这古书吗？”

我本来不想接这匣子，但石梦突然不动声色地向我连眨了三次眼睛，用白雪无法察觉的唇语说：“帮我个忙，接下它，它是一切争端的起源，亦是找到宝藏的主线。我和哥哥都无力保护它，拜托你，杨先生。”

她不由分说地抓过我的手，将冷冰冰、沉甸甸的匣子塞过来。

“关关雎鸠，在河之洲，窈窕淑女，君子好逑。密室设计者在这栋别墅的二楼上用不同房间格局、不同家具布置、不同门户分布制造了一个‘凤求凰、女追男、小妹妹送情郎’的玲珑风水遁阵。小妹妹，你一走出去，今生情感就要维系在那个男人身上了，就像扎在你心上的一根刺，拔也痛，不拔也痛，永远无法根除。”白雪长叹，翘着右手的纤纤兰花指，指向石梦。

石梦一怔，歪着头想了想，猛地转身，面对密室中的白雪。

“我从七岁起便读周易、背八卦、识紫铜风水镜，并曾拜在新加坡圣淘沙岛邵氏门下苦心钻研六年，才有机会一踏进这小楼后，第一眼就觉察了这密室的奇异之处。梁夫人的苦心……梁夫人的苦心……”白雪连连叹息，目光在我和石梦脸上连续来回扫了几次，迟疑着不再说下去。

石梦一笑：“今晚，我们只谈宝藏，不谈风月，好不好？”

白雪摇头：“离开风月，宝藏只是一堆冷冰冰的石头和金属。小妹妹，在你的年龄还无法理解那样一句话——‘漫长的是人生，短暂的是浮华或痛苦’。如果以这种方式决定一生的归属，未免太仓促了些，我只是在可怜你。”

我明白密室的方位布局，在周易八卦图中，各方位其次序是震（东方）、巽（东南方）、离（南方）、坤（西南方）、兑（西方）、乾（西北方）、坎（北方）、艮（东北方）。

这个密室居于小楼平面的西北方，即乾卦的位置。当石梦从里面走出来时，是从乾卦入离卦，然后转入震卦。乾卦的大象是“天行刚健，自强不息”；离卦的大象是“上下通明之象，主不实不定之意”；震卦的大象是“重雷发向，千里传声，变动之意”。

从这种思路来解释卦象与风水布局的关系可以得到的结论是：“石梦此刻在任何事情歧路上都举棋不定，对下一步的去向疑虑重重，无法做出决定，犹如风中飘萍，身不由已，需要有人在她身边呵护牵引，带她走出这段迷途。”

至于白雪所说的“凤求凰”布局，当然也是密室布局的一部分，却是以偏概全，不能解释这小楼中的全部玄机。小楼的前主人是英皇最后一任港督彭定康麾下要员，九七之前便举家迁回英伦三岛，被大哥接手。之后，大哥对两层楼的架构做了彻底更动，所有图纸都是出于他自己的丈量设置，要工匠们严格按图施工完成，每扇门、每堵墙的角度和尺寸，都要经过罗盘定向、激光定位，所花的心思令专业建筑设计师们也要汗颜。

“白小姐，你太多心了。这小楼的格局是我哥哥亲手用紫铜风水盘定下的，他对八卦风水也有一些研究心得，不逊于圣淘沙岛邵氏的两代高手邵深井、邵石斛父子。所以，你用‘凤求凰’来戏弄石小姐，似乎不够厚道。她今晚已经身心俱疲，应该去好好休息，而不是站在这里听我们玩弄文字游戏。”我知道燕盟的人出现在港岛是来者不善，只是石梦流露出来的疲态一次次刺痛着我的心，我希望她能尽快地安安稳稳地躺下来，好好睡一觉，不再受青龙帮或燕盟的打扰。

白雪轻轻离座，深深地注视着我。

雷五突然插嘴进来：“白小姐，上一周我听到消息，你曾远赴大陆西北，在敦煌鸣沙山上露过面，用三昼夜的时间，把莫高窟至今仍保存着的两千多尊彩塑和四万五千平方米壁画全部浏览了一遍。雷先生说过，白小姐一向信奉‘凤凰不落无宝地’的人生格言，落到哪里，哪里一定有宝。这一次，摆明了燕盟是要向敦煌藏宝下手了？”

他仍然举枪对着白雪，视线不离对方的身体要害。

白雪皱了皱眉，慢慢地抬起下巴，仰面看着密室的屋顶，高傲不屑地回答：“燕盟梁夫人的深谋远虑，岂是俗世中人能洞悉了解的？每个人都知道敦煌有宝，都以为所谓宝藏就是红尘中的男男女女们最爱的黄金白银、钻石珍珠、翡翠玛瑙，其实那是大错特错了。《左传·襄公十五年》上说，宋人或得玉，献诸子罕。子罕弗受，曰：‘我以不贪为宝，尔以玉为宝，若以与我，皆丧宝也，不若人有其宝’。现在，你们以金银为宝，梁夫人以虚空中的精神境界为宝，当探险界触动了那些宝藏的时候，自然会影响到敦煌地下的神秘命脉，将她的宝也毁掉了。所以说，敦煌藏宝吸引了全球探险家们的目光，但他们却不明白真正的宝藏指的是什么。所以，梁夫人才传下‘连体双杀燕盟令’来，警告江湖同道收手。当然，这个世界上总有一些只贪财、不畏死的人，像扑火的飞蛾一样，争先恐后地冲进来送死，那就不能怪燕盟辣手了。”

我忽然觉得，当她傲然教训雷五时，那副神态像极了唐朝仕女图上的拈花美人，而这密室就是仕女图的画框，恰到好处地将她的美艳和倨傲衬托出来。图中无花，而白雪的样貌竟比世间最完美的花卉还要惊艳绝伦。

“请到客厅去谈话好吗？”我牵着石梦的手后退。

白雪脸上露出隐隐的苦笑：“好，你们先走，我还想在这里再停留几分钟，欣赏一下杨正大侠留下的风水布局。”

我本想点破她的顾虑，但话到嘴边又咽下，毕竟我从不愿意逼迫别人做什么，心存厚道。其实我是想说：“此刻白小姐走出来，正好顺应了‘凤求凰布局’向‘落山风布局’转换的步调。”

“凤求凰”是“少女仰慕长男”之意，“落山风”则是“长女惑少男，有淫奔之象”，那么她就将变成了石梦的替代者。

关于“落山风布局”，《易经》里有“蛊卦”，上卦为艮，艮为山；下卦为巽，巽为风。巽下艮上指风落山下，艮为少男，巽为长女，卦义是“长女惑少男，有淫奔之象”。《左传·昭公元年》中也有对“蛊卦”的相同解释，晋侯求医于秦，秦伯使医和视之，曰：“疾不可为也，是谓近女室，疾如蛊。”赵孟曰：“何为蛊？”对曰：“淫溺惑乱之所生也。于文，皿虫为蛊。谷之飞亦为蛊。在《周易》，女惑男，风落山，谓之蛊。皆同物也。”

综合以上资料，“落山风”是比“凤求凰”凶险十倍的布局，她以为石梦走出来是坠入布局者的圈套，实际上却令自己落入了陷阱。周易八卦、先天风水的天机玄妙是永远没有人能探究其深奥尽头的，所以中国历史上的鬼谷子、老子、庄子等绝顶玄学大师都曾留下过“如是天机，必将不可泄露”之类的警语。

“我们先去客厅吧，我想你现在最需要的是一杯热茶。”我轻挽着石梦的细腰，陪她下楼，因为我知道她现在的状态不过是强弩之末的苦撑，实在也撑不了多久的。密室之外，只留下雷五陪着白雪，有他在，“落山风”的布局自然就破了。

刚走到楼梯的一半，石梦就身不由已地向我靠过来，疲倦得像只渴睡的小猫。

“那匣子请代我保管，哥哥的一切后事请代我处理，我实在支撑不下去了，只想找一个温暖的怀抱，蜷缩起来大睡三天，希望你会是我想要的……”她的一大半身体重量都坠在我的臂弯里，眼皮也沉甸甸地合起来。等我把她半扶半抱地放到沙发上，她只翻了半个身，就进入了昏沉梦乡。

不知为什么，我感觉自己的心仿佛已经被她悄悄地偷走了。墙上的电子钟已经指向凌晨一点，从文华东方酒店的初识到现在，仅仅八个小时不到，她的影子就塞满了我的全部思想。一丝不苟的、点头微笑的、勇猛强悍的、垂眼苦笑的、创巨痛深的……走马灯一样在我脑海中回放着。只认识她八小时，却像两个人已经彼此熟识八年、八十年那么久了。

我忍不住握起她垂在腰间的右手，轻触着她的指尖，微笑着凝视她的侧脸，喃喃自语：“我会做好一切，请你放心。”

哥哥失踪之后，她是第一个深入我心的人，而且一旦进入，就化成一只巨灵之掌，紧紧地攫住我的心，再不放开。

我并不知道白雪和雷五是何时下楼的，直到红茶的醇香气息再次飘进鼻翼，我才醒觉自己已经半蹲在沙发前近半个小时了，视线竟然一直都没离开过石梦的脸。

“杨先生，我有一些资料要拿给你看，是关于宝藏的。”白雪飘然走来，站在沙发背后。

雷五沉着嗓子补充：“是关于阿东的，你该知道，阿进对宝藏根本没兴趣。我想你该解释一下那张照片的来历，燕盟的情报一向准确，我在这里先替阿进多谢你了。”

我站起身，立刻感到腿弯麻胀得厉害，腰背也变得僵硬无比了。

当我的视线再次接触到白雪的深邃眼波时，她的嘴角忽然添加了更深的忧虑和苦笑：“杨先生，我不得不诚恳地提醒你，千万不要让爱情蒙蔽了你的眼睛。梁夫人说过，你与杨正大侠的思想特质近乎完全相同，你们兄弟的情商与智商仿佛是一个透明的连通器，此起彼伏，此伏彼起。一旦情商大幅度提升，随即带来的就是智商的大尺度跌落，后果怎样，无需我多说。”

此刻我才意识到，自己仍握着石梦的手不曾放开，她的幽幽体香已经经由那只手，慢慢传遍了我的思想，“万花丛中一握手，使我衣袖三年香”的句子立刻油然浮上心头。

“谢谢提醒，我知道自己在做什么。”我点点头，指向书房，“请到那边谈吧，免得打扰了她安眠。”

进入书房前，我先去卧室的橱柜里取出一条崭新的英格兰双层珊瑚绒毛毯，小心翼翼地盖在石梦身上。此刻，她的长睫毛深垂着，眼窝里还留着两颗晶莹的清泪，在灯光映照下，如两颗荷花叶上的晨露，反射着炫目的珍珠般的荧光。忽然间，她轻轻翻身，露珠沿着她的眼角无声跌落，滴在毛毯的一角上，刹那间消失了。

“大哥，不要走……”她在梦中呓语着，右臂一动，五指一下子抓住了我的手腕。

我任由她抓着，心痛如大潮初涨，一波一波冲击着灵魂的堤岸。

“大哥，不要……我愿意为你分担……”呓语停了，她再次沉沉地睡去，五指就此松开。

深秋的客厅有些清冷，我又轻手轻脚地去开了中央空调，直到感觉沙发四周有了暖意，才离开她，走进书房。

白雪已经在书桌上展开了一本杂志大小的彩色打印资料，正在用我的七星端砚磨墨，手里握着的也是我已经用掉一半的赤金徽墨。虽然当今电子书、电脑打印横行，我却依然保持着闲暇时练毛笔书法的习惯，提笔写字时，会令我的思想慢慢沉淀下来，进入深度思考的境界。

“你可以离开了吗？其实这里本来就没你什么事。”白雪微蹙着眉，向书房一角的雷五说。

雷五的手里仍旧握着那只从不离身的酒壶，默默地站起来，紧了紧肩上的枪袋，准备离开。他的身份只是雷动天的保镖，担负着狙杀与保护的工作，与其他的脑力劳动的确毫不相干。特别是接近“宝藏”这一敏感话题时，适时地回避是非常应该的，否则，有害无利。

“阿进，自己多保重，有事就打我电话。燕盟出现，司寇青龙就不会乱来了。还有，记住，别随随便便答应别人什么事，别在怜悯别人时迷失了自己。”他走过我身边时，贴在我耳边上，又低声补充了一句，“我指的是石小姐。”

从我刚刚对石梦的柔情态度上，任何人都看得出我在用全部心思呵护着她，正一步步坠入情感的漩涡。

我点点头，却引来白雪的一声嗤笑。

雷五默默地走了出去，消失在凌晨的清冷夜色之中。

白雪磨完了一池浓墨，又提起一支羊毫毛笔，在我练字的宣纸上行云流水般写了一行繁体小字，却是“琵琶欲饮马上催”一句。

“21世纪的都市男人，仍痴迷于中国传统书法的不多，你是我所见的第一个，所以刚刚留字时，忍不住用了你的毛笔。梁夫人说过，杨正大侠是个不可多得的江湖奇才，他的弟弟也不会差到哪里去。现在看看，你身上具有比他更优秀的素质，如果能进入燕盟，有梁夫人教导，再有我们十二君子辅佐，将来定是一片辉煌。”白雪的建议充分体现了燕盟“网罗天下人才为我用”的扩张野心，梁夫人已经拥有“十二君子”那样十二个顶尖人才，却仍然广开纳贤之门，这份博大胸怀，堪胜过任何江湖大豪。

全球黑道历史能够证明，人类社会从来都不欠缺野心家，希望梁夫人不会也步入那个千夫所指的冗长黑名单。

我只淡淡地回应：“过誉了，时间宝贵，说说那些照片吧。”

白雪提笔不落，侧面剪影如一支出水芙蓉般清雅脱俗。

我不敢回想大哥被刺的那张照片，每想一回，心痛就加深一分。那一刀刺得又准又狠，就算是内功深湛到足以龟息闭气的高手，也几乎——“杨先生，三张照片来自同一个人的手中，背面的编号也是之前就有的，所以我想你不必太担心杨正大侠被刺后的状况，毕竟他在第三张照片上还能沉腰坐马，运气发功，并且身上没有伤痕血迹，至少可以证明他的情况还算不错。”白雪打断了我的思索，笔尖垂落，在纸上任意挥洒游走着。

窗外响起洒水车的清脆蜂鸣音，提示我新的一天即将开始了。

从昨天黄昏开始的无眠之夜，几乎是一步一变，考验着所有人的神经和耐力。石梦已经被失去兄长的痛楚打倒，我也面对着一张令人震惊的照片，思想正在坠入痛苦的深渊，但我必须挺住，除此之外，没有人会发力拯救我。

“照片是哪里来的？”我问。

“你先回答我，石布到底出了什么事？”白雪狡黠地卖了个关子。

我叹了口气：“石布跳楼自杀了，今晚翡翠电视台的夜新闻里已经播放过，报道过程清清楚楚，只是隐瞒了他的真实姓名。”

的确，港岛电视媒体的效率一流，与火警、匪警、医院救护车的速度不相上下，总会第一时间赶到事发现场，并且总能找到第一手的资料，毫无保留地呈现在港岛民众面前。

“不，不，我问的是他为什么会在豪华包房的餐桌上疯子一样弹琴跳舞？杨先生，请回答我，你当时还注意到了什么？”白雪摇头，目光炯炯地逼视着我，似乎要透过我脸上的表情，一直洞悉到我的内心世界。

我坦然摇头：“那是一个无解的谜题，我看他的精神似乎有点问题，但只是暂时性的，等他进入洗手间后，已经平静下来，像普通人一样洗手、擦手、整理头发衣服。石布的性格放浪不羁，偶尔做一些出格的行为是可以理解的，连雷先生都没怪他。”

面对白雪，我当然不会说出自己看到石布反弹琵琶时出现的骷髅幻觉，那是我一个人的秘密，不必与他人分享。

“杨先生，我实话告诉你说吧，他并非暂时性精神失常，而是已经进入非常严重的精神失常状态，如果没有藏传高僧用鸦血朱砂笔在他背上写下九宫格莲花生大士心咒的话，他的表现就会比那时还差，陷入深度疯癫状态，连这次短短的会面也无法完成。”白雪一笑，举起手底下的那张宣纸，上面已经绘好了一个方方正正的九宫格，然后每一格里都写了一串藏语，全都是著名的藏传佛教莲花生大士心咒上的话。

〔柒〕

拉卜楞寺高僧与莲花生大士心咒

“我想知道照片的来历，还想知道同类照片共有几张，都在谁的手里，用什么方法可以换回来？”我改换了话题，因为白雪的话题越扯越远了，都在围绕石布打转。

“那些事，都是息、息、相、关、的。”白雪凝神望着我，一字一顿地提醒。

“照片。”我做了个手势，走到书桌对面的角落里，在雷五坐过的皇爵扶手椅上落座。每个人都有自己真正关心的问题，要谈石布，她可以去跟石梦谈，现在我必须知道大哥杨正的下落，只谈照片，其他一概推后。

书房里的气氛突然变得僵硬起来，因为谈话双方都很明白，这些情报资料是要靠“互换、互利”等等原则共享的，如果我手里没有白雪需要的，她自然不会白白拿出资料来。

“要我做什么，你才肯拿出资料？”我的态度冷淡下来。

“放弃追查石布死因，放弃与‘反弹琵琶舞’有关的任何疑问，放弃帮助石梦的打算。”白雪直白地道出她的目的。

我皱眉，没有开口，只用怀疑的眼神反问。

“我开张巨额支票给你，带着它远走欧洲、美洲或澳洲，在敦煌秘密完全公之于众前不要再回港岛来。如果你有魅力，也可以带石梦小姐走，但要确保她也放弃已知的和未知的任何线索。梁夫人说，她会以燕盟的名誉保证，一有杨正大侠的线索，就追查到底，绝不罢休。事实上，她跟你同样牵挂杨正大侠，对于他的失踪，同样哀恸不绝。”白雪微笑着，横在我们面前的仿佛已经不是一张花梨木书桌，而是冷冰冰的谈判桌，双方正在锱铢必较地进行利益争夺。

“那种舞蹈之中，含有什么秘密？”我不动声色地再次反问。

石布在飞旋舞蹈中反弹琵琶时，包房里的灯光过于明亮，所以抵消了当时那种诡谲异幻的气氛。之前我参观莫高窟壁画时，长时间地驻足于112窟的《反弹琵琶》壁画前欣赏，伎乐天的神态悠闲雍容、落落大方，手持琵琶，半裸着上身翩翩飞舞，天衣裙裾如游龙惊凤，摇曳生姿；项饰臂钏则在飞动中叮当作响，别成清韵。她在琵琶急奏中举足、顿地、腾空、旋身使出“反弹琵琶”绝技时，整个天国为之惊艳不已，时间也不再流逝，成就了莫高窟里刹那间的永恒，留给后人无穷无尽的遐思，世世代代揣想着当时天仙歌舞、众神击节的盛况。那幅壁画上的人物造型丰腴饱满，线条写实明快、流畅飞动、一气呵成，天衣飘扬之间，有近乎“吴带当风”的韵致，体现了唐代佛教绘画的高度成就。画面敷彩以石绿、赭黄、铅白为主，显得更加典雅妩媚，赏心悦目，成为敦煌壁画中的杰出代表作。

石布先是不顾礼节，在雷动天身前狂舞急弹，接着又跳楼身亡，已经成了警方和媒体绞尽脑汁都无法破解的谜案，只能以“精神病、抑郁症”解释。

“不可说。”白雪淡淡地回答。

“照片来历呢？也是不可说？”我只希望大哥还活在世间，让我有机会寻找他。

“稍等。”白雪放下宣纸，从口袋里取出一部最先进的诺基亚移动电话，翻开上盖，拨了个号码，然后向我走过来。

电话的液晶屏上出现一个妩媚端庄的中年女人，坐在一张素净淡雅的休闲沙发里向我点头致意。

我立刻起身，礼貌地向对方鞠躬回礼。

“阿进，你好，那么久没见了，你的情况怎么样？港岛中文大学的考古系硕士、古文字硕士的学位都拿到了吗？之前我从雷先生那里间接听到过一些你的消息，知道你一直都很努力上进，以阿东为榜样，真是为你高兴。”那女人不施粉黛、不着金银钻饰，只是穿着寻常的家居布袍，任由柔顺的乌黑直发披垂到肩上，显得谦和温柔、平易近人。

白雪的惊艳与那女人的淡雅相比，立刻黯然失色，犹如拿一柄坊间刚刚锻造完成的崭新单刀与一柄历经千年、杀人过万、饮血无数、寒刃如新的无价宝刀比较，不必罗列数据，高下自然清晰可辨。

“梁夫人您好，那两个学位的进修都已经完成，我已经开始继续博士课程的学习，准备报考剑桥大学考古系安达列夫先生门下。”记得上次见到梁夫人，是在十年之前港岛刚刚回归之时，十年时光并没有在她脸上留下任何痕迹，她依然是新加坡最风华绝代的超级美人。

当年全球华裔富豪联盟的两百位超级大亨在拉斯维加斯进行过一次秘密选美投票，梁夫人与红遍港岛的影视歌三栖明星梅姐各得票选的一半，成为轰动华人世界的“百分百美人”，一时传为佳话。

“很好，很好。安达列夫过去曾是阿东的好朋友，你能跟他学习，一定会受益匪浅。稍后我会打电话给剑桥大学那边，帮你安排好所需的一切。一寸光阴一寸金，寸金难买寸光阴，我希望你在那边继续努力，忘掉这边不愉快的事，将来也成为阿东那样的大人物。现在，我需要你跟白雪联手，处理好敦煌发生的一切，然后再送她回新加坡来。到时候，我会在香格里拉大酒店的峡谷翼中为你们接风洗尘，庆祝成功。”梁夫人笑了，隔着千里之遥，凭借无线信号和电子屏幕的传递，我仍然能感受到她那种温柔笑容里如沐春风般的温暖。

我恭谨地回答：“谢谢夫人。”

梁夫人轻轻摇头：“阿进，我们之间不要这么客气。白雪那边有一部分资料，你可以拿来参详参详，我相信以你的素质，定能有不一样的见解。请记住一点，世间最伟大的宝藏并不是金银珠宝、奇巧古玩，而是人类赖以生存的源头。只有发掘出那种宝藏，才是地球之福，人类之福。你哥哥阿东是个非常不简单的人，正是他告诉了我这些深奥而艰涩的道理，你一定要向他学习。”

我听懂了她的意思，正如诗仙李太白的诗中所云——“钟鼓馔玉不足贵，但愿长醉不复醒；古来圣贤皆寂寞，唯有饮者留其名”。贪杯爱饮的人，将美酒看得比任何东西都重要，而像梁夫人那样名利、权势、风光、地盘全部握在手中的人，追求的已经不是普通人能够想象得到的东西。不过，科学家和诗人们早就说过，人类需要的是阳光、空气、水分、食物，除此之外，一切都是身外之物，可有，也可以无。

“我也不贪图宝藏，只想找到大哥。”我直截了当地表明自己的立场。

大哥留下了很多人奋斗终生都不可能获得的巨大财富，而我宁愿过每餐一饭一菜的简单生活，也不要心怀失去他的痛苦。

梁夫人皱起弯弯的娥眉："阿东失踪这件事，疑点很多，特别是上次白雪从拉卜楞寺高僧那里拿到了三张照片后，我更加确定，他是在以莫高窟为中心的百公里范围内失踪的，但并没有失去全部自由。我怀疑，是他的思想受了某种迷惑，无法回到正轨上来。"

我记起了石布的疯狂表现，心里忽然一动。既然石布能癫狂跳楼，大哥会不会也失去了正常人的理智，变成了莫名其妙的疯子？

疯子也是分很多种的，像暴躁型、自残型、抑郁型、恐怖型、多动型、多话型等，因为之前我在大学里接触过一些医学方面的书籍，才记下了很多此方面的资料。

"夫人，雷先生已经帮我搜遍了鸣沙山附近的每一寸土地，访遍了四周的近两万名原住民，但却毫无消息，他们根本没有见到过大哥那样一个人。如果您有更好的建议，还请赐教。"我说的全都是实话，雷动天曾拨款五百万，调动了敦煌当地黑道上的所有线人关系，搜索大哥杨正，可忙忙碌碌了七个月之后，竟连一条有用的线索都没找到。

"去问白雪吧，你们两个好好合作，别辜负了我的好意。"梁夫人挥挥手，轻轻道了声，"再见。"接着，她的影子就从屏幕上消失了。

这次通话极其短暂，却让白雪突然陷入了沉思。

我知道梁夫人在全球范围内都极有影响力，求学方面并不想借助她的关照牟取私利，而是希望凭自己的真才实学游历欧美，获得新的知识。相反，如果她愿意帮我寻找大哥，我将感激不尽。

"夫人的态度似乎改变了一些，她之前说过，燕盟要独立解决敦煌的事，不容别人插手，现在她却要你跟我联手，再联想到之前密室中'落山风'的蛊卦布局，我已经明白她的意思了，是要我们多联络感情，弥补她与杨正大侠当年的遗憾。"白雪的坦诚给了我相当大的好感。

她掀开了那册资料，好整以暇地微笑着问："感情的事先放在一边，毕竟'落山风'已经被'凤求凰'所破，又重复演绎了当年杨正大侠、梁夫人与天宫小叶之间的多角情感关系。所以，你们无需担心，只要跟着自己的真心前进就好，是你的终归跑不掉，不是你的永远拿不到。"

"谁是天宫小叶？"我听到了一个相当陌生的名字。

白雪挥手："那是属于杨正大侠和梁夫人的秘密，我不想过多地提及别人的隐私。将来有一天找回杨正大侠，你亲自问他好了。”

她拍了拍手底的资料，第一页上贴着一张瘦骨伶仃的老年藏僧照片，穿着非常朴素，灰色的“唐奎”（藏语，意为僧裙）和“堆嘎”（藏语，意为坎肩）已经洗得褪色，干瘪的脸上架着一副黑框眼镜，看上去憔悴而寂寞。奇怪的是，那照片的背景竟然是文华东方酒店的二楼大堂，藏僧背后的墙上，正是旭日初升、云海翻滚、蛟龙出海、遨游九霄的那幅全球闻名的金箔壁画。

“拉卜楞寺高僧多吉占堆，一生精研《莲花生大士心咒》，擅长以咒语降服世人的心魔。”白雪指着藏僧介绍。

藏传佛教高僧多吉占堆的大名在大陆甘肃、青海一带无人不知，我也曾听大哥提起过多次。“多吉”是藏语金刚的意思，“占堆”则是降妖除魔，克敌制胜的意思。这位高僧对《莲花生大士心咒》经文含义的理解已经超越了诸多前辈大师，并以此来为心理出现问题的人通关治病，效果非常明显，十年前就被全球心理学医师大会授予名誉副会长的职务。

照片上，多吉占堆旁边的人被小刀仔细地抠掉了，只剩下一个瘦长的人形空洞。我注意到背景墙的一角有着“2002年圣诞节”的字样，再看相纸的陈旧程度，相信这照片已经保存了七年之久。

“站在高僧旁边的，是一个已经被心魔所困、纵身跃出二十四楼露台的人，为了表示对那位影视歌三栖巨星的尊重，送来资料的港岛线人才把他给抠掉了。这页资料的重点是，多吉占堆大师也曾在那人背后写下了九宫格《莲花生大士心咒》，并成功地压制他的轻生念头达三年之久。可是，他没有遵从大师的严肃叮嘱，重开色戒、酒戒并微量吸毒，又盲信欧洲占星师蒂姆梅伦达的话，在双臂和双腿上纹刻了‘日月轮、摩羯杀魂阵、空想轮、水无月之杀’等等辟邪符号，终于破坏了心咒的防护力量，导致精神突然癫狂，毫无征兆地自杀——杨先生，请耐心听下去，我马上就要说到重点了。”白雪是个非常细心的女孩子，一旦察觉我正变得焦躁，立刻及时提醒，唤起我的注意。

我不好意思地起身，活动了两下手脚，歉意地问：“要不要喝杯咖啡？过了大半夜，心神俱疲，我想去煮一壶咖啡提提神。”

白雪欣然抱起资料，指向厨房：“当然好了，不如我们去厨房谈。我是个天生的厨艺爱好者，一向喜欢在厨房办公，为此不知被‘十二君子’的其他十一位指摘了多少次。”之前她在密室里评点红茶时，已经表露出了对厨道的深刻认知，只有酷爱厨艺的老饕，才能领悟到那么多“非理性、纯感性”方面的真谛。

在厨房的小餐桌前，白雪不再动那资料，而是用最言简意赅的话说出了事件的核心：“石布等三人夜探112窟的《反弹琵琶图》，回来后，程风博士立刻被送入精神病院，吉川羽博士也出现了莫名其妙的高烧、高热状态，被送回日本。第二日凌晨，石布长途驱车赶往拉卜楞寺拜谒多吉占堆大师，并于当天中午返回，才能一直保持着良好的精神状态回到港岛。我查过，多吉占堆大师也在他的背上写了九宫格《莲花生大士心咒》，以此来压服心魔。”

据我所知，拉卜楞寺位于甘肃省甘南藏族自治州夏河县，是藏传佛教格鲁派六大寺院之一，目前寺主是第六世嘉木样呼图克图，其他领导人包括八大堪布和四大赛赤。寺院位于夏河县拉卜楞镇西头，坐落在大夏河北岸，坐北向南，西北山似大象横卧，东南山松林苍翠，寺前开阔平坦，大夏河自西向东北蜿蜒而流，形如右旋海螺，山清水秀，风光宜人。

拉卜楞寺在历史上号称有一百零八个属寺(其实要远大于此数)，是甘南地区的政教中心，目前仍保留有全国最好的藏传佛教教学体系，下设六大学院，其中一个显密学院，五个密宗学院。分别为闻思学院（属于显宗）、时轮学院、医学院、喜金刚学院、续部上院、续部下院。历史上，本地被藏语称为“噶丹雪珠达尔杰扎西叶苏旗卫林”，意为“足喜讲修弘扬吉祥右旋洲”，简称为“拉章扎西旗”。据闻，第一世嘉木样选定大夏河旁的扎西旗为寺址，后拉章（藏语，意为佛宫）建成后，出于对大师的尊崇，在寺名前冠以“拉章”，称“拉章扎西旗”，久之“拉章” 转音为“拉卜楞”，且广泛使用，于是拉卜楞成了寺名和地名，现在已经成为甘南地区旅游的著名景点之一。

“以上是我要说的第一点，其次，当时我恰好在甘南地区活动，听到此讯后，立刻赶往拉卜楞寺，从多吉占堆大师的禅房里偷到了照片，就是刚刚拿给你的编号为‘第二’的那张。奇怪的是，石布带着三张照片来请教多吉占堆大师，却留下一张，带回两张，不知是什么意思。按照常理，他会留下全部三张照片或是原物带回才对。请注意，以下是我说的敦煌宝藏的重点——”

她停下来，深吸着虹吸式咖啡壶里飘出的醇香，踱到橱柜前，打开糖罐，忽然皱了皱眉。

“怎么？”我关切地问。

“这些方糖已经开封超过两周了，甜味还在，但香气却没有了。我可不可以冒昧地把橱柜左上角第二个抽屉里的另一盒太古方糖拿出来？”白雪翘着兰花指，向橱柜的隐蔽角落里指着。

我摇头苦笑：“白小姐，这是我家的厨房，你怎么会短短几小时内就了如指掌了？”

白雪踮起脚尖打开抽屉，一边把那盒精装太古方糖取出来，一边嫣然而笑：“几小时？你为什么不更深地想想，我为了调查你的详细状况，已经在这小楼里前前后后潜伏过十余次、六十余天了？”

我猛然一惊，但旋即领会到她不过是在恶作剧、开玩笑，立刻忍不住哈哈大笑起来。

咖啡煮好后，倒入白雪早早洗过三遍的两只雪花白骨瓷杯里。那杯子也是从另一扇很少打开的柜门后面取出的，包装未拆，是大哥留下来的东西。看起来，白雪已经全面占领了厨房，连我不太注意的角落也观察得一清二楚。

“每种不同饮料要配不同容器来喝，所以一个够味道的厨房一定要有超过六十种够味道的杯子，还要配备至少五十个大小不同的密封罐，分门别类地存放各种怕潮、怕串味、怕串色的食物。我们华裔共同的老祖宗孔子谆谆教导过，食不厌精、脍不厌细，值得我们细心揣摸品味，生活才会变得更美好，不是吗？”白雪端坐在小餐桌边，那册资料早就被随手丢到身后的窗台上去了。

“你似乎跑题了。”我不得不提醒她。

咖啡够醇厚够香浓，但我宁愿喝咖啡时面对着的是石梦，换成白雪，则还是收起风花雪月的闲情，只谈公事好了。

“你的心也跑题了呀？怎么只是说我跑题？”白雪慧黠地弯了弯嘴角，向我举杯，“干杯，以咖啡代酒，庆祝我们合作的开始。”

她浅啜了一小口咖啡，笑容渐渐从脸上隐去，轻咳了一声：“好了，现在我们开始说说即将面对的三大宝藏吧。”

白雪所说的宝藏包括“太平天国翼王石达开宝藏”、“隋唐河南瓦岗山起义军宝藏”、“东陵被盗后的最后一车宝藏”，以上都有足够多的线索和资料可以证实，三大宝藏最终是由不同途径运送到了敦煌的鸣沙山月牙泉一带。

鸣沙山是国家级重点风景名胜区，位于敦煌城南约五公里处，东起莫高窟崖顶，西接党河水库，整个山体由细米粒状黄沙积聚而成。狂风起时，沙山会发出巨大的响声，轻风吹拂时，又似管弦丝竹，因而得名为鸣沙山。鸣沙山有两个奇特之处：人若从山顶下滑，脚下的沙子会呜呜作响；白天人们爬沙山留下的脚印，第二天就会不留痕迹。

月牙泉被鸣沙山环抱，长约一百五十米，宽约五十米，因水面酷似一弯新月而得名。月牙泉的源头是党河，依靠河水的不断充盈，在四面黄沙的包围中，泉水清澈明丽，并且千年不干，令人称奇。

关于历史上传说的“石达开宝藏”，普遍说法是这样的：太平天国翼王石达开率领的太平军覆灭于大渡河前夕，曾把军中巨量金银埋藏于某隐秘处。石达开当时还有一纸宝藏示意图，图上标注着“面水靠山，宝藏其间”的八字隐语。抗战期间，国民党四川省主席刘湘秘密调遣了一千多名工兵前去挖掘。在大渡河高升店后山坡下，工兵们从山壁凿进三十多米，豁然见到三个大洞穴，每一个洞门均砌着青石条，以三合土封固。于是，工兵们加速挖开了其中两个洞穴，里面仅有零星的金银玉器和残缺兵器。当开始挖掘第三个洞穴时，被南京的蒋介石得知，他火速派古生物学家兼人类学家马长肃博士等率领“川康边区古生物考察团”潜入干涉，并由“故宫古物保护委员会”等电告禁止挖掘。此后不久，刘湘即奉命率部出川抗日，掘宝之事中止。

大陆建国之后，重庆师范学院历史研究员小组赴现场考察后判断，从该三大洞穴所在地区和修筑程度可以推断，此处是为太平军被困时仓促所建，但石达开宝藏之谜，只有继续深挖才能解开。

无论是国民党的古生物学家还是共产党的考古专家，都将宝藏的埋藏地点定在了当年石达开被困的地点即大渡河南岸的紫打地（今四川石棉县安顺场南）。

当时，太平天国兵马前为大渡河所阻，后遭清军围困，进退无路，陷于绝境。石达开冀图“舍命以全三军”，携年仅5岁的幼子石定忠赴清营投降，求一死而赎三军，后不仅部属惨遭屠杀，自己被押解到成都凌迟处死，这个太平天国最富有传奇色彩的人物英勇就义时年仅三十二岁。

“宝藏没有就地掩埋，而是由先期已经强渡过河的一队人马护送北去，秘密运抵鸣沙山附近囤积。这队人得到的命令是死守宝藏，等翼王赶来——杨先生，在这里有一个非常有意思的插曲，提供资料的人曾说过，那带领宝藏押运队的石姓长官在临终之前，刻石留字，提及‘翼王将振风雷二翅、鹏搏九霄、破清兵二十万大军之围如闲庭信步’的古怪言论。文字旁边，还用刀尖镌刻着一个肋生双翼、傲立在万仞之巅的铁甲将军，很明显，他刻的就是翼王石达开的形象，难道说，洪秀全将石达开封为‘翼王’，竟然是包含了这样一层奇怪的意思？”白雪停下话头，轻轻弹了弹骨瓷杯，微微一笑，“说书人口渴了，咖啡也凉了，烦劳杨先生给续杯好吗？”

〔捌〕

三方联手

世间任何宝藏，都伴随着许多或动人或诡异的传说，其中九成以上是以讹传讹的坊间小道消息，被许多好事者故作神秘地传来传去，遂成了有鼻子有眼的真事。

大哥说过：“一个优秀的寻宝师，必须具备从层层线索中去伪存真的能力，拨开浮沙，始见真金。”

我替白雪倒了第二杯咖啡，不动声色地问：“这条消息的真实度有多少？你手中的资料可信吗？”

白雪忽然皱眉，看了看腕表：“杨先生，我也很想知道答案，所以才订了两张清晨七点钟飞往敦煌的机票，准备亲自过去一探究竟。现在，我想正式向你发出邀请，不知有没有这个荣幸？”

我沉吟了几秒钟，白雪一笑：“那三张照片还不够吸引你前往吗？就算不去敦煌，甘南拉卜楞寺总要去一趟吧？多吉占堆大师那里，定有石布留下的些微线索，如果你真想找回杨正大侠，就不该推辞。”

照片仍摆在小餐桌上。白雪非常细心，为了避免刺激我，故意将照片翻过来倒扣在桌上。

我感到最惋惜的是石布死得太早，没有公布出他在莫高窟的发现，不过还好有石梦在，从她口中打探亦是一样。

“去，还是不去？”白雪从小餐桌下面的暗柜里取出一个白色的小包，熟练地拿出化妆盒，在桌面上支起来，对着镶嵌在盒子里的小圆镜补妆。

“把你的故事说完吧。”我冷静地坐下来，捧着剩下的半杯凉咖啡。

“说完？”白雪夸张地挑了挑眉毛，冷冷一笑，开始勾勒唇线，“我费了太大力气搜集那些资料，不想平白无故地就说给你们两个人听。况且，在这件事上，燕盟凭自身力量也能完成一切，梁夫人要我特地绕圈子来港岛，只是想给你一个机会，来不来悉听尊便，反正十二君子已经全体出动了——喂，石小姐，不要只在门外偷听了，何不进来喝杯咖啡？”

厨房的雕花木门被推开，脸色苍白的石梦披着毯子走进来，脚步蹒跚，身体摇晃。

我急忙起身，扶她在椅子上坐下。

“翼王石达开的故事是记录在我的资料上的，白小姐只不过是施展妙手空空的绝技偷去复印，然后又将原件送了回来。不过，我在资料夹上做了暗记，旅行包的拉杆侧面也安装了针孔摄录机，你的一举一动都被拍到了。所以说，你们的敦煌之行，也要算上我一份才对。”石梦努力地挺直了身子，两颊泛着淡淡的潮红，每说几句话就要大口喘气，显然高热未退。

白雪一笑：“好啊！三个……赛过诸葛亮，哈哈哈哈！”

“杨先生，很多资料，我们可以在旅途中慢慢说。你我都是因敦煌事件而失去了大哥，理应同病相怜，同仇敌忾，一起揭开秘密。”石梦抓住我的手，吃力地掀了掀睫毛，绽出一个极其勉强的微笑。

接下来的几个小时内，我打电话给雷动天，详细说明去敦煌的意思。

听到燕盟十二君子全体出动的消息后，雷动天似乎有些吃惊：“那十二名高手很少同时进行同一件事，上次她们联手，还是在五年之前的尼泊尔加德满都，为了对抗来自51号地区的‘隼机关’。我有种预感，燕盟的目标可能并不仅仅是宝藏，他们派出这么强大的阵容来，不会只为了抓几只小白兔吧？一定是想声东击西，消灭一只大老虎。那么，谁会成为真正的大老虎呢？”

我无声地笑笑：“雷叔，多保重。以后请不要让五哥随便离开您身边，我年轻，经得起打击，不需要五哥的保护。”

之前雷动天要唐月随行去文华东方酒店，却把雷五安排在浅水湾别墅附近，帮我摆平青龙帮的挑衅。我不想欠人太多恩情，雷动天给予我的关照已经足够多了。

雷动天长叹：“雷五和阿东是过命的交情，一听到司寇青龙要对你不利的消息，不必我安排，他就请命前往了。你该知道，像他那样的江湖豪侠，毕生信奉的是‘一诺千金’的人生格言，把信誉看得比生命还重要。阿进，你自己也要好好保重，我会安排秘书转一笔款子进你的账户，沿途费用无需担心。还有，我会通知西北江湖的朋友们，随时作为你的策应。千万记住，你的命比任何宝藏都重要，无论遇到什么，都要把‘活着回来’当做第一目标。”

我笑了笑，道声“再见”，便主动收线。

雷动天曾批评过我太低调、太沉默，几乎在任何场合都惜字如金，这不是做大事的人应有的处世态度，但我依然故我，没有刻意改变。其实今天的我，本性就是如此，绝不会为了任何功利性的目的改变自己。

“嘻，杨先生，你的话真是少得可怕，有你这样的旅伴，似乎不是件太愉快的事。”白雪从我身后晃出来。

现在，她已经补妆完毕，又从另外的橱柜里“变”出一件有着雪白狐皮宽领的白毛呢大衣，腰间系着两寸宽的同质腰带，上面缀满了星星点点的亮片。她脚下的鞋子亦换过了，是一双高及膝盖的白牛皮高跟长靴。装束改变后，她整个人变得像一支富贵艳丽、倨傲挺拔的白牡丹花，唯有朱红的樱唇鲜艳欲滴，如冰天雪地中一簇热烈的火焰。

“我有很多东西借放在你的别墅里，请恕先斩后奏之罪。”她笑吟吟地向我抱拳行礼。

如果换了普通男人，必定会被她的美貌吸引，刹那间魂魄出窍，飘飘然不知该做什么好了。在今日之港岛，那种一见到美女就神魂颠倒的男人不在少数，所以才造就了当下暧昧、混乱的糟糕社会环境。

“好。”我耸了耸肩，要绕过她进书房去收拾证件。

“哈哈，都在这里了，我已经替杨先生准备好一切，只要披件外套就能出门。”白雪扬起左手，我的护照、钱夹之类都在她掌心里。

我微微皱眉：“多谢，不过我还是愿意自己动手。”

白雪的美不是我欣赏的类型，我清楚自己想要什么，一直都洁身自好，绝不越雷池一步。

那时，石梦正在默默地收拾旅行箱，那只不锈钢匣子又回到了她那边。当我走到她身后时，听到了她低低的抽泣声。

我拿起茶几上的纸巾盒递给她，然后弯腰拉好箱子上所有的拉链。

“长久以来，很多人觊觎太平天国翼王的宝藏，但他们的命运大同小异，不是疯了就是死了。我原以为，大哥会很幸运，能够跳出那个怪圈，在进入‘反弹琵琶舞’的古怪境界后，还能控制心神，重新冷静下来。但是，我错了，任何人一旦陷入那种泥沼怪圈，就注定有一个悲惨的结局——”石梦再次哽咽起来。

石布反弹琵琶、疯狂而舞时，我看到了那种由男脸到美女，然后转换为骷髅的诡异变化，当时心中的震撼几乎到了无以复加的地步。

“那种舞蹈的确很古怪，能不能告诉我，他是从什么地方学到这种舞的？而且你始终跟在他们身边，有没有发觉别的异常情况？”我不得不向她询问，毕竟石布身亡后，她已经成了唯一的见证者。

石梦苦笑：“事情的经过其实是这样的，大哥他们三人从112窟返回后，察觉到大事不妙，才打越洋电话给我，要我从日本直飞敦煌。等我到达，程风博士已经在精神病院里了。”

我无言地拍了拍她的手臂，总算解开了心中的一个疑团。

窗外，晨曦已经光临小院，远处的潮声和海风也不甘寂寞地交响着传来。

距离登机还有两小时的时间，我突然做了一个决定：“石小姐，我想在离开港岛前，再去警局看看石先生的遗体。虽然雷先生说会料理好一切后事，但我们毕竟是在他尸骨未寒时就要远行，理应前去告别。”

石梦脸上一下子露出喜色，重重地点了点头。

我明白她的心思，之前一定是想去看看又不敢独自前往，我的提议正中她下怀。

白雪不失时机地插言：“正好，两位可以看看石先生后背上多吉占堆大师亲手书写的九宫格心经。别怪我多事，大家去敦煌的目的是探险揭秘，千万别把男女私情掺和进来，那样会误了大事。小妹妹，你既然已经踏入了‘凤求凰布局’，此生的心思就会完全系在他身上，不会有丝毫的迁徙改变。秦少游的词中有‘两情若是久长时，又岂在朝朝暮暮’的句子，我想借来劝勉二位，大局为重，好吗？”

石梦的两颊突地飞起两团红晕，低下头，检查旅行箱侧袋里的护照文件。

白雪长叹：“梁夫人、杨正大侠、天宫小叶三位在‘玄学风水、八卦布局’方面的造诣之高，整个港岛无人企及，所以才有了‘落山风’与‘凤求凰’的命运布局。可惜，人算不如天算，最终还是落得劳燕分飞、山海相隔。我愿意永远祝福你们两位，情途顺畅，绝无坎坷。”

她已经是第二次提到“天宫小叶”的名字了，我只知道，那是一个东南亚小国公主的名字，最擅长江湖赌术，曾经在澳门葡京大赌场对阵台港澳四大赌王，将对方的四百亿港币狂卷而去。当时，连香港赌王何鸿燊、澳门赌王传人傅洁娴（前澳门赌王傅老榕的孙女）都对她的赌术赞不绝口。

大哥以前从没说过跟天宫小叶有什么关系，在他的遗物中，我也没有发现任何与此相关的线索。假如以上三人有什么感情纠葛的话，外人是无权妄作猜测的。至于我和石梦之间的事，更不想要白雪来多做评判。

“杨先生，我是绝没有恶意的。”白雪大概是从我的冷淡表情上看出了什么。

我笑了笑，转身去书房里打电话给梁傲，毕竟这个时间去警局，没有特批是进不了停尸房门口的。

梁傲的声音带着浓浓的睡意：“好吧，我通知警局那边……昨晚有件事没来得及告诉你，石布从那么高的楼层坠下，身体居然没有太严重的外伤，就像……落到了地面安全网里的坠楼者一样，这一点比较奇怪，你懂我的意思吗？”

我的脑子迅速一转，立刻回应：“懂，高楼坠下者严重时身体会四分五裂或者摔成一摊肉泥，就算最轻微的，也要皮开肉绽、骨断筋折。你对尸体的检验结果如何？内伤想必是非常严重吧？”

梁傲回答：“是的，内伤方面符合坠楼常规——阿进，我昨天站在文华东方酒店前的小广场仰面向上看，你猜我想到了什么？”

我明知故问：“什么？”

“想到了2003年愚人节时候跳楼的那位娱乐圈大明星。”梁傲接连三声长叹。

我感觉握在掌心里的电话忽然变得沉甸甸的，因为对方的声音里透着那么重的悒郁感伤，已经令闪烁的无线电信号和小小的移动电话无力承载了。

“那明星是我的偶像，当时我的感觉仿佛天塌地陷一般，一下子看到了风光浮华背后的残酷真相。阿进，有时候我真的怀疑警方一次次剥开事实真相是不是太残忍了一些？特别是昨晚看到石布再次于同一地点坠楼后，我的脑子变得空白麻木了很多。这一周，我就会向上级申请年假，暂且离职休养，去日本旅行散心……”梁傲的话渐渐离题了。

他是港岛政府属下的警察，面对的血案现场多了，难免会有巨大的精神压力渐渐积淀下来，才会产生这种胡乱想法的。

我不愿多说，只是低调地回应："请即刻通知停尸房那边，我只需要十分钟时间就可以。"

梁傲答应，又加了一句："石布的妹妹石梦小姐跟你在一起吗？阿进，人在年少之时，血气方刚，戒之在色，千万别中了人家的'仙人跳'，帮来帮去，把自己也给搭进去了。我跟阿东是朋友，同是雷先生的晚辈，大家熟，才忍不住这样劝你的。"

我低声道谢，然后收线。

21世纪的港岛，已经没有人相信"一见钟情"之类的爱情奇观了，因为那往往是骗局、色诱的代名词，也就是说，大多数人已经不再相信爱情，只谈利益交易、钱权交易，男女关系也早贴上了"功利化"的标签。但是，我无法停止"爱上石梦"这件事，仿佛她早就是我生命中的一部分，彼时遗失，昨晚拾回，然后紧紧拥住，爱逾生命，不想再有任何意外发生。

《圣经》上说：上帝趁亚当睡着之时，从他身上抽出一条肋骨，创造了夏娃，从此繁衍了人类。也从此，男人身上就少了条肋骨，男人只有寻到属于自己身上的那条肋骨，才是完整的自己。

这一次，石梦就是我曾经缺失的肋骨。

不知何时，窗外下起了淅淅沥沥的秋雨，冷风从窗子里直灌进来，拂动着我的衬衫衣角。那面青铜镜里，映着我的模糊影子，正坚强倔强地挺直后背，准备迎接未来的所有困难。

"杨先生，谢谢你为我做的一切。兄妹一场，我要远离，真的应该去告别大哥，就像当年他到机场去送我远赴日本一样。我欠你一个大大的人情，以后必定还报。"石梦踮着脚尖走进来，脚步轻盈得犹如一个令我感动的迷梦。

为了御寒，她已经穿上了一件方领的黑色猎装式皮风衣，长长的下摆直垂到长靴的脚面，而腰间紧束着的黑皮带将纤腰的轮廓完美地勾勒出来。她的头发也轻松披垂着，越发显得星眸烟波深邃如梦。

我无言地一笑，把所有温柔安慰的话都留在心里，不着一言，尽得风流。

"敦煌之行，宝藏方面如果有所发现，我不会攫取分文。我那一份，全部送给杨先生，而我只要揭开大哥的癫狂原因就足够了。"石梦抱着胳膊走到窗前去，发丝随即被冷风吹起。

“石小姐，不介意的话，请直呼其名，叫我杨进。”我柔声回答。

“那么，请叫我石梦，我还是称呼你‘杨大哥’好了。”她笑了，但那笑容来得快，也收得快，如巨大的乌云边缘一丝稍纵即逝的阳光。

“好，石梦，我们有共同的目标追求，那就是揭开敦煌的秘密，不像别人那样，以寻宝为唯一目标。所以，我们必须紧密团结，排除一切外来干扰，任何时候都以‘寻人’为首要任务，绝不受宝藏的诱惑，你觉得呢？”我走到她身边去，她自然而然地靠在我的肩头，温柔而坚定地点点头，发丝轻轻拂过我的脸颊。

我的心里忽然充满了阳春三月般的暖意，那是一种自从大哥失踪后就久违了的感觉。

三个人出门后，叫了计程车直奔中环警局。

这是一个极其低调的开始，但我想青龙帮的人一定会从旁监视，密切注意着我们的一举一动。果然，车子刚刚驶过两个路口，后视镜里便出现两辆黑色丰田轿车，不即不离地跟了上来。

前座上的白雪瞄了一眼后视镜，轻轻吹了声口哨，随即取出电话，拨了个号码，低声吩咐：“五分钟内，让那两条讨厌的尾巴消失。”

我转头看着窗外，清晨的港岛冷清寂静，仿佛这个城市还没完全从梦中清醒过来，节奏缓慢，睡眼惺忪。

“杨先生，梁警官说过什么？”白雪扭回头问。

“他说，进警局的时候，不要耽搁太久，别牵累他的兄弟。”我低声回答。

白雪耸耸肩膀，自言自语地摇摇头：“那样大的新闻事件，恐怕会有很多人感兴趣。随便问一句，两位听说过‘蜘蛛’这个代号吗？”

我和石梦对视了一眼，石梦的眼睛飞快地眨了一下，我立刻明白了她的暗示，不动声色地回答：“好像没有。”

“那‘地狱部队’呢？总该有印象吧？”白雪追问。

这次，我无法用“不知道”来搪塞了，因为那个代号指的是前超级大国前苏联的一支秘密部队，直属于克格勃组织领导指挥，专门负责处理那些“见不得光”的特殊任务。

“听过。”我简单地回答。

车子又过了一个路口，后面的跟踪者提速跟上来，却被斜冲出的两辆垃圾清运车挡住，然后就再没从后视镜里出现过。

白雪冷冷地一笑：“青龙帮的指甲伸得太长了，连燕盟的事也要抽筋剥皮地揩油，真是太不把梁夫人放在眼里了。目前的港岛最缺的是杨正大侠那样的正义人物，却多了司寇青龙这种奸佞小人，怪不得咱们头顶这片天空越来越黑暗了。杨先生，之前雷先生屡次在梁夫人面前提及你时，都很惋惜，因为你实在太低调、太消沉了，犹如一颗绝世明珠，深藏在黑漆漆的石匣中，岂不可惜？”

我只回她两个字：“过奖。”

在我看来，平静低调的生活很适合自己，江湖大舞台上那些热血沸腾的风云变幻，很快就将变成过眼云烟，不复存在，如香江之浪，来来去去，时时更替。如果可能，一座小楼，一间书房，一个自己喜爱的女孩子——我的生命中拥有这些就足够了，无需执掌江山，卷入从前雷动天他们那种“醒掌杀人权，醉卧美人膝”的大人物生涯。

石梦忽然点头：“很好。”

她的目光定定地落在我的脸上，眼角眉梢都出现了雨住云开般的欣慰笑容。

“好什么好？”白雪扭回身子，诧异的目光在我和石梦脸上扫来扫去。

“红尘俗世中，难得遇见一个宁静致远、淡泊名利的儒雅男人——”石梦只说了半句便停住，红晕飞上双颊，不再看我。

白雪皱眉苦笑：“二位真是……真是好心情，我们是去西北干正事的，看你们情意绵绵、深情对望的样子，让人不由得感叹这一路会不会演变成一次蜜月旅行呢！”

〔玖〕

中环警局停尸房里的诡变

那时，车子已经停在中环警局的侧门，隔着高墙，便能望见停尸房所在的灰色小楼。

下车之后，那计程车随即开走，而白雪也立刻拨通电话：“查那计程车，也可能与青龙帮司寇青龙有关。必要的话将司机关起来，直到大事结束。”

她的睿智干练于两次电话中表露无遗，不愧是燕盟十二君子的老大，一举一动都非常谨慎，滴水不漏。

管理停尸房的那名警员一见到我们，便递过来一串钥匙，向走廊深处指着：“最后一间，只有一具尸体，不会认错。”

我点头接过钥匙，省掉了一切客套话，只抽出两张钞票，压在对方手边的登记册下面，然后便带着白雪、石梦两个直奔那个房间。这种非法交易，过程越短暂越好，双方都心照不宣，而且负责的警员连工作胸牌都故意摘掉了，以免留下后患。

按照正常逻辑，停尸房里此时是绝不该有活人的，但我们开门而入时，房间左侧的立体冰柜前，却站着一个中年警员，正在凝视着盛放尸体的大抽屉出神。我们的开门声惊动了他，他慢慢地抬起头，向这边望了一眼，微笑着点点头。

这是在警局的地盘上，对方穿的又是警服，所以我只是最初稍微惊愕了一下，并没有太多怀疑。

“死者的情况有些奇怪，从二十五楼坠下后，外伤不是太明显，看起来就像是三至六楼高度的普通坠楼者。我刚刚测试过他的肌肉僵硬程度，与坠楼者的惯例也不相符。所以，我怀疑，这具尸体……”那警员一手托着腮，虽然是自言自语，实际却是说给我们听的。

石布平躺在抽屉里，身上盖着一张白床单，只有头和胸膛露在外面，体表已经结满了霜花。

我盯着石布的脸，刹那间回忆起他在文华东方酒店洗手间镜子前画画时的事。坠楼前后，我是隔他最近的一个人，按照阴阳师的说法，这种非正常死亡的灵魂会附着在最后一个接触他的人身上，也就是我。

“你在怀疑什么？”白雪问。

她的声音在空荡荡的房间里引起了一阵古怪的回声，立体冰柜的压缩机系统也恰在此刻重新启动，发出“嗡嗡轰轰”的噪声，将我身边的石梦吓了一跳。

“我怀疑这不是石布的尸体，而是另外一个人。”那身材偏瘦的警员面无表情地回答。

白雪低头看了看，嗤的一声冷笑：“可能吗？”

躺在那里的当然就是石布，五官、相貌、身材完全相同，如果再将他紧闭着的眼睛扒开的话，就会与生前的他一模一样，如假包换。

“我是负责验尸的警员，我说是，当然就是。”那警员不理会白雪，直接面对石梦，“石小姐，你来看一下，令兄背后应该写着很多特殊的藏文符号才对，可现在这具尸体上什么都没有。”

如白雪所说，多吉占堆大师曾在石布背上书写九宫格《莲花生大士心咒》，那种混合了鸦血、朱砂、藏地红土、玛瑙粉末、玳瑁粉末、高山蓼、藏红花等天然颜料的书写材料，具有纯度高、质量稳定、色彩艳丽、色亮凝重、覆盖力强、耐光性极佳、耐候性极强的特点，保持时间长，不易褪色变质，不是文身而胜似文身，短时间内就算强力搓洗都难以褪掉。

“真的？”白雪一怔。

那警员冷笑：“自己看看，就知道了。”

白雪单手抓住石布的肩头，稍稍发力，那具尸体便凌空翻身，变成了俯卧在抽屉里的姿势。他的后背干干净净的，除了两边肩头上的小块青瘀外，不要说是藏语经文了，连疤痕创伤都没有。

石梦倒吸了一口凉气：“果然没有，但这个人明明是……明明是……”

那警员后退了一步，拿起旁边桌子上摊开着的资料夹，在手中轻轻拍打着。

石梦抓住了我的手掌，低声说：“就在昨天中午，我还看到那些九宫格藏语经文的，从哥哥的肩膀一直写到腰际，横向则覆盖到两边肋下。不出意外的话，那些经文绝对还在。”

那警员冷笑着取出一支红色的圆珠笔，向石梦一指：“石小姐，我有几个问题需要你配合回答一下，能否单独跟我到这边的办公室来一下？”原来，停尸房的西墙上还有一扇小门，通向另外的地方。他说完话之后，便当先引路，走向那小门。

这种诡变突生的情况下，我、白雪、石梦的思想都受到了极大的震动，对那警员的话更不会多疑了，只能听任他来安排。石梦轻轻松开了我的手，紧了紧衣领，跟在他的后面。

“不是石布，竟然不是石布？可他又是什么人呢？石布的尸体又去了哪里？”白雪取出了一只放大镜，凑近那尸体的后背，集中注意力仔细观察。

我的脑子里一直在回忆石布跃出窗口后，在空中张开手臂俯冲时的情景，从二十五楼洗手间的窗口向下望，视野状况并不是十分清晰，而且我处于高度紧张的状态下，不会有余暇想到其他，只是尽量抱住石梦，阻止事态进一步恶化。

“石布死了，尸体不在这里，却被另一具酷似他的尸体调换了。那么，他的尸体——不不，应该问他的人去了哪里？而不仅仅局限于‘尸体’这一定义。难道他发疯、狂舞直至跃出窗口、坠下高楼都是一个设计精巧的圈套？必须要找到石布，活要见人，死要见尸！”我慢慢地将立体冰柜的上下共二十个抽屉全部拉开，里面全都空空如也，正在向外冒着丝丝寒气。

“我找不到任何与九宫格心经的有关的痕迹。”白雪直起腰来，沮丧地摇摇头，掏出一张纸巾，仔细地将放大镜擦拭干净。

“他不是石布？”我意味深长地问。

白雪仰面沉思了几秒钟，才迟疑地回答：“我无法判断，但其中的疑点实在太多了。如果我们能将这个人的脸皮揭下来，或许会找到答案。”

她的话无疑是指这具尸体是经过易容术修整的，整张脸皮都可以揭掉。

我再次谨慎地问：“你确信多吉占堆大师亲笔在他背后书写了《莲花生大士心咒》？”

白雪抬头找了找，从旁边的抽屉里摸出一支圆珠笔来，在那尸体后心上轻轻比划着：“当然确信——以这里作为中心，然后遵循着‘戴九履一，右三左七；二四为肩，六八为足’的划分原则，分别在‘二、九、四、七、五、三、六、

一、八’的位置写下‘嗡阿吽、班渣、咕噜、贝玛、悉地、吽’这十二字真言。正因为有心咒真言存在，石布的性命才延长到昨天。否则，他也跟别人一样，早就疯掉了。”

据我所知，莲花生大士心咒又被称为金刚上师咒，是西藏最有名的两种咒语之一（另一种是大悲观世音菩萨六字大明咒“嗡嘛呢呗咪吽”）。

藏传佛教信徒们坚信，虽然他们无法看到莲花生大士本人，但大士的智慧心已经显现在咒的形式上，这十二个字实际是大士智慧心的浓缩，具有他的无上加持神力，并且是莲花生大士的声音显现。在任何一个困难时代里，信徒们所能启请与皈依的，以莲花生大士最殊胜。因此，当信徒们以念颂十二个字心咒的方式来启请大士时，将被赐予巨大的加持力和功德。

“我的助手曾在石布下榻的敦煌宾馆洗手间中窥到，他脱衣洗澡时，后背清晰地写着藏语心咒，绝不会看错。当下，我们只能推测，是有人故意将石布的尸体藏了起来，不让外界接触，然后从一个死人身上再挖掘秘密。现在我就翻过他来，看看人皮面具下面隐藏的到底是张什么样的脸？”白雪应付危机的能力很不错，第一时间就找到了怪事的症结所在。

不过，她刚刚将尸体第二度翻身，还没来得及取出工具剥除尸体的脸皮，那值班的警员便已经匆匆推门进来。

“杨先生，已经过了十五分钟，你们该离开了。”警员面有难色，单手按在抽屉上，不悦地瞪着白雪，“如果尸体出了问题，我不好向重案组的同事们交代，请别让我难做好不好？咦？你们刚刚不是三个人一起进来吗？那位穿着黑皮风衣的小姐呢？”

白雪轻轻拍了拍手，丢掉圆珠笔，微微一笑：“别担心，我们不是食人族，不会破坏尸体。”

这玩笑并没有打动那警员，他在房间里四处张望，脸上的表情越发僵硬：“那位小姐呢？她在哪里？”

事实上，起初那警员带着石梦走过那道小门后，便一直没有动静了，而我和白雪的注意力全在尸体上面，几乎完全忽略了那件事。

“她被你的同事带去问话了。”白雪回答。

那警员一愣：“什么？我哪个同事？我哪里有同事进来过，你说清楚一点！”

白雪弹了弹指甲，一字一句地回答：“你那位同事名叫‘麦达’，他的警员胸牌上写得清清楚楚。”

那警员失声叫起来：“什么什么？你疯了吗？我才是麦达，警员编号PC6837，哪里又有一个什么麦达出来？你搞搞清楚好不好，别再编些乱七八糟的事由出来。快说，那位小姐去哪里了？”他沉下手臂，按住腰间的曲尺手枪，迅速向后退了五步，背靠房间的铁门，做出戒备姿势。

我与白雪对视了一眼，举手指着那扇小门，冷静地说：“有位中年警员带我朋友从那里出去问话了，他中等身材，脸型偏瘦，不苟言笑，难道不是你的同事吗？”

那警员嗖的一声拔枪，对着我和白雪低声喝道：“杨先生，别开玩笑，那是殡仪馆来拉尸体时才会用到的告别交通门，平时哪会有活人无故通过？就算有同事叫人去问话，也绝不可能走那道门。我不管之前你们做过什么，都暂时立定别动，双手抱头，等我呼叫前面办公室的值班同事过来。事到如今，我只能公事公办，请原谅。”

那种Glock 19型半自动手枪是奥地利Glock公司发展的新一代军用手枪，设计师盖思顿•葛拉克在设计中使用了聚合塑胶制枪，亦是全世界首支主要以聚合塑胶制造的手枪，性能极其优秀，深受各国军方及警方肯定，销量高踞全世界首位。港岛警界高官之所以从全球各类型短枪中选择此枪，就是因为该支手枪在设计上较可靠，枪身轻巧，最适合东方人使用。该枪配备两个弹匣，每个弹匣可装十发子弹，由于半自动手枪是更换弹匣，填装子弹的速度较从前的左轮手枪使用快速上弹器更快捷，警员的实战能力已经提高数倍，令任何敢于冒险“空手夺枪”的狂妄敌人十有八九都会倒在速射之下。

事情发展至此，从一次普普通通的临行告别演化为一场发生在停尸房里的诡变，凭空多出来了一个莫名其妙的警员。

“有话慢慢说，小心走火。”我慢慢抬起双手。

毫无疑问，由于我的疏忽，将导致石梦被绑架失踪的惨痛后果。

“杨先生，我是一名警员，只能公事公办。如果你肯要那位小姐自动站出来，我就——”他的话还没说完，便身子一歪，软绵绵地倒地。

“我用的是气体麻醉弹，他不会有事。我走外面，你从这里追出去！”白雪叫了一声，踢开警员，拉开房门，飞奔出去。

我几步跨到小门前面，横肩一撞，那门却已经被从外面反锁住了，连撞三次，才哐当一声弹开。门外是条五步宽的横向通道，向左面走五十多步就能通到大街上，向右面去的话，只是一小块五步宽、十步长的水泥空地，上面除了新旧不同的几堆纸灰，零散洒落着一些黄黄白白的半新纸钱。

三分钟后，白雪从通道的另一头匆匆跑来，向我摇头叹气："我们耽误的时间太久了，可能对方已经坐车离开，追之不及了。"

朝阳已经升起，把白雪长长的影子投射在遍布纸灰、纸钱的空地上。一阵怪风忽然卷起，纸灰四处飘飞，令我们两个面面相觑，几乎同时倒抽了一口凉气。

突然之间，我有了某种心灵感应，抬头去看小门斜上方二楼走廊尽头位置的窗口。那扇塑钢窗紧闭着，而再向上看的三楼、四楼同一位置的窗子却是敞开的。

"挟持者没有逃走，而是去了那里，跟我来吧！"我腾空一跃，钩住窗台后，单手推开窗子，翻身进入二楼走廊，随即伏下身子，耳朵贴地，凝神聆听。这种"伏地听声"的本领是大哥亲自传授给我的，十年来每天勤练不辍，功力与他不相上下。

数秒钟内，我便判断出前方右侧第三个房间内有人正在缓慢地踱步，同时，那房间里还传出"滴答滴答"的水声。我贴着走廊右边蹑足前进，停在那房间的门口，耳朵轻贴在门扇上。

"那不是石布，告诉我，石布是不是还没有死？他搞出来的跳楼事件只是在吸引别人的视线，对不对？那三张照片是哪里来的？'亚洲第一寻宝师'杨正又在哪里？石小姐，请回答我的问题，否则我只能动用这种'美人鱼致幻剂'来达到目的，随之带来的后果，就是把你变成一个可怜的白痴……"刚才那警员冷冰冰的声音传出来。

由"美人鱼致幻剂"这个古怪的名字，我马上想到了在国际上臭名昭著的前苏联特务组织"克格勃"。

"我大哥真的已经死了，杨正大侠的照片来历你可以去敦煌精神病院问程风博士或者是——"石梦的声音倦怠而无奈，但随即被那警员粗暴而阴冷地打断。

"吉川羽博士也出事了，别再把问题踢皮球一样踢来踢去的，我知道石布就是一切诡异事件的始作俑者。要不，他的尸体怎么会不在立体冰柜的抽屉里，而是一个经过高级易容的替代者？你是他唯一的亲妹妹，我不信他会连你的性命也不顾。好了，别啰唆了，你的同伴早就被我的调虎离山计骗走了，没人会来救你。想二十四小时内变成白痴吗？那就继续负隅顽抗下去吧！”那警员低吼起来。

那扇门非常严实，我找不到可以窥视之处，只能继续谛听。

石梦苦笑：“我说的都是实话。”

其实我心里也一直存有同样的疑问，那就是：“石布拿到的三张照片究竟来自何处？会是大哥杨正亲手交给他的吗？既然石布离开敦煌时仍是神志清醒的，为什么不向大亨坦诚说明112窟里发生了什么变故？他能令石梦将照片转交给我，为什么不是三张一并交来，却只是第一和第三张，唯独将第二张留在拉卜楞寺的多吉占堆大师手中？”

在我看来，这第二张照片里一定藏着某种奇怪的秘密，石布将他托付给多吉占堆，意在请大师凭借藏传佛教的无上智慧，参悟其中的精微之处。所以，如果不是在这边临时出了意外，我必定抵达大陆后，先去拉卜楞寺拜谒多吉占堆大师，一五一十地问个究竟。

“那么，石布提到过的‘古格银眼’呢？又在哪里？我明明知道，他们放着大陆东北‘满清白玉龙脉’那件包赚不赔的生意不做，却联手飞到敦煌去，一定是为了更大规模的藏宝。说，他们三个原先手中各有一只‘古格银眼’的，是不是留在112窟的某个秘密洞穴里了？”那警员更进一步，问到了一个与宝藏直接相关的问题。

所谓“古格银眼”，是出产自藏地最神秘的古格王国时期的一种奇怪的铜像。

传说中，古格王国素以精于冶炼与金银器制造而闻名，当年阿里三围以托林寺为主寺的下属二十四座寺院的金属佛像与法器，都由鲁巴铸造，用金、银、铜等不同的原料合炼而成，工艺精湛，通体全无接缝如自然形成，其价值甚至超过了某些纯金佛像。

1997年夏季，在皮央遗址杜康大殿的考古发掘中，出土了一件精美的铜像。它头戴化佛宝冠，四臂各执法器，结跏趺坐于兽座莲台直上，头生三眼，额头正中的眼睛为纵向存在的，三只眼睛的眼球部分都采用镀银的高明技法制成，在金黄色的铜像背衬之下银光闪闪，晶莹锃亮。

它就是被考古学家们称作“古格银眼”的东西，经过长达十五年的资料发掘，藏地考古专家们最终确定，这种铜像只有古格才能制作，被视为佛像中的精品，因为尤为珍奇，极少流传于世。不过，无论是藏地古格王国历史上还是发掘以后的几十年内，无人知晓它究竟代表了什么意思。

一提到“古格银眼”，那警员的声调不由自主地提高了数倍，但石梦的声音仍旧平静而疲倦：“我不知道，既然阁下知道那么多，为什么不亲自去敦煌掘宝，反倒是一直跟在别人后面偷窥？大哥的事我基本不加过问，你了解他的话，就该明白。”

关于“古格银眼”，雷动天也根本没有提到过，我猜想那是石布、程风、吉川羽之间的秘密，外人未必知情。

“哈哈，我们‘地狱部队’又不是盗墓疯子或是探宝狂人，只要看定你哥哥他们，早早晚晚，好东西都会落入我们的囊中。石小姐，你可以一直咬紧牙回复我‘不知道’这三个字，但那些秘密很可能会烂在肚子里，从此无人问津。好了，这一针‘美人鱼致幻剂’推进去，十五分钟内，你就会……”那警员长叹，似乎有些惋惜。

我按捺不住，身子后撤，准备撞开那扇门，正面进攻，替石梦解围。平白无故让那假警员带走她，是我犯下的最大错误，我必须亲手补救，才能心安。

〔拾〕

来自克格勃地狱部队的杀手蜘蛛

倏地，白雪无声地滑过来，按住我的肩膀，用唇语告诉我：“别急，也许他们会说些秘密给我们听。”

我深深地皱眉，同样用唇语回答：“人要紧，秘密其次。”

前苏联的克格勃特务机关在刑讯逼供方面的智慧水准全球第一，连美国中情局的职业打手们都自愧弗如。我不想石梦发生任何危险，哪怕是最轻微的指甲和头发受伤，都会令我心痛。

“照片来历，事关杨正大侠，这是唯一的机会。”白雪又说，同时加重手掌上的力道，压住我的肩膀。

我咬了咬牙，无声地点头，暂时停止行动，但力量已经蓄满了身体和四肢，随时准备破门而入。

“且慢，我想面见‘病毒’先生，他是大哥石布的老师，我也曾在高加索山区旅行时与他有过一面之缘。现在，你们‘地狱部队’既然苦苦相逼，我也说不得要动用最后一张王牌了。”石梦一字一句地说。

以她的阅历，自然知道“美人鱼致幻剂”的厉害，但却丝毫没有慌乱，镇定如常。

病毒，是前苏联克格勃里的领袖级人物，更是当年组建“地狱部队”的超级首领之一。据俄罗斯黑道人物传言，自克格勃组织取缔星散后，病毒已经成了“地狱部队”的实际控制者，当年的国家机器已经沦为了他的私人武装力量。所以，他在东欧、北亚、东北亚乃至北极圈周边的广大区域中，具有说一不二的强大力量。

作为考古学家的石布，怎么会被病毒那样的军事、政治专家收入门下？我忽然意识到，事情已经不单单是寻宝、夺宝那样简单了，而是牵扯到一些更复杂的黑白两道的纠葛，绝非一组或几组寻宝师能解决得了的。

“病毒先生不在亚洲，跟我说也一样。”那警员松了口气，对石梦的合作态度还算满意。

“你？蜘蛛先生，你只是‘地狱部队’里的低级打手，连‘十八层地狱’的第一层都进不了，有什么资格说这样的话？笑话，简直是笑话！”石梦冷笑起来。

我看不见她的表情，但她如此冷冰冰地说话时，留在我心中的美好影像正在慢慢褪色。

通过简单的一组对话，我能了解到如下内幕：第一，石布与克格勃“地狱部队”有关系，他与病毒交情不浅，是半真半假的师生关系；第二，“地狱部队”觊觎石布等三人的发现，但又没找到中途下手的最恰当契机，于是就一直耐心地等待着；第三，敦煌那个小城市就要变成国际势力目光汇聚的焦点，我们的到来，将会成为看风景者眼中的特殊“风景”，必须得步步谨慎、分秒小心，否则就会命丧鸣沙山、血染月牙泉。

“是杀手蜘蛛，小心他的肋下出刀。”白雪又一次用唇语通知我。

我轻轻点头，耳朵再次紧贴门扇，不想放过门内的任何对话。

据雷动天那边的江湖消息，蜘蛛是越南籍华侨的后代，擅长贴身刺杀，长期横行于乌克兰一带，极少南下到港岛来。我并不想轻易招惹“地狱部队”，那是一个连霹雳堂和新义安青龙帮都不愿意面对的强劲敌人。

“病毒先生不是什么人想见就能见的，况且你一直都在说‘不知道’这三个字——好了，我现在打电话给他，如果可能的话，就带你过去。”蜘蛛开始松口。

我听到他的踱步声突然消失了，刹那间立刻警觉地翻滚撤退，才在间不容发之际避开了门扇上骤然穿刺出来的那柄具有防眩光涂层的黑色刀刃。生死之间的距离也许只有千分之一秒，高手与普通人之间的差别也就在于此，晚那千分之一秒的话，那柄小刀将稳、准、狠地刺入我的喉结，一刀毙命，绝无缓和余地。

蜘蛛是身经百战的著名杀手，一刀落空，立刻拉开房门飞扑出来，实施第二轮格杀。在他那种人眼里，别人的性命不比靶场上的移动草靶更值钱，他只求达成使命，绝不在乎丧命于刀下的是一人还是十人。但是，这一次，他完全打错了算盘。因为那扇门甫一拉开，我的“观音坐莲穿心腿”就劈面到了。百忙之中他用左臂格挡，喀嚓一声，小臂立刻折断，随即小腹又中了我的膝盖一顶，躬身急退。

我冲入房间内，瑟缩于一张写字台后面的石梦立刻弹跳起来，满脸都是压抑不住的喜色。不过，她的发梢上正在向下滴水，脸上、肩上到处都湿漉漉的，样子颇为狼狈。写字台上，平放着两支塑料针筒，里面的液体一红一绿，煞是好看。

蜘蛛后背撞到另一张写字台，倏地弹起来，右臂空挥了两下，指尖上的蜘蛛刀割裂空气，发出“咻咻”的怪啸声。

“你对她做了什么？还想做什么？”我不丁不八地牢牢站立，封住了房间门口。既然动手，就干得彻底一些，把对方施加在石梦身上的污辱全部找回来。

其实不必蜘蛛回答，我也明白那种红色的液体就是“美人鱼致幻剂”，绿色的则是更为下三滥的一种药剂，名为“猛鬼街烈火”，其功效与摇头丸、超浓缩吗啡接近，能令被审问者进入忘乎所以的亢奋状态，问一句回答十句，把心里的全部秘密都竹筒倒豆子一般说出来，而因此带来的后果就是脑神经将受到秋风扫落叶一样的摧残，十有八九沦为可悲的白痴。

“石布留下了重大线索，敦煌秘宝非地狱部队莫属，所以我的使命就是劝所有人离场。杨进，跟地狱部队玩，你会死得很惨，还是趁早回头吧！”蜘蛛脸上的肌肉依旧僵硬，只是一双眼珠正在慢慢充血，散发出凛冽的杀机。

白雪适时地从侧面插上，扶住石梦，退到房间一角去。

蜘蛛背后是一面装有铁栅防盗网的大窗，阳光透过玻璃落下，将他暖暖地罩住，形成一个明晃晃的光球。

光球中另有一道森然的刀光吞吐不定地闪动着，那是一柄蜘蛛刀产品中最著名的C36型单手开小刀，使用了铸刀材料里最出众、成本最高的CPM440V高碳不锈钢，并采用加厚刀刃、超强超轻G-10纺织纤维手柄、内衬锁、扩大化开启圆孔等等诸多先进元素，使它成为冷兵器世界中开启速度最快、杀人风格最凶悍的手动折刀。在极端铁血冷酷的格斗过程中，它强悍的性能足以令敌人下地狱，带自己上天堂。

这种使用黑色涂层的C36在如今的武器市场上已经很难找到了，而蜘蛛最早以此刀成名于越南河内的越青帮，单枪匹马，杀人过千，所以才得名“蜘蛛杀手”。

“我应该提前警告你，别动我的女人。”我淡淡地冷笑。

石梦的名字与音容笑貌已经深深镌刻在我的眼睛里、头脑里、思想里，虽然相见时间极短，却是“相见恨晚”，隔着门扇时对她的一丝怀疑早就烟消云散，我现在只想维护她、保全她，让任何冒犯过她的人付出代价。

“她、是、我、的、女、人。”这句话中的每一个字都带着甜蜜而复杂的味道，已经成为我生命里另一种“六字真言”。

“哈哈！”蜘蛛骄狂而突兀地短笑了两声，只是脸上殊无笑意，充分表露出了他心里的不屑，“动了又怎样？”

“代价。”我的回答愈来愈简洁。

蜘蛛的攻势突然发动，蜘蛛刀带着恐怖的寒光于半空中划出一个又一个炫目的光圈，扑奔我的头胸要害。我镇定地侧身、旋身、退身，连续躲过他的快刀攻击后，陡然脚踏中宫，迎面突击，右手化成“虎掌锁喉扣”，一把锁住了对方的咽喉，终结了他气势汹汹的攻击，而那柄C36也嗖的一声飞出，插入旁边的写字台桌面上。

“小心，他的刀永远都不止一把——”白雪的提醒来得稍迟，蜘蛛袖子中滑出第二柄小刀，暗无声息地刺中了我的左肋要害。

我再也无法做到出手留情了，右臂一挥，蜘蛛喉咙上一块半巴掌大的皮肉便被我生生撕扯下来。他旋身后退，靠着窗台站定，脖子上鲜血横流，瞬间便湿透了身上的警服前襟。

“失去呼吸之前，杀手永远都是最危险的，像条冬眠的蛇。”蜘蛛阴森森地笑起来。

我冷冷地摇头：“危险要看对什么人而言，你的快刀术根本没办法突破我的‘金钟罩铁布衫十三太保横练’气功罩门，所以就算再捅十刀过来，也不会改变今天的结果。现在，该是我们坐下来谈判的时候了。”那柄小刀只是被挟在我的肋下，皮肤都没刺破，只是在衣服上穿了一条窄缝而已。

蜘蛛大失所望，僵硬的脸上终于露出了一抹难堪的苦笑。

其实，我很想了解地狱部队插手敦煌事件的真实意图，那位鼎鼎大名的病毒先生久未在江湖上露面，这次突然跳出来兴风作浪，会不会像燕盟的梁夫人那样，看中的并非世人眼中的三大宝藏，而是别有情怀？

“请各位不要动，我的枪膛里安装的是经过改造的微型达姆弹，每弹必杀，不留活口。病毒先生有令，地狱部队并不想同时得罪霹雳堂雷先生和燕盟梁夫人，更不忍心伤害石先生的妹妹。所以，今天的事就当没发生过，大家一拍两散，就此各走各路，互不干扰。”一个年轻而甜美的声音从我们背后传来，我同时听到白雪发出一声急促而愠怒的怒哼声。

我转过身来，一个同样穿着警员服装的瘦小女孩子，正手执两柄警枪，稳稳地对着我和白雪。她的五官相貌亦是中越混血的模样，清瘦之极，眼角眉梢透着灵气，握枪的手稳如磐石，没有一丝一毫的抖动。

“好。”我突然放弃了与地狱部队争下去的怒气。

今晨的焦点不是双方的追逐战斗，而是石布尸体的真假问题，我们再僵持下去，就是舍本逐末了。要想械斗泄愤，以后有的是机会。

女孩子笑了笑，向蜘蛛点点头，蜘蛛随即收起针筒，两个人并排站在一起后退，最后消失在走廊里。

“真是一次险峰迭起的意外之旅啊，没想到地狱部队的介入如此之深，如此之快！看来，我们必须要加快行动步调了。”白雪长叹，把石梦送回到我怀里，并随手递给她一包纸巾。

“我没事，先下楼去，看看那具尸体吧。如果……如果我大哥没死，那可就太神奇了。”石梦挺直身子，随手抹去脸上的水滴，急匆匆地当先出门。

她说得没错，既然蜘蛛做了“石布没死”的定论，一定是有所依据，不会信口胡说。这种推论如果转达给媒体的话，定将引起一片哗然。

我们沿步行梯下楼，想要重新回到停尸间去，但我第一个闻到走廊里充满了刺鼻的汽油味，白雪、石梦两人也一下子掩住鼻子，吃惊地四处张望。我们还没走到刚刚那个房间的门口，轰的一声，一个巨大的火球从房间里喷出来，撞在对面墙上，立刻燃着了护墙板和挂画，瞬间升级为非常严重的室内火灾。

白雪急退，把石梦丢给我，先到值班警员的办公室去取回我们的旅行箱，然后三个人一起冲出警局侧面，招停了一辆计程车，第一时间离开这块是非之地。我们并不是因害怕逃离的，而是因为一旦被警察录口供，耽误了敦煌之行的时间不说，还要把梁傲牵扯进来，连累他丢官降职。

所幸的是，我们的车子还没驶过第一个路口，消防车的鸣笛声就呼啸而至，比我们亲自打电话报警来得还快。

接下来的一切就比较顺利了，一小时内，我们就登上了飞机，在各自的座位上安顿下来，然后石梦开始向我叙述事发经过。

诚如我所预料的，走出小门后，蜘蛛便用药物麻醉了石梦，再挟持着她从那窗户中爬进去，之后用满满一大杯冷水浇在她头上，把她弄醒。

“我听得出，地狱部队关心的是敦煌地下的东西，为此不惜长途跟踪大哥和程风、吉川羽两位，从东北跟到敦煌，又从敦煌跟到甘南、港岛。不知你相不相信，我对大哥所做的探索工作基本上一无所知，包括刚刚蜘蛛提到的‘古格银眼’——”空中小姐送饮料过来，无意中打断了石梦的低沉叙述。

这架班次的飞机公务舱里只坐了一半乘客，我们又坐在比较靠后的位置，所以小声谈话并不会引起其他人的注意。

白雪坐在我的另一侧，举手要了一杯柳丁汁，端着杯子轻轻晃荡着。

待空中小姐离去后，白雪弹着指甲浅笑：“石小姐，我帮你提醒提醒，就算你什么都不知道，但你们兄妹之间还有一个最极端的秘密联络手段，那就是‘树洞’。假如你肯连这个都跟我们分享，就能证明你的诚意了。”

石梦点头：“你说得对，那是我最后的一点希望。”

“这次，石先生把‘树洞’留在了哪里？”白雪追问。

石梦转头凝视机窗外忙忙碌碌的停机坪，并没有立即回答。

关于树洞的由来是这样的，古代传说中，人们喜欢将自己的心事找个天然生成的树洞倾诉，然后用泥密密地封住，这样就把心里的秘密倾诉出来了，而且永远都不会有第二个人知道。人人需要倾诉，但石家兄妹的“树洞”却演变成传递秘密的中转站，只不过借用了那个名称而已。

“有一个那样的‘树洞’，总比毫无头绪地乱撞要好。石小姐，请千万记住，我们不是敌人，而是合作伙伴。”白雪郑重地提醒对方。

我闭上眼睛，思索着蜘蛛前前后后说过的那些话。很明显，地狱部队的人认为石布并没有死，而是在跳楼事件中玩了一个李代桃僵的游戏遁地而去。

“这是现实生活，又不是拍电影、玩特技、搞蒙太奇，那种瞒天过海的大动作可不容易完成。退一步说，石布既然决心隐遁，何必搞出那么大动静，直接在敦煌或甘南之行中选择荒无人烟之处消失不就好了？我必须先去拜谒多吉占堆大师，探知石布说过些什么——”

飞机升空后，我们三人同时陷入了沉默，不再开口，戴着耳机听音乐，各自思索心事。

渐渐地，石梦的身体靠过来，头枕在我的肩膀上，进入了沉沉的梦乡。

白雪扑哧一笑："在外人看来，郎情妾意，甜甜蜜蜜，真是幸福的一对。但是，我一直有些怀疑，石小姐现在的表现是不是存在一些伪装做戏的成分？按照她的学习简历看，向来独立坚强，具有钢铁般的意志，并在柔道、空手道、搏击术、枪械射击等方面达到了相当高的水准，应该不会那么容易就被蜘蛛放倒的。"

她一边习惯性地取出化妆盒补妆，一边通过镜面的反射观察着我的表情。

"石布的死对她打击甚大。"我不想为别人开脱什么，只是将心比心，以事论事。当初大哥失踪，我亦是大病七天，形销骨立。

"很明显，那尸体不是石布，有人制造火灾焚尸灭迹，越发是欲盖弥彰了。"石梦不再用开玩笑的戏谑语气说话，恢复了冷静干练的表情。

"我第一个要见的是多吉占堆大师。"我不想沿着白雪的思路谈话，掉转了话题。

白雪一笑："好极好极，真是英雄所见略同，我也有同样的想法。登机之前，我联络过身在敦煌的燕盟人马，目前多吉占堆大师就在敦煌城里，我们落地后，即可前去拜谒。不过，我们最好提前做个君子约定，任何时候，请勿损害燕盟的利益，即使在违背你的做人原则的情况下，可以吗？"

我调整了一下面前的液晶屏角度，按下播放键，屏幕上立刻出现了敦煌机场的资料："该机场位于甘肃省敦煌县城以东13公里处，是甘肃省四个民用机场之一，始建于1982年2月，同年7月试飞成功。此后，机场经过不断地建设，现拥有一条2800米的跑道，飞行区等级为4C，有5个停机位，1.2万平方米的候机楼，可满足高峰时刻每小时运送旅客600人的要求，现已开通到达北京、西安、乌鲁木齐等国内城市的固定航线，每周38个班次……"

新加坡航空的飞机无法直抵敦煌，必须要由西安转机，刨除等候和延误时间外，等我们抵达敦煌时，或许正好能看到"大漠孤烟直、长河落日圆"的黄昏美景。

"回答我，杨先生。"白雪固执地等待着我的下文。

我沉思了几秒钟，才微笑着回答："你、我、石梦都有各自敦煌之行的目标，现在看起来彼此并无冲突。所以，你尽可以执行燕盟梁夫人的所有命令，必要时候，甚至可以跟我们分道扬镳，形同陌路。至于宝藏、权益、地盘、名声，都不是我所看重的，燕盟予取予求，我都毫无意见。”

白雪舒了一口气，但随即微微皱眉：“杨先生，你的个性低调而随意，似乎与令兄杨正大侠截然不同，泾渭分明。梁夫人曾有意扶植你为新一代的‘亚洲第一寻宝师’，看来……看来……”

我懂她的意思，摇摇头，指向窗外，示意她回头去看外面绚丽壮观的云海风景。

富贵浮名于我，不啻云烟过眼。之后，我仍是我——低调、平和，如一泓幽泉，一册古卷，于红尘万丈、俗世千转之外，过着永不迷失自我的淡定生活。

敦煌密码

卷①

敦煌禁地

第二部　翼王宝藏

〔壹〕

程霓裳的反弹琵琶舞

西安落地转机时，我拨了电话给梁傲。

听起来他心情不错："阿进，我刚刚申请了五周大假，准备去日本泡温泉、吃海鲜、赏秋景，心情大好，一身轻松。港岛的事无需担心，太阳如往常一样升起，一切井然有序。稍等，这里太吵了，我出去跟你说——"

听筒中的背景音嘈杂不堪，充满了记者们争先发言的高八度声音，并伴随着高级相机快速连拍时的嚓嚓声。

稍后，背景音消失了，梁傲的语气也变得平静下来："阿进，停尸间发生火灾，现场勘查的结果是有人故意纵火，毁尸灭迹。现在，石布的尸体已经烧得只剩半堆残骸，警方不敢让记者进来拍照，生怕弄得满城风雨。我不管今晨发生过什么，不管现场发现了C36蜘蛛刀的严重问题，总之一句话——那件事已经结束了，咱们以后都不要再提。告诉你同来的朋友守口如瓶，一个字都不要外泄。我已经订了后天飞往东京的机票，等咱们大家重回港岛时，乌云早就散尽，大家还是开心吃肉、开怀喝酒的好兄弟。雷先生说过，他会全力以赴罩着你。有他这句话，咱们还有什么好担心的？"

那时，石梦就站在我身边，一字不漏地听到了梁傲的话。

我没有提及地狱部队的事，只说了一句："多谢。"

梁傲苦笑几声，匆匆收线。

"连你也认为躺在冰柜抽屉里的不是我大哥石布？"石梦的脸色愁郁得像一块夏天的积雨云。

"真相只有一种，等待我们去发掘。"我从不武断地去下某种结论。

石梦张了张嘴，要说什么，却又忍住。倒是白雪，忽然插进来一句拗口而又莫名其妙的话：“在这个世界上，有些事是我们知道的，有些事是我们不知道的。我们知道有些事我们不知道，但却不知道有些事我们并不知道我们不知道。”

“什么？”石梦愕然。

白雪气定神闲地递上两杯雀巢速溶咖啡，弹指一笑：“真相必定能被揭开，此时此刻，我已经迫不及待地想要看看翼王石达开的宝藏究竟价值几何了。”

透过咖啡杯子里飘出来的氤氲雾气，白雪脸上的笑容变得慧黠而不可捉摸。我希望大家是相安无事、危急中还能彼此扶挽的朋友，而不是针锋相对的敌人。燕盟的实力在环马六甲海峡范围内罕有敌手，十二君子个个都是江湖上的大行家，有这样一大批敌人，必定寝食难安。

“敦煌方面刚刚回过电话，多吉占堆大师正在进行冥想闭关，至少在七十二小时内才能结束。我们不如在落地之后，直接赶奔精神病院，看看那位可怜的程风博士，二位说怎么样？”白雪一俟离开港岛后，立即如一架高速运转的超级电脑般展开工作，事事处处都做到了前面，仿佛一名跨马出征的先锋官，逢山开路，遇水叠桥，替我和石梦提前安排一切。

我点点头，石梦随即补充：“除了见程风博士，我还想提醒二位见见他的女儿，一位具有敦煌古代舞蹈天赋的小美女。之前我大哥与那位程小姐接触过多次，也在电话里频频提及，说她是一个无法拆解的敦煌谜题。”

她适时地打开旅行箱侧面的袋子，将两份复印资料分发给我和白雪。

程小姐有个很古典、很诗意的名字，叫做“程霓裳”。资料没有看完，机场工作人员便提醒我们重新登机。我只能暂时把资料收起来，等待上机再细看。

资料中说，程霓裳是个古典舞的天才，而且无师自通，只看到那些残缺不全的死板壁画，就能自动地揣想出其中的舞蹈动作，而她的年龄却仅有十六岁，连舞蹈学院的门都没进过。

石布与程风是考古探险方面的好搭档，所以我认为石梦的资料比较可靠。

资料最后，除了程霓裳的照片，还有石梦的手写体批注：“大哥的反弹琵琶舞是从程霓裳那里学来的，所以去见程霓裳的价值甚至高于去见程风。”

“那照片的拍摄地点是山海关的古城楼，按拍摄手法推测，是大哥拍的。”石梦从旁解释。在我看资料期间，她一直侧着身子，怔忡地注视着我的脸。

山海关位于秦皇岛市区东部十五公里处，建于明洪武年间（1381年），是中国万里长城的最东端，历史上曾是一座防御体系完整的军事要塞。我之前曾参观过山海关东门镇远楼，也就是全球华人无所不知的“天下第一关”。城门高约13米，分为上下两层，造型美观大方，雄壮威严。城楼之上，一边是碧波荡漾的大海，一边是蜿蜒连绵的万里长城。

照片的背景，正是镇远楼西面上层檐下悬着的“天下第一关”著名匾额，那是明代书法家肖显所写，笔画遒劲雄厚，与城楼规制浑然一体。

程霓裳给我的第一印象，是浑身上下洋溢着的那种古典之美，正符合“天寒翠袖薄，日暮倚修竹”的诗意。真不知道是先有了“程霓裳”的名字后有了这样一个古典美人，还是程风依据她的模样风骨，重新设定了这样古典韵致十足的名字。

“大哥曾说，程霓裳是不属于这个世界的，尤其是她在黄昏中跳起那种反弹琵琶舞时，总令他产生‘这世界即将发生时空倒转’的恐怖想法。可是，他却从没用摄像机拍过程霓裳的舞蹈，所以需要我们亲自去看，亲身体会。杨大哥，在文华东方酒店的晚宴上，你大概也曾经——”石梦忽然意识到自己说漏了嘴，会被白雪听到，马上用一个轻轻打呵欠的动作结束了自己的叙述。

当时我看到石布的脸发生了诡异的变化，从灿烂红颜变为骷髅恶鬼，几乎要失声叫出来，是石梦及时阻止了我。由此可见，她也意识到了那种诡变。

我会意地点点头，石梦脸上随即露出了欣慰的表情。

飞机正在越过中国西北部的崇山峻岭，一小时后，我将踏上大哥杨正战斗过的土地，沿着他的足迹继续寻找。或许我早该成熟起来，抛开自己固守的“低调、幽居”思想，陪他一起闯荡天下的。那样的话，就不会造成今天兄弟相隔天涯的惨痛局面了。

白雪起身去洗手间的空当里，石梦才来得及将刚才的话说完：“反弹琵琶舞飞旋到最高速时，舞蹈者的身体就会产生变化，这一点从大哥的经历就能看得出。可惜我没有舞蹈方面的天赋，否则真愿意亲身试一试，看看大哥究竟是被什么妖魅力量所驱使着。杨大哥，我一直在猜想，大哥一定是从程霓裳的舞蹈中看到了一些非同寻常的东西，才有了那样的感叹。他还说过，程霓裳激舞时，他感觉自己像站在一个巨大而绚丽的漩涡前面，对面的世界充满了光怪陆离的东西，像几百块电影幕布，正在同时上映着几百部古代背景的影片——”

我突然记起了一件怪事，一下子按住石梦的手背，急促地低声叫道："停下来，我有话要说。"

这个动作来得太惊人了，吓得推着饮料车经过我们身边的空中小姐也倒退了一大步，险撞在旁边的座位上。

"同样的事，我也听雷叔说过，他转述石先生的话时，说那些场景根本不是影片，而是一些真实的生活片段。换句话说，在那个女孩子的反弹琵琶舞中，石布看到的是一个奇怪的真实世界，而非人为制造出来的影像。"我之所以如此激动，是因为当时大亨雷动天一边向我转述那些话，一边在与国际上著名的"多维世界理论"专家亨特迪进行视频对话，而亨特迪当时便肯定地提出了以上的观点。

我清楚地记得，亨特迪是这样说的："如果一个人站在多维空间的前面，他将发现自己面对的是一个充满诱惑力的多面体万花筒，而与普通万花筒有所不同的是，他眼中所见的，是一个面面皆真实的世界。更进一步说，假如他向前迈步，进入到多维空间的分歧点上，随便向哪个方向再前进一步，都将进入一个截然不同的空间，而这个'方向'的数量，则可能是十亿个、百亿个的无极限数字。"

雷动天与亨特迪都没有见过天才舞蹈家程霓裳，也就无法了解石布当时的感受，彼时的诡谲场景，亦只有石布本人才能了解。

"你的意思是说，石先生的死，与程霓裳大有干系？"我满含歉意地帮空中小姐扶正车子，然后送她离去后，重新变得冷静下来。

"能令红粉化为骷髅的反弹琵琶舞之中到底蕴含了什么样的移魂大法——这是关键中的关键。如果可以，我愿意重走大哥的思想历程，看看是否遭遇同样的精神危机。杨大哥，希望你能帮我，除了大哥之外，我只相信你，拜托了。"石梦缓缓地抓住了我的双手，目光深邃，仿佛一直看透我的灵魂深处。

她提到了"移魂大法"的概念，又一次与我的想法不谋而合。从心理学角度讲，石布见程霓裳舞蹈而产生幻觉，正是古代江湖传说中被高手施以"移魂大法"的表现。

"我一定会帮你，一起来敦煌，再一起回港岛去。"我从不赌咒发誓，但答应了别人的事，定会全力以赴去做。

此刻，飞机俯冲向下，机窗中已经望见敦煌市的轮廓。

等在机场迎候我们的，是一直跟在石布身边的东北籍助手，姓田名勇。

“我已经安排了全敦煌市最好的宾馆接待三位，石布先生的事我很难过，请石小姐节哀顺变。”田勇的年龄与石梦差不多，是个精明干练的年轻人，从一出现起，嘴里就不停地嚼着口香糖。他的目光只在我身上停留了几秒钟，便完全被白雪吸引住了。

“好，小田，大哥不在了，现在由我来安排一切。明天起，请解散所有的工人，停止一切考古和文物收购工作，偃旗息鼓，咱们只做最普通的敦煌旅游者。还有，精神病院那边你多跑跑，打点好院长、医生、护士等等所有层次的人员，务求保证程风先生和程霓裳小姐的绝对安全。下一步，我会联络国内最好的精神病专家替程先生治病，费用方面绝无问题，你的薪酬在原来基础上加倍，只管放手去做。”上了田勇开来的三菱越野吉普车后，石梦随即做了简单的工作安排。

“严密保护程风与程霓裳”是我们俩在飞机上共同商定的行动原则，因为这是揭开石布自杀之谜的关键点。

“好。”田勇脆快地回答。

石梦轻叹：“辛苦你了小田，我今晚就会联络一位江湖上的朋友过来帮忙。他一到，你的工作自然就会轻松了。”

“好。”田勇又一次简短回答，有意无意地从后视镜里扫了我一眼。

我故意转脸望着窗外，不愿跟对方有过多的目光相碰。对于他那样的盗墓寻宝者来说，最怕的就是陌生人突然闯入分一杯羹的局面，他时时刻刻担心的是自己的荷包会不会缩水，而不是帮石梦摆平一切。我来，只是寻人、寻求真相，与利益分配无关，更不想让他误会。现在看来，石梦的练达能力足以控制局面，暂时并不需要我的帮助。

敦煌市位于甘肃、青海、新疆三省（区）的交汇点，因其曾经的辉煌和博大精深的文化内涵而闻名于世。莫高窟1961年被国务院列为首批全国重点文物保护单位，1987年被联合国教科文组织列入世界文化遗产保护项目，并于1991年授予“世界文化遗产”证书。敦煌南枕气势雄伟的祁连山，西接浩瀚无垠的塔克拉玛干大沙漠，北靠嶙峋蛇曲的北塞山，东峙峰岩突兀的三危山，形成了一个群山拥抱的天然小盆地，土地肥沃，旱涝保收，又拥有举世闻名的旅游资源，近年来的发展日新月异。

车子驶入黄昏中的老城，直奔位于市中心鸣山路28号的酒泉敦煌国际大酒店。

在我看来，敦煌市如大陆的许多旅游风景城市一样，正在进行如火如荼的城市新建之中。目光所及，都是拆除到一半的民居、脚手架林立的新楼盘、鳞次栉比的塔吊，全球次贷危机的海啸似乎根本就没波及此地，一派欣欣向荣、蒸蒸日上的大好局面。唯一美中不足的是，城市的空气质量让人不敢恭维，从地面到天空，全部灰蒙蒙一片。

“遵照石小姐吩咐，没有安排接风宴之类，三位请上去休息，二十四小时内都可在房间内叫餐。我去安排精神病院那边的工作，失陪了。”田勇在酒店大堂内不失礼貌地同我们三个握手作别。

在大堂值班经理的陪同下，我们进入电梯，去往八楼。

白雪取出一张纸巾仔细地擦拭着被田勇握过的手指，唇角噙着一丝淡淡的冷笑。像她那么冰雪聪颖的女孩子，当然看得出田勇心里在想什么。

“小田的工作能力值得肯定，跟随大哥已经四年，鞍前马后，忠心耿耿，从未出过差错，值得我们信任。”石梦及时地替田勇解释。

大家都是聪明人，无须解释，就能明白各自的好恶心理，这倒是省了很多啰啰唆唆的口舌。从港岛起飞，抵达敦煌落地，两个女孩子都有了巨大的变化。石梦是从悲怆、凄苦、无助变为干练、沉着、冷静，而白雪则是从独当一面的江湖女侠变身为倩笑吟吟、娇容滴滴、柔情千转的百分百美女，身上不存一丝江湖豪侠气息，正因如此，才令田勇错估了她的身份。

“只要不大胆冒犯我，什么话都好说，反之亦然。”白雪弹指一笑，对着电梯里的仪容镜审视着自己的发型。

“他不会，手下留情。”石梦微笑着点头。

“如果他能像杨先生一样温文尔雅、淡定从容的话，我当然会手下留情的，无需多虑。”白雪笑吟吟地转向我。

我专心致志地看着面前的电梯广告屏幕，对她的柔丝秋波只作不知。

广告里介绍说：“酒泉敦煌国际大酒店(International Hotel) 位于敦煌老城的中心，交通四通八达，外观气势宏伟，内部装饰典雅，融现代风格与传统特色于一体。酒店总建筑面积14000余平方米，共拥有各类客房156间（套），中西餐厅四个，环境幽雅独特，可提供川、粤、京、鲁、韩国烧烤及地方特色菜肴，适合海内外宾客的不同口味……”

画面一转，立刻出现了莫高窟的蜿蜒山岭和辉煌壁画。

“来敦煌旅游，本酒店可以向三位免费提供豪华越野车，并配备专业司机和导游，希望三位的敦煌之行能尽兴而愉快。”那衣冠楚楚的大堂经理以为我对壁画艺术感兴趣，不失时机地从旁介绍。

“程霓裳——”我的目光落在风光片中那些缓慢更迭的敦煌壁画上，心里慢慢浮起的却是这个名字。

反弹琵琶舞的那幅壁画就在莫高窟的112窟中，风光片的旁白正深情而缓慢地叙述着：“莫高窟，又称‘千佛洞’，位于敦煌县城东南25公里的鸣沙山下，因地处莫高镇而得名。它是我国最大、最著名的佛教艺术石窟，分布在鸣沙山崖壁上，三四层不等，全长1600百米。现存石窟492个，壁画总面积约45000平方米，彩塑佛像等造型2100多身。石窟大小不等，塑像高矮不一，大的雄伟浑厚，小的精巧玲珑，其造诣之精深，想象之丰富，是相当惊人的……”

正如古人所说：弱水三千，吾只取一瓢饮。莫高窟虽有千佛万画，我只为反弹琵琶舞而来，就像之前我大哥杨正到此一样。

田勇给我们预定的808房间是个非常宽大的贵宾级套间，一主卧，两次卧，室内全部是欧式装潢设计，华贵典雅，整洁无比。

“国际大酒店是敦煌最好的酒店，808房间是大厦中最好的房间，希望三位贵宾在此能过得愉快，有事情的话，二十四小时内都能找到我。”那大堂经理替我们放好行李后，礼貌地告退。

白雪匆匆地去卫生间里打了个电话，出来后便说：“我有朋友聚会，先走，再联络。”

我不动声色地表示：“请便，再联络。”

石梦则一语双关地回答：“白小姐真是敬业啊，这次是要抢先行动吗？放心，我们没有利益冲突，你想要的尽管拿去。”

白雪一笑：“我只不过是觉得这房间的睡床质量比较差，想换到其他地方去罢了，也不想占石小姐的便宜。而且，我夹在二位中间多有不便，堂而皇之地做电灯泡，多不好意思？”她一边说，一边笑着出门。

燕盟十二君子提前分一半力量到此，可见他们是有大的行动，当然不会老老实实待在酒店里。我对燕盟梁夫人说不上好恶，所以便不想关心白雪的事。

“休息半小时，然后出发去精神病院，先探探程风的病情再说。”我可以长时间地保持沉默，但脑子里却是一刻都不得闲的，高速运转着，思考着各项事情的轻重缓急。

石梦不顾长途旅行的疲惫，立即打开旅行箱，换上了一身敦煌当地的女孩子常穿的黑色波司登牌羽绒服，脚下则换了一双极其普通的高筒雪地棉鞋。

“杨大哥，大哥和雷先生都提到过，你和杨正大侠所修炼的北少林派武功中，包括有一种‘佛门金刚狮子吼’，能够振聋发聩，令深陷幻觉迷途中的庸人及时地猛醒。我想，如果对程风博士使用这一招，会不会比精神病院的通常用药疗效好一点？”她问。

我笑了：“武功与医学仅有部分相通，狮子吼的功夫往往是拿来治疗心病的，而现在程风患的是脑病，恐怕并不对症。更何况，我的武功比起大哥来，相差太远，亦不能发挥那种佛门内功的妙处。”

说到底，在文华东方酒店二十五楼上，我只差一步就能挽救石布的生命却最终失败，眼睁睁看他俯冲下去，对我自身的信心打击亦是相当之大，一度曾怀疑自己的轻功和武功是否过于生疏了，对任何事都不敢拍胸脯打包票，变得比从前更加谨慎。

走出房间之前，石梦将一柄半尺长的匕首插进靴筒里，用裤脚轻轻盖住。

“本地的‘黑星帮’和北疆来的‘刀子帮’都很嚣张，有备无患。”她苦笑着向我解释。

之前我曾从雷动天口中听说过以上两个帮派，“黑星帮”的组织结构、犯罪方式与港岛“大圈帮”相似，而“刀子帮”则完全是以偷窃为生，极少与老百姓发生正面冲突。

〔贰〕

程风博士的疯话

我和石梦从酒店的员工通道出去，随手招了辆计程车，向东行驶了约两公里，便在路边下车，步行向南，进入了敦煌市妇幼保健站医院的疗养区北门。事实上，敦煌没有专门的精神病院，开设在这边的精神病门诊就是市区内唯一一家收治精神病人的地方。

很快，我们就见到了程风的主治大夫，一个姓王的中年男医生。他一边带我们去程风的病房，一边介绍病人的情况："近几天，病人很安静，除了吃饭和睡觉，就总是一个人站在墙角里，脑门贴在墙上，一个人嘟嘟囔囔不知道在说什么。还有，他一直都有在地上和墙上画蝌蚪的习惯，如今愈演愈烈，有时候一画就是几百条。护士帮他擦掉，他就再画，不厌其烦地重复。"

石梦忽然碰了碰我的胳膊，笑着说："杨大哥，你先回避一下，我跟王医生谈谈。"

她的右手一半插在口袋里，掌心里露出厚厚的一叠钞票，向我悄悄亮了亮。

我明白，她是要用钱来打通关节，谁都明白"有钱能使鬼推磨"的道理，大陆和港岛一脉相通。

"好。"我点点头，停下脚步让他们先走，然后横向踱开，走向右面的草地。

整个敦煌的空气都不敢恭维，风中卷带着沙尘，无论走到哪里鼻子里无时无刻都能闻到刺鼻的尘土味道。刚走到草地尽头，我的鼻子突如其来地一阵轻痒，立刻无法控制地打了个喷嚏，在夜色中煞是惊人，引得前面小楼底层一扇窗子里的一个女孩子倏地回过身来。

那时，她仍保持着一个极其古怪的舞蹈姿势，身体半旋，双臂在头顶柔软地扭住，而后十指叉开，笔直向天。她只有一只脚着地，而且是芭蕾舞演员那样的全力踮脚动作，身体的全部重量都支撑于右脚拇指尖上。

我的眼神与她的目光甫一接触，立刻像三伏天吃了一大口冰沙般，浑身一凉，周身上下的所有毛孔都被那可口之极的凉意抚慰熨帖，满身的焦灼燥热一扫而空。

此刻，两人之间距离约十步左右，隔着一大片破败的冬青花丛和一个老旧的青砖木框窗口。

我立即点头致歉："打不起，惊扰你了。"

她那张白玉骨瓷般的脸上不露一丝表情，目光空灵通透，仿佛望着我，又仿佛已经穿破我的身体，直望向我身后的无穷远处。静默了十几秒钟，她才放开纠缠的双臂，将虚横在右腿膝盖上的左脚脚尖挪开，平缓地滑落在地上。然后，她沉默地低头，静静地凝视着月白色舞蹈服的右袖腕部。

毫无疑问，她给了我极强烈的"出尘、惊艳"的感觉，特别是她轻轻掂起左手的食指、中指弹向袖口时，那个充满玄妙智慧的动作让我想起了"佛祖拈花一笑、迦叶若有所得"的佛教典故。很可惜，我来不及用相机拍下这一幕，只能是无言地看着。

那个房间里只亮着一盏壁灯，所以我无法看清女孩子的全貌，只是觉得她那种超尘脱俗的神态绝不是21世纪的城市女孩子所能拥有的。她不仅仅是单纯的美丽、漂亮，而是浑身散发出一种圣洁、智慧的玄秘光彩。

她掸完袖口，又举高袖子，迎着壁灯的光察看，接着轻轻吹了一下。

我这才明白，她刚刚的一系列动作只不过是要掸去袖子上的浮尘。

啪的一声，她骤然击掌，那壁灯应声熄灭，她的影子也从黑洞洞的窗口里消失了。

我吃了一惊，心头仿佛半夜遭遇狐妖鬼魅的书生那样平白无故地紧缩了一下，稍后才哑然失笑，明白那不过是一只声控壁灯，女孩子不愿受到陌生人的窥探，愠怒离去了。

"她是……"我清醒过来，突然明白，那女孩子就是我和石梦敦煌之行里的一个重要角色——程风的女儿程霓裳。接下来，我没有绕过冬青花丛到窗口去，而是返身追赶石梦，要在第一时间里去见程风。有他在，程霓裳想必也会现身一见的。

一边走，我一边在脑子里回想刚刚那一幕，越来越觉得程霓裳身上的某种气质如同雷动天府上的一尊绿檀木雕南海观世音菩萨，尊贵绝世，亦风华绝代。

在住院区的一栋青砖独立小楼里，我见到了铁栅门后面的博士。正如王医生所说，他正面对墙角站着，头顶着墙，全身重量都集中在那一点上，好像要把青砖老墙顶烂了一样。那间四壁空空的古老病房里，满地满墙都是白粉笔画出的蝌蚪图形，杂乱无章，笔画潦草。

“程博士？”我拍了一下铁栅门，试图唤醒他。

他仍在嘟嘟囔囔，根本都不回头看我一眼。

我摸了摸门上的大铁锁，向王医生请求：“让我进去跟他聊聊。”

程风并没有全疯，我相信他现在的怪异动作都跟112窟的秘密有关。事情的关键焦点，就在于弄清他们在那个壁画洞窟里遇到过什么。要想细谈，当然就得进去。

王医生面露难色，向石梦望过来。石梦立刻取出几张钞票，趁着夜色昏暗，塞到对方的白大褂口袋里。

“病人有时候会非常暴躁，请多加小心，免得打伤了你再连累我。”王医生左右看了看，迅速取出钥匙开锁，不再坚持自己的原则。然后，他拎着钥匙退出了小楼，把我和石梦留在原地。

石梦盯着程风的背影，顺手开了病房里的大灯，苦笑着自嘲：“整个精神病门诊只有博士这一个病人，我相信以王医生的诊治水平是永远都治不好他的，除非是他无药自愈。我看过他平日服用的药片，不过是些催眠、安神之类的西药，其作用只是让他多多睡觉，少来打扰医生。杨大哥，下一步有必要的话，我会排除程霓裳的阻挠，带博士离开此地，送去大城市的专业精神病院里彻底治疗。”

我慢慢地推开铁栅门，走近程风。

他身上穿着肥大的灰色病员服，脚上套着双脏兮兮的棉拖鞋，头发乱糟糟的，恍如街头的流浪行乞者。

“程博士您好，我是石布的朋友，杨进。”我直接举手拍他的肩膀，不想浪费时间。

“不要推我……不要推我……”他慢吞吞地回过头来，用袖子擦擦眼睛，脸上除了皱纹就是毫无意义的痴笑，“不要推我……”

“程博士，112窟里发生了什么？为什么你们三位都在精神上出了问题？”我伸手钳住他的右腕，然后仔细探测他的腕脉。他的脉象很平稳，如同涓涓溪流，连绵不绝，毫无滞涩迹象。

“他们在制造，他们在制造……”他喃喃地说，任由我拖着手，在平铺在墙角的海绵垫子上坐下。

“制造什么？”我耐心地问。

“他们在制造……壁画、佛像、沙漠、莫高窟、敦煌、酒泉、甘肃、西藏、新疆……他们在制造。别问我，我不敢说，嘘——”他用力挣脱我的掌控，双手交叠在一起，使劲捂住自己的嘴和鼻子，屏住呼吸长达一分钟之久，直到憋得满脸通红了，才猛然放开，大口喘着粗气。

“他们是谁？他们在制造什么？”我努力地从他的疯癫呓语中寻找蛛丝马迹。

“我说了，他们在制造壁画、沙漠、大山、城市，难道你不明白吗？他们在制造，一直不停地制造，直到整个世界都疯掉了，世界上堆满了世界，满到连地球都装不下，他们还是制造。对，你问得很好，他们是谁？他们是谁呢？他们到底是谁呢？他们为什么要制造世界呢……”他托着自己的腮，像个被世界遗弃了小孩子，一动不动地凝视着地面上的粉笔蝌蚪。

如果石梦够聪明的话，她会在上次抵达敦煌的时候，就向石布问清楚程风到底是怎么变成疯子的，因为在当时他是唯一的知情者。早那么做，就不会有现在一筹莫展的困境了。

我盯着程风黄黑浮肿的眼皮，忽然对这些所谓的寻宝者有了深深的怜悯，在一夜暴富的神话背后，他们承受了太多天外飞来的横祸和灾难，实质上是在用自己的性命与未知的命运对赌。

“亚洲第一寻宝师？”我记起了加诸于大哥杨正头上的那顶金色光环，那该是用多少次险象环生的求索过程拼回来的呢？

“制造世界，制造世界，别推我进去，我不想进去……别推我……”程风慢慢地转身，再次面向墙角。

我把右手拇指放在他脖子后面的“大椎穴”上，提聚内力，化为纯和阳刚的暖流，缓缓地由那一点上灌入对方体内。这种来自北少林七十二绝技中的“去烦恼指”，是传自少林寺达摩院的绝世武功，能够让对方进入心里澄净，无忧无虑的境界。针对程风的情况，刚猛霸道的“佛门狮子吼”只会扰乱他的心智，反而不如平和柔缓的“去烦恼指”更为管用。

“杨大哥，如无意外，我会联络好上海方面精神病医疗专家，把博士转到那边去。”石梦的态度非常诚恳，我相信她会为了治愈程风而不遗余力。

“恐怕药物只会洗脑，对揭秘莫高窟之变毫无帮助。”我缓缓地摇头。在“去烦恼指”的潜移默化作用下，程风僵硬的身体正放松下来。这种疗伤手法比中西医方面治疗精神病惯用的虎狼猛药有效，只是如果需要进一步治疗，我就需要一间免受外人打扰的静室，进行持之以恒的内力灌输。

“我们没有太多时间可以考虑，因为……我无意中偷听了白小姐的电话。”石梦不好意思地苦笑，“就在你的港岛私宅中，你在厨房煮咖啡，她去洗手间，然后偷偷地电话通知燕盟赶赴敦煌的六个人，要将程风秘密劫走。还有，我清清楚楚听到她告诫自己的同伴，严密注意51号地区‘隼机关’的人马，一旦双方发生摩擦交火，便痛下杀手，绝不留情。杨大哥，我们回头看看，现在燕盟、隼机关、地狱部队包括青龙帮都将目光定焦在敦煌小城，不一定什么时候就会发生泥沙俱下的大混战，我们这种舢板小舟岂能提防得了？不如退避到沿海大城市去，留他们在此地撕咬争夺。”

白雪的做事方法神出鬼没，令我很是头痛，而且如果燕盟再次与“隼机关”爆发冲突，的确会城门失火、殃及池鱼。从这种意义上讲，石梦的提议亦是很有道理的。

“咳咳，咳咳……”程风突然剧烈地咳嗽起来。

我来不及缩手，门外已经无声地卷进一个人来，径直与石梦擦肩而过，冲进铁栅门里来，冷冰冰地向我喝道：“拿开手，你在对我爸爸做什么？”

那是一个身体细瘦孱弱的女孩子，身上穿着件驼色翻毛大衣，毛领高高地竖起来，把脸和头发都围裹在里面。十一月的天气还不算太冷，但她的样子却像是身在数九寒天、冰窟雪地上一般，恨不得将身子全都缩进那厚重的大衣里去。她的眉眼亦纤细修长，眉色淡得像水墨画的远山一般，被衣领的阴影一遮，几近无法看见。

“我们，哪里都不去，即便是老死在此，也绝不离开敦煌。”她冷冰冰地审视着我和石梦，嘴里呵出丝丝白气，那更是仅在腊月天才会出现的“吐气成雾”情景。

“程小姐，我和杨进先生是好意，难道你不想程博士早一点恢复神智吗？”石梦苦笑。

我很容易就辨认出她正是刚才窗子里的舞者，也就是程风唯一的女儿程霓裳，果真人如其名，肤如凝脂，五官如工笔细描，活脱脱一位隋唐仕女图上的古典美人胚子。当她从身着月白色舞蹈服换为普通衣服后，泯然如普通人。我在灯下看她，比起看刚刚那间幽暗的房间里的舞者时距离近了，那种无以名状的玄秘感却悄悄远了。

我向后退了一步，向对方点头致意：“程小姐，又见面了。”

石梦怔了怔，意味悠长地向我瞥了一眼。

程霓裳没有理会我的话，横跨一步，挡在我和程风之间，冷冷地重复：“我爸爸的记忆丢在这里了，只有留在本地，才有可能找回记忆。带他走，只会害死他。”

“错了，必须治好他，了解三位博士在112窟里到底看到了什么，才是最负责的态度，以避免更多的探险者误陷迷局，成为精神病牺牲者。程小姐，请不要固执己见。”石梦寸步不让。

程霓裳的嘴角不着痕迹地牵动了一下，淡淡的冷笑如因风而动的寒山浮雪：“救世救人是你们的事，我管不了那么多。我只知道，他不能离开敦煌，就像鱼儿离不开水源那样。抵达敦煌的第一日他就说过，今生老死于此，再也不走了。我必须满足他的这个要求，直到他完全清醒过来。请你们走吧！”

我看着程霓裳，脑子里浮现的却是反弹琵琶舞壁画里那神佛的曼妙形象。

“哼哼！”石梦也冷笑起来。

凭程霓裳一个人，是保护不了程风的，所以石梦才会命令田勇暗中辅助。当前来看，程风像一块巨大的肥肉，一个不小心，就有可能在数方争夺战中被撕裂为碎片，永远消失掉。

“走可以，我有一个交换条件，请再为我们跳一曲反弹琵琶舞。”我不慌不忙地劝解，提出了这个令石梦瞠目结舌的要求。

程霓裳立即点头：“一言为定，我跟你们走，不要再来骚扰我爸爸。”

我也跟着点点头，退出铁栅门，拉着石梦向外走。

程霓裳给我的第一印象只有一个字，那就是“冷”，我所见的，仿佛一块裹在大衣里的寒冰，不为外界冷暖所动，始终保持着冷冰冰的状态。她的名字里有个"笑"字，整个人却不苟言笑，连表情都是冰块凿刻出来的，五官一动不动。

"杨大哥，为什么不继续劝诫她？你也知道，在这种地方熬下去是没有好结果的，当断不断，必留后患。"石梦沮丧地甩开我的手，在小楼的长方形门厅里停步。

这里的光线比较昏暗，只有四米多高的厅顶上悬着一支白色的日光灯，可能也是医院方面大力节约经费的结果。

"反弹琵琶舞是石先生跳楼身亡的关键，程霓裳是传播那种舞蹈的关键，所以说，程霓裳是比程风更重要的解谜元素。我们要跟她做更多沟通，而不是一上来就刻意敌对，要压服对方。石梦，我觉得你现在已经陷入了一个误区，你必须知道，保住程风并不一定能揭开秘密，但只要程霓裳肯开口，就一定能找出石先生跳楼的主因。"我不理会石梦的低沉情绪，只是一字一句地摆明道理，让她自己思考明白。

隔着远处的灰墙与绿树，外面烤羊肉串摊子的吆喝叫卖声毫无顾忌地顺风传来。

"我饿了。"石梦沉默了几分钟，忽然扬起头，避重就轻地换了话题。

"我请你吃烤肉。"我自然而然地回应，两句简短对话，把两人间的僵硬气氛彻底打破。

"我错怪你了。"她缩了缩肩膀，回望通向铁栅门病房的幽暗走廊。

我摇摇头，只要她明白其中的道理就好了，绝对没必要道歉，因为我已经决定此生永远不生她的气，永远把自己最温情、最宽厚、最容忍的一面留给她，直到生命的尽头。

"请我吃烤肉加冰啤好吗？去港岛前，大哥请我吃过一次，但当时那种诡异的状况下，食不知味，冰啤比食醋还要难喝，希望这一次能稍好一点。"石梦不好意思地笑起来。

我们在飞机上曾吃过一顿新加坡航空公司配送的简餐，此刻早就腹中空空了，一想到大陆西北特有的地方风味美食，忍不住舌下生津，饥肠辘辘起来。

敦煌著名的当地美食中，以驴肉黄面、敦煌臊子面、敦煌黄面、浆水面、敦煌酿皮子、泡儿油糕、羊肉粉汤最为出名，刚才步行过来时，我已经注意到一家生意特别红火的驴肉黄面老店，店堂里的顾客都挤不下了，有些直接在街边摆开桌子吆吆喝喝地喝酒吃东西。华裔社会中，老字号的饭店总是有其"绝活"，味道肯定错不了，所以我决定带石梦到那里去。

突然，走廊深处传来一阵匆忙杂沓的脚步声，赤着上身的程风一下子冲出来，用力地甩着胳膊低头向外跑。

“咦？站住！”石梦反应极快，探手抓住程风的左臂。以她的武功，制服程风绝不是问题，但怪就怪在程风猛地转头，向着我们俩做了个狰狞之极的咆哮动作——两片嘴唇同时外翻，露出白森森的牙齿和血淋淋的牙床；两腮的咀嚼肌堆叠虬结着，仿佛被人塞进去了一大团纠结的树根；眼睛和鼻子也因过分用力而变形走样，白眼珠子使劲向外鼓着，几乎要挣脱眼眶的限制，直接弹跳出来。同时，他的脖子僵硬地向上梗着，颈下的青筋外凸绷紧，如同一道道勒入皮肉中的麻绳。

“咻咻……禁地，禁地……那里是禁地……”他的喉咙里发出破风箱一样的粗重喘息声。

我这次清楚地听到了“禁地”两个字，下意识地反问：“哪里是禁地？禁地在哪里？”

大哥、石布都曾与“禁地”二字有关，现在则换了程风，这两个字简直成了来自死亡世界的诡秘诅咒。

“禁地……生人莫近的禁地……一定要远离禁地，他们在禁地里制造……”他仍旧语无伦次。

石梦陡地伸出另一只手臂，五指戟张，啪的一声扣在程风的头顶上，要迫使他躬身屈膝坐下来。在这里，我犯了一个大错误，就是老以为程风是个知识渊博的寻宝师，脾气性情一直都很绵软，断定他不会对我们构成任何伤害。所以，我一直没有出手从旁协助石梦，只是倒背着手，将所有注意力集中在耳朵上，寄希望于从他说的那些话里找出线索。

疯子说的话都是“疯话”，可我明白，“疯话”亦是有迹可循的，就像是一句连一句的“谜面”，只要用心思索，“谜底”就会瞬间浮现。

“禁地，制造，末日，是地球人的末日……宝藏并不仅仅是宝藏，到了禁地，宝藏也能被制造……通货膨胀，经济危机……”如果换在平时，程风的连篇疯话中出现了那两个现代经济学名词后，肯定会令人忍俊不禁地大笑。

“禁地在哪里？”石梦贴着程风的耳朵沉声断喝。

她也跟我犯了同样的错误，以为程风是软弱而“无害”的，可以放心大胆地贴近他做任何动作。蓦地，程风又发出一声低沉的咆哮，手臂一挥，要挣脱石梦，同时低头俯身，向石梦的手背上张口就咬。

石梦急闪，程风咬到了她的风衣袖口，立刻死死地咬住，脑袋摆动着，像是一头饿狼捕捉到食物后拼命撕扯的样子。

我急步靠近，右手扳住程风的肩头，左手捏他的下巴，想要强迫他松口。

“禁地，毁灭，难以逃脱的毁灭，向前走，我们都会毁灭，毁灭……”程风号叫着，牙齿咬穿皮风衣，急切间难以将石梦解救出来。

按照常理，任何精神病人都有突然爆发的可能，而且随时都会暴力袭击别人。所以，那王医生闻声冲进来的时候，手里已经亮出来一根微型电警棍，棍头上的高压电网发出“咝咝、咝咝”的恐怖动静，不断地迸出亮蓝色的电火花。

“让开，让开，让我来收拾他！”王医生大喝。

“光！”没想到程风一见到火花，便骤然松口，定定地凝视着那根电警棍。

我的右手拇指掠过他的后背，一路用七十二绝技中的“澄静指”、“去烦恼指”、“无相劫指”、“大智无定指”连点了他脊柱神经的四处重要穴道，阻滞他的血流奔涌速度，迫使他将心头那股冲动之血放松下来。

“就是那种光，他们就在那种光里制造世界……”程风喃喃自语，向后缓缓退步。

石梦低头看了看袖子，无语苦笑。如果她反应稍慢，刚才被咬穿的就将是她的皮肉了。

“112窟？禁地在112窟吗？”我扣住程风的肩膀，低声问。

王医生不满地叫着：“喂喂，他是疯子，你这么东问一句西问一句根本没用，还是快送他回病房去吃药吧。天哪，他是疯子，你们总不会也是疯子吧？一拨接一拨地过来问他，病情稍有起色，也被逼得紧接着复发了。”

“什么？”程风散乱凝滞的目光正在逐渐变得清醒。

“反弹琵琶舞，112窟？还记得石布吗？他跳楼死了，也是被他们逼的。告诉我，他们还在那里吗？现在能不能找到他们？”我顺着程风刚才的话向深处解析，用“他们”这个词来代指未知的一切。

“能，能，他们就在那里，一直都在，与宝藏同在。”程风的脑子也正在变得清醒，开始简短地回答我的问题。

“现在去找他们，怎么样？我要给石布报仇，把他们揪出来——”现在是晚上八点钟，夜访鸣沙山莫高窟不是难事，我必须利用好程风神智暂时清醒的时刻。

“爸爸。”程霓裳的声音不早不晚在此刻响起，人也悄然出现了走廊入口处。她的表现简直奇怪到极点，并没有因程风疯狂外逃而生气或恐慌，也不因为看到王医生手上代表医院暴力的电警棍而愤怒。

“揪出来，可那是一个大危机，一个谁都无法控制的大危机。”程风茫然回答。

程霓裳忽然说了一段异常奇怪的话，那是一种我之前从未接触过的语言，不属于中国方言，也不是全球各地的异国外语。我只记住开始的几个字好像是“走鬼天喻”，而当程风异常流利地回应程霓裳时，亦是以这四个音节开头。

“你们在说什么？”石梦愕然，一步冲过来，近在咫尺地正对着程风的脸，右手慌乱地掏出电话，按下摄像头开关，对着程风的嘴。

我不等石梦吩咐，也取出自己的电话，摄像头对准程霓裳。

“走鬼天喻……”程霓裳又说。

“走鬼天喻……”程风回答。

两个人的表情都像是正在背课文的小学生，眼睛对视，笔直站着，身体一动不动。

“我们必然走向死亡，必然死亡，这个世界必然被毁灭、被取代，变得面目全非。好了，到那时候，我们不死又能怎样？沦为他人的奴隶吗？世世代代沦为他们的奴隶吗？不，我不能，还不如马上就死了，免得以后不得不面对人类的末日。”程风的身体摇晃起来，软软地瘫倒在地。

此刻，王医生完全变成了局外人，只是扎煞着手，任由电警棍一遍遍冒着哒哒乱响的火花。

“他需要更好的照顾，你也看出来了。”我告诉程霓裳。

“世界毁灭”的流言已经在人类社会里流传了数百年，但那些东西常常与玛雅人历法和埃及金字塔联系起来，甚至是出现在吉卜赛占卜师的水晶球里、埃及预言家的金字塔探秘里，却从未与中国西北的敦煌古迹捆绑在一起过。

“不，他没有病，只是失去了灵魂。灵魂回来的时候，他的病就痊愈了。你们走吧，我会照顾好他的。”程霓裳冷漠地面对着我。

我看了看腕表，努力地挤出笑容：“好，我们在国际大酒店的808房间，随时欢迎程小姐到访。”

现在看来，正面探求是找不到线索的，只有暂且战略性地后退，采取迂回策略行事。

目送程霓裳扶着程风消失在走廊里之后，我善意地替王医生关掉了电警棍。

“注意节电，把力量用到最需要的时候。”我拍拍他的肩。

实际上，这栋小楼给我的感觉不像是病房楼，而更像是一座教堂、一座古堡甚至是一座牢房，拱门和窗户都带着日式建筑特有的阴冷、清幽风格。果然不出我的所料，当我们走出大门，站在青石板台阶下仰望小楼时，发现它的设计风格完全是日本式的，而花岗岩地基的一角也清清楚楚地镌刻着一大段日文建楼资料。

“这楼的历史已经很久远了，是二战后期日本军队所建。敦煌的医疗水平不是太高，精神病方面更是近乎空白，所以我不过是混口饭吃，临时充当这个门类的医生，其实我原先是学习中医的。”王医生很坦白，看他只肯用电警棍来对付病人的“诊疗”方式，就明白其中的道理了。

我取出钱包，数了十张百元面值的人民币钞票出来，在他面前一晃。

王医生会意地笑了：“去我办公室谈吧，要什么资料请说，我一定知无不言，言无不尽。”

他鼻梁两侧连成片的小雀斑都随着笑意抖动起来，眼珠也被钞票上的红色图案映亮了。

我们对话的过程中，石梦一直在观察着小楼四周的情况，不时地按下摄像头快门，以拍照的形式做记录。钱能通神，王医生对她的举动毫不在意，若是换成大城市医院的话，早就有保安人员过来制止了。

“不必。”我摇摇头，大方地将钞票塞进他的白大褂袖子里，“告诉我，除了我们，还有谁来探视过程风博士，以及是否有不寻常的事情发生？”

“昨天下午，有三个自称是博士朋友的人来过，一个是外地人，戴着大口罩，脸捂得严严实实的。另外两个是本地黑道上小有名气的人物，都属于黑星帮。我不敢招惹他们，只能领他们过来。结果他们并没有来看博士，而是与程小姐交谈了约十分钟，便匆匆离去。我听到那外地人操着英语说——”刚说到这里，他口袋里的电话突然响了起来。

〔叁〕

敦煌黑星帮

王医生撩起白大褂，从裤袋里取出一部崭新的高级诺基亚电话来，看了一眼屏幕上显示的号码，忽然一声长叹，抬起头来，欲言又止。

“有需要帮忙的吗？”我很期待他的下文。

黑星帮是敦煌市的地头蛇，其中不太可能有操英语的陌生面孔，而他们关注程霓裳却不是程风，这一点显得尤其古怪。

“石小姐，杨先生，我有件事想同二位商量。”王医生长长地吁了一口气，双手握着电话，终于下定了决心似的，“如果有一些很多人都感兴趣的资料出售给你们，我大概能拿到多少钱——我是说在保证自己人身安全的情况下？”

石梦刚要回答，我抢着说：“你需要多少？开个价吧。”

那部电话带有非常齐备的录音、录像、拍照、上网的最新功能，我怀疑对方所说的资料就是由它拍摄下来的。以王医生的穿着和收入估计，电话一定是别人送的，全都是为了方便他行事。

作为与程风接触最多的人，只要他肯用心，就能搜集到很多异常情况。黑星帮人马的到访，则更印证了我的判断。

王医生伸出右手，张开五指：“五十万人民币。”

对于港岛有钱人来说，五十万人民币约等于四十万港币，不过是几顿饭的消费，无足挂齿，但对于内地百姓而言，五十万已经能让人过上衣食无忧的幸福生活了。

“好，五十万就五十万，把资料给我们，支票马上撕给你。”我镇定自若地笑起来。

王医生赔笑回答："我相信石先生、石小姐的人品，所以才只选择与你们交易，而不是其他人。我去拿东西，预祝咱们成交愉快。"

他转身走向办公室，脚步变得轻快了许多。

现在，小楼变得一片死寂，程风和程霓裳父女都没有了动静。

"程风装疯？"石梦轻轻地问。

墙外的叫卖喧嚣声一浪一浪传来，空气中到处飘荡着烤羊肉串和孜然粉的味道，时时刻刻提醒我们，现在所处的地方是环境粗粝的大陆西北小城，与现代化高科技的文明都市港岛恍如两个世界。

我则在旁边的青石条凳上坐下，皱着眉沉思。

"杨大哥，我想留下来偷偷监视程风，看他会不会露出破绽。同理，咱们分头行事，你可以去见识程霓裳，弄清黑星帮到底在干什么。至于燕盟的白小姐，一定也在暗中搜集资源，直到图穷匕见的一刻，才亮出底牌……"她还没说完，王医生已经小跑着匆匆回来。

"这张存储卡里记录着程风断断续续说过的一些疯话，仔细听听，差不多能连缀成一个情节曲折的故事。我知道，这些东西可能值不了五十万人民币，但我现在非常非常需要钱，请两位看过后，把钱汇到我的招商银行账户里。"王医生将一个对折的信封交给我，气喘吁吁地补充，"请千万帮我保守秘密，在这里，谁要是得罪了黑星帮，都会死得很惨。"

我点点头，把信封装进口袋，诚恳地回答他："二十四小时内，你的账户里会多五十万。除此之外，我什么都不知道。"

在港岛江湖，很多人也是靠出售资料谋生，做黑白两道大组织的"线人"。这是一门很危险的生意，眼前这位王医生可不是做线人的材料。

我带石梦离开，转入一条摩肩接踵的夜行小吃街。

"我什么都不想吃。杨大哥，你对我刚才的提议怎么想？"石梦的脸色无比严肃，对两边热气腾腾的美食小吃看都不看一眼。

"把注意力放在程霓裳身上，保持冷静低调，然后将白雪视为战友而不是敌人。这里是西北大漠小城，黑道行事的规矩与港岛不同，也可以说根本没什么规矩，动不动就'白刀子进红刀子出'，粗犷得像从大漠里吹来的朔风。"我淡淡地笑着，看着满街早早穿上过冬皮袍的男男女女。

近年来，港岛电影界拍过很多以西北大漠为主题的优秀片子，所以就算从未到过敦煌的人，也会从银幕上了解到许多这边的风土人情，生活面貌。只要稍稍留意，就能发现几乎一半人腰间都掖着短刀。虽然刀鞘长短各异、千差万别，但我相信里面插着的都是双面血槽、杀人如折草的夺命利刃。

“杨大哥，我很想知道五十万能买到什么，咱们还是抓紧时间回酒店去吧？”石梦做事非常专心，这是她身上最大的优点，与乃兄锲而不舍、孜孜以求的寻宝精神如出一辙。

同为探险寻宝界的高手，很多人免不了将石布与大哥杨正相较。

包括雷动天在内的港岛江湖名宿们都曾说过：“以石布的资质和勤奋，再努力十年，应当有希望与杨正齐名，摘取‘亚洲第一寻宝师’的桂冠。”石梦与石布一样努力，我希望她能成功，在了结夙愿的同时，崭露锋芒，一鸣惊人。而我自己，只想做红花旁的绿叶，避开水银灯的光柱追逐，默默无闻地帮助她。

“好。”我加快脚步，带她穿过小吃街，招停了一辆半旧的白色桑塔纳计程车。

“去哪里？”那计程车司机嗓子沙哑地问。

“国际大酒店。”石梦立即回答。

车子启动了，我轻轻吸了吸鼻子，敏感地嗅到司机身上的酒味。

那时，车子刚刚过了第一个路口，我拍了拍司机的肩头，满含歉意地说：“朋友，请靠路边停一下，我的东西落在小吃街了，必须得回去一下。”

我的意思只不过是试探对方一下，因为我闻到的酒味是正宗大陆茅台国酒的味道，一个普通的计程车司机怎么可能在出车之前喝这么昂贵的白酒？那司机并没有依言停车，而是迅猛地将油门一踩到底，车子引擎咆哮着直蹿向前，又过了一个路口，才戛然而止，停在一条僻静小街的正中央。

石梦的手刚刚搭在门把手上，两辆黑色的本田轿车呼啸着从后面赶上来，一左一右停住，以不到半尺的间距将我们所乘的车子紧紧别住。

“别动。”那司机回过头来，用一柄黑沉沉的短枪指住了我的眉心。

“什么意思？”我淡淡地笑起来。茅台酒加黑星短枪，已经明明白白地表露了对方的身份。

“没什么意思，我大哥想跟你谈谈，杨进先生。”那司机摘下脏兮兮的棒球帽，露出一张棱角分明、杀气腾腾的脸。他的年龄仅有二十岁上下，但脸上却早就留下了四条深深的刀疤，其中一条更是夸张地横过鼻梁，延伸到右侧眼角上去。

本田车子的车窗也早摇下来，各有两柄黑星短枪探出来，指着我和石梦。

“没什么好谈的。”我知道他们是黑星帮的人，一向以手黑、心黑、枪法黑著称，与港岛臭名昭著的大圈帮如出一辙。

“去，或者横尸当场，你自己选一条路走吧。”年轻的司机咧嘴笑了。

石梦忽然挺直了身子，严肃地问：“我是石布的妹妹，之前我哥哥已经向贵帮交纳了数额不小的保护费，保证不会在敦煌探险期间受到人身安全上的威胁。黑星帮的信誉一向不错，难道这一次是要毁诺吗？”

年轻人冷笑：“你是你，杨先生是杨先生。带走他后，你可以安安全全地回酒店去，与我们这次的行动毫无瓜葛。好了，别让大哥等急了，咱们走。”

他挥挥手，一侧的车子后退，让出地方。

我们三人一起下车，石梦眼神复杂地瞄了我一眼，然后自觉地后退到墙边。

接下来，年轻人把我推进剩下的那辆车子里，启程向前。

“王医生的资料究竟会带给我什么线索呢？五十万人民币买来的情报值不值……”我并没因为黑星帮节外生枝而惊慌失措，要打翻身边的三名枪手、一个司机容易，可我更想看看黑星帮的老大有什么新鲜线索。

“小兄弟，刚刚你们的枪手真是幼稚低能啊，以黑星短枪子弹的超强贯穿力，就算隔着两重本土车的护体钢板，子弹的初始速度也只衰减极小的一点，能够毫不费力地穿透车体，威胁到我和石小姐的生命。告诉你的兄弟们，下次带黑星短枪执行任务时，不必顾忌车身和防弹玻璃多厚，径直开枪就好了。”我告诉那年轻人。

车子穿过一大片低矮破旧的贫民区，在一家毫不起眼的小饭店门口停下。

年轻人冷笑：“黑星枪怎么玩不必你教。港岛黑道上所有用这种枪的高手，都是我大哥的徒子徒孙。好了，请下车吧！”

他抢先一步跳出车子，挑开饭店门口垂着的加厚门帘，一头钻进去。

一股红焖羊肉的香气随着门帘一起一闪的空当传来，我的肚子立刻咕咕噜噜地叫成了一片。进门之后，是一间横竖都超过三十步的大厅，摆满了吃羊肉火锅的木炭铜炉，但现在只有正中间的桌子前有人，是一个身材偏瘦、眼神如鹰的中年男人。

“坐。”他用筷子指了指对桌的座位。

我缓步走过去，全身绷紧，不留下任何被对方窥到弱点的破绽。

“吃。”他指了指已经沸腾翻滚的锅子，大块大块的带肉肋排在飘着红色辣椒油的汤水中翻滚着，香味和色泽同时诱惑着人的肠胃。

我当仁不让地坐下，举起筷子，开始吃东西。

21世纪的江湖黑道掌舵人都有了巨大的转变，从之前的捞钱抢地盘，逐渐演变为“求财不求气”，大家只追逐越来越多的金钱，而不考虑谁与谁有仇，谁跟谁有恨。新一代江湖大佬们都明白，千变万变，只有“现金为王”的社会性质不变，只要有钱，就一定能过得顺风顺水。所以，从前那种“一言不合拔枪就射”的黑道暴力现象已经非常少见了。

“这里的火锅和羊肉不是什么人都敢坐下来吃的。”中年人说，放下筷子，拿起一支足有半个火锅大的不锈钢漏勺，缓缓地抄进锅里。

我点点头，只报了一个数字：“十五。”

从门外车上到饭店内明里暗里，共有十七人，除去司机和中年人手中没有亮枪外，共有十五柄黑星短枪指着我。不过，枪再多，人再多，都不是决定一场战斗胜负的要点。我有把握在一秒钟内反客为主，抓住对方作为人肉盾牌，然后光明正大地走出去。

“好。”中年人笑了。

“我不会在敦煌待很久，办完事就走，也不会给当地的黑道朋友添麻烦。”我不愿多说，只是清楚地表明自己的立场。

“那么，小兄弟是过山虎不是占山虎喽？”中年人注视着我，仿佛是一只敛翼的秃鹫，正死死地盯着手边的猎物。

“我不是虎，只是港岛来的旅行者。”我不想激怒对方。

火锅里的汤越来越滚，中年人的漏勺沉在锅底，似乎已经捞到了什么，只是不愿亮出来给我看。

“那么，王希玉给你的东西呢？是否能给我看看。你跟他在私底下的交易，已经损害到了我的利益。年轻人，我不想为难你，但我手下有四千多兄弟要张口吃饭，我总不能让他们去喝西北风吧？所以，给我点面子，把那信封交出来，你损失了多少，我一分不少地赔给你，怎么样？”中年人一下子点破核心，“王希玉”应该就是负责看守程风的王医生大名。

那信封就在我口袋里，我想了想，开口反问：“给你，我有什么好处？”

“能活得更久一些。”中年人也够爽快。

我笑了笑，低头吃菜，不再看他。

程风的疯话不会平白无故地产生，他绝对是在112窟有了发现，才在激动和恐慌下进入精神失常的状态。而王医生搜集到的资料，会是疯子在偶尔清醒时的呓语，其中包含着重要的解谜线索。黑星帮要这资料，其目的直指莫高窟宝藏，可见未来的探索之路定是崎岖坎坷，绝不太平。

“小兄弟，在敦煌这片古老的沙漠里，外乡人逞强，总是会落得死无全尸的悲惨后果。听我劝，把东西交出来，然后就回港岛去，别给黑星帮添麻烦。”中年人循循善诱地开导我，但四面或坐或站围绕着我们的杀手已经探手摸枪，随时都会拥过来。

“别逼我。”我舀了一勺汤放进嘴里，冷淡而安然地回答。

“那么，你岂不是在逼我？说不得，黑星帮就要得罪小兄弟了，以后再向你背后的雷先生解释。”中年人解下了围在脖子上的餐巾，啪地一抖，四面的人得到“动手”的讯号，马上一起亮枪，猛扑过来。

我飞起一脚，将面前的桌子和杯盘锅碗都扫到大厅一角去，而中年人在那一瞬间扬起漏勺，抄着里面的一柄黑星短枪，稳稳地顶在我的左胸心脏位置。

一阵稀里哗啦的声音响过后，杯盘跌得粉碎，而中年人的身上却一滴油都没沾到。

火锅中煮枪杀人的案例之前在港岛便发生过，那是洪门年轻一代内部大火并时期的事。东兴帮“泰臣八虎”飞扬跋扈惯了，要夺老大铜锣湾火头柄叔的位子。结果，在铜锣湾鸿源发茶楼内，炳叔从沸腾的火锅里单手捞枪，当场射杀八虎，之后重振东兴帮，被港岛江湖传为奇闻。

“年轻人，别那么嚣张，你的命不一定比别人的硬。同一颗子弹，杀得了别人就杀得了你。”中年人为顺利地控制形势而安然微笑起来。当他将漏勺长时间地沉在锅底时，我意识到有些不对，却没料到里面正“煮”着一柄短枪。

“只不过是一个信封而已，何必如此兴师动众？”我伸手摸出信封，推开手边所有的枪口，大大方方地递过去。

今晚的事还没到最终揭幕之时，所以我必须得沉得住气。

中年人刚接过信封，手指一捏，马上气急败坏地大叫一声：“那些东西呢？怎么没在里面？”他撕开信封，里面并非是电话存储卡，而是一小块正方形木片，早就被人换掉了。

“杨进，你在耍我吗？这就是王希玉卖给你的资料？”中年人冷笑着，扬手将木片掷给我。

木片的正反两面都留着一个签字笔绘制的黑色闪电符号，信封的侧面，则多出来一道刀片割裂的一寸长缝隙。我低头翻看自己的口袋，旁边也留下了同样长度的裂缝。

“别吵，我被人中途算计了，看这种贴身切割手法，一定是名玩单刃刀片的高手。”我忍不住自嘲地一笑。从王医生那边出来后，我和石梦一直紧靠着走路，放信封的口袋几乎与石梦的身体贴住，但敌人仍然轻松得手，割裂裤袋和信封后，用木片替换掉存储卡。此种手法，已经与港岛著名的偷盗团伙“文雀帮”不相上下。

中年人冷静下来，指着木片，咬牙低叫：“闪电，又是闪电干的。这家伙是北疆‘刀子帮’新加入的汉族高手，已经是第三次插手我的事了。小坤，传令下去，让线人们全城搜索闪电的消息，出五万块买他一只手！”

带我过来的年轻人答应一声，马上走出门去打电话。

“跟我倪乾斗，简直是活得不耐烦了。”中年人丢掉漏勺，旁边有人接下那柄枪，退到一边去擦干收拾。

我耸耸肩，盯着这位名震西北江湖的黑星帮老大：“好了，现在咱们已经没什么可争的了。不过，我必须得表明一点，我对敦煌宝藏没兴趣，是到这里来找人的。倪先生，以黑星帮在此地的势力，只要收收保护费就能过得有滋有味，千万别跟刀子帮一样，手伸得太长，招惹一些无谓的事非，你说呢？”

倪乾的历史中有两大亮点，分别是枪术教官和野外求生术。他能突然发迹，坐上黑星帮老大的宝座，就是因为这些。我希望跟对方相安无事，甚至在某些必要时候可以相互帮助、相互利用。

雷动天说过：“黑道人物，也是讲人情、礼节、规矩的，只要不触及对方底线，大家完全可以做好朋友。”

倪乾大笑起来：“小兄弟，只要你不对宝藏下手，就永远是我的座上嘉宾。我让他们重新收拾一桌好菜，请你吃顿正宗的敦煌顺张驴肉黄面。今晚为了招待你这位港岛来的贵宾，我特地把文庙巷84号的老汤、老厨子都请来了，他们可是敦煌最有名的厨艺高手，当年华裔物理学家李政道来敦煌旅游时，也特地去吃过这家店的驴肉黄面呢……”

我知道，倪乾的黑星帮对金钱的觊觎和奢望是无穷无尽的，近年来，他们或吞并、或围剿了该城十几股小势力，形成了独霸江湖、只手遮天的局面。所以，外来的寻宝者要想扎根，就得向黑星帮交过路费。

“那操着英语的陌生人是谁？”“闪电偷去的存储卡上又记录了什么？”“刀子帮是偶尔盯上我的还是刻意追踪伺机下手的？”尽管我脑子里有无穷无尽的问号，此刻却只是不动声色地坐在雅间的大圆桌边，等着敦煌名吃驴肉黄面上来。

桌子上已经摆满了当地的风味菜，包括驴头肉、驴板肠、驴皮汤、驴蹄水晶冻、凉拌驴舌、驴鞭三宝盅等等。酒当然就是大陆顶尖的国酒茅台，味道跟我在年轻人小坤身上闻到的一模一样。

“我查过你的资料，也见过大侠杨正，大家很谈得来。这一次，如果你不是陪石布的妹妹来，有夺宝之嫌的话，我肯定一开始就好好招待，尽地主之谊。杨进，你不该到敦煌这种地方来的，常年风沙干旱，一出门就满头满脸全是沙子，连个漂亮女人都找不到。你们在港岛安心享受美好生活不行吗？非要跑到西北大漠来，连月牙泉都干涸了，这边还有什么好看的？”三杯酒下肚后，倪乾的话渐渐多起来。

月牙泉原本是敦煌著名风景之一，号称“碧波荡漾、千年不干”的神泉。在地理学家、环境学家那里，它的干涸被归结为人为破坏、植被流失的结果，但之前大哥与雷动天闲谈时曾提及，月牙泉的地下水脉非常复杂，绝不会因为以上理由就彻底消失。他大胆推测，月牙泉与鸣沙山底下的深埋宝藏有关，水源干涸，证明地底结构已经出现了大的变动。

面来了，我低头吃面，借以避开倪乾探询的目光。

敦煌黄面是一种麦面制品，细如龙须，长如金线。煮熟后，调汤、加菜、顶上覆盖以大片的五香驴肉，香气四溢，别具风味。至于顺张驴肉黄面，则更是敦煌的老字号名吃，已经通过各地游客的口碑和互联网资讯，远远传播出去。这家老店制作黄面的工艺极其讲究，拉面师傅要反复地将面团拉成长条，然后旋转拧成麻花，直到一大块七八斤重的面团拉成一把细如粉丝的面条，煮熟后色泽黄亮，吃起来开胃去腻，令人食欲大增。

“杨进，听说你对程风的闺女程霓裳感兴趣，还要请她去酒店跳舞？呵呵，那个小女孩冷得像块冰一样，比陪着你一起来敦煌的两个大美女可差得远了。我真看不出，你的兴趣爱好跟平常人会差别那么大，如果你不介意的话，石小姐那边——”倪乾嬉笑着，渐渐露出了山野草寇的本色。

“我介意。”我拦住他的话头。

“嘻嘻，可我知道，石小姐是一匹烈马啊，玩不好的话，就会给马蹄子踢伤。我倪乾经手过的女孩子没有一千，也有八百，哪一个不是乖乖地听话，老老实实地跟我欢度良宵？”倪乾酒劲上脸，说出的话越来越下道。

我冷笑一声：“倪先生，别动我的人，否则谁也保护不了你。”

“保护不了？呵呵，杨进，这里不是港岛，我的人随时都会开枪射击，用他们的命保护我。”他回头一指，两名身材健硕的保镖就站在倪乾背后两步之外，四只手都插在裤袋里，时刻不离枪柄。

“在我看来，他们只是吃饱了饭装装门面的饭桶。指望他们，你的人头早就开花了。”倪乾的嚣张引起了我的巨大反感，连吃到嘴里的面都变了味道。我没说错，以黑星帮的战斗力，几乎是一盘散沙，只能仗着人多势众威慑别人，一旦与真正的高手过招，保证被打得四散溃逃。

“你可以试试他们的枪法和武功，都是——”

我不待倪乾说完，脚下一点，带着椅子滑步到两名保镖面前，双手连捞了几下，将他们怀中、腋下、裤袋里的六柄短枪和十二只弹夹都抢了过来，顺便在两人的膝盖、左肋下轻轻戳了几指，令他们同时跪地，手按着左肋，痛苦无比地哀嚎起来。

“看，这就是你的高水平保镖！”我把那些东西丢到旁边的沙发上，轻松地起身，拍了拍手，“我该回酒店去了，谢谢你的盛情款待。”

说实话，黑星帮不是大圈帮，我和大哥连港岛十几个兵强马壮的社团都没放在眼里，何况是大圈帮衍生出来的小弟黑星帮？

“慢，杨进，看看这个，你一定感兴趣！”倪乾拉开放在桌角的皮包，撒出一大叠照片，上面竟然全都是跳着反弹琵琶舞的古装女子，而他则得意洋洋地拾起一张，向我晃了晃，又干了一大杯香气四溢的茅台酒，才一字一句地说，“这些比你向王希玉收买的资料更有价值，但我可以免费提供，条件就是，我要陪你同来的另一个女孩子。她叫‘白雪’，对不对？”

〔肆〕

新疆刀子帮高手闪电

那些照片全都是些舞台剧照，上面的女子相貌和背景各不相同，手中所持的琵琶也大小不一，但照片上留下的，全都是她们在舞蹈中做出“反弹琵琶”那一动作的瞬间，很容易地让我联想起坠楼前的石布旋转舞蹈时的样子。

照片是死的，所以无法判断她们的起舞过程是不是也与石布一样。

“何以见得我对这些感兴趣？倪先生，你喝醉了。”我淡淡地一笑。

“石布对程霓裳的舞蹈感兴趣，你也一定跟他一样。杨进，黑星帮能够提供你所需的一切，是你最好的合作拍档，所以，牺牲那位白小姐，换取你要的东西，就这么简单。挑明说吧，白小姐我要定了！”倪乾没有喝醉，他只是以酒盖脸，逼迫我签订城下之盟。

我笑了笑，收起这些照片，再向倪乾点点头，慢慢走出小饭店，站在雾茫茫的午夜小街中央。

敦煌之夜与港岛截然不同，看不见高楼大厦、霓虹乱舞、俊男靓女、车水马龙，只有晦暗的西北天空和呼啸的干冷朔风，天幕像口黑沉沉的大铁锅扣下来，几乎要压得人喘不过气来。

近年来，随着水土流失和植被枯死，西北沙漠的版图正在不断地扩大，狂妄的沙海借西北方之威拨弄着沙尘暴，一直向东南方向蔓延，已经成了令居民无比头痛的环境痼疾。即使现在是站在城市的中心，我每次呼吸时，都能感觉细小的沙粒和灰尘正侵袭着自己的鼻腔和气管。

“这就是敦煌，大哥战斗过并神秘失踪的地方。”我仰天长叹，深感自己肩头的责任重大。

倪乾追出来，一把扯下门帘，掼在石阶上。

我回头望着他，禁不住哑然失笑。“要白雪”这样的话从他嘴里说出来，正应了“癞蛤蟆想吃天鹅肉”的那句中国古语。在我心里，白雪像一颗硕大无比的夜明珠，以她高贵圣洁的光芒照亮着身边的每一个人。同时，她的睿智远见、指挥若定又充分展示了“燕盟十二君子老大”的超卓处事能力——倪乾这类的黑道毛贼又怎么配得上她？

“杨进，你还没有告诉我要不要合作？”倪乾的右手中居然还端着酒杯。

“别逼我。”我环视着围过来的黑星帮人马，整了整衣襟，推开横在面前的两个人，向着来路走去。到达敦煌的第一天，注定是个不眠之夜，所有盘踞此地的势力已经张开了虎视眈眈的大网，就等着吞噬怀着各种目的赶来的闯入者。

“不要追了，让杨先生好好想想。”倪乾再次下令。

我已经告诫过他，不要动我的人，其中当然也包括白雪在内。当然，作为燕盟十二君子的老大，妄图碰她的人，只会落个头破血流的下场。

过了一个路口，一辆破破烂烂的红色夏利计程车开过来，将我载回酒店，并且收了足够环游敦煌三圈的超高车费。

进了酒店，外面的沙尘和朔风都消失了，感受到的只有迎宾小姐们的温柔问候和中央空调里送出的和煦暖风。我回到房间，石梦已经沏好了一壶上等的江南茉莉花茶，并放好一大缸漂着玫瑰花瓣的洗澡水。

“杨大哥辛苦了，我订了本店最好的风味套餐，半小时后送上来。请先洗澡、换衣服，然后再谈。”她帮我脱掉外套，动作轻柔得像春夜里的微风。

几分钟后，我已经浸在巨大的豪华浴缸里，全身心放松，暂时忘掉了与黑星帮的正面交锋。他们求财，觊觎敦煌宝藏，而我是“亚洲第一寻宝师”杨正的弟弟，有可能帮他们打开通向宝藏的坦途，所以我们是有共同语言的，他们只会仔细地保护我、讨好我，帮我清理可能的潜在危险。

“闪电？刀子帮？”我意识到这才是一股真正需要防范的暗流。

那个叫“闪电”的人既然能贴身割开我的裤袋，当然就能向我发出致命一击，令我血溅当场。我亲眼见识过港岛“文雀帮”那些长老级高手耍弄单刃刀片时的洒脱动作，那些已经可以称作是“指尖上的舞蹈”了。

“文雀帮”老大“雷霆剪刀手”文饶石曾说过：“杀一人易，偷一人难。”

他们总是将自己称为“艺术杀手”，只要愿意，随时都可能从“小偷”变为

“超级杀手”，用薄如蝉翼的刀锋切开目标人物的喉管。

“下次出去，提高警惕十倍，千万不要轻视小城里的黑道人物。”我默默地给自己下了命令。

洗浴过后，神清气爽，走出浴室时，石梦又给了我一个好消息：“程霓裳小姐来过电话，明早八点来访，按照约定，给你表演反弹琵琶舞。”

我禁不住精神一振：“那种舞蹈里藏着莫名的玄机，我希望咱们能再见到那种舞者的脸突然化为骷髅的诡异现象。”

石梦点点头，指着客厅一角早就准备好的三脚架和摄像机：“也许我们能有机会拍下来细看，然后拿去向国内著名的舞蹈专家求教。还有，我已经通知田勇，明天午饭后开车去莫高窟，重游112窟，一寸一寸搜索，看是否能发现什么。”

接下来，我一边享用着服务生送来的包括敦煌臊子面、敦煌酿皮子在内的风味餐，一边向石梦叙述了与黑星帮倪乾的见面经过。其实在此之前，她早就检查过我换下来的衣服，对裤袋上的刀痕唯有摇头苦笑而已。

“闪电是刀子帮的后起之秀，汉人，年龄在二十岁到二十三岁之间，擅长轻功，曾经在一次偷窃失手后轻松地从四楼窗口跃下逃走。刀子帮向来只招收维族人加入，所以他的出现，始终都是个难解的谜。”很明显，石梦对闪电的出现很是头痛。

“黑星帮会解决这件事，倪乾已经派手下兄弟全城搜寻闪电，要把王医生交出的资料找回来。”夜访精神病院之行出现了太多插曲，之前根本料想不到。万幸的是，我和石梦都安然无恙，能够重新回到温暖的四星级酒店房间里把酒言欢，洗去征尘。

“黑星帮是解决不了刀子帮的，否则卧榻之侧，岂容对方酣睡了这么久？杨大哥，明天的莫高窟之行很可能再次出现意外，希望我们能一心一意地联手，共破难关。”石梦对敦煌的了解比我稍微深一点，反过来说，她是个女孩子，知道得越多就会越危险。

对于那叠照片，石梦翻阅过几遍后，暂时理不出头绪。

“黑星帮对反弹琵琶舞知道多少？到精神病院来接洽程霓裳的那个操英语的人是谁？程霓裳的反弹琵琶舞来自谁的传授？”这三个问题，明天也许能在程霓裳身上找到答案。

上床时已经是凌晨三点钟，我刚刚合眼，便做了一个极其古怪的梦——

我看到一个巨大的流沙井正在翻腾滚动着，细密的黄沙幻化成无数飞旋卷扬的“沙浪”，在一个直径达到十米的圆形井筒中肆意跃动。

有人从我身边经过，之后奋不顾身地跳入流沙之中，转瞬就被淹没。之后不断有人跳下去，仿佛那些沙粒中带着某种奇异的魔力，将这些人一个接一个地迷惑引诱来，然后自动下井。

最后，我拦住了一个男人，焦灼地问他：“为什么要下去？那会没命的。”

他回答：“死亡，或重于泰山，或轻于鸿毛。换了你，会选哪一种呢？前者流芳百世，后者遭人唾弃，相信睿智如你，一定懂得如何去选。跳了就天下太平，我没有其他选择，只有前进。”

“你从哪里来？”我问。

那男人推开我的手，低沉地说了一段我听不懂的话。

“你说的那些话……到底是哪种语言？”我急了，因为我心里知道如果这一次不能阻止他，一定会有更多的人飞蛾扑火一样坦然赴死，直到以尸体填满流沙大井。

“世界是一条圆环状的河，无所谓顺流逆流，也就无所谓从哪里来、到哪里去。如果将这条河大而化之，形成一个立体的、环环相扣的通道，那么我们的生和死亦是循环往复的，死于此，同时又生于此，只不过一边是终点，一边是起点而已。明白了这一点，你就不会再为跳入井中的人难过了。”那男人从容地向前迈了一步，落入沙井，转眼间消失。

我走到紧靠井边的位置，心里揣想着坠落下去后的感受。

流沙是大自然所设计出的最巧妙机关，大多数人对于流沙的印象主要基于各种影片，在电影塑造的场景中，流沙是一个能把人吸入无底洞的大怪物，一旦人们身陷其中，往往不能自拔，同伴只能眼睁睁地看着受困者顷刻间被沙子吞噬。

地理学家研究认为，陷入流沙的人一般都动不了，密度增加以后的沙子粘在掉进流沙里的人体下半部，对人体形成很大的压力，让人很难使出力来，即使大力士也很难一下子把受困者从流沙中拖出来。经研究人员计算，如果以每秒钟一厘米的速度拖出受困者的一只脚就需要约十万牛顿的力，大约和举起一部中型汽车的力量相等。所以除非有吊车帮忙，否则很难一下子把掉进流沙的人拉出来。研究还指出，照这种力量的计算，如果生拉硬扯，那么在流沙“放手”前，人的身体就已经被强大的力量扯断，此举所造成的危险远高于让他暂时停在流沙当中。

科学家们取自沙漠的流沙样品是由沙子和盐水混合构成的半固体状态，这些颗粒松散地堆积在一起。沙粒堆积起来，使其有了看似稳定的表面，但即便是承受很小的压力，流沙的整体框架便会立即塌陷。浓厚的“砂浆”堆积在底层，它能粘住所有的物体，使其动弹不得，而流沙中的超细颗粒更是危险，它使流沙具有使人致死的巨大夹紧力。科学家们告诫旅行者，一旦陷入流沙，最明智的做法是不要在流沙中挣扎，而是耐心而轻微地来回倒脚，使“砂浆”松散开来，不被紧紧地粘住，然后伺机脱身。

即使是在睡梦中我也明白，一旦被流沙没顶，死亡几率将是百分之百。

“大哥。”我突然翻身坐起来，因为在我的潜意识中感觉，那最后一个跃入井中的，实际就是失踪的大哥杨正。

此刻，竟然有一个身材瘦削的黑影站在我的窗前，正在借着笔形手电筒的微光翻看我的电话记录。我毫不犹豫地出手，右掌狠狠地拍在他的肩头，将对方打得横飞出去。

“什么人？”我掀掉被子跳起来，警觉地盯着他的双手。如果这人敢亮出其他武器的话，我会毫不客气地甩出枕头边早就准备好的一柄水果刀，先废他一只手再说。

“给你送消息的人。”对方笑嘻嘻地回答，“黑星帮跟隼机关交往很密切，他们的行径已然脱离了黑道求财的模式，而是标准的卖国贼方式。你跟他们搅在一起，肯定没什么好下场。再说，倪坤、倪乾兄弟两人貌合神离，贪欲无度，曾经为了争夺一个唱小曲的酒吧姑娘而大打出手，以你的素养，能跟这些人搅在一起吗？”

“报上名号来吧！”我不理他的长篇大论。

“闪电。”那人笑得非常开心，关上电筒，丢下电话，在黑暗中的沙发上坐下来，摆出一副平心静气谈判的架势。

“我的资料呢？”我松了口气。黑星帮全城搜索闪电，他却主动送上门来，虽然是不速之客，但也不是一件坏事。

“呵呵，资料还在，可你知道刀子帮的规矩吧？失主想要回东西的话，就得付钱。你是来自港岛的黑道大人物，跟文雀帮的人相熟，当然对小偷这一行的内幕有所了解。窃取现金只占我们收入的很小一部分，赎金才是大头。好了，给钱吧，我已经刷过你的银行卡，并按了二十万港币的数字，只等你报上密码确认了。”他向我亮出一台小巧的移动无线刷卡机，认真地等待着我的下文。

我哭笑不得，但仍然伸出手：“机器拿过来，我来输密码。”

闪电一挥手，刷卡机凌空飞了过来。

我慢慢地输入密码，并按下“确认”键，再把刷卡机掷还过去，白送他二十万港币。

“谢谢，那两片存储卡都放在石小姐的旅行箱里，资料一个字节都不少。杨先生很爽快，我一高兴，就想免费送你几句话，精神病人都是编故事的天才，他们总是在不知不觉中漫天撒谎，欺骗别人，也欺骗自己。所以说，从精神病人身上找线索等于缘木求鱼、南辕北辙。你以为第一个五十万元能买到程风的秘密吗？哈哈，大错特错，看上去王希玉医生是个老老实实、谨小慎微的人，实质上他的如意算盘可打得精明到家，恨不得把程风一片一片切下来当人参或虫草卖——只要有冤大头买家肯上钩。好好保重吧，我的大主顾，不尽长江东流，马踏黄河两岸，以后还有再见面的时候。”他把刷卡机放进口袋，潇洒地吹了声口哨，在出门前回头补充，“杨先生，提醒你一下，为了防止石小姐中途醒来，我向她房间里喷了一点‘鸡鸣五鼓断魂香’，差不多要睡到明早七点钟才能醒。在这段时间里，你想做什么就赶紧做吧，我保证她不会突然惊醒。”

闪电笑嘻嘻地离开了，我甚至没有看清他的面貌，就白白损失了二十万。我不在乎钱，但这种处处掣肘的挫败感却是前所未有过的，情绪又一次变得低沉郁闷。

我穿好衣服下床，走近套间房门，轻轻拧了拧门把手，那扇装饰着北欧风情鸢尾花图案的白色木门悄然敞开了。睡觉之前，我曾叮嘱石梦把门锁好，可这样的门是挡不住闪电那种偷窃高手的。

石梦的鼻息非常轻微，我没有走到床边去看她，只是将门边的旅行箱提起，打开房间换气开关，然后就退了出来，将卧室门留一条窄缝，释放“鸡鸣五鼓断魂香”的药力。这种小偷行业特备的迷药已经有近千年的历史，劲力非常霸道，极少失手。

在旅行箱的侧面小袋里，我找到了被防水塑胶袋层层包裹的一张诺基亚电话原装存储卡，马上插入笔记本电脑里，打开那个体积庞大的录像文件。

闪电没有失信，电脑屏幕上出现的正是枯坐在病房一角水泥地面上的程风。当镜头拉近时，我看到了程风那张毫无表情、闭目沉思的脸。

王医生的画外音响起：“自入院以来，病人时常在午夜时分表现得烦躁不安，反复说着一些听不懂的呓语，大概的时间段在零点到凌晨一点之间，持续时长为半小时左右。”

画面上，程风慢慢睁开了眼，向着拍摄镜头走来。

“毁灭，大毁灭已经开始了，我们是即将被宰割的一群。他们……注意，他们不是简简单单的几个人、几十个人，而是无穷无尽个人，正在进行着一项巨大的针对地球的阴谋。我不知道该怎么描述他们的行动，大概来说，他们是想复制无数个地球，然后以其中最好的一个，取代现有的地球。那时候，所有人类都会被人类的复制品替代，你和我就不存在了，只剩下充满了复制品的世界。这并不好笑，而是一个无比恐怖的消息，不是吗？”程风的眼角忽然涌出大颗大颗的混浊老泪。

“他们在哪里？”王医生的画外音问。

“在下面。”程风低头，镜头随即投向坚硬冰冷的水泥地面。

程风的画外音说：“我猜，是他们创造了莫高窟的神奇壁画，用来记录远古时期人类的样子，然后照此复制，就如同一个雕塑艺术家在动手之前，先把自己的创意构思画在纸上一样。”

王医生的画外音又问：“他们是谁？”

程风回答：“我不知道。”

镜头重新回到程风脸上，他的眼睛里正闪烁着绝望的泪光。

“你是如何知道的？跟你一起的港岛人和日本人也明白这一点吗？王医生追问，他指的是已经离去的石布和吉川羽。

程风吸了吸鼻子，饱含悲哀地苦笑：“他们？当然知道。他们的智慧远超过我，也许从一开始的东北满清龙脉发掘事件起，他们就知道自己在找寻什么。我不知道他们为什么要找上我参与这次大事，以我的名声和资历，是不配跟他们一起工作的，但石先生还是执意邀我加盟，为什么？”

“为什么？”王医生加重了语气，揪住这条线索不放。

“为什么呢？”程风转过身，缩着脖子，佝偻着身子踯躅地踱回角落里，任凭王医生怎么叫，都头抵墙角不再回头。

石布和吉川羽都是亚洲寻宝界的大行家，排名于“十大寻宝师”之内。与他们相比，程风就稍稍逊色一点，而且这种秘境寻宝的大事同行者越少越好，基本属于“千里独行侠”一类的工作。

照常理分析，一个探宝队中有石布、吉川羽两大高手就足够了。

“为什么呢？”非但程风自问，我亦在脑子中画了个大大的问号。

资料从王医生手中流出后，第一个经手者是刀子帮闪电，他当然不会放过阅览并保留备份的赚钱机会。我相信以那种人的智慧，是不会深究录像中的诸多疑点的，只懂得“买空卖空”、“空手套白狼”的游戏，将别人口袋里的钱弄到自己手上。

“不尽长江东流，马踏黄河两岸？”我突然记起了闪电说过的这两句话，眉头立刻紧皱起来，因为它们让我想起了一件白道江湖的绝密大事。

我起身沏了一杯浓茶，慢慢地啜饮着，重新回到桌前，然后取出电话，冷静地拨出了一个大陆的号码。电话振铃六遍后，自动答录机的声音响起来：“我是欧阳雪莉，正在工作中，请在嘀的一声后留言，稍后我会回复您，谢谢。”

“雪莉，我是杨进，有人给我留下‘不尽长江东流，马踏黄河两岸’这两句话，请帮我查一下是否与‘九州风雷、犁庭扫穴’秘密部队有关联。很急，盼复，多谢。”我只说了简洁的寥寥数语，便挂了电话。

“闪电、闪电……”我凝视着窗外渐渐弥散开来的乳白色晨雾，心情越来越沉潜，仿佛要被这来自大漠小城敦煌的神秘雾气从头到脚裹住，深陷其中，不能自拔。

为了节约时间起见，我想叫醒石梦一起看这些资料，以避免任何一方产生先入为主的糟糕感觉。

卧室里的迷魂怪香已经散尽，但石梦仍在沉睡中。

我轻轻地推推她的肩膀，低声叫着：“石梦，醒一醒，有新资料到了，我需要你的帮助。”

石梦睁开眼，微弱的床头灯光下，她那双被长睫毛庇护着的大眼睛泛着柔波一般的光彩。

“什么？”她努力地撑起身子，抵抗着浓浓的睡意，头发披散下来，把整张脸都遮住了，“杨大哥，是什么资料？我大哥有消息了，是吗？”

她一定是睡懵懂了，忘掉了石布坠楼而亡的惨痛消息，以为那只是南柯一梦，一觉醒来，噩运就会烟消云散。稍停，她突然低下头，死死地咬住薄被的一角，肩头轻轻颤动着无声低泣。

我忍不住张开双臂，拥住她的肩膀，用自己的体温去温暖她。

“他死了，他已经死了。我知道，我已经永远失去了他，失去了这个世界上唯一的大哥，唯一的亲人……”当我移开被她的泪水濡湿的被角后，她放声大哭，不停地摇着头，仿佛只有这个动作才能表达出不肯接受现实的复杂心情。我一早就知道，在石梦坚强冷硬的外表之下，隐藏的是一颗比寻常女孩子更为脆弱的善良之心。唯其过度脆弱，才刻意将自己扮成女强人的形象，以求自保。

“至少还有我，能够永远地陪在你身边。”此时此刻，我恨不得将自己的身体化为千万个温柔的补丁，去弥补她心灵上千疮百孔的伤痕。

〔伍〕

带着前世记忆降生的程霓裳

“是什么资料？被刀子帮闪电偷走的那资料吗？”良久，石梦从极度悲怆中清醒过来，身子一挺，像一尾羞涩的鱼般挣脱出我的怀抱，只留给我淡淡的发香、体香和怅惘。

“是。”我立刻起身，从衣柜里取出另外一套厚重的棉睡袍给她。

敦煌的昼夜温差极大，即使在四季如春的酒店空调吹拂下，也需要随时添加衣物。我已经悄悄做了决定，从现在起，要将自己心底最柔软、最仔细的一面拿出来呵护石梦，替代石布照顾她，直到她走出失去亲人的阴影。

重回客厅后，石梦蜷缩在大沙发里，除了两层睡衣之外，又在身上盖了两床新疆毛毯。心情低沉的人最需要温暖，生理上的、心理上的都不可或缺。

“要不要喝杯牛奶红茶，我去冲给你？”我小心翼翼地弯腰问她。

刚刚醒来的石梦像一朵晨露中含苞待放的玫瑰花，带着令人窒息的娇嫩颜色。我的眼神不自觉地被她微微颤动的睫毛吸引，心如古琴的幺弦，仿佛只要她轻轻地呵一口气，心弦就将迫不及待地为她所奏。

“那是白小姐的专利，可惜她不在这里。”石梦揉了揉惺忪的睡眼，皱着眉低语，“该死的睫毛，又卷到眼睛里去了，真是烦人！”

我弯着腰等她的回答，这一刻，时间和世界全部停滞，只等着她的下一次开口。

“当然要喝，不过请记得帮我加一块方糖，我怕涩。”石梦笑起来，笑声之中，犹带着难言的苦涩。

在房间附带的小厨房里，我熬滚了两包牛奶，然后把红茶包放进去，看着丝丝缕缕的茶色在乳白背景中缓慢地荡漾开，禁不住心情复杂地长叹了一声。山雨欲来风满楼的凌晨，能为自己所爱的人煮一杯牛奶红茶，静静地期待着黎明来临，亦是一件既幸福又幸运的事。

欧阳雪莉一直没有回电话，我明白，像她那样全球知名的电脑黑客会利用好黑夜来临的每一分钟，在各大互联网服务器的网管们高枕无忧之时，加速活动，通过网络攫取自己需要的任何资料。她曾是我的大学学妹，只念了大半年就退学离校，消失得无影无踪了。等大家再次联络时，她的名字已经出现在“全球黑客联盟十大骨灰级高手”的排行榜上，代号为“紫衫龙王”。

那名字取自于港岛文坛泰斗金庸先生的名著《倚天屠龙记》，“紫白金青”四大高手同为明教的护教法王，既然有龙王，自然会有鹰王、狮王、蝠王了。

“这世界真是奇妙，现实生活中的人已经与武侠小说中的人混淆为一体了，书中人名大量地出现在互联网上，作为各种行业高手的网名代号。那么，闪电留下了那两句莫名其妙的话，是不是说明他与‘长江、黄河’两大秘密部队有关呢？”我的思想又一次跑题了，从一个电话想到突然杀入的闪电身上。

刚才的情形如果发生在雷动天身上，此刻的闪电早已是个死人了，因为雷动天向来都是枪不离身，就算卧床酣睡时，枕下也绝对平放着两柄保险栓打开的短枪，随时能够翻身拔枪，连射四十发子弹。

说真的，我无意向闪电下手。根据“敌人的敌人即我方的朋友”这种战时逻辑原则，黑星帮是我和闪电共同的朋友，我们之间有显而易见的合作基础。

我端着两杯红茶回客厅，石梦仍旧蜷缩成一团，凝视着窗外的雾气。

“希望大雾别耽误了程霓裳来访才好。”她幽幽地说。

我没有回答，按了一下鼠标，让屏幕上的画面继续，然后才将一只杯子递给石梦。茶香飘满了客厅，每喝一口浓香的红尘，身上的暖意就增加一分。可是，接下来程风那些话却实实在在让我们心头一寒。

“十六年来，有件事我一直弄不明白，她来到这个世界上，究竟怀着什么样的目的？”他的头抵在墙角，跟我们初次走进病房时一模一样。

“她？说的是谁？”石梦奇怪地问。

程风接下去：“一个出生不到二十四小时的襁褓中的婴儿会开口说话？谁信？谁会信？我一直都是坚定的无神论者，一直坚信人是没有前生和后世的，就像古语说‘人死如灯灭、肉烂一摊泥’那样，所以才能在盗墓寻宝这一行里长久地做下去。我看着她一点一点地从襁褓中钻出来，使劲地推开小褥子，瞪大眼睛看着四周，然后向我招手。她是我程风的女儿啊，不是妖魔鬼怪，是我的亲生骨肉。于是，我只能迷迷糊糊地走过去，蹲在保育床的旁边看着她。她那么白，那么小，连一颗牙都没有，盯着我，仔细辨认了一会儿，接着开始说话……”

接下来的一段叙述比较混乱，毕竟一切都来源于第三者的口述，而程风是个思想逻辑乱七八糟的精神病患者，只有仔细听再加上联想补充，才能将整件事交代明白。不过，越是弄明白了此事，我和石梦心头的诡惑便越是惊人，因为程风向我们（其实不是向我们，而是向铁栅门外的王医生）讲述的，是一个带着前世记忆出生的女婴与他对话的过程——

那女婴问：“我又转世投胎活过来了对吗？现在是哪一年？”

程风自然而然地答：“1993年。”

那女婴啊了一声，举起两只小手看了看，叹了口气：“看我的手都变成这样子了，麻烦你解释一下，1993年是什么年号？与光绪帝登基七年相距多少年？”

程风是盗窃古墓的行家，脑子一转，就明白女婴所说的“光绪帝登基七年”是怎么回事了，登时头皮一麻，右手摸向腰间的韭菜叶匕首。

所谓的“光绪帝”应该是指清朝的第十一位皇帝，其人于同治十年（1871年）生于北京宣武门外太平湖畔醇王府，为醇贤亲王奕譞次子载湉。由于其兄早殇，同治十三年（1875年1月25日），同治帝驾崩后载湉以醇亲王长子身份入宫为帝，其时年仅5岁。

那么，“光绪帝登基七年”就是指公元1881年，距离1993年约为112年。

程风回答：“112年。”

女婴伸了个懒腰，慢吞吞地说：“原来已经有112年之久了？六道轮回的时间大限最长不过是99年，为什么会拖这么久？”

程风终于声音颤抖地问：“你是谁？怎么会寄生在我女儿身上？”

此时，他的韭菜叶匕首已经出鞘，只要女婴再说出什么鬼话来，就要扑上去一刀杀之，以绝后患。女儿固然重要，但妖邪附体带来的后果却让他在两难中迅速做了正确的抉择。

“我是谁不重要，那镜子呢？”女婴问。

程风摇头：“什么镜子？我不知道。”

那女婴突然变了脸色，向程风指着："你当然知道，太后每次沐浴后都要用的凤凰镜就在我掌心里攥着，经过六道轮回时，我始终记得握紧它，它一定会跟我来到这里。说，你到底把它藏在哪里了？那镜子对太后万分重要，关系到她的……她的一个大秘密。我不管，你一定要把镜子给我找回来！"

一刹那间，保育房里近二十名婴儿同时哇哇大哭起来，声浪几乎要连屋顶一起掀去。

几名中年护士立刻出现在走廊里，向这边急匆匆地跑来。其中一个领班护士一边跑一边大喝："喂，程先生，你怎么跑到保育房里来了？快出来，把细菌传染给婴儿可不是件小事！"

女婴加快了语速："快，你快去找那面镜子，否则十六岁的时候，我就会自动消失，从六道轮回的逆转通道里回那边去。求你了，快去！"然后，她就向下一缩钻进睡袋，闭上眼睛装睡。

程风调匀呼吸后，悄悄藏起匕首，任由跑进来的领班护士训斥了几句，就慢慢地退出了保育房。

他站在门外，隔着玻璃窗盯着那诡异的女婴，听到领班护士奇怪地自语："咦？只有这一个女婴最乖了，一声都不哭，真是个听话的乖宝宝。"

这件事，程风一直压在心底，没跟妻子透露过，而那个女婴一觉醒来后，跟别的孩子一样，除了吃饭、睡觉、大小便外，再没有其他的异常表现。经过一段时间的仔细观察后，程风终于放下心来，把当时的事看做是自己的深度幻觉，不再提起。

"简直是天方夜谭！"弄懂了那些事后，石梦喃喃地吐出了这样一句。

"生活远比神话故事更奇妙，不是吗？反过来说，我一直认为，所谓的远古神话故事也并不是凭空捏造出来的，而是确有其事，被无知者传来传去后，加上了太多臆造成分，所以才变成了'神话'。现在，我们可以知道程霓裳是一个从小就不平凡的女孩子，无论以后在她身上发生多么奇怪的事，大家就都不必感到吃惊了。"我对这个结果坦然接受，完完整整地记在脑子里，等待接下来慢慢求证。

从程风的故事中推断，当时附着托生于程霓裳身体里的，是一个伺候太后的宫女，负责保管一面凤凰镜。宫女死后转生，一直牵挂着自己的本职工作，千方百计要找回镜子。

叙述过程中，王医生的摄像头只能拍到程风的后背，自己也很少插嘴，务求让程风说真话，而不是被任何打岔和提示误导。

按程风的表现推断，我猜王医生给程风服用了一种非常先进的间谍类迷幻药物，可能是来自51号地区隼机关的催吐剂，其作用是令人吐露脑子里埋藏着的一切秘密，无论是光荣兴奋的还是伤感恐惧的，统统竹筒倒豆子一般讲给别人听。

燕盟与隼机关这对生死冤家，相隔数年之后又要在西北大漠重新开始一轮激斗了。怪不得十二君子其中六人要先头抵达，原来真正的战斗早在白雪离港之前就开始了。

“真好，真好！”石梦摇头感叹，“我们即将面对的竟然是个体内附着着百年灵魂的怪人，而我大哥就没这么好运了。他接触到程霓裳后遭到误导，最终酿成了人间悲剧。杨大哥，我觉得已经不能容许程霓裳再留在世上了。否则，会有更多人包括你我在内，都会被她蛊惑身亡。”

我重新开始播放那段资料，试图从女婴的话里再找出点蛛丝马迹来。

转生复活是广为流传的唯心主义者理论，按照大阴阳家的解释，肉体死亡后，正常的灵魂会变成大小不一的能量球，飘浮在空气之中；而那些冤屈而死、遇害而死的灵魂却是不会消散的，充满了力量庞大的戾气和杀气，一旦跟某个人的灵魂沟通，就会毫不犹豫地扑过来附体，令这个替代者做出种种难以置信的事。

“镜子，又是镜子？”石梦兀自在喃喃低语。

“石先生在文华东方酒店坠楼前于镜子上写过的字是什么意思？你还从没解释给我听呢。”我的眼角余光关注着石梦的表情。

石梦指了指笔记本电脑的屏幕，苦笑一声：“那些字相信也会从程风嘴里说出来——‘禁地’，自然就是指‘严禁进入之地’。其原因，或许是因为此地过于凶险，或许是因为有着某种神谕封印，总而言之，那两个字是一个人对另一个人或另一群人的告诫。我想大哥在决定跳楼之前留下它，一定是对我的最终警告，并且用实际行动做了过激的表率。也许他真正想告诉我的是——‘一旦逾越禁地，随之而来的将是诡谲之极的死亡之途’。”

屏幕上，程风又在颠三倒四地叙述着程霓裳出生时的怪事。

我正在犹疑是否该把大哥留下浸血地图的事告诉对方，石梦已经微笑着替我翻出底牌："在浅水湾别墅的书房里，我察觉白小姐正在书房里检阅一些资料，顺便走进去，就发现了那仿古青铜镜和标示着'禁地'二字的地图。杨大哥，杨正大侠也留下了同样的字，你又是怎么看的？"

我坦然回答："敦煌的某一处地方一定是极度凶险的，或者咱们可以大概断定其范围是在莫高窟附近。我大哥在敦煌失踪，石先生与程风、吉川羽又是在壁画群中发生意外，那范围亦可缩小到112窟左近，呀——"仿佛有道灵光从我脑子里闪过，我握住鼠标，将播放资料的进度条向后拖，然后重新按下"播放"。

程风在说："那女婴说……麻烦你解释一下，1993年是什么年号？与光绪帝登基七年相距多少年？我算了算，光绪七年是1881年，距现在是112年……"

我将资料定格，抬头望着石梦："112年后转生复活的人，会不会与112窟的数字有什么必然的关联？"

石梦如梦方醒："程霓裳、反弹琵琶舞、112窟的壁画、我大哥等人的癫狂发疯……一定有联系，一定有联系！看来，我们明天一早要好好招待这位程小姐才对。"

不知不觉中，腕表的时针已经指向清晨七点，又是一个不眠之夜。

我仍没等到超级黑客欧阳雪莉的回电，难免有些焦虑，因为那个问题直接关系到闪电的身份，"不尽长江东流、马踏黄河两岸"，秘密部队是白道上的正义之士，一旦误伤他们，所造成的麻烦会非常之大。其实无论是大亨雷动天还是大哥杨正，之前都或多或少地提及过那支白道人马，无一例外地郑重表示，任何时候都可以给对方让路，必要时甚至可以牺牲自己的利益成全对方。如果这世界上还存在真正的正义和公理的话，那支人马所代表的就是它们。

"要不要去餐厅吃早饭？"我征询石梦的意见。

石梦摇摇头，略显倦怠地回答："你自己去吃吧，我想一个人静一会儿。"

我换好衣服出门，对她的话没有任何异议。

走进电梯时，我忽然很想拨电话给白雪，看看她一个人彻夜未归，到底在进行着什么大事。很可惜，电梯里的通讯信号很差，根本拨不出去，我只能作罢。

闪电交付的资料还没看完，我的意思是想分阶段来看，弄清楚程风呓语中的每一个词、每一句话，千万别疏漏了细节。实际上，如果程霓裳的来历真的像他说的那么古怪，这16年来定会再次露出破绽，被他记录在脑子里。

"112年后转生复活的大清朝皇宫禁苑宫女？带着前生记忆来到这个世界上

的诡异女婴？一个单凭舞蹈就让大寻宝师石布魂飞魄散的神奇少女……”对着电梯里的镜子，我清清楚楚地看到了自己脸上的苦笑。因为这一切都像是魔幻小说里的桥段，而不该发生在无神论者程风的身上。

电梯直下二楼右翼的中餐厅，我向门口的服务生出示了房卡后，两名身材高挑的女迎宾员礼貌地带着我走到餐厅的一角，极其客气地说：“杨先生，有位白小姐特意为您预订了座位，她正在那边为您做‘鸳鸯双包蛋’，请稍候。”

我顺着迎宾员的手指望去，果然看见一身白色运动装的白雪正系着酒店方提供的雪白围裙，站在煎蛋餐车前忙碌着。

稍后，她亲手端着两只餐盘走回来，笑嘻嘻地望着我：“到敦煌的第一晚，睡得还好吧？”

我笑了笑：“谢谢关心，好得不能再好了。”其实，天可怜见，昨晚连番遇险，又给闪电中途打扰，真正合眼的时间加起来也绝不超过两小时。

这顿早餐包括黑咖啡加奶、酒泉牛肉丝炒榨菜、敦煌三宝羊杂汤、清蒸羊肉小包、西北粗粮粥和一碟油煎黑麦馒头片，菜色丰盛，营养足够，而白雪亲手做的“鸳鸯双包蛋”则是七分熟的敦煌土鸡蛋、土鹌鹑蛋合煎，出锅后再滴上香油、生抽低盐酱油、花椒油、色拉油，味道又嫩又香，比之酒店大厨的手艺，有过之而无不及。

“白小姐对饮食方面很有研究啊，真看不出十二君子里的高手除了行走江湖外，还能客串大厨师，佩服。”我衷心表示了自己的欣赏之意。

白雪一笑，拿起放在桌角的电话看了看，不无遗憾地回答：“在你出现之前，我曾拨电话给你的，结果无法接通。我推测你正在下楼途中，就去小小地卖弄了一下自己的厨艺，见笑了。杨先生，连我们的老祖宗孔子都秉持‘食不厌精、脍不厌细’的人生原则，作为数千年后的晚辈，我们的确应该将之发扬光大才对。再说，身在大陆西北牛羊遍地、美味满眼之处，不多吃一点，怎么对得起这次千里迢迢的敦煌之行？”

与石梦一样，她的脸上也有掩饰不住的倦容。我觉察到她的身上除了惯有的香水味外，还有一丝龙藏佛香的味道。昨日从酒店离开时，她身上干干净净，除了香水和体香、发香，其余什么都没有。

“你在闻什么？”白雪的眼神非常犀利，并没放过我抽动鼻子时的隐蔽动作。

“闻‘鸳鸯双包蛋’的香味。”我微笑着掩饰。

此时大厅里的客人很少，连我们两个在内，都不超过五桌。所以就算提高声音说话，也没人会注意。

白雪笑了，低下头专心致志地吃早餐，不再说话。

我不会主动与对方共享资料，但只要她问，我也不会刻意隐瞒。面对黑星帮、刀子帮、隼机关之类的庞大势力，我们唯有深度合作，紧密团结，才有胜算。

“田勇找过我，他对资料不感兴趣，只对我感兴趣。呵呵，这个世界上，大多数男人都把自己当成了情圣，觉得喜欢哪个女孩子就应该开门见山地直抒胸臆，不管对方答应不答应，仿佛女孩子是一根蜡烛，只要擦亮打火机凑上去，女孩子的满怀热情就会被点燃，马上首肯，唯恐错过时机。很遗憾，我与他恰恰相反，只对资料感兴趣，对他的人不感兴趣。所以，我拿到了一些需要的东西，就是隼机关与黑星帮合作的确切证据。”白雪消灭了那一碟“鸳鸯双包蛋”后，用洁白的餐巾擦了擦嘴唇，才说出了上面那段话。

据外界所知，51号地区隼机关在江湖上的任务只是“搜刮财宝”四个字，并且得到了上司的授意，只看结果，不必汇报过程。于是，隼机关在全球各地，与地头蛇势力展开了撕咬杀戮，并屡次大获全胜，满载而归。当然，隼机关的所得，都会如实上缴它的上级部门，即史上最神秘的军事单位——51号地区军事基地，以充抵五角大楼方面拨付给该神秘机构的巨大资金缺口。

被习惯称为“51号地区”的准确地理名称是格鲁姆湖，但实际上它所代表的并不是一片湖水，而是一片已半沙漠化的干涸湖床地区，位于距离赌城拉斯维加斯西北约120公里处，即约两个小时的车程，整个地区的面积为144平方英里。长期以来该地区一直为外界社会推测存在有极为秘密的军事设施，并于上世纪50年代主要用于被称为“间谍飞机”的U-2高空侦察机的试飞和测试基地。

“田勇并不知道，我从不出卖任何东西，而只是收买。他跟了石布数年，连这个道理都没弄明白，死的真应该是他，而不是石布那样的寻宝界大行家。”白雪粲然一笑，笑容仿佛入云高峰顶上的那一抹终年不化的银色，冷艳至极，也高傲至极。

“那么说，你现在已经掌握了石、程、吉川羽三人的奇遇资料了吗？”我无法猜透她昨晚究竟做了什么，但却知道一定与藏传佛教的僧人有关，因为那种龙藏佛香里包含了檀香、沉香、丁子香、郁金香、熏陆香、安息香等等细致而复杂的香气，一闻就明白是一种相当高级的东西，在市面上很少买得到。

“一部分而已，剩余一部分，已经有人肯从田勇那里偷给我。”白雪大笑。

〔陆〕

隼机关人马突袭

在此地，一说到“偷”，自然会让人联想到刀子帮。

眼前的白雪如盛放的玫瑰一样，但却是带刺的，任何人只可远观，不可近玩，否则就会被扎得手破血流。

“刀子帮？”我淡淡地笑着喝咖啡，也知道燕盟十二君子手眼通天，会轻松搞定任何事。

“对，只要付钱，自然有人甘愿奔走行动。我已经查到，隼机关指示黑星帮死守精神病院那边，对程风严密看管，无论他是清醒还是疯癫，都会二十四小时监视，毫不放松。一直以来，隼机关派驻于此的负责人是一名中日混血的高手，名叫英哲。这是个典型的中国通，从历史到政治，从经史子集到报章新闻，几乎过目不忘，跟任何人都能沟通交流……”白雪对隼机关的介绍是跳跃式的，似乎在故意隐瞒什么。

“我今天要见程霓裳，你有兴趣一起来吗？”我不想破坏白雪的好事，只是礼貌地邀请。

黑星帮那边，倪乾等人只是一切行动听指挥的傀儡，拿隼机关的钱，充当打手和狗腿子的角色，没什么可怕的。

我又一次惦记起欧阳雪莉的电话来，可对方偏偏就是毫无音讯：“如果闪电是‘九州风雷、犁庭扫穴’秘密部队的人，是不是就说明，那支力量也要插手敦煌的事呢？”

骤然之间，我感到一阵难言的烦闷和压抑感涌上来，胸口憋得喘不过气来。各方力量都已经箭在弦上，造成不得不发的紧张局面，仿佛山雨欲来，劲风满楼，但谁都不想做第一个动手的人，成为其他人的众矢之的。

“程霓裳？呵呵，是因为程风的那些鬼话呓语，所以才急着要见她？杨先生，你不会真的相信王医生释放出的那些资料吧？要知道，王医生早就被黑星帮威逼收买，获取了这份资料后，至少复制了五个以上的备份，接连卖给不同的买家。我不得不告诉你，你手里的差不多是最后一个，而闪电则是倒数第二个知道此事的人。此时隼机关已经派人去程霓裳出生的医院去调取当时的资料，看她到底是不是带着前世记忆降生的。在现代化的科学和通讯手段面前，任何匪夷所思的谎言，都会被剥离得体无完肤，不是吗？”白雪的话让我的脸倏地红了，热辣辣地发起烫来。

我耸耸肩膀，再次陷入了沉默。

既然田勇已经背信弃义，成了金钱与美色的俘虏，靠出卖之前石布获取的资料牟利，我和石梦也就没必要依赖他了，大家早日分道扬镳为好。

白雪蓦地长叹：“你沉思时的神态太像那个人了！”

我皱了皱眉：“像谁？”

餐厅里的人渐渐多起来，一个西装革履的中年人在离我们不远处的桌边坐下，只叫了一杯咖啡，低头看报纸。我注意到，他走路时的样子极其沉稳，一旦坐定，腿脚、腰身便沉实地靠在椅背上，一动不动，仿佛被焊在上面了一样，可见下盘功夫深厚无比。

“像杨正大侠。”白雪的眼神一瞬间变得飘忽迷离起来。

杨正是我的大哥，我们的外表自然相近，这没什么好奇怪的，但他是名满天下的大侠，我是初出茅庐的新人，精神气质与处事能力是没有什么可比性的。

“谢谢。”我又一次用眼角余光扫过那中年人。

“杨先生，你总是那么低调沉默，难道这个世界上的所有人、所有事、所有物都不能激发起你真正的热情来吗？梁夫人说过，杨正大侠任何时候都是充满活力、精神抖擞的，仿佛一只傲然独行于天地间的花斑豹，敢于向任何难题挑战。在她眼中，天下男子中，唯有杨正大侠配得上‘伟男子、大丈夫’之称。同样，她对你亦是寄予了相当高的期望，因为你毕竟是杨正大侠唯一的亲弟弟。大亨雷先生亦说过，只要给你适当的舞台，你将活得比任何人都精彩。杨先生，抛掉那些虚假的掩饰，从自己营造的低调躯壳中跳出来吧，其实每一个人都很期待新一代‘亚洲第一寻宝师’的出现，而这顶金光闪闪的桂冠，终将属于你。”白雪的话极具鼓动性，特别是一个美到极致的女孩子满怀信心地向一个年轻男人说这种话的时候，连旁观者都一定会热血沸腾，高歌奋进，更何况是坐在她面前的主角？

“谢谢，我已经吃好了，一会儿楼上见。”我没有任何过激反应，只是摘下餐巾，起身离座。

白雪神情一黯，将没吃完的半块馒头片扔进盘子里，身子后仰，放声长叹：“杨先生，人活一世，草木一秋，难道你真的不想‘人过留名、雁过留声’吗？”

我停住脚，决绝地回答：“不想，对于敦煌，我只是过客。”

历史上多的是不爱江山爱美人的君王将相，我来敦煌，不为成名天下，只为寻找大哥，并且陪着石梦过关斩将、平安返回。大亨雷动天、新义安青龙帮司寇青龙、新加坡燕盟梁夫人等人的铁血江湖并非我所向往的美好世界。

白雪再次起身，想要强留下我，再谈几句，但右臂伸在半空，突又颓然落下，不再出声。

我走出餐厅，还没踏上电梯，身后已经有人在叫：“杨先生，留步。”然后，那看报纸的中年人便大踏步跟上来，替我挡住刚刚滑开的电梯门，彬彬有礼地请我先行。

这个人的武功相当高明，衣袖挥动时，自然而然地带起一阵呼啸的劲风，仿佛是在故意向我炫耀武力。此刻，他的鼻梁上已经多了一副宽边黑框的平光眼镜，却掩饰不住狠辣剽悍的满眼杀机。

“阁下是谁？我们应该是素未谋面吧？”进了电梯后，我缓步后退，背靠不锈钢墙壁，谨慎而不失礼貌地问。

“自我介绍一下，我是英哲，来自隼机关。”他谦虚地微笑着，指了指银白色西装衣领上别着的一枚水钻飞鹰徽章。电梯里只有我们两个，说话方便不假，但他一上来就坦然地自报家门，还是让我吃了一惊。

我立即暗暗地深吸了一口气，屈膝收腹，做好应付猝然攻击的准备。

对方的鹰钩鼻挤了挤，暗黄色的脸上再次堆满了笑容：“杨先生，我冒昧地过来搭话，只是有一句忠言相告，不知当讲不当讲？”

我点点头，冷漠而客气地回答：“请讲。”

隼机关的人在公开场合大摇大摆地出现，既能证明他们行事之肆无忌惮，也从一个侧面表达出对我的重视，需要单独派人来接洽我，摊牌谈判。我一向远离政治团体，不与任何一派走得太近，洁身自好，正本清源，对鼎鼎大名的隼机关的态度也不会例外。

英哲清了清嗓子，低声说："咱们中国人有句古语，叫做'忠言逆耳'，意思就是说某些大实话是会得罪人的，很不中听，但是，为了好朋友能够不受大的损失，我又不得不说，得罪之处，请杨先生原谅。程风那边的事很复杂，超出了杨先生所能驾驭的领域，只能由隼机关来掌控。我们隼机关有大批人马、大把金钱、大量上层政治关系可用，比起杨先生这种单打独斗的游侠来，实力胜过百倍，犹如江海之上的艨艟巨舰与公园人工湖里的单桨小船相比较。你该明白，小船是一定要给巨舰让路的，否则就会被毫不留情地撞成碎片。"

他向前微微探身时，腾腾杀气遍布了电梯间里的每一寸角落，并且毫无顾忌地将我笼罩其中。

我盯着对面墙上的液晶屏广告牌，耐心听着，绝不插嘴打断。

"黑星帮很识相，拿了我们的钱，就乖乖听话跟我们干。刀子帮也是，其他的小帮派、独行盗都会以他们两帮为榜样，一旦有大事发生，全部唯隼机关马首是瞻。杨先生初来乍到，还不了解情况，又是血气方刚的年轻人，总想着一飞冲天、一举成名，这一点我能理解，只是你选错了创业之地，呵呵——"

英哲将我的沉默误认为是妥协的前兆，自顾自滔滔不绝地向下说。电梯已达八楼，英哲又揿了一下按键，电梯马上关门下降，沉向一楼。

"我已经在让路。"我坦然回答，眼神逼视着对方，不想就此在电梯间里动手。英哲的左胸口和两边裤袋都微微鼓出，三处大概都藏着微型枪械，亦不是那么好对付的。

液晶屏上播放的是展示敦煌风光景物的旅游资料片，此刻画外音正说道："敦煌当地民俗中有著名的八大怪，分别是第一怪香水梨要放黑卖（香水梨）；第二怪驴肉黄面拽门外（驴肉黄面）；第三怪浆水面条解暑快（浆水面）；第四怪风干馍馍掰开晒（风干馍）；第五怪三九锁阳人参赛（锁阳）；第六怪酒枣新鲜放不坏（酒枣）；第七怪罗布麻茶人人爱（罗布麻茶）；第八怪榆钱也是一道菜（榆钱）……"

"让得还不够，你必须退出敦煌。"英哲斩钉截铁地说，"隼机关要做事，闲人最好闪避。"

这个满脸骄横的中日混血男人已经忘却了大家此刻是站在中华人民共和国的西北小城地盘上，谁也无权命令别人做什么事，一切都该遵守国家宪法的规定才对。

我望着那张脸，对他还算过得去的第一印象全部被破坏掉了，只剩下一副张牙舞爪、狐假虎威的模样。

“做事？你们要的是什么？51号地区是美国机构，权力难道也延伸到中国来了吗？英哲先生，请你说话稍稍收敛一点，不要如此咄咄逼人。”我缓缓地抬起右掌，向前平举，立刻破坏了他故意营造出来的那种威逼气场。

他对我的动作立刻做出反应，身子后仰，右手随即伸入怀中。

我则肩头一晃，一步跨过去，右手五指与他同时握住了那柄西装下暗藏的短枪，并且巧妙地隔着衣服扣住了他的拇指、中指、小指，令他无法发力。当他左手下垂，企图掏出裤袋里的武器时，我后发制人，左手食指在他左肘尖上啪地一弹，低声喝道：“别乱动，你会后悔的！”

那一指中，蕴含了少林派的“金刚指”和“一指禅”神功，劲力深达他的筋络关节之内，足以构成半身麻痹的效果。少林派千百年来号令中国武林，一呼百应，莫敢不从，其武功实力绝对不是浪得虚名的。

“杨先生，要后悔的是你！走或不走，关系到你还能不能看到明天的扶桑之日。”英哲的态度依旧嚣张强悍，并且像所有日本人那样习惯性地将天上的太阳也称之为“扶桑之日”，可见在中日两种血统中，他更倾向于成为“纯粹的大和民族中人”，让我禁不住哑然失笑。两大东亚小国中，韩国人最爱不由分说、自说自话地将各种亚洲传统民俗注册为自己的“国粹”，日本人则自始至终固执地将全球共有、银河系共有的太阳强调为“扶桑国瑰宝”，实在令全球有识之士都彻底无语。

我冷笑一声：“在下刚到敦煌就马上要走，会不会被同行笑话？”

英哲露出满脸奸笑：“被人笑总比被人抓好。你信不信，我可以立刻派人向你和石小姐发动凌厉的快攻，最多二十四小时内，你们两个就会从这世界上永远消失掉。”

他的双臂用力一挣，我顺势放手，退回到原地，给他留下最后一层面子：“英哲先生，对于你所说的一切，我只想阐明一句——你、还有被隼机关收买的敦煌黑帮最好都记住，永远都不要去碰石小姐，否则‘犯强汉者，虽远必诛’！”

那句话出自西汉名将陈汤的上疏中，“犯强汉者，虽远必诛”的无敌气概，就是那个时代汉帝国的对外政策和在西域诸国中的威望。汉建昭三年（公元前36年），西汉使节谷吉被匈奴所杀，汉将陈汤、甘延寿驱兵西征，过乌孙，进入康居界，至阒池（在今天的吉尔吉斯共和国境内），与匈奴军展开一场旷日激战，杀死单于，更将匈奴的上层几乎杀光。

“犯强汉者，虽远必诛”就是名将陈汤在这一战后流下来的千古铮铮名句。

“在敦煌，没有人能保证下一步不会出现什么意外。杨先生，我的话已经说明白了，听不听在你。”英哲冷笑起来，盯着电梯数据显示屏上不断变化的红色数字，等那数字最终定格在“1”上，电梯门便悄然左右滑开，酒店大堂里的新鲜空气迎面扑来。

蓦地，两个穿着灰西装的年轻男人裹挟着一个瘦削的女孩子闯了进来，背向门外，随即默不作声地手持短枪指向我的胸口要害。女孩子努力地挣扎了一下，抬头望着我，嘴角牵动了一下，却没发出任何声音。

“程小姐？”我皱了皱眉头，但在两只短枪的逼迫下，不敢妄动。

生命属于任何人都只有一次，短枪一旦走火，天王老子也救不了人的。

门再次关闭，英哲哈哈大笑起来，洋洋自得地指着那女孩子：“程小姐就在这里，你要逞强，我就成全你。不退出敦煌，她将是今天起开始的第一个牺牲品。”

程霓裳满脸冰霜雪色，当两名年轻人死死抓住她瘦弱的胳膊时，她脸上的表情依旧沉静镇定，目不斜视地对着墙壁上镶嵌着的整容镜。

电梯广告里的画外音不紧不慢地响着：“要做浆水面，先要制作浆水，把芹菜或箭杆白菜、莲花菜投入面汤，加上浆水酵子，盛入缸内放在温暖处发酵三天，即可制成清爽可口的浆水。它含有多种有益的酶，能清暑解热，增进食欲，为夏令佳品……敦煌地处罗布泊东缘，属于罗布麻的原产地之一，当地大量野生罗布麻，因其特殊的清热泻火、预防感冒、增强免疫、调节血压、软化血管、降低血脂、消咳止痰、消肿利尿、强心抗郁，安神助眠、平心止晕等药用保健功能和弱碱性茶改善人体酸性以及降脂减肥的作用，而被敦煌众多人作为日常茶叶饮用，敦煌罗布麻综合开发中心的罗布麻茶口感最好，质量最佳……”

那些广告能够帮助外来游客最快速地了解敦煌本地土特产，夜以继日、重复再三地播放着，已经成了酒店无偿附送“敦煌八大怪”之外的“第九怪”。

在这种画外音里临战对地，于我而言的确是一种全新的体验。

“别逼我翻脸。”我冷冷地说。

打倒两名年轻人只需一招，狭窄逼仄的电梯间内，正好能用得上少林七十二绝技的超强爆发力。正所谓“天下武功出少林”，就算英哲练的是千斤坠万斤砣的功夫，我也有破解之法。只要最终确定石梦没事，我就敢放胆搏杀，令英哲等人铩羽而归。

两名年轻人的枪口因过分紧张而微微颤抖着，扣住程霓裳手臂的两只手也在逐步收紧。陡的，我听到了骨骼断裂的喀嚓声，而且是两声同时响起。

英哲怒喝：“你们放开她，她有‘脆骨症’！用力过度，她身上任何一条长直骨都会从中折断！”

一瞬间，他的声音发生了明显变化，由沉稳老练的中年人变为尖锐高亢的年轻人，与我眼中所见的年龄特征无法吻合。

两名年轻人惶急地放手，程霓裳闷哼了两声，身子一倾，靠在电梯壁上。

“你没事吧？”我立刻跨过去扶住她，顺手将年轻人向后一推。

程霓裳的脸已经变成了死灰色，紧咬住下嘴唇，嘴角慢慢沁出血丝。

“老大，我们绑架她时，可能碰到了她的右侧小腿，麻烦你看一下，是不是那个地方也骨折了？‘脆骨症’是什么东西，怎么会那么容易骨折？”两个年轻人慌了，顾不得对付我，先去请示英哲。

电梯又一次停在八楼，叮的一声，电梯门滑开。

两名持枪的年轻人本来是背对门口的，他们全力防范我的反击，孰料却有人正站在门外，向他们的腰间命门上各戳了一指，年轻人随即软瘫在地，无力反抗。英哲来不及反应，已经被我飞起一脚，脚尖抵在他的喉结上——“别动，我只需稍稍发力，你的下半生就全废了！”

程霓裳身上发生的意外也让我吃了一惊，所以推迟到此时才动手。

英哲还想反抗，我的皮鞋尖头轻轻一压，他的喉结已经被死死地挤住，呼吸不畅，脸色变青。

“杨先生，是误会……误会……”英哲的嚣张气焰顿时烟消云散。

门外替我解围的人正是白雪，她的左臂弯里挎着一只夏奈尔牌子的黑色皮包，掌中握着电话，一副千金小姐的华贵打扮，若非亲眼所见，谁都不会怀疑她是位身怀武功的江湖高手。

“你不是英哲——你是谁？”我扳过英哲的脸看了几眼，小指插到对方耳后的头发里，轻轻向外一撕，一张薄如蝉翼的人皮面具便被完完整整地剥离下来。

英哲是隼机关的大人物，连这样的点滴小事都事必躬亲的话，早就给忙死了，还有什么心情调度四方、统管一切？并且自始至终他的表现都毛躁而冒进，距离一名老牌专业间谍人员应有的水平差得太多。人皮面具证实了我的判断，现在暴露在我面前的是一张年轻的方方正正的脸，浓眉阔目，双眼炯炯有神，所谓的鹰钩鼻子不过是故意拿来装装样子。

“阁下是谁？何必冒充隼机关的大人物？”我有些如释重负的感觉，因为之前仓促间动手，会把跟隼机关之间的关系搞得非常僵，影响下一步在敦煌的行动。得罪了隼机关的人，绝没有好下场，很多历史军事例子已经做了最好的阐述。

那人惭愧地挣扎着回答：“我是英哲先生的助手小书，他有更重要的事做。通知你退避的事已经定了，我只是转达他的命令，你不信也没办法。”

“我是不会走的，烦请转告英哲先生。再有，下次大家交手，我会毫不留情，各位就没有今天这么幸运了！”我放开他，将程霓裳搀出电梯，把两个年轻人向里面推了推，然后揿下电梯开关，挥手跟他们三个道别。

“杨先生，跟隼机关对抗，你最后必定会后悔的！”小书不甘心行动失败，在电梯门关闭的刹那，向我大声抗辩。

我笑了笑，垂手掸掉了鞋尖上的浮尘，根本不在乎他说什么。既然没有大事发生，就没必要深究刚才的事了，反正以51号地区的钢铁纪律推算，逼问口供也得不到什么有效的线索。与其留住三个累赘，不如放手，任他们逃走。

“的确，程小姐是罹患了脆骨症，程风盗墓探宝所得的一大半都用在为程小姐治病上。这次又要糟糕了，三处骨折不知道要拖到什么时候才能好。”白雪无比感叹，帮我背起霓裳，走向我们的房间。

脆骨症全称是成骨不全症（Osteogenesis Imperfecta），亦即通常所说的“玻璃娃娃”，是一种先天性骨骼发育障碍，部分病人有家族史，眼睛深蓝色，内耳骨质硬化可致耳聋，临床主要症状是体内严重缺钙导致骨质密度不足，极易发生骨折或身体变形，甚至无明显外伤仅日常活动即能引起，骨折很少移位但愈合缓慢。随年龄增长骨折减少，青春期后很少发生，X光检查常见骨萎缩性改变。严格来说，这是一种因先天遗传性缺陷而引起的第一型胶原纤维病变，造成骨骼强度耐受力变差而容易脆弱骨折的疾病，临床上的呈现，它可以由较轻微的骨质疏松表现至频繁骨折，甚至在子宫内胎儿阶段即产生骨折，最严重的造成在婴儿出生不久即夭折，甚至造成死产。男女得病的几率大约相同，统计上每两万次分娩生产中就会有一个。

我请程霓裳来酒店的初衷，是想与石梦一起，重新观摩反弹琵琶舞的奥秘，看看是否能跟在文华东方酒店一样，从急速飞旋的舞蹈中再次看到人脸变为骷髅的诡异现象。她已骨折，这种打算自然就落空了。

“我是来赴约的，为杨先生表演反弹琵琶舞。腿没事，只要生命不止，就该奋斗不息……”程霓裳趴在我的背上，脸颊上痛出来的豆粒大汗滴跌在我的后颈旁边，但仍然咬牙坚持。

患有脆骨症的病人一旦发生骨折，就会接二连三地发生毫无先兆的连锁反应，说不定什么时候、什么部位就会再折，只能卧床静养。隼机关人马的出现实在是太巧了，正当我揪住线索一角时，便被他们凶猛地破坏掉了。

〔柒〕

反弹琵琶舞中的清明上河图

石梦赶来开门时，白雪在门口站住，淡淡地说："我暂时不回来住，程小姐可以睡我的房间，有消息就电话通知我。"

她是那么高傲，仿佛不屑于与石梦站在一起，便匆匆离去。

"怎么回事？"石梦惊诧地问。

我把程霓裳背进右侧卧房，轻轻平放在床上，按铃吩咐服务生送些绷带、夹板、药棉和纱布来，先帮程霓裳包扎了一下。之后，才喘了口气，回答石梦的问题："隼机关来袭，白雪帮我解围，现在敌人暂时退走了。程小姐遭袭，本来没事，但她患有脆骨症，双臂、右侧小腿都骨折了。不过还好只是折断，没有错位，静养一段时间就会好了。"

俗语有谚：伤筋动骨一百天。平卧静养是脆骨症患者的唯一治疗方法，看程霓裳跳反弹琵琶舞的事只能搁浅下来了。

石梦不觉皱起了眉："那么，白小姐为什么不进来，又去了哪里？"

我无法回答，大家一起从港岛来，却有不同的目的，我怎么管得了燕盟的大事？

上午十点钟的时候，田勇匆匆来访，告之我们敦煌112窟正处于入冬以来的第一轮检修保养期，持续时间为三天。要想过去观瞻壁画佛像，只能等莫高窟风景区管理局的开放通知。

这个消息将我和石梦的行程计划全部打乱了。

田勇的口才很不错，仅用了十几分钟，就以大量的历史数据资料向我们介绍了新中国建立以来，大陆文物部门对于莫高窟壁画艺术的历次保养和维护工作——

1951年，周总理曾参观过“敦煌艺术画展”，并听取了常书鸿关于敦煌莫高窟亟待抢修的情况汇报。同年6月，政务院派出北大、清华的教授赵正元、莫宗江及古建筑学家余明谦、陈明达实地考察了莫高窟的文物保护工作，并制定出了治本与治标相结合、临时与永久相结合、由洞外到洞内分步骤保护的方案，获得了中央的批准。周总理指示拨款2亿元（当时的旧币约合现在人民币2万元），修复了5座岌岌可危的唐宋时期木结构窟檐，还拨款改善了敦煌文物研究所的工作和生活条件，配备了吉普车，购置了发电机，在莫高窟内破天荒地第一次安装电灯照明。

1961年3月4日，国务院公布敦煌莫高窟为第一批全国重点文物保护单位。

1962年，国务院派出由文化部副部长徐平羽率领的10余名专家学者，组成敦煌工作组前来莫高窟进行考察考证。专家们制定了一个先抢救最危险地段，再分期分段实施全面保护的长远规划以维修这座历经1600多年、规模宏大、屡遭人为严重破坏和风雨侵蚀的石窟。

周总理亲自批准拨巨额专款100万元，用于大规模抢修敦煌莫高窟，实施保护工程。该工程工程自1963年秋季施工，历时3年，于1966年竣工。整个工程在石窟群的南北区总计4040米的长廊中，加固了195个石窟，制作了7000多平方米的档墙砌体和梁柱，对363米的岩壁做了彻底的加固，并安全地解决了400多个洞窟上下4层之间的往来交通。修筑的钢筋混凝土和花岗石砌体代替了唐代文献记载的“虚栏”。层层叠叠、巍峨壮观的坚固栈道为工作人员和中外游客提供了安全舒适、畅通便捷的交通通道，使敦煌莫高窟成为了中国著名的四大石窟中迄今保护最好的石窟。

莫高窟从1979年正式对外开放以来，游客每年都在增多，由刚开放时每年的一两万人次，到最近每年的55万人次，巨大的客流直接威胁着脆弱的壁画和彩塑。大量游客来到洞窟，二氧化碳释放量增多，洞内气温上升、湿度增加，这对洞内壁画来说是非常不利的，要花相当长时间才能复原。于是，发改委批复将投入2.61亿元用于敦煌莫高窟保护利用工程，其中保护利用设施20630万元，崖体加固及栈道改造工程1957万元，风沙防护工程1381万元，安防工程2132万元。这是莫高窟有史以来规模最大的保护工程。

为了进一步保护国宝级的敦煌壁画，官方正在筹建一座恢弘的“数字敦煌”

展览馆，以数字化来实现游客与敦煌“亲密接触”，该设施选址在敦煌市省道314南侧，距离莫高窟15公里。项目所涉及的实景漫游、主题电影等关键技术目前已解决。在将建成的数字陈列展厅里，全面展示莫高窟的自然历史背景，游客可以跟随高清数字图像进行实景漫游，身临其境地在球幕影院里参观洞窟实景。

该馆的拍摄工作是由敦煌研究院和美国梅隆基金会合作进行的，利用高分辨率的数码相机根据洞窟形状选取不同的节点拍摄而成。拍摄时的节点位置，就是游览者的位置，游客可以在不同的位置，向不同的方向看，也可以放大某个局部仔细研究，游客可以自由欣赏，而没有时间空间限制……

“杨先生，莫高窟的维护是敦煌市旅游部门的工作重点，任何中外游客都不可能逾越这条禁令。依我看，趁这机会，你跟石小姐安心在酒店里吃喝休养，有消息我马上过来通知。我这几天会把石布先生的一些收入支出账目清点出来，完全移交给石小姐。既然寻宝队面临解散，我得另寻出路，尽快离开敦煌。”田勇说的是实话，他之前一直是石布的寻宝助手，石布死了，他不可能赖在石梦身边，名不正言不顺不说，也毫无经济来源，耽误了美好的前程。

石梦回答：“我跟你一起去寻宝队的临时办公室，哥哥去世的情形有些古怪，我想翻翻他抽屉里的资料，看还有什么线索。”

她没跟我商量就擅自做这样的决定并不明智，而田勇听了更是有些错愕。

那办公室在是敦煌市东城区的最边上，位于一家名为“丝路宾馆”的顶层，距离莫高窟壁画群只有二十公里车程。所有的工人解散后，那办公室已经名存实亡了，退租撤离是早晚的事。

“石小姐，那边的环境很乱，好几天没打扫了，不如我把有用的资料整理好之后搬过来交给你。你知道，探险寻宝队从野外带回来的样本什么都有，包括沙漠里的蜥蜴、毒蝎、旱地蛇之类的，都是些令女孩子恐惧的带毒生物……”

田勇嗫嚅了几句，随即被石梦的手势止住。

我离开客厅，去隔壁卧室探望程霓裳，因为我看得出石梦明显是在赌气，故意要离开酒店。

程霓裳平躺着，睁大眼睛瞪着酒店房间的白色天花板，明知有人进来，既不回头，也不开口。

“程小姐，如果你感觉哪里不好，就请告诉我，然后咱们去医院做进一步的治疗。”我对她的冰冷态度已经习惯了。身为脆骨症患者，她已经承受了太多心理上的压力，别人无法要求她更多。

房间里的空调开得很足，但我看到向南的窗子却打开了半尺宽的一条缝，可能是石梦为了通风换气才开的。

“你要什么？”程霓裳忽然开口，声音呆板平直，毫无热情。

我在床前的转椅上落座，微笑着试了试她的额头，淡淡地反问：“你以为我想要什么？”

程霓裳鼻孔里轻轻地哼了一声：“不过是一场黄昏时诡异的舞蹈罢了，古有婳媔将军，今有程氏霓裳，今古一理，传奇永继。”

她的额头不烫，三处骨折对她而言，就像普通人身体上擦破了三块皮一样简单。

“程博士是与石先生一起行动才出事的，我和石梦都感到抱歉，才到医院去探视他，并非有所图谋。不管你信不信，世界上总是有些人将仁义道德看得比金钱利益更重。我想看你跳反弹琵琶舞，无他，只是为了探究石先生坠楼而亡的死因。”我不喜欢她冷冰冰的态度，但她的样子还只是刚刚脱离了少女稚气的年龄，谁也不会因此而挑她的错。

“禁地之所以成为禁地，就是说，妄入者一定会惹下灾祸。我和爸爸说过，禁地不可进入，他偏不听，又在石布与吉川羽的鼓动游说下，冒死前往，才造成了今日难以收拾的结局，又能怨谁？天作孽，犹可恕；自作孽，不可活——这是七岁蒙童都知道的道理。”程霓裳凝视着天花板，毫无生气地说。

阳光透过玻璃投射进来，外面的空气质量不算太好，连风里都带着微微的大漠沙尘味道。作为大漠边缘的边塞小城，沙尘暴是敦煌市每年都不会或缺的访客，久而久之，此地的人已经对沙粒和尘土熟视无睹，以一种漠不关心的态度生存其间。

“那么，你知道什么？”我问。

“我知道鸣沙山的沙粒是怎样一颗颗倾泻向下，又飞旋向上的，也知道月牙泉的一湾明镜之水曾几度映照过边塞美人的脸。你还要看反弹琵琶舞吗？那舞蹈是从心底发出的，即使断手、断腿，也丝毫不会影响那些舞姿，只要——”程霓裳又在使用那种我听不懂的语言说话。

我一把握住口袋里的电话，火速开启录音功能，并紧紧地盯住程霓裳的口型。

“走鬼天喻。”程霓裳用这四个字做最后的结束语。

“‘走鬼天喻’是什么意思？”我迫不得已地追问。

“知道的，就会知道；不知道的，解释了你也听不懂。”程霓裳回答。此时，她的双手指尖相抵，扣在左胸心口，那动作有点像哑语中“心”字的表达方式。

“那么，请你将反弹琵琶舞用心声表达给我看吧？”我又重新回到老问题上来。

以心跳舞，是个玄之又玄的命题，就像唐朝诗人李商隐 “身无彩凤双飞翼，心有灵犀一点通”的古老诗句一般。要想看到对方的心，就先得找到心灵相通的桥接方式才对。

“身无彩凤双飞翼，心有灵犀一点通。”我刚想到那诗句，程霓裳已经轻轻背诵出来。

“我看不到你的舞。”我不愿再打哑谜，一想到赌气的石梦即将出门，脑子里突然乱了，刚刚的思路全部打散。

“没有人能看到，即便有人看到，也是自以为是地以为已经看到。其实，他不明白，仅仅是差之毫厘，也早就谬以千里。”程霓裳舔了舔干裂的唇，声音变得空洞而迷惘。

“石布看到了？”我意识到程霓裳渐渐说到了问题的关键点。

在文华东方酒店的餐桌上，石布奋然离席，攫琵琶而急弹狂舞，虽然做出了“反弹琵琶”的造型，却与敦煌112窟里壁画上仙子的洒脱模样相差十万八千里。练习过任何一种弹拨乐器的人都知道，越是精于此道的高手，弹奏动作就越徐缓有致，进退有度，乐器发出的声音清晰干净，不带一丝拖泥带水的浑浊。反观刚开始练习的庸者，就会因过于追求刻板的速度节奏而变得急三火四，令听众的呼吸也跟着上气不接下气起来。所以，我断定他练习这种舞蹈的时间不是太长，远没有抵达其中最高深的境界。

“他以为看到了。”程霓裳又舔了舔嘴唇。

我赶紧起身给她倒水，却发现不知何时卧室的门竟然偷偷敞开了一条小缝。这样的话，我们的交谈会一字不漏地传到外面去。

酒店里提供的来自法国的依云水，与我在浅水湾别墅所用的是同一个牌子。当清水注入玻璃杯中时，我恍惚觉得这一日一夜的长途奔走，如同一场困倦的梦。

我扶程霓裳坐起身，把杯子靠近她嘴边，喂她喝水。

在对方肢体不方便的时候，我所做的事是最平常不过的，但却恰好落在不早不晚走进来的石梦眼中。

“我要跟田勇一起去丝路宾馆，之后要去接洽谒见多吉占堆大师的事，说不准几时回来，有问题请打我电话。”石梦的情绪有些低落，嘴角残留着难言的苦笑。

那时，田勇正站在卧室门口，局促地搓着双手，却不好意思踏进门来。

如果石梦赌气是因为我对白雪、程霓裳的态度，那她就大错特错了。当着另外两人的面，我放下杯子，不方便多解释什么，只能顺着她的意思回答：“好，多联络，早去早回。”

石梦走到床尾，将程霓裳蹬开的毛毯理顺，淡淡地问：“程小姐，我很想知道，你与程博士对话时使用的那种语言是什么意思？是江湖唇典黑话，还是某种失传的古代语言？”她斜瞟了我一眼，意味深长地继续说下去，“我们从负责照顾程博士的王医生那里得到一些很有趣的资料，是程博士连日来自说自话的呓语，跟程小姐的身世有关。等我回来，大家一起观看交流一下，你说好不好？”

程霓裳冷冷地望着她，停了几秒钟，才平静地答了一个字：“好。”

石梦忽然打了个寒战，退了一步，连续打了三个大大的哈欠。她的背后是一幅巨大的素白色窗帘，当窗帘无风自动的时候，石梦踉跄着险些跌倒，慌乱之中挥手揪住窗帘，才能勉强稳住身子。

“你想知道什么？”程霓裳问。

“你知道什么？你能告诉我什么？”刹那间，石梦额头上渗出了一层细密的汗珠。

“一切。”程霓裳的声音越来越冷了，每个字都好像是用小锤子一点一点从冰山上敲下来的，细碎而冷硬，带着干涩单调的回声。

刹那间，我意识到情况不对，单手在床沿上一撑，凌空越过大床，站在石梦身边，稳稳地扶住她。

“没事吧？”我低声问了一句。

“没……事。”石梦的声音似乎是从嗓子眼里挤出来的，又像是被噩梦魇住的人虽极度努力，却仍发声艰难。

程霓裳的双手仍然扣在左胸上，从手肘到指尖一动不动，似是被牢牢地焊在那个位置了似的。此刻，她的两颗眼珠竟呈现出一种诡谲的墨绿色，并且眼球正中出现了一条竖向的白色光线，近似于猫科动物的眼睛在阳光下的样子。

与此同时，我感受到了一种汹涌澎湃的强大寒气正从程霓裳身上释放出来，几乎要把我和石梦当场冻住。

“不要伤她！”我沉声低喝，提聚丹田气海里的纯阳真气，化作两股暖流，从左右掌心注入石梦体内。卧室内的冷暖气流交汇，产生了一股巨大的推动力，那扇木门砰地关闭，割断了田勇的目光。

“她要看，我就给她看。她想知道，我就让她知道，不好吗？”程霓裳略显枯黄的头发刷的一声飞散开来，笔直地向后直竖着，犹如哈雷彗星的彗尾一般。她的表情是如此诡异，脸白如纸，眼碧如玉，令我脑子里突然生出了“白日撞鬼”的恐怖感受。

“看她的眼睛，我好像……看到了一些街道，一些房子还有那么多摩肩接踵的人。你看到了吗？杨……大哥，看那些房子和小街巷，像是一幅流动的画卷一样，看那些垂柳……”石梦慢慢地抬起右手，用食指指尖向着程霓裳的脸，轻轻指点着。

我所看到的只是两颗猫儿眼一般的碧色眼珠，忍不住再次喝道：“程小姐，不要再开玩笑了，我的忍耐力是有限度的。”

无论她使用的是催眠术还是邪门歪道法术，我都不想这种诡状再继续下去，免得石梦的脑神经意外受损。如果程霓裳不是脆骨症患者的话，我早就一掌拍过去，先让她当场昏厥再说了。

“真正的舞，贯注以生命，调配以精气，导引以玄机，挥洒以灵性。至此，舞姿和手势不再重要，观者和舞者也不重要，仅剩天地间的气息流动、阴阳动荡，而观者亦摒弃以眼观瞻，而是心识、耳识、鼻识、五脏识。不必反弹琵琶，玄机万千已然在胸。你们，不就是要看那场舞吗？连看下去的胆量都没有了吗？我一直在等，等一个懂那种反弹琵琶舞的人。唯有他，知道天机的意义……”

程霓裳的话越来越快，石梦陡然抓住了我的胳膊，低声耳语：“杨大哥，不要管她，我看到了一些奇奇怪怪的东西，也许大哥就是看到了这些才出事的，不要管她，只管要她说下去。”

我完全被排除于两个女孩子的奇特交流之外，只有牢牢地站在石梦身边保护她，一旦发现情况进一步恶化，则毫不犹豫地拆开她们，平息这场意外事件。

“音乐声，有音乐声，你听到了吗？还有叫卖声，嬉笑戏谑声……这是哪里呢？人们的衣服都穿得好奇怪，马车、小轿、挑夫、小贩，与电影布景一模一样。难道是时空穿越吗？从这个小小的通道里走过去，就将是另一个古老而神秘的世界？等等，等等，我懂了，那不是世界，那是一幅画，一幅画……”石梦轻轻地笑起来，之后便点头赞许，“好，好，果然……好一幅千里莺啼绿映红的《清明上河图》。君在中原，我居塞北，千里遥望，心向往之。不如……我就向前踏进一步，只进一步，又有何妨？那个世界带着无穷无尽的诱惑，像画，却又不仅仅是画，这种奇妙的幻觉，真的是之前从来没有过的。宝珠，宝珠，宝珠……”

石梦突然开始呼唤一个人的名字，程霓裳那边也骤然有了怪异的变化，她的冷漠表情瞬间消失，取而代之的是一种难以描述的诚惶诚恐。

“宝珠在，宝珠在！”她挣扎着想要下床，但四肢上的断骨之伤影响了她，徒劳地挪动了两次后，只能停下。

“宝珠，拿我的镜子来！”石梦拖长了声音。

“是，马上就来。”程霓裳肩头一颤，眼睛已然恢复了黑白分明的正常样子，艰难地扭动手臂，在腿上、身上摸了两下，带着哭声哀告，“镜子呢？镜子呢？凤凰镜呢？爸爸，爸爸，我的镜子呢？”

我反手按住石梦颈后的大椎穴，逆时针循环按摩三次，真气热流从这个穴道注入她的体内，帮助她冷静下来。

“我刚刚说过什么？”石梦惊诧地问。

她的的确确叫过“宝珠”的名字，而巧合的是，程霓裳也真真实实地答应过，仿佛那个名字就是属于她的。

“宝珠是谁？你们两个都知道个中缘由的。现在就告诉我，宝珠是谁？”我不想再被蒙在鼓里，听这些莫名其妙的对话。

“我不知道，我什么都不知道。”石梦摇摇头，迟疑地回答，“我只是看到了一幅望不到边的巨幅长卷，画中人物、楼阁、街巷、车马的比例等同于我们这个真实世界，仿佛一步跨出去，就能进入画中，与那些宽袍长袖、青衣小帽的古代人混杂在一起似的。那画卷，就是稍有历史常识的人都听说过的绝代长卷《清明上河图》。”

我愕然无语，而此刻程霓裳也停止了无谓的寻找和哀告，木然端坐在床上。

“宝珠就是你？”我问。

其实在这种情形下，任何人都会下意识地这样问，但我料不到程霓裳的反应竟然是如此强烈，她陡地弹跳起来，单腿直立，身子像风车一样飞旋。她此刻手中是没有琵琶的，但一切表现就像石布那晚在文华东方酒店的豪华包房里跳反弹琵琶舞一样。

《清明上河图》是中国十大传世名画之一，北宋画家张择端存世的仅见的一幅精品，属一级国宝。它生动地记录了中国12世纪城市生活的面貌，这在中国乃至世界绘画史上都是独一无二的。作品以长卷形式，采用散点透视的构图法，将繁杂的景物纳入统一而富于变化的画卷中，画中有814人，牲畜83匹，船只29艘，房屋楼宇30多栋，车13辆，轿14顶，桥17座，树木约180棵，往来衣着不同，神情各异，栩栩如生。那幅画描绘的是北宋都城汴京的日常社会生活与习俗风情，具有极高的史料价值，现存于北京故宫博物院。

假如石梦从程霓裳的眼睛里看到的是历史长卷，石布呢？他看到的又是什么？

〔捌〕

狂狮铁战，谁是宝珠?

喀嚓一声，我再次听到了骨骼断裂的声音，程霓裳的身子从半空中倾倒下来，向前扑跌。按照脆骨症患者的身体素质，她用单脚支撑做那种急旋动作，势必扭折腿骨。我从错愕中惊醒，双手来接，免得程霓裳再度受伤。

“宝珠……”石梦喃喃自语地叫起来。

已经跌入我怀中的程霓裳猛地扬起头，嘴一张，一道银白色的尖锐光芒飞射向石梦的眉心。我本以为程霓裳快舞之后已然精疲力竭，很快就能清醒过来，这种变化大大地出乎我的预料。

蓦地，窗帘背后有人发出一声狂傲凶猛的吼声，一个穿着翻毛羊皮坎肩的男人蹿了出来，手中扬起的一把三尺长东洋刀向着程霓裳猛劈过来。刀刃破风声像吹响了一只警哨，在寂静的房间里显得格外惊人。

我毫不犹豫地挽着程霓裳后退，飘身越过大床，退向门口。

那中年人奋起直追，大喝一声：“妖女，哪里走？”东洋刀又一次从左上方四十五度角方位急划下来，毫不留情地对准了程霓裳的脖颈。说时迟那时快，我已经无路可退，被逼出手，右手五指闪电般地一捏，扣住了东洋刀的刀身。

“朋友，有事慢慢说，停手吧！”我盯着对方黑黝黝的那张脸和一头蜷曲的黄发，在脑海中仔细搜索他的名字。

中年人双臂一振，我就势放手，令他将刀收回去。

“年轻人，别多管闲事，让我先宰了这个莫名其妙的妖女再说！”中年人的长刀在半空一晃，连续划出十几个令人眼花缭乱的刀花。

“宰了她，所有的谜题就没有答案了。”我不仅是息事宁人，更重要的是，目前最不能死的人就是程霓裳，她的舞蹈、她的眼睛诡异变化似乎都预示着石布等人的疯癫、死亡绝不是简单的事。

“石布死了、程风疯了，再不结束这一切，不知还会有多少人被牵连进来——”中年人发出了第二刀。我斜身趋避，向乳白色的双人床垫猛踢一脚，那床垫立刻竖立起来，如一张巨大无比的软体盾牌一般，挡住了对方的攻击。

“石梦看见了什么？”电光火石的刹那，我争分夺秒地向程霓裳提了一个问题。

“读书破万卷，下笔如有神。”她给了我一个似是而非的答案。

“不说实话，我保不了你。”我轻轻放手，程霓裳立刻跌倒在地。那时床垫也倒下，中年人的东洋刀带着炫目的连环光圈劈面而来，逼得我连退三步，背靠窗台，已经再无退路。

“铁叔且慢，刀下留情！”石梦大叫起来。

中年人刀势一缓，刀刃轻飘飘地落在我的衣领上，就此停手，任由刀刃上的寒气浸润着我颈侧的汗毛。

“谁都不能死，生命属于每个人只有一次，弥足珍贵，失不再来，不是吗？”我盯着这眼睛深凹、鼻孔上翻的中年人。

“她敢用邪术蛊惑石梦，就应该死。石布临去港岛前，已经向我交代过，如果他出事，由头一定是出在妖女身上，要我阻止石梦进一步陷入泥潭。石布料得没错，妖女就是善于用奇怪的幻觉来蛊惑人心，终于将矛头对准了石梦。我潜进来好久了，就等她露出马脚的刹那。”中年人翻起左腕，在他无名指与尾指之间，挟着一枚长度仅有半寸的亮银枣核钉。

“我猜那是个误会。”我保持微笑，但暗地里挪步，准确地挡住中年人的进攻路线。

“那是个误会，铁叔。”石梦也开始解释。

中年人狠狠地瞪了我一眼，将东洋刀插进腰间的刀鞘里。

我搀起程霓裳，把床垫整好，扶她躺下。

“我们该走了，杨大哥，你安心照顾程小姐，有事我会打电话给你，回头见。”石梦牵着中年人的手向外走。我没有挽留她，因为我们还有很多事要做，大家分头行动，未尝不是一件好事。

这场闹剧总算告一段落了，可惜的是，石梦从程霓裳身上感受到了一些东西，而我却一无所获。

“你的四肢都发生骨折，不能安心静养的话，一定会落下严重的病根。我们过几日就转到大医院去，尽心尽力地治疗。”我小心地斟酌用词，尽量不再刺激程霓裳。

“我快死了，我早就厌倦这世界和人生了。”程霓裳淡漠地凝视着窗外。

“你还有很多事要做呢，程博士还在医院，需要你照顾他。打起精神来，我去冲杯咖啡给你。”我想安慰她，又一时间找不到合适的说辞。

“该跟石梦好好谈谈，问她到底看到了什么？”在我看来，就算她看到的是绝世名画《清明上河图》，也得有一个合理的解释才对。

在煮咖啡的空当里，我再次打电话给欧阳雪莉，在答录机里留言，要她尽快回话给我。这个商业社会中的黑客族群，是制度和规矩的逾越者，总能轻而易举地突破种种限制，找到我想要的资料。由此，我也想到大哥、石布、程风之类的寻宝师，他们是现实世界中的“黑客”，擅长将埋藏了千年的宝藏连根拔起，呈现在世人面前。两种黑客，同样伟大，总会在虚拟和现实两种世界里，时不时掀起滔天巨浪。

咖啡煮滚了，欧阳雪莉的电话也打了进来：“杨进，催得那么急，火烧眉毛似的，让人喘口气都不行？‘九州风雷、犁庭扫穴’秘密部队不是好惹的，无论闪电是不是他们的人，你最好都别妄动。我查过他的资料，与日本几个最著名的黑道大哥都有关系，甚至有可能是其中一位的东床快婿候选人。至于他本身，拥有超强的轻功和搏击能力，绝不会在小小的刀子帮屈居太久。你和他是两柄钢火俱佳的宝刀，恩怨宜解不宜结，免得同时受损。”

雪莉的声音沙哑而有磁性，我记得她在学校时就是某摇滚乐队最出风头的贝司手兼低音主唱。

“只要他不属于‘九州风雷、犁庭扫穴’部队就好，其他的无须担心。”我心里终于释然，闻着满室英伦皇家特供咖啡豆的醇香而薰然欲醉。

“杨进，看在暗恋你一场的情分上，我想规劝一句，别在敦煌耽搁太久，那是一个不祥之地。《淮南子•天文训》上说，昔者共工与颛顼争为帝，怒而触不周之山，天柱折、地维绝，天倾西北，故日月星辰移焉；地不满东南，故水潦尘埃归焉。想想看，敦煌是坐在一块半空高悬的跷跷板上，一旦跷跷板落下，将会发生什么？或者，就像灾难电影上经常演绎的那样，大地皲裂，地缝吞噬一切，那时再说什么都晚了！”雪莉东扯一句，西扯一句，其目的仍是劝我撤离敦煌。

“天倾西北、地不满东南”一说属于上古神话，而亚洲大陆的“西高东低”地形自古有之，与共工何干？

“我必须留在这里寻找大哥杨正，谢谢你的善意提醒。如果有什么内幕消息，希望能第一时间透露给我，看在校友面子上，不胜感激。”我知道雪莉的暗恋情怀，但那只是象牙塔里年少无知的风花雪月，现在应该早就忘记了。

雪莉哧哧哧哧地偷笑起来：“消息很多，如果你不曾沉迷于身边如花美眷的话，一定能够察觉。好了，找到宝藏，记得分我一份！”

她干干脆脆地挂了电话，弄得我禁不住摇头苦笑。

我关掉咖啡机，将过滤好的两杯咖啡放在白色托盘中，一边向外走，一边微笑着问：“程小姐，等久了吧？”

程霓裳没有回应，卧室的门、房间大门全都四敞大开。

我登时吃了一惊，将咖啡放在侧面的桌子上，一步跨进卧室，已经没了程霓裳的踪影。她是四肢骨折的病人，是不可能独力离开的，除非——我翻身跃出大门，长廊上静悄悄的，连个人影都没有。我又马上回转，一边穿外套、换皮鞋，一边火速推开其他几扇房门，都找不到她。

“绑架？”我又急又怒地出门，奔向电梯。四部电梯的指示屏显示的都只是数字“1”，令我无法判断绑架者是不是经由此处下楼的。不过，电梯外大堂里有那么多服务生和保安，对方在短时间内带程霓裳急匆匆离开，定会引起其他人的关注，所以从此处离去是极不明智的。

那时，我已经揿下了召唤电梯的按键，却急匆匆地转左，推开了步行梯入口的地弹门。刹那间，我听到约在下两层到三层之间，传来急匆匆的下行脚步声，马上以最快速度冲下，并在三个转弯后追到了那人。

“是你？”我在四楼转角处追到了他，竟然就是曾拔刀怒斩程霓裳的中年人。

“追我干什么？放着电梯不坐，来这里锻炼身体吗？”他按住了藏在大衣下面的刀柄，冷冰冰地问。

“我朋友呢？”我捺住满腔的愤怒。

“石梦跟田勇走了，要找他们，去丝路宾馆才对。”他在装聋作哑。

“我说的是程霓裳小姐，她刚刚失踪了。”从煮咖啡到接电话，中间加起来不过五分钟的空当，只有蓄谋已久的攻击者才会在如此短的时间里将程霓裳劫走，并且没有发出一点声音，而中年人无疑具备所有的条件。

中年人一怔，突然在栏杆上猛击一掌，向上一指："我现在才知道，刚刚抬着担架进入五层的是什么人了。快，那边有个高层停车场，劫持者既不走电梯也不走楼梯，一定是从那里乘车离开的。"

我还在半信半疑之中，他拉着我的手迅速向上，撞开第五层的地弹门右转，向悬挂着"停车场"指示牌的长廊狂奔过去。

不过，我们还是来得晚了，看过停车场的监控录影后我才知道，有辆医院的救护车一直停在那里，于五分钟前载着两个实习医生和一名女病人离开。进口摄像机的画面在八倍放大后依然清晰，躺在担架上的果然就是奄奄一息的程霓裳。

我又一次遭到了重挫，首先打电话给石梦，通报这边的情况。

"程霓裳的身体里藏着很多秘密，我非但看到了《清明上河图》，还看到了超过几百幅长卷，绘制的都是古代风景、山水、仕女、人物。我在想，她的前生难道是个品鉴古画的大行家？唯有如此，她才会短时间内存了那么多绝世名画在思想里？人类的思想真是奇妙，从微小如芥子到巍峨如须弥，都会被微缩到脑子里，随身携带，毫不累赘……"

我突然打断了她的滔滔不绝："宝珠，谁是宝珠？"

石梦一怔，立刻反问："什么宝珠？你在说什么，我不懂。"

我长吸了一口气，一字一句地告诉她："你从程霓裳身上看到了《清明上河图》之后，开始了长时间的呓语，然后叫宝珠，要她把镜子拿来。然后，程霓裳就慌慌张张地答应，并且在身上搜寻所谓的'凤凰镜'。石梦，告诉我，除了那幅画，你还知道什么？难道你的幻觉中竟然出现了一个叫'宝珠'的人——不不，那名叫'宝珠'的肯定是个下人，我看到当时程霓裳诚惶诚恐的样子，就是一个标准的被主人打怕了的丫环。难道你已经进入了她的幻觉，并成了其中的主宰者？"

诸多疑惑，连我自己都不知该如何提问，可想而知，真正的答案只可能远在天边。

石梦沉默了许久，仍旧只答了四个字："我不知道。"

我突然爆发，猛地跳起来，愤怒地大叫："你不知道？那你为什么要叫'宝珠'的名字？为什么要派人守在酒店的步行梯上？石梦，请你统统解释清楚——

不要再把我蒙在鼓里好不好？”

远处的停车场办公室里，好几个保安都探出头来，向这边张望着。

中年人伸手扣住我的肩膀，要压着我坐回到长椅上。

我脚下一滑，避开他的擒拿手，右臂用“金丝缠腕手”的功夫绕上了他的左臂，提气一振，将中年人甩出五步之远。

“狂狮铁战，你最好离我远点儿！惹火了我，谁都没有好果子吃！”电话仍在我嘴边，所以这句话也清清楚楚地传到了石梦的耳朵里。

从中年人的武功和外表上，我早就判断出了他的身份——“狂狮”铁战，一个以刀法和铸造刀剑成名的西域黑道高手。我不想追究他怎么会跟石梦等人搅在一起，也不想有这么一个人横插在我和石梦之间，令局面越来越混乱。

“小兄弟，我是不会害你的，石小姐也没有恶意。”中年人旋身化解我手臂上的扭杀力道，态度变得和善了许多。

“好，你退远一点，就是对我最大的帮助。”我不领他的情，大步向电梯走去。

“杨大哥，你千万不要急，程小姐虽然被绑架走，但我判断她是没有危险的，别人只不过是想要她脑子里的资料。现在，你需要做的就是跟我一起到丝路宾馆来找树洞。来吧，将程小姐的事暂放一边，我们再从另一条线索入手。”石梦没有对我发火，除了安慰还是安慰。

我定了定神，去服务台打了个电话，告诉八楼服务生帮我关门，然后叫了辆酒店的内部车子，驶向东城。

铁战既没有解释，也没有跟上来，仿佛被我的一招“金丝缠腕手”惊住，再也不敢过分靠近了。

“独狼雷五的枪、狂狮铁战的刀、神鹰叶翔的钩、飞豹宁错的谋”——这四句江湖俗谚说的就是20世纪80年代末期崛起于大陆黑道江湖的四大高手，曾经红极一时，受到各大社团的重点关注，但他们那时心高气傲，只是四人联手，并不依附于任何社团，谁的面子都不给。后来，四人因为一个女人而翻脸，小集团立即土崩瓦解，成为江湖上无数过眼云烟中的一个小小泡沫。

雷五说过：“铁战浪迹西北，叶翔先在东南沿海一带做独行赏金猎人，后去了日本东京，从此杳无音讯。四人中混的最好的是宁错，先从商、后为官，在经济政治两条路上都吃得开、爬得快，春风得意，平步青云。”

如果不是在暴怒之下，我会尊重雷五的朋友，不可能在大庭广众之下动手的。现在，我去见石梦，要她将一切都说清楚。面对着映在车窗里的苦笑的脸，我在心底默默地自嘲：“其实也不算是一无所获，最起码知道了程霓裳处于前世记忆中的名字。宝珠，宝珠，我真希望她是一颗宝珠，能够将所有的线索照亮，好让我远离黑暗，看到远方。”

车子在日光下的敦煌市大街上飞驰，窗外景物急闪而过，各种大小不等、新旧不一的店铺招牌在视线中来来去去，在我心上不留印记。敦煌对于我而言，是个凄清且破败的西北小城，而我对于它，则只是匆匆过客，先从来处来，后向来处去。

此刻，我忽然记起了台湾诗人郑愁予那首著名的《错误》：

我打江南走过
那等在季节里的容颜如莲花的开落
东风不来，三月的柳絮不飞
你的心如小小寂寞的城
恰若青石的街道向晚
音不响，三月的春帷不揭
你心底是小小的窗扉紧掩
我达达的马蹄是美丽的错误
我不是归人，是个过客……

虽然时间不是春天三月，此地不是江南小城，但我看着眼前的敦煌，依然感觉到它在日益迫近的漫天风沙中寂寞地独居一隅，如果不是莫高窟的壁画国宝、不是埋在千里黄沙下的惊天宝藏，有谁会记得西北边塞还有这样一座出即阳光、入即中原的小小灰色城池？

“大哥，你在吗？到底是为了何种原因，你甘愿淹留此城？”我再次喃喃自语，眼眶之内，突然有了湿润润的感觉。

车子驶上敦煌市的环城东路，正前方，丝路宾馆已经遥遥在望。

丝路宾馆是1987年开张营业的一家三星级饭店，坐落于敦煌市环城东路6号，建筑风格为中国传统古典式四合院和江南园林式群体布局，四周林阴环绕，院内古朴典雅，草坪如茵，小桥流水，环境恬静宜人。身为寻宝师的石布或许就是看中了宾馆内外的“赛江南”美景，才将办公室设置于此的。

再次见到石梦，她正站在一只草绿色的小型保险柜前，手里拿着一张写满了密码数字的信纸，脸色阴沉沉的。

“这是大哥留下的保险柜，我已经试过所有的密码组合了，仍旧打不开。田勇说，如果大哥有秘密资料留下来的话，就一定在里面。”石梦恨恨地踢了这铁疙瘩一脚，疲惫地在旁边的沙发上坐下，双手托着腮，显得既无奈又无助。

田勇坐在一张枣红色的老板台前，忙着将很多文件塞进纸箱里，时不时抬起头来，向我送来无言的苦笑。

这间有旅馆房间改成的办公室比较简陋，除了必要的写字台、电脑、沙发和套间床位外，没有任何奢侈的装饰品。之前雷动天说过，石布将霹雳堂赞助的款项全部用于更新钻探机器、金属感应器和高精度金属分析仪，很少考虑到个人享受。所以，他非常欣赏石布的工作态度，愿意分期分批赞助更多的资金。

“你以为里面会有什么？”我还没有完全从一路上的感伤中解放出来。

石梦咬着唇回答：“树洞——他每次做大事之前，都会将一些极度秘密的资料留给我，为此而设置的转交地点，就被我们称之为‘树洞’。那是我和大哥之间的秘密游戏，亦是我们最喜欢玩的一种游戏。”

忙碌了整晚、整个上午之后，石梦的精力差不多已经濒临崩溃边缘，只是在勉强支撑罢了。这种苦撑状态，弄不好会令她暴病一场。

我告诉田勇：“请去通知宾馆方面，送三份最有营养的午餐过来，其中必须要包括野生甲鱼汤和鸡茸核桃粥，石小姐需要进补一些安神醒脑的东西。另外，蔬菜和甜品都要精选天然无污染的有机食品，价格永远不是问题。”

从大门进来时，我已经从宾馆内部的介绍资料上读到了许多道特色菜，以上两道，是专门针对石梦的疲惫现状选择的。甲鱼温补，核桃健脑，以食补代药补，对石梦的身体肯定大有裨益。

田勇如蒙大赦，立即放下手边的工作，轻步离去。

“告诉我，你在程霓裳的眼睛异样变化时看到的一切，无论是幻觉还是感受，都一五一十地说出来。石梦，白雪是燕盟的人，她要在敦煌做什么事、说什么话，都不是咱们能左右的。现在，我可以开诚布公地告诉你，她再漂亮、温柔、练达、利落十倍，那也只是隔岸的风景，与我无关。我看着石布坠楼，只差一点点没能救到他，所以单单是为了弥补这层遗憾，我都要呵护你到完全脱离悲伤为止。相信我，我会牢牢地陪在你身边，绝不远离。”房间里只有我们两个的时候，说话会方便得多。

“为什么告诉我这些？”石梦的声音里充满了忧伤。

“心底无私，无间合作，直到揭穿谜底，让你摆脱悲伤——这就是唯一的理由。”我的心情也被她传染，变得沉甸甸的。

“好。”石梦淡淡地笑了，“那么，听我说，程霓裳不是一个人，而是一册厚重沉实的古卷，每一页都是一幅古代画，其上的人物风景栩栩如生，仿佛正鲜活地呈现在我面前。凑巧的是，我去日本时是由北京起飞的，特意去故宫里看过那幅《清明上河图》的展品，对北宋都城的繁华三月印象深刻，久久不忘。是以，一进入幻觉，立即醒悟过来自己已经身在画中，画卷即是世界，世界即是画卷，我甚至能闻到空气中散发的若有若无的旧书霉气。”

“谁是宝珠？你为什么要呼唤这个名字？”自进入房间，我就避免提及程霓裳失踪的事，以防落入田勇耳中，扩散了消息。

石梦轻轻摇摇头，又点点头，不知道是在表达什么意思。

“我必须告诉你，如果你看到一个叫‘宝珠’的女孩子，就有可能与程霓裳的前世身份相关，因为她一听到那呼唤声，就像老鼠见了猫一样惶恐得无地自容。对了，你在找镜子，什么镜子，说来听听？”我继续追问，剑指问题核心。

如果程霓裳是带着前世记忆出生的，则石梦也有可能记得自己的前世，才有了这样的巧合。

“宝珠，是那本书上的内容。杨大哥，你还记得那个不锈钢匣子吗？里面是一本晦涩难懂的故事册子，而宝珠就是其中的一个人物，最擅长的本领是过目不忘。将匣子传给我的人曾经反复叮咛过，在某些奇怪的时候，叫出‘宝珠，拿我的镜子来’这句暗语，会有意想不到的结果。我只是叫，却从来没考虑过其他，也不可能知道宝珠是谁。”

我已经替石梦设计了回应这个问题的十几个答案，但没有一个能比得上她的答案更为离奇。

〔玖〕

阳关镇牧羊人与叛徒田勇

“杨大哥，你知道鸣沙山莫高窟到底有多少隋唐壁画吗？我刚刚沉湎于程霓裳引起的幻象中，几分钟内似乎已经将整个莫高窟神游了一遍，所有壁画尽在眼底。她的身体包罗万象，充满玄机……”

石梦的解释越来越晦涩，听得越多，越感觉毫无头绪。

当时，我跟石梦站在同一位置，却仅仅发现程霓裳的眼睛异样，其他什么都感觉不到。我当然知道，莫高窟现有洞窟735个，壁画4.5万平方米、泥质彩塑2415尊，是世界上现存规模最大、内容最丰富的佛教艺术圣地。如果程霓裳能将所有艺术资料集于一身的话，她的身体结构该有多么奇特呢？

“她失踪了。”我长叹一声。

“铁叔也给我打过电话，他怀疑此事与黑星帮有关。现在，咱们似乎成了黑星帮的指路明灯，照到哪里，他们的黑手就伸到哪里。铁叔已经展开行动，一旦得到确切线索，会第一时间通知我。杨大哥，当下最要紧的事，莫过于破解保险柜的密码，找到大哥留下的资料。”石梦重新振作精神，撕掉了那张记满阿拉伯数字的纸，打电话给田勇。

“悄悄找一个开保险柜的行家来，我们时间很有限。”她对着话筒吩咐，神态和语调都很冷漠。

只要有钱，小城里有各种工匠可供任意驱使，她早该这样决定了。

我在办公室里信步踱着，看着侧面墙上贴着的十几张地图，那里面除了敦煌市区详图、敦煌郊区军事测绘图、莫高窟旅游图、莫高窟自绘地理草图之外，还有一张拉卜楞寺的详细平面图。

“大哥做任何事之前都必须进行资料汇总，那张图是他去拉卜楞寺之前绘制的。多吉占堆大师原先住在贡唐宝塔旁边的僧社区，他们就是在那里见面、谈经、写符的。当时，大哥曾力邀吉川羽博士一起去拉卜楞寺，却被日本人拒绝了。究其实，还是两国人的宗教信仰不同，可能日本人对藏族经书符箓的作用并不信服吧！”石梦关注着我的一举一动，见我停在拉卜楞寺地图前，便忙着解释。

为了一趟甘南之行就特地费心费力地绘制一份地图，这已经超出了普通人的理解范围。

“有没有再联络多吉占堆大师那边，看最快什么时候大家可以见面？”我重提这个话题，因为它直接关系到我能不能找到大哥的关键。

“耐心等吧，大师有他自己的时间安排——”石梦说到这里，田勇已然带着一名开锁工匠进来，我们的谈话随即结束。

这个穿着破旧的皮夹克、牛仔裤的开锁匠技术不错，仅用六分钟就打开了柜门。田勇知趣地带工人出去，把门带上。

不锈钢共分三层，第一层是一部分人民币现金、支票簿，第二层是一件收购来的黄金酒爵，第三层则空空如也。石梦大失所望，俯下身子，仔细地摸索着保险柜的钢板内壁。稍后，她又从办公桌上拿过一柄裁纸刀，跪在地上，一寸寸地敲打着那些黑沉沉的钢板。

“按照大哥的习惯，每次都会在新买的保险柜内部做一些微小的改动，凿出一个秘密空间，当成我们的‘树洞’，这次想必也不例外……”她突然停止了敲打动作，用裁纸刀撬开了不锈钢第三层顶部的一块巴掌大的钢板，一张叠成小方块的信纸也随即跌落。原来，这块薄薄的钢板是用万能胶粘贴上去的，又刷上了同样颜色的油漆，从外面根本看不出来。

石梦长吸了一口气，伸开那张纸，低声叫道：“杨大哥快看，是大哥留给我的信！”

信纸上，是十几行潦草的文字，大意是：“事情万分危急，我把一些资料交付给了阳关镇牧羊人。鸣沙山地下果然埋着价值连城的惊天宝藏，同时也潜伏着巨大危机。如果我出事，你就按资料上的指示秘密卷走宝藏，然后避祸于日本。我早早送你去日本留学，是藏着另外一层深意的。当危机来临时，只有日本能逃过大劫。我现在终于明白，人类反复地攻杀战守、改朝换代是毫无意义的，就像寓言故事中蜗牛角上的触国与蛮国之战，激战到不可开交、血流成河的地步，却只是时间、空间的长河之中微不足道的毫末。世界乃至宇宙，永远比人类的认知更广袤无垠，多维空间的诡奇变化又岂是当代物理学家们所能探究的？石梦，别再有梦，还是只活在现在就好。”

“阳关镇？牧羊人？”石梦愣怔了一会儿，突然醒悟，“好，我知道他在说谁了。杨大哥，我们走，去阳关镇。”

阳关镇是敦煌市最偏远的一个乡镇，地处敦煌市市区西南64公里的古阳关脚下。该镇地势南高北低，平均海拔1297米，属大陆性干旱气候。境内水、光、土、热、野生动植物和旅游资源丰富，农业生产条件优越，尤其泉水水质优良，远离市区，没有任何污染物，是生产无公害食品的理想之地。同时，著名的旅游胜地阳关、玉门关、渥洼池、寿昌城等名胜古迹坐落于此地。

我没有多说什么，关好保险柜，陪着石梦下楼。

60余公里路程仅需一小时就到，为了石布的秘密嘱托跑一趟绝没问题，我只是在担心那封信会不会再次将我们置于黑星帮的虎视眈眈之下。

远远的，我看见田勇正坐在宾馆大堂外的石凳上打电话，突然心中一动，低声问：“田勇可靠吗？”

石梦摇摇头，坦白地回答：“不知道。”

黑星帮无处不在也无孔不入，他们能够威逼利诱收买我，一定也会对田勇采取相同的行动。

我冷笑一声：“那就带他同去，让他越早露出马脚越好，总比随时在身边留一颗定时炸弹要好。”从外表看，田勇干练、勤恳、忠心、负责，即便是在寻宝队面临拆伙的情况下，依然留在石梦身边，供她驱使，扮演了不折不扣的“忠仆”角色。但是，我从他被白雪美色所迷的那一幕中，清醒地意识到了他的人性弱点。

大部分人都会沾染“酒、色、财、气”四大破绽的其中之一，而收买者只要投其所好，就一定能将他买通，为己所用。

石梦迟疑了一下，跺了跺脚，终于说出了心里话：“抵达楼顶办公室的时候，我察觉到有人提前对里面的文件进行了地毯式的梳理，找不到一点点与大哥等人出事有关的资料。墙上的地图大部分被人换过——大哥有随手在地图上标注文字的习惯，只要他用过的图纸，上面都会留下各种各样的红蓝铅笔眉批文字，但现在所有的地图都是干干净净的。我记得，早先有一幅莫高窟自测详图上到处标注着人骨骷髅符号，旁边则用红铅笔写着大大的‘禁地’二字。田勇作为大哥的唯一助理，这些事只有他做得到。”

“禁地？石先生明知道莫高窟是禁地，仍要不远千里而来？”那两个字，始终是我心中无法忘却的痛。

“‘天下事，有所不为，有所必为’——我记得，这也是‘亚洲第一寻宝师’杨正先生常说的一句话吧？”石梦涩声回答。

她说得没错，大哥杨正亦在地图上标示出“禁地”二字，却依然执著前往，义无反顾。

透过大堂里的落地玻璃窗，田勇皱着眉听电话的神态清晰可见。

在他背后，是一座青石堆叠起的人造假山，上面镌刻着某位京城著名书法家“西北小江南”的草书题字。丝路宾馆没有国际大酒店那边的豪华阔绰、辉煌大气，却自有因岁月积淀而带来的清幽书卷气息，亦是许多游经敦煌的国外友人、国内官商们驻足的首选。

“这是个物欲横流的社会，被收买、被出卖都是很正常的，如果他能醒悟悔改，咱们还是应当给他一条自新之路。走吧，前面的路还长着呢！”我牵着石梦的手出了旋转门，快步走向田勇。

宾馆院内花草繁茂，古色古香、青砖碧瓦的西墙被那排银杏树和凌霄花交错覆盖着，不抬头看天的话，几乎怀疑此刻身在江南。那“西北小江南”的题字果然应景得很。

田勇结束通话，满脸狐疑地起身。

“我们一起去阳关镇，大哥在那里留下了此生最后一个‘树洞’。”石梦脸色平静，无喜无悲。

田勇再次皱眉：“石先生很少去敦煌市西南边，我觉得咱们应该打通关系，先向东南的鸣沙山、月牙泉、莫高窟搜索。以前我听过三位博士的对话，说那些旷世宝藏都在大漠沙土之下，去阳关镇的话，岂不是跟他们的判断背道而驰？”

我盯着他脖子上挂着的那条又粗又重的金珠项链，那东西通常只能在横财暴发户身上才能看到，而不会出现在风沙里来、雨雪里去的寻宝者身上。还有，他的腕子上不合时宜地戴了块大尺寸卡地亚金表，更是分外扎眼。

他察觉了我的审视目光，立刻拉了拉衣领，揪了揪袖子，挡住项链和金表。

“‘树洞’是大哥所留的下一步指示，当然也可能是他独力挖掘到的珍宝。走吧，做完这件事，大家就该彻底分手了。”石梦一语相关，田勇却没有听懂，皱着眉带路走向停车场。

一出敦煌市，满眼黄沙、满耳风声，那些描写西北边塞的古代名句立刻涌上心头，比如“大漠孤烟直，长河落日圆”、“欲将轻骑逐，大雪满弓刀”、“大漠沙如雪，燕山月似钩”……

田勇将油门踩到底，车子飞驰在空无一人的简陋三级公路上。我想他并不知道如果露出什么马脚的话，这次的阳关之行就是他生命中最后一段不归路。

石布的留言中提到“多维空间”、“卷走宝藏”、“避祸日本”之类的词汇，也就是说，他已经探明了宝藏掩埋之地，只要石梦按图索骥，就能带走宝藏。

“君子无罪，怀璧其罪。”我暗自苦笑。有田勇在，任何消息都会被事无巨细地扩散出去，令黑道大小势力蠢蠢欲动。同时，田勇也会为自己的“泄密反叛”付出应有的代价，以我和石梦的身手，联手对付他，将易如反掌。

“在想什么，杨先生？”田勇从后视镜里窥探着我。架在鼻梁上的一副墨镜遮挡住了他那双一路咕噜噜转个不停的眼睛，唇角时空浮现着的狡黠微笑又令我不断地想起诱引猎人们趋向死亡峡谷的妖狐。

“在想那两句诗——‘劝君更尽一杯酒，西出阳关无故人’。”我随口敷衍。

阳关镇即是诗人千古绝唱中的“阳关”，过阳关即是不毛之地，也等于是踏上了一条没有明天的不归路。不过，视野中出现的阳关镇还不算太破，房舍井然有序，镇边上种植的一长排绿化防沙带在深秋朔风里此起彼伏地摇曳着。

“阳关镇出好酒，劲头足、保健功能更足的沙枣土酒，喝过一次，保证你会一生铭记。还有，此地的土羊、土鸡、野兔子都是天然肥美，不含任何添加剂，清炖一锅，香味能飘遍半个镇子。杨先生，今天我做东，请你和石小姐尝尝阳关野味，呵呵呵呵……”田勇大笑，大概是在笑我面对越来越多的烦心事反而总是想起诗句文字，有点食古不化了。

土酒和野味是不适合我和石梦的，我们并非为了吃吃喝喝而来。

满地黄沙之中，无牧羊人的用武之地，我有些怀疑石布留下的“树洞”是否在故弄玄虚？

距阳关镇还有一公里的时候，石梦喝令田勇停车，匆匆跳下地，环顾着四面的地形。右前方不远处的灰色土丘上，矗立着一座简陋的石屋，被一圈沙棘包围着。石梦随手抄起一把黄沙，迎着阳光，任一串串沙粒顺着指缝飞泻而下。大漠的光影在飞扬的沙上镀了一层淡金色，但沙子只是沙子，再怎么欣赏它、玩味它，它总是平淡无奇，默默地重复着自己的任务。

站在大漠之中，前后左右都被漫无边际的黄沙包围着，那种纯净如油画棒涂抹过一样的沙黄色令人眩晕不已，仿佛连思想都被沙子过滤透了，与大漠连为一体，完全忘却了身后的敦煌小城。

“劝君更尽一杯酒，西出阳关无故人——面对此情此景，就算阳光三叠唱罢，诗人大概也没有勇气向沙海迈出一步呢！”石梦轻轻叹息。

“由此可见，做一个合格的寻宝师真的需要莫大的勇气，敢向前人未曾涉足过的幽僻角落中前进，以生命为烛，照亮黑暗。你大哥和我大哥，就属于那群伟大人物中的两位佼佼者。”我诚恳地回应她，每一个字都出于真心。

“去那里吧！”她向石屋指了指。

“牧羊人呢？”我忍不住随着她的手指向前望去。

“就在石屋里，你可能误会了，所谓的‘牧羊人’是一个人的名字，而不是一种职业。所以，就算此地一只羊都没有，也会存在着一个牧羊人。我曾跟哥哥一齐来过，看他跟牧羊人赌酒聊天。”不知不觉中，我和石梦的手又牵在了一起，因程霓裳失踪带来的不愉快已经散尽。

田勇并没有跟上来，趴在方向盘上打电话，不时地放声大笑。

“很快我们就能成为宝藏的实际拥有者了，你开心吗杨大哥？”石梦有些走神，边走边踢起沙子，像个失宠的小女孩。

“宝藏是石先生留给你的，与我无关。我来，只是为了保护你。”我不贪财，大哥留下的财富已经足够我用的了，绝不会觊觎其他人的东西。

“如果我说，一定要与你共享呢？也会拒绝？”石梦在开玩笑，借此来释放心中的紧张情绪。

我摇摇头，警觉地向四面的高低沙丘眺望着。田勇那种打电话的神态，明显是做贼心虚的表现，故意用大笑来掩饰自己的意图。所幸此地非常平阔，任何敌人都没办法悄然潜近，打我们一个措手不及。

石梦笑了：“杨大哥，谢谢你一直在我身边，宝藏总有重见天日之时，我是不会食言的。不过目前来看，咱们要应对的各方势力还多着呢，正是‘革命尚未成功，同仁仍需努力’！”

此刻，我们已经到了石屋门口，隐约听到屋内广播电台的声音。

石梦在木门上敲了两下，大声说：“石布的妹妹石梦拜见，向阁下寻求帮助，同时带来了一位朋友，可以进来吗？”

广播电台的声音停了，木门缓缓地拉开，一个披着老羊皮大衣、满身都是酒气的老头子探出头来，睁着一双血红的怪眼，向我们两人打量着。他的头发又长又乱，上面还沾着不少干草棒和沙棘叶子。

“石布呢？死了？”他毫不客气地问。

石梦被这句话激得肩头一颤，立刻挺直了身子，脸色猛的沉下来。

我赶紧接过话题：“石先生出事了，留话要我们到这里来。”

老头子打了个酒嗝，龇了龇两排黑糊糊的龅牙：“你是谁？石布的妹夫？”

石梦冷冷地回答：“是，我们是来拿资料的，问这么多干什么？”

老头子歪着头，重新打量了我们三四遍，终于撤身后退，做了个“进来”的手势。

石屋是独立于阳关镇外的，四壁空空，非常简陋，只有一张床、一张吱嘎乱响的方桌和两只多处绽口的破旧沙发，屋里弥漫着酒味和霉味，绝对是一个标准的流浪汉之家。

老头子回到床上，扯过那床黑糊糊的棉被盖住半身，又抓起旁边的一个酒瓶子，宝贝似的抱在怀里。

“大哥说，有资料放在你这边，要我来取。”石梦的情绪非常低沉，语气自然好不到哪里去。

“资料？嘿嘿，早被我换酒喝了，整个阳关镇上的人都知道我是个老酒鬼，犯酒瘾的时候，连老婆都被拿去换酒喝，何况是什么资料？没资料，我什么都没有，也什么都不知道，你们留下酒钱，就赶紧走吧！”老头子恶劣地笑起来，瓶子里的酒洒了，屋子里呛人的酒气又增加了一层。

我取出钱包，默默地数了十张钞票，放在桌子上。

老头子看到钱，立刻直起身子，两眼放光。

“告诉我，资料给谁了？”我淡淡地问。

老头子捋了捋乱草一样的头发，狡黠地咂了咂嘴唇，随即摇摇头。

我又数出十张钞票，连前面十张一块卷起来，扬手一扔，落在他盖着的破被上。二十张钞票合计2000人民币，终于换来了对方嘴里的两个字："田勇。"

"嗯？田勇？"石梦不禁一愣。

"就是那个跟石布一起来过这里的年轻人，他许诺说，只要我说出石布的秘密，就会资助我一大笔钱，重新回到大城市去，过上等人的生活。你们应该能看出来，我连吃饭喝酒都成问题，身上没有一点钱，如果有人肯给我500万人民币，就算叫我趴着学狗叫我也愿意。敦煌是个鸟不生蛋、兔子不拉屎的鬼地方，满地都是沙子，我又不是建筑工人，对着这些鬼沙子有什么用？我要钱，我要很多很多钱，要像你们一样有钱。"老头子笑起来，用力抱紧酒瓶，仿佛那就是他的聚宝盆。

石屋是没有窗的，但四壁上大大小小的石缝无不在透风撒气，将外面的浮沙日夜不停地灌进来。肯在这种环境下生活，的确是一种无可奈何的选择。

"那是一份什么资料？"我再次追问。

"是一个裹得严严实实的黑色塑胶袋，有两本书那么大、那么厚，里面很硬，不会是钞票，倒像是照片——"

我和石梦几乎同时开口，打断老头子的话："照片？又是照片？"

从石布坠楼事件开始，我们已经发现了三张照片，如果石布还有更多照片留下来的话，十之八九是与前三张有关的。我心里又惊又喜，却不曾表露在脸上，又一次从钱包里取钱，准备收买更多的资料。田勇就在外面，这次大家可以三堂会审，把关于资料的事一五一十说清楚，谁也别想抵赖。

"照片"、"线索"、"宝藏"三者连缀在一起后，我能大概推断出石布的"树洞"要告诉石梦什么了。寻宝师找到进入宝藏掩埋地通道的时候，就像政府执法者随时拍照、摄录留存证据一样，会用高分辨率的相机拍下破解机关、辨析道路的每一步骤，摒弃了以往盗墓者们用铅笔和三角尺制图的麻烦手续。后来者只要依据照片上留存的关键线索，就能一路找寻到底，平安夺宝。

照片至关重要，对我们、对田勇都是如此。

"对，就是照片，田勇拿走了照片，给我留下两箱好酒，不过这是最后一瓶了。"老头子笑嘻嘻地举起酒瓶给我看，其实那只不过是最普通的北京二锅头白酒而已，两箱酒加起来值不了200人民币。

“我去找田勇。”石梦扶着方桌站起来，那桌子急促地吱嘎吱嘎了好几声，似乎随时都会坍塌倒地。

“你想这么说？他是不会承认的，除非你拿出证据来。否则，人人都会信他而不是相信我们面前这位老兄。”我摇头阻止她。

石梦的脸色变了，忽然甩了甩头发，紧咬住唇，寒着脸惨笑：“刚从日本回来时，大哥有意要撮合我和田勇，被我拒绝了。这次，我宁愿舍生取义，以身饲虎，把那些资料赎回来，完成大哥的遗愿。杨大哥，我知道田勇是个不好对付的人，为了节约时间，我必须那样试一试。”

“那是下下策！”我斩钉截铁地回答。

“舍生取义、杀身成仁”是一名高手最终的底牌，一旦亮出，便是临终告白，再无回旋余地。所以，只要不是穷途末路的最后一站，我永远都不会采取这一招。田勇虽然狡诈，却不会是幕后老板，而是被别人收买的马前小卒，只关心银行账户上最后的“0”是多是少的问题。别人能收买他，我们也能做到，不值得石梦做那么大的牺牲。

“下下策！没错没错，那就是下下策！”

我的话音刚落，田勇已经推开木门，施施然地走进来，双手插在裤袋里，洒脱自如地站在大漠光影中，以金黄色的千里沙海为背景，洋洋得意而又语重心长地重复着我的话。

〔拾〕

大清朝龙脉、太后凤凰镜

“我觉得，此时此地的敦煌，唯有杨先生是个不折不扣的明白人，懂得‘心急吃不了热豆腐’的俗语真理。敦煌地下的宝藏沉睡了那么多年——有几千年了吧？何必在乎多留十年八年的？就像莫高窟黑暗洞穴中的壁画那样，无论人类多么急于揭开它们的神秘面纱，那些宝藏总是更乐意隐藏自己，从不轻易示人。所以，这就需要我们有足够的耐心，等待一个绝佳时机的来临。”田勇换了个角度，给光影让路，令石屋里的光线变得更明亮一些。

“你要什么？”我冷静地问。

外面的风声突然急劲了起来，就像我此刻的心情。浮沙从田勇脚边卷进来，打着旋，钻入桌下床下，虽是不速之客，又似熟门熟路。

“我要的很多，你是给不了的。杨先生，你是个聪明人，所犯的唯一错误就是不该随石小姐一起到这个天高皇帝远的西北小城来。这里不是港岛，不是京广沪大城市，也不是巴黎纽约之类的法制化国际都市。自古以来，边塞敦煌就有它独特的解决问题的方式，那就是‘胜者为王、胜者通吃’。看，眼下我就是这个‘通吃’的‘胜者’，能够席卷所有失败者遗留下的战利品。”田勇再次露出了那种狡黠的笑容，饶有兴致地盯着我，举起右手，用一柄镶嵌着象牙柄的勃朗宁短枪指着我。

我浑身的血陡然涌向头顶，紧盯着那柄枪。

石梦骤然发出一阵银铃般的清脆笑声，一扫从敦煌出发时的沉闷悒郁。

“石小姐笑什么？是笑我的台词不够精彩吗？”田勇胜券在握，所以有闲心与别人调侃。

“我在笑你不该拿出压倒骆驼的最后一根稻草，那柄枪将真正地激怒杨大哥，将他从一个低调隐忍的港岛游侠，激化为破枷而出、一飞冲天的大人物。在化学实验课上，我们早就见识过‘催化剂’这种奇妙的东西，它能令看似平淡无奇的一组实验突然爆发出惊人变化。田勇，我想你用来自大侠杨正的‘西双版纳英雄令’指着他唯一的兄弟，恐怕会造成极大的误解……”石梦扶着方桌，已经笑得直不起腰来。

我清楚地知道，那柄枪上镶嵌的象牙来自中国的西双版纳，其尾部还印刻着一个小小的篆体“杨”字。

云南西双版纳是中国唯一出产大象的地方，本地傣族有驯象的悠久历史。傣语称象为“掌”，凡是叫做“曼掌”的村寨，都是以前给大土司养象的寨子。在以前每一个“勐”（平坝）的土司都有一个象寨饲养管理大象，多则十多头，少则一两头，各寨头人需要用大象便向土司借用，管象人牵着象干一些牛马不能完成的重活，如拉盖房木料、搬运盐巴等。傣族把白象视为神，见到白象会走运，在傣族最著名的传说“召树屯与南木诺娜”（又名“孔雀公主”）中王子就骑着一头白象。

那柄属于大哥的短枪上嵌着的就是白象的象牙，而且是最最名贵的血牙，即从活的大象身上取得的。昔日，亚洲所有的寻宝师见到象牙柄短枪，便如同见到大哥本人一般，对他提的任何要求，无有不从，所以该枪又被江湖人称之为“西双版纳英雄令”。

短枪随大哥杨正一起失踪，现在又从田勇手上重现，可知他脑子里一定藏着与大哥有关的线索。石梦没有说错，历经奔波困折后，我思想中与生俱来的忍耐枷锁已经堪堪挣断，像一头不堪重负的骆驼，等到田勇拔枪，骆驼终于被压倒了，而我则浴火重生，不再是从前那个严于律己、宽以待人、事事隐忍的年轻人。

“是吗？”田勇轻佻地笑了，忽地挑了下食指，令那柄枪在指尖飞速转动着。

“绝对是。”石梦沉稳笃定地回答，笑容从她脸上渐渐隐去。

“可是，紫色曼陀罗花与千日醉、戈壁胡杨花粉研磨在一起，再加上适当分量的固体乙醚搅拌，之后加热到阳关镇附近的室温，提高它们的挥发性——石小姐，假如普通人吸入这种混合物的话，会有什么后果？内功精湛如你，也是抵敌不住的，对吧？”田勇奸笑起来，停止了转动短枪的动作。

石梦身子一歪，软绵绵地倒了下去。

“加入盗墓寻宝之前，我曾是一名虔诚的化学爱好者，并且是自学成才的。杨先生，你的内功比石小姐略好，但此时应该也没法站起来了，不如大家来谈谈条件，你看如何？”田勇清了清嗓子，若无其事地回头望着大漠，如同一名丹青好手刚刚绘制了一幅心满意得的作品后，踌躇满志、凭栏远眺时的样子。

“好。”我不动声色地气沉丹田，抵御着四肢无力、昏昏欲睡的极度疲惫感。

曼陀罗花原产印度，花名是从梵语音译而来，又名枫茄花、狗核桃、万桃花、洋金花、野麻子、醉心花、闹羊花等，为茄科野生直立木质草本植物。它还分为大花（白花）曼陀罗、红花曼陀罗、紫花曼陀罗等种类，主要成分为莨菪碱、东莨菪碱及少量阿托品，而起麻醉作用的主要成分是东莨菪碱，主要作用是使人的肌肉松弛，汗腺分泌受抑制，自古以来就是江湖人炮制“蒙汗药”的主要材料。

如果田勇有心构筑陷阱，老头子也会是帮凶之一，早在这间石屋里布下了迷药。

“把石布告诉你们的，全都讲过我听听，特别是关于‘满清龙脉’的事。别着急，阳关镇的人早就忘记了这座石屋和屋里的牧羊人，你们有的是时间思考回想，一点一点相互补充。他一直都在说‘寻找禁地’，直到我听说他在港岛坠楼的消息，这所谓的‘禁地’也没有露出端倪。我想，那会不会是他的一个借口？白白骗得大家从东北跑到西北来，腿都跑细了。”田勇点起一支烟，贪婪地猛吸了一大口，在床沿上坐下来。

“我的钱呢？给我的那份钱呢？”老头子脸上的酒糟鼻子一下子涨得通红，像只发怒的海胆一般。

田勇耸耸肩膀：“钱？什么钱？从你手里买照片时，我已经支付了10000块人民币，那些还不够你回中原去的吗？如果你有办法帮我找到太平天国石达开的宝藏，我会很乐意分你几百万，但现在你该明白，想从我这里平白无故拿走几百万，简直是天方夜谭，笑话！”

老头子狠狠地挠了挠乱发，蓦地狂吼起来：“你这个骗子！你明明说资料很有价值，能值几百万，交出资料一周内，就把现金交给我。骗子，你这个该死的骗子——”

田勇没容他说完，单手撕住他的衣服，一拉一推，老头子便凌空撞在石墙上，然后死扑扑地翻身落地。

“滚，滚得越远越好！”田勇猎犬一样龇起了白牙。

老头子吃力地爬起来，夹紧了脏污不堪的大衣，慢吞吞地走了出去。

“喂，这是杨先生赏你的钱。”田勇大概是良心发现了，把被角散落的2000块钱拿起来，掷向老头子背后。老头子回过身，弯腰屈膝拾钱，粗糙肮脏的手还没挨到钞票的边，两行混浊的老泪已经潸然滑落。

田勇轻蔑至极地笑了：“这老头子见钱眼开，恨不得一口就吃个胖子，不知道石先生怎么会跟他谈得来？好了，现在没有外人，杨先生可以说了。”

他要我说的是“满清龙脉”，可石布自始至终也没向我交代过什么，遑论是“满清龙脉”这种大秘密。

中国古代的帝王自称真龙天子，每一朝每一代的皇帝都会命令手下的阴阳术士勘探全国地形，查找本朝的龙脉并善加镇守保护，作为自己皇族财富和运势的保证。龙代表皇族，脉是血管，龙脉一般指的是山。

按照野史记载，满清龙脉的大概方位是东北的长白山深处，具体位置无从查考。

我想了想，语调平淡地将石布坠楼前以指代笔、以水代墨在洗手间镜子上写字的事叙述了一遍。

“禁地？就这两个字？难道没有提及龙脉和镜子吗？”田勇万分狐疑地问。

我没有回答他的话，而是低沉地反问：“田勇，那柄‘西双版纳英雄令’是从哪里来的？千万别告诉我是从千里黄沙中拾到的。”大哥杨正向来枪不离身，出现象牙短枪之处，就应该有他的足迹。

田勇一笑：“你的问题，是不是回答我那个问题的交换条件？”

我不置可否地冷冷一笑，把脸转向石梦那边。田勇是石家兄妹最信任的朋友，却在转眼间反叛，替“人不为己天诛地灭”这句俗语做了最确切的注脚。

“杨先生说对了，枪就是我捡的，位置是在莫高窟112窟外面。我是个闲不住的人，刚到敦煌时，便买通了一个混迹鸣沙山一带的黑导游老鬼，每晚夜深人静的时候带我偷偷进入石窟观赏壁画。莫高窟绘画艺术果真是中国古代的艺术瑰宝，宋代以前的作品，无论是传统的浮壁飞天、反弹琵琶，抑或是反映当时宫廷生活的仕女图、马球图，还是反映佛教历史的佛祖涅槃像，随处可见的简单笔触之间，无不跳动着飞扬的创造力和想象力。我不是一个纯粹的绘画爱好者，对于电筒光芒下的壁画内涵也缺乏足够的鉴赏力，却依然受到了巨大的震撼……”

石梦冷素地打断了他：“田勇，你跑题了，请不要考验杨先生的耐性！”

的确，我关心的只是那柄枪的来历，而不是听一个盗墓寻宝者在这里大发参观感慨。

敦煌壁画的艺术魅力早就经历了几代人的佐证，其学术价值和经济价值亦无法简单地以数字来衡量。出于对这些古老艺术品的保护，目前敦煌旅游局出台了限制参观人数、禁止游客拍照（闪光灯会加速壁画颜料氧化）、石窟轮流维护、废止游览通票等等明文禁令，但那只是对普通游客们说的，遇到不按牌理出牌的江湖人物，就只能睁一只眼闭一只眼了。

“其实，每一晚站在写有‘莫高窟’三个大字的牌楼前，面对着栈桥檐廊相连的上下四层石崖洞窟时，我都激动不已，因为此处不仅仅有给我留下深刻印象的321窟“敦煌飞天”、“藏经洞”、“九层楼”和“卧佛”等等地上景物，更有传说中的地下宝藏，足以令人过上十代无忧、富可敌国的美好生活。石先生保证过，完成敦煌宝藏这一单生意后，大家就可以放心收山了，每个人都能拿到几亿酬金——”说到这里，田勇眼中忽然冒出了憧憬与喜悦的光芒，仿佛那堆叠成山的几亿钞票就摆在眼前似的。

在历史学家和艺术家眼中，看到的是莫高窟壁画的文物价值，而在盗墓者眼中，则将它们看做了一堆堆耀眼的黄金和钞票，这是每种职业的本质不同所造成的。

“你找到宝藏了？”我淡淡地问，暗自感叹贪欲改变田勇内心的同时，令他的外表也变得面目可憎起来。

“找到？如果找到了，现在我应该在夏威夷的度假海滩跟比基尼泳装美女们在一起才对。正因为没拿到宝藏，才会苦守在这里。两位，我可以负责任地告诉你们，宝藏一定就在莫高窟的地底下深深掩埋着，很大很大一批宝藏，只是无法得其门而入。我像条狗一样跟了石先生这么多年，从东三省的长白山苦寒之地跟到满嘴沙子的西北沙漠来，为的是什么？就是过上亿万富翁的好日子，不再做别人的走狗。如今石先生死了，我不能眼睁睁地为山九仞功亏一篑啊，所以只能紧盯着你们俩——”

石梦皱眉："田勇，你已经从老头子牧羊人那里拿到大哥留下的资料了，对宝藏的事了解得比我们更深，回过头来再向我们逼问，岂不是问道于盲？"

她勉强地倚着椅子坐定，脸色惨白如纸，只说了几句话，就手捂胸口，上气不接下气了。

田勇跨过来，蹲在石梦面前，死死地瞪着她。

"照片呢？"石梦追问。

"照片？那只是些照片，巨大宝藏的照片……"田勇嘶声冷笑着，如一只被针尖扎破的气球，正在开始歇斯底里地漏气，"大清龙脉宝藏、金山银海、祖母绿江山社稷图、石达开的黄金钻石箱……它们都在照片上，但照片能变成真实的东西吗？照片能换成美金、欧元、英镑吗？你说，你说，你大哥是不是已经找到了它们，却偏不拿出来跟辛苦追随的兄弟们分享？他食言了，他活该跳楼，他不交出宝藏，就活该用这条命来赔我们……"

当田勇那张丑恶扭曲的脸一直凑到石梦跟前时，石梦除了厌恶地后仰，再也无法移动分毫。曼陀罗花的麻醉作用非常霸道，又有老头子做内应，所以田勇的诡计顺顺利利地便得逞了，将我和石梦置于极度危险的境地。

"把资料……拿出来，给我看，也许事情能有转机……"石梦气喘吁吁地回答。

我的心猛然一沉，意识到石梦是在走一步铤而走险的棋。江湖上因保守秘密而引起的杀人灭口事件屡见不鲜，假如石梦破解了资料线索，则马上面临灭顶之灾。

"我知道石布留下'禁地'是何意了。"我猝然开口，寄望于吸引田勇的注意力。

田勇果然上当，立即回头。

"所谓'禁地'，就是告诉我们，掩埋宝藏之地无比凶险，必要时甚至得用死尸填满沟壑才得以通过。田勇，要想夺宝，你先去雇佣几十个工人再说吧，凭一个人或几个人的力量，是突破不了掩埋者布置下的那些诡异机关的。"我毫不停顿地往下说，暗中提气发功，冲击涤荡胸口膻中穴、脚底涌泉穴、头顶百会穴、脑后玉枕穴等各处的酸麻感觉，然后将所有的力量都集中于右手食指上，只等反击的时机到来。

田勇怔了怔，探手入怀，取出了一个两寸厚的牛皮纸袋子，将里面的近两百张照片铺撒在桌子上，然后拿起最顶上的四张，握在手中轻轻一转。四张照片扇面形打开，在我和石梦眼前呈现出了四件世间罕见的珍宝。

第一件是一条金光闪烁的长龙，头角和鳞片都是赤金构成，脚爪和胡须则是白金铸成。照片里没有参照物，所以很难估计它的具体长度。

“十五米，背面标注着呢！”

田勇将扇面翻转，一行工整的小字立刻映入我的眼帘：“龙脉，长十五米，金身，粗估重量两吨以上，并未出现于藏宝册《爱月轩笔记》中，何解？”

《爱月轩笔记》是一份清东陵宝藏的私人记载，作者是慈禧的心腹太监李莲英的亲侄子，这个侄子后来被李莲英收为长子。李莲英从头到尾参与了慈禧的入葬过程。那么作者就是以李莲英的亲眼所见为依据，把所看到的珠宝给详细地记录了下来。

“是大哥的笔迹，没错。”石梦点点头。

其余三张分别是金山银海、祖母绿宝石江山社稷图、一只镶满黄金钻石的长方形金属箱。

金山、银海、宝石都没引起我的注意，但那只箱子上所配的铜锁却特别刺眼，让人不能不一眼就看到它们，因为那是一把侧面设置着十二道数字转盘的密码锁。把它们跟古代文物放在一起，显得不伦不类，扎眼得紧。

“石先生能拍到这些，证明他切切实实地找到了他们，也有能力一件一件搬到地面上来、秘密运出大陆、去苏富比的春拍大会上换成大把美金……但他没告诉我，只是说寻宝的事毫无头绪。现在好了，他死了，宝藏还在，相信我只有耐心地等待下去，就一定有人飞蛾投火一样努力寻宝，找出他们，然后我再来个‘螳螂捕蝉、黄雀在后’就好了。”田勇的两颊红得像是要喷火似的，被焦灼渴望和怅然失望交替煎熬着。

照片资料是石布留给石梦的，他也亲口说过，通过资料能找到宝藏。此种情形下，第一、我没机会也没时间看完每张照片；第二、田勇虎视眈眈，随时都会扣下扳机，杀死我们其中一个；第三、拖延越久，走漏消息的危险越大，我和石梦就越会成为“怀璧其罪”的目标焦点——所以，我需要做一个冒险的决定。

“田勇，你听我说……”我的后半句话故意压低嗓音，含含混混的，每个字都似是而非，无法听清。

“什么？”田勇挪近我这边。

他处于低位，我的右臂稍稍一抬，右手顺势荡起，食指狠狠戳在他的百会穴上。迷药消耗掉了我全身九成力气，拼尽全力使出这招后，我感到眼前一黑，金星乱飞，乏力得几乎当场晕倒，只能后仰身子，右肘压着桌子，勉强支撑。

田勇啊了一声，翻身跌倒。

我适时地右脚一探，踩住那柄象牙短枪，眯着眼睛冷笑了三声。

田勇蹭地跳起来，不可置信地上下打量了我两眼，猛后退拉开木门向外飞奔。

“杨先生，难道你能敌得住曼陀罗花的迷香侵袭……天哪，石先生他们果然没说错，杨正、杨进兄弟真的是江湖奇才，不可小看……”田勇语无伦次地大叫着向车子的方向飞奔，大概是以为我根本没有中毒，刚刚的一切虚弱模样都是装出来的。

石屋与车子之间全是松软的沙地，他在全力狂奔的时候，脚底沙尘乱飞，纷纷扬扬地甩在半空中。陡然间，飞沙之中闪出了一道雪亮的刀光，有人恰到好处地藏身于田勇必经之处的浮沙之下，以一种匪夷所思的角度出刀，从他胯下斩起，一直从头顶正中掠出。

刀光过后，田勇的身子仍然向前，并且两只手同时伸入裤袋，再亮出来时，右手握着电话，左手握着一件亮银色的椭圆形物件。之后他发出一声凄厉的嗥叫，从头到胯左右分开，像两只断了线的风筝一样向两边扑倒下去，电话和那银色物件也高高地抛起来，在阳关古镇渐趋晦暗的西斜夕阳下，划出两道并不优美的抛物线，无声地落在沙地上。

“凤凰镜，那是一面凤凰镜，太后的凤凰镜……”石梦一边手脚并用向门外爬去，一边用满怀欣喜与惊骇的声音大叫着。

卷①

敦煌禁地

第三部　危崖石窟

〔壹〕

石布留下的宝藏照片

“不要去，危险！”我拦下石梦，两个人一起靠着石屋的门框，看着那个从沙地里慢慢爬起来的老头子。之前他是如此潦倒落拓，像一件被人无情丢弃的破袄一样生活在阳关镇外，无人问津。一刀过后，他浑身散发出一种澎湃激昂的锐气，隐然是威震八方的无敌豪侠模样。

“我要那面镜子！杨大哥，你看到没有，那就是凤凰镜！”石梦失态地低叫着。

“凤凰镜”的名字曾出现在她与程霓裳的对话中，彼时她告诉我说不知道镜子为何物，现在却隔着几十步距离就认出了那件东西，岂非前后矛盾？

“你留在这里，我过去。”我的头脑在朔风吹拂下渐渐清醒，四肢的麻木感也自然而然地退去了。

当我走到田勇中刀的地方时，流自他身体的鲜血已经被干燥的沙粒吸走，不留一丝痕迹，黄昏亦识趣地急促掩盖下来，遮蔽了猝然发生又迅速结束的狙杀事件。

“他早就该死了，石先生已经付给他足够多的报酬，但他屡次瞒着石先生与别人进行交易，就在上面那间石屋里。背信弃义、贪得无厌的人就是该死，你和石小姐就当什么都没看到，尸体埋在沙子里，几个月后就会风干萎缩，谁也认不出来。”老头子摸着自己的酒糟鼻，虽然是一副商量的口气，其中却隐藏着淡淡的威胁意味。

“他跟谁交易？”我问，对他的提议不置可否。

“老鬼。”老头子吐出两个字，然后从脚下的沙堆里摸出一把短柄铁锹，挖坑埋人。

“还有呢？”田勇的死来得那么突然，所有线索都被一把掐断了，包括与“西双版纳英雄令”有关的消息。姑且不论老头子牧羊人是友是敌，这个身怀绝技的人隐忍于此，本身就是一个令人不得不防的不安定因素。

老头子“吭哧吭哧”地奋力挖沙，过了几分钟，才又讲了一个名字：“黑星帮。”

我知道，一旦牵扯到黑星帮，最大的幕后主使就一定是隼机关。

石梦也慢慢地挨了过来，艰难地弯腰拾起那面亮银色的古镜，抚摸着镜子四周和后背上的凤尾花纹，满足地叹息着：“田勇终于肯将这镜子拿出来了，大哥说过，凤凰镜是当年最后一任太后最珍贵的东西，常照此镜，能美容养颜、延缓衰老，并且会变得越来越聪明。”

那镜子有一个两寸长的握柄，全长约半尺，最厚处约一寸。镜面为椭圆形，是青铜材料铸成，所有的花纹上都镀了一层银水，在暮色中熠熠生辉。

“收拾照片资料，回酒店去。”我不愿在杀人现场耽搁太久，以免惹得阳关镇上的人起疑心。

石梦紧握着镜子，不断地用左手袖子擦拭镜面，以求照得更清晰一些。

重回石屋之后，我把照片塞进纸袋，又压了一千块钱在老头子的破烂枕头下面。他在中途伏地狙杀田勇的行动虽然鲁莽，却算是为我和石梦出了口恶气。下一个目标，就是寻找与田勇做过交易的黑导游老鬼了。对于敦煌和敦煌人来说，具有新西兰国籍的外乡人田勇消失了，与他们毫无关系，对本地的生活状态不会造成任何影响。

我发动车子，车灯洞穿昏暗的暮色，射向阳关镇那边。

无所不能的当代中国人已经在昔日的边陲小镇上盖起了水泥混凝土小楼，远近高低的各家屋顶上还竖立着接收卫星电视的乳白色圆盘天线，时刻与社会同步前进。在他们身上，“人定胜天”这一豪言壮语得到了最完美的体现，亦用实际行动粉碎了“西出阳关无故人”的腐朽论调。

“从阳关镇看莫高窟，几乎是正东正西平行的位置，距离不到100公里。”石梦自言自语地嘟囔着。这辆车子里安装有自动导航设备，液晶屏上的数字和地名随着车子缓缓调头而变换着。

“找老鬼，偷偷探看112窟。”我不知道自己是该狂喜还是伤悲，因为大哥把短枪遗落在了112窟门口，就是一个非常明显的暗号，说明他的失踪与石窟有关。

石梦双手握紧了镜子，脸上浮现出心满意足的笑容："好，听你的。"

不远处，老头子的沙坑已经挖了一人高，他把田勇扔进去，一层一层回填沙子，默默无声地忙碌着，像暮色来临前的一个沙漠精灵。

"牧羊人从沙海中飞跃出刀的武功依稀有中国'北腿之杰'戳脚拳的深厚身法根基，他甘愿以卑微的身份隐居此地，之前一定有过复杂而惨痛的经历。如果田勇答允给他的500万许诺能够实践的话，恐怕中原江湖又会多一位叱咤风云者。"我对老头子的身份有诸多疑惑，却不适合今晚再费力求证。

至于田勇，用"人为财死、鸟为食亡"来概括他的一生是再合适不过了，机关算尽，却料不到自己最终会分尸于阳关镇的古道黄沙之中，比起石布坠楼而亡的那一幕，其诡异离奇之处不遑多让。

最终，老头子填平了那沙坑，扛起铁锹，走向属于自己的石屋。

"回酒店去吧，我累了。"石梦换了个坐姿，脱掉鞋子，整个人蜷缩在副驾驶座位上。

此刻，阳关镇已经全部被夜幕罩住，今晚大概是遭遇了停电的缘故，镇子里的路灯和各家的电灯都没亮起来，只有零零星星几乎民居里透出蜡烛和油灯的微弱光芒，越发显得荒凉而凄冷。

"石先生为什么要到这里来？"我再次望着那沙海中的石屋。

这里距敦煌市六十余公里，与去莫高窟的公路也是背道而驰，作为一位高明的寻宝师，石布不应该将宝贵的时间浪费在与一个沙漠流浪者喝酒的微末枝节里。给大亨雷动天发过去的工作汇报中，石布亦从未提及"阳关镇"这名字。

"树洞。"石梦简洁地回答了这两个字。

我等待着她的解释，但她缄口不语，疲倦地遥指前方："杨大哥，我累了。"

归程，车子里少了一人，变得宽敞安静了不少。

"杨大哥，我一直很害怕沙漠，因为从记事起，就常常做这样一个恐怖的噩梦——大片大片死灰色的沙堆里到处躺着死人，他们的身体只被沙子埋到一半，横七竖八，杂乱无章。我能看到死人们的面目和衣服，一个都不认识，全都是些陌生人，不知我为什么要跟他们躺在一起。我惊恐地想逃走，四周没有路，只能从一具连一具的尸体上践踏过去。我闭着眼，咬牙踩着那些尸体离开，但是突然间沙地发生了接二连三的坍塌，我踩到哪里就塌到哪里。我更加害怕，哇哇大哭着快速逃离，结果一下子踩到某个死人的胸口上，他就猛地坐起来，死死抱住我的脚。然后我会突然醒来，满身冷汗，双腿双脚像灌了七八十斤铅水一般沉重……”

车灯照耀下，朔风卷起的浮沙形成一阵阵横向飘飞的雾气，沙粒落在车顶时，便引起一阵阵细雨敲窗般的“飒飒”声，与石梦的声音混合在一起，听起来有点像是班得瑞的冥想音乐。

按照解梦专家的理论，“沙子”代表很多思想杂乱无序地组合在一起，“死人”代表被否定的错误，能够被看清的“面目”、“衣服”等等特征则代表了这些错误的种类。系统分析，那个梦的含义是：“一个人明知道应该避免什么错误，一直在思考如何跳过错误的方法，但所有方法都行不通，最终还是犯了错误，并因此而处于沮丧不安的状态。”

“石梦，有心事的话不妨说出来，我们一起解决。石先生不在了，你可以把我当成最知心的友人。”我用眼角余光观察她，她正双手握紧了那面古铜镜，紧贴在自己的心口上。

前方敦煌市城区已经隐约现出轮廓，至多再过二十分钟，我们就能回到酒店。

“杨大哥，不要逼我，不要多问，到了该说的时候，我会把一切都告诉你。”路灯光芒映入车内，一闪即逝，照亮了石梦那张惨白瘦削的脸。

“好。”我淡淡地笑着，任她沉浸在消沉的思索之中。

如果此刻坐在我旁边的是白雪，可能车里的气氛就不会是如此沉闷了。对于燕盟十二君子的老大来说，仿佛世界上没有任何难事，哪怕是再需要披荆斩棘的血淋淋困境，她都能淡然应付，如履平川。

世事真是凑巧，我刚想到白雪的名字，电话便响起来，正是她打来的电话。

“杨进，我在西城文庙巷的驼铃酒吧内，能否面谈？”白雪的声音依旧清脆爽朗如本地出产的雪藕，透过无线电波带来的只字片语便能感觉到她的昂扬斗志。

我在卫星导航里输入“驼铃酒吧”的名字，得知它就在前方的敦煌西大街与文庙巷交叉口向南的地方。

“从港岛到敦煌，不去看看天下闻名的莫高窟壁画，岂不是白来了？我找了一位导游朋友，能够带我们去观瞻任何一窟的艺术美景，而无须买票排队以及忍受各种各样的官方游览规矩，愿意看多久，就看多久。怎么样，有兴趣吗？”白雪气定神闲地切入主题，正好搔到了我心底的痒处。

各种诡异事件是围绕“112窟反弹琵琶舞”这一核心发生的，要追溯源头，当然要到事发地去。如田勇所言，官方宣布封闭石窟保养维护，外人不得进入，需要一直等下去，因此而耗费的时间就无法估计了。

“有兴趣，我马上过来。”我毫不犹豫地答应了。

收线之后，我向石梦简要地说明了情况，请她自己开车回酒店去，我自己在文庙巷口下车。

下车前，我从石布留下的照片中选了一张，就是拍摄到金属箱子的那张，放进口袋里。

“保重，不要把田勇和镜子的事告诉其他人，特别是白小姐，我想先自己研究一阵。”石梦已经从沉思中清醒，眼眶湿润，长睫毛上似乎挂着点点晶莹的泪光。

我忽然有些不忍，想要取出手帕，伸进车窗去帮她擦亮眼睛，但她决然地踩下油门，车子缓缓向前滑去，渐渐消失在敦煌城霓虹闪烁的夜色之中。

西北小城的深秋之夜寒气逼人，我竖起衣领向前走，满脑子回旋着出现在石梦身上的种种疑点。毫无疑问，那面古镜对她无比重要，而且一早她就知道镜子在田勇身上，只是不方便出手夺取。如今，田勇横死，古镜无主，她便顺理成章地据为己有。

“镜子？凤凰镜？历史上最后一任太后的东西？与程霓裳有关？”层层叠叠的问号在我心里堆砌成一面厚厚的城墙，堵得我连连仰天长叹，无比郁闷。

驼铃酒吧门外冷冷清清的，仅停着为数不多的四五辆车子。西北人对酒吧的热爱远逊于拉面小酒馆、街头老字号餐馆之类的地方，光临此地的，差不多都是不甘寂寞旅途的外地游客。

我推门而入，门边的古式黄铜牛铃立刻发出一阵脆生生的“丁零零”声，一个穿着露膝短裙的女服务生殷勤地迎上来，嗲声嗲气地问：“先生，就您自己吗？”

“这边——”白雪从大厅深处的昏暗角落里起身招呼，向我挥动着手臂。

我推开服务生，在洋酒甜香、洋烟飘荡、洋化慢摇音乐的氛围中前行，一直走到白雪所在的那一小圈沙发茶座旁。

“杨进，要点什么？啤酒还是威士忌？”白雪脸上的妆化得很浓，鲜红的唇像盛开在暗夜里的罂粟花，足以令别有用心者飘然欲醉。不过，进入这里的每一个女孩子都浓妆艳抹、花枝招展的，唯有如此才不会显得突兀刺眼。

“冰水。”我缓缓入座，目光锐利地扫遍全场，甄别着可能存在的危险人物。敦煌这地方的酒吧与港岛明显不同，冷清得像严冬腊月的露天游泳馆，在座的客人屈指可数。

女服务生送来一小瓶矿泉水，拿到我送出的小费，然后躬身退下。

“为什么到这里来？回酒店去商谈事情岂不更方便？”我寒着脸，冷对白雪。

从某种意义上说，我和燕盟也是对手，彼此间存在利益分割上的沟壑，即便合作，也是各怀心事，不能完全敞开心扉。

白雪燃起一支三五牌香烟，慢慢地吐出一口白烟，沉沉地笑了。

“我在等人，有些人只会出现在这里，就像老鼠永远只出现在阳光照不到的地方一样。杨进，要想在敦煌成事，就得先放下自己的架子，融入这个城市，采取符合本地规矩的方法做事。在这里，千万别把自己当成来自港岛的绅士，有意无意显示出与别人的不同——”她把烟盒和打火机推到我面前，歪着头想了想，忽然嗤地一笑，“杨进，我想请教你一个字的意思，在新加坡待得太久了，英文熟，汉语却越来越生疏了。这个‘比翼双飞’的‘翼’字应该作何解释？”

她蘸着旁边杯子里的残茶，在桌面上写了一个工工整整的“翼”字。

最通俗的解释，那个字是“羽翼、翅膀”的意思，别无他解。白雪说自己汉语生疏，当然是在故作谦虚，话里另有深意。

“看太平天国的历史可知，天王洪秀全共封过2700多个王，麾下亲信党羽几乎人人都有一个‘王’号，后期更是泛滥，像小孩子玩家家一样，导致‘王爷遍地走，丞相多如狗’的史无前例的可笑局面。众王之中，翼王石达开绝对是个特例，文韬武略，智勇双全，几度拯救太平天国大业于危困之中。即便是兵困大渡河，被敌人千刀万剐、凌迟处死时，也被传为一时的忠勇美谈。今天，我想说的，就是‘翼王’的‘翼’——据说，石达开的轻功非常惊人，能够如同飞鹰一样在空中滑翔杀敌，双臂展开，仿佛一双翅膀。正因如此，天王洪秀全才册封他为‘翼王’，以彰显他的与众不同。人是不可能长出一对翅膀来的，除非他不是人……”

白雪语出惊人，没有过多铺垫，便切入主题。

我打开矿泉水瓶盖，在指尖揉捏玩味着，静听白雪的叙述。

“敦煌之下埋藏着的所谓‘太平天国宝藏’实际指的是两只箱子，而石布成功地深入地下见证了一切，并拍照留念。那些资料已经通过田勇的手，传到黑星帮、隼机关手上，而燕盟在这条线上埋有重要的线人，第一时间便将消息反馈过来。宝藏一旦现身，人人都会眼红疯狂，就像一大桶温度骤升的汽油，只要遇到明火，随即爆炸燃烧，绝无例外。你、你的朋友石梦目前已经坐在即将喷发的火山口上，再不采取措施，就将万劫不复。杨进，够聪明的话，就把全部照片丢出去，找一个替死鬼，让对方把所有事扛下来。”白雪侃侃而谈，将各种利害关系一一点破。

事实上，我让石梦单独回酒店去，亦是耍了一个小小的滑头，看看有什么人会对照片资料感兴趣。诚如白雪所言，如果有人偷走照片，就等于是帮我们解围，将围观者的视线也一起“偷走”了。

所有的照片我都看过，都是围绕着那四样珍宝拍的，并不涉及任何路径、密道之类，就算传播出去，也不会给敌人留下可乘之机。

酒吧里的空调不够强劲，用来装样子的壁炉又没有生火，害得我再次竖起衣领，变得缩手缩脚起来。

“你的意思是——翼王石达开是一个背生双翅的妖人，如同明清小说《封神演义》中的人物‘雷震子’一样？那可就怪了，这样一个惊天大秘密怎么可能保守那么久，从未有太平天国历史研究家披露过。”我避重就轻地说。

《封神演义》小说中，雷震子是周文王姬昌的第一百子、大仙云中子的弟子，其形象“面如青靛，发似朱砂，眼睛暴湛，牙齿横生，出于唇外，身躯长有二丈”，绝对是个不折不扣的善心妖怪。

反观史书中记载的石达开形象，则是忠勇、耿直、仁厚、宽容的太平天国第一帅才。同袍之中，太平军的高级将领们对石达开的胆略十分推崇，如李秀成谈及各王优劣才能时“皆云中中，而独服石王，言其谋略甚深”；陈玉成认为太平军将领“皆非将才，独冯云山、石达开差可耳”。清朝方面，曾国藩说“查贼渠以石为最悍，其诳煽莠民，张大声势，亦以石为最谲”；左宗棠说他“狡悍著闻，素得群贼之心，其才智诸贼之上，而观其所为，颇以结人心，求人才为急，不甚附会邪教俚说，是贼之宗主而我之所畏忌也”；骆秉章说他“能以狡黠收拾人心，又能以凶威钤制其众，首恶中最狡悍善战”。不仅如此，他还赢得了众多对手的敬重，如文人周洵在《蜀海丛谈》中称其为“奇男子”；清朝一位贡生在湘军军宴上公开说他有“龙凤之姿，天日之表”；在大渡河畔与他为敌的许亮儒对他的英雄气概与仁义之风钦佩不已；直到他死去近40年后，由清朝文人所撰的著作《江表忠略》之中还有这样的记叙：“至今江淮间犹称……石达开威仪器量为不可及。”

由以上可知，石达开非但不是雷震子那样肋生双翼、青面獠牙的妖人，而且是人人称赞的真豪杰、大丈夫，获得了民间众多赞誉。

白雪弹指一笑，抽了张纸巾擦去茶渍，慢悠悠地叹道：“无论如何，我们只谈当下，就让那些风起云涌的历史传闻陪岁月一起烟消云散吧。杨进，我猜你到这里来，亦是带着诸多疑问的，为什么不讲出来，咱们一起分析分析？”

我想了想，取出那张照片，画面朝下放在桌子上。

“那是什么？”白雪拿过旁边的小包，也摸出了一张照片，学着我的样子倒扣在桌子上。

“我从石布留下的照片中单独留了一张，你的呢？又是什么？”我感到十分纳闷。

白雪微笑着回答：“我从田勇转交的资料中挑出了最感兴趣的一张留在身边，一有空闲就拿出来参详。如果咱们真的‘心有灵犀一点通’的话，所选的大概会是同一张。”

这真的是一件很奇妙也很疯狂的事，我禁不住摇头苦笑：“白小姐，别开玩笑了，那么多照片呢，怎么会如此巧合？”

白雪挥手关掉了墙上的壁灯，我们所处的这一角就完全暗了下来。

“当年的‘亚洲第一寻宝师’杨正大侠与天宫小叶萍水相逢，便察觉到与对方有神奇的心灵感应，即便一个在地面、一个在深达百米的地下陵墓中，都能准确地说出对方的表情和动作，如同面面相对、亲眼所见一般丝毫不差——我们为什么做不到那样？梁夫人说过，加入燕盟的人必须聆听并牢记的第一条训诫就是‘人定胜天，世上无难事，只要肯登攀’。”白雪的大眼睛在黑暗中闪烁着水样的波光，声音里竟然带出无限的幽幽惋惜来。

那条训诫完全抄袭了伟人的语录，虽历史久远，却是无可辩驳的世间真理。算算梁夫人的年龄，正是生于大陆那段非常特殊的“红色年代”，对伟人语录的熟悉程度绝高，并不折不扣地渗透到自己日常的思想行动之中。

“人定胜天？可能吗——天宫小叶是谁？”我淡淡地问。

白雪已经两次提及这个名字，并称她与大哥杨正有莫大干系，可我却对此丝毫不知。

〔贰〕

驼铃酒吧

“哈，问我？我只是从梁夫人那里道听途说来一些大侠杨正的传奇故事，只知道天宫小叶是一个仪态万方、惊才绝艳的无双美人，至于她来自何方、去往何处，一概不知。奇怪的是，她完全没在江湖上留下痕迹，就像是梁夫人杜撰出来的一个人物似的，任凭怎么查找都渺然无踪。”白雪摇摇头，晃动着手中那杯加冰的威士忌酒。

我望着两张并排在一起的照片，心里有些不以为然。

能够放进那种镶金嵌玉的宝箱里的东西，一定弥足珍贵，无价可估，但偏偏却又加上了只属于近代造锁工艺的密码转盘锁，两者犹如“关公战秦琼”般不相配、不搭调，任谁看来都碍眼得紧。我是因其“怪”才临时决定将这张照片带在身边的，白雪难道亦有与我相同的感觉？

此时，柜台侧面低垂的土布门帘被掀开了，一个小个子男人探出头来，向这边扫了一眼，便匆匆忙忙地走过来。

“是新加坡来的白小姐吗？我是老鬼，我们通过电话的。”这面目猥琐的男人不请自坐，拿起桌上的烟盒，干笑了两声，随即弹出一支叼在嘴角上，然后跷起二郎腿，向远处的女服务生打了个响指，熟门熟路地喊道，“上瓶金标马爹利，再上两个果盘。”

白雪斜靠在沙发上，嘴角噙着若有若无的笑，既不表示欢迎，也不出声抗议。

我拿起瓶子喝水，冷眼旁观着眼前这一幕。

老鬼眯缝着眼睛向我打量着，神经质地吸了吸古怪而突兀的鹰钩鼻，干笑着问：“阁下是谁？白小姐的伙伴吗？”

我摇摇头，不想跟他有任何交流。

“最近导游行情涨了，我需要将先前确定的酬劳数目翻倍，并且什么时候出发、走哪条路线，全部由我来定，在112窟里停留的时间也要缩短到四十分钟，而不是以前说的两小时。”老鬼连珠般说完这段话，酒和果盘就送上来了，他警觉地低头闭嘴，不正眼看那个女服务生。

田勇说过，他曾雇佣过老鬼偷偷游览莫高窟，如果此“老鬼”就是彼“老鬼”，一定从田勇那里得到过不少钞票。

“那是什么？”老鬼举手摸向照片，正是一个我最讨厌的“自来熟”类型的市井俗人。

“别动！”白雪低喝了一声，手腕一抖，一柄三寸长的水果刀铮的一声钉在了老鬼指尖靠前半寸的桌面上，惊得他忙不迭缩手。

“当前聚拢在敦煌的江湖人物中有没有‘妙手公孙’世家的人？我需要一名绝对的开锁高手帮忙，酬劳好商量。”白雪杯子里的冰块发出一阵清脆的叮当互撞声，她不看老鬼，只是慢悠悠地自说自话。

一提到开锁，我脑子里便浮现出照片上那把密码锁。十二道转盘代表了十二层密码，超过常见的三盘锁、六盘锁密码位数，按照十二位数字的组合，得出的可能结果为天文数字。除了暴力开锁，应该不存在第二条路了。

老鬼的眼珠子骨碌骨碌地转了几圈，打了个响指，使劲点点头：“有，只要白小姐肯出钱，就算当地没有妙手公孙世家的人，我也想办法从别处弄一个回来。道上的人都知道，在敦煌没有老鬼办不到的事。”

“妙手公孙”这一门派的历史能追溯到中国的春秋战国时代，他们的老祖宗就是木工行业的祖师爷公孙般大师，最擅长机关布置、造锁开锁等等奇巧手艺。近代江湖中，随着工业化造锁技术的成熟，公孙世家渐渐淡出了人们的视线，他们的名字被年轻一代提及的次数已经越来越少了。

“好，我们成交。”白雪笑了，与老鬼碰杯。

其实任何人都可能想到，电锯和暴力开锁枪能够在至多十五分钟内搞定那把密码锁，而无需费力劳神地寻找公孙世家的高手。

我猜白雪安排的任何一件事都会别有深意，所以只是静观其变，不发一言。

“老鬼，去安排吧，我要尽快看到莫高窟的壁画艺术，最好就在今晚。”白雪大大方方地开了张支票给对方。

老鬼看清了数字“1”后面一连串的“0”之后，欣喜地站起来，向白雪立正鞠躬，然后迅速转身，大踏步地走出了酒吧的前门。

112窟的壁画主角就是“反弹琵琶舞”，我至今仍清醒地记得石布旋转飞舞时的样子。之前我已经无数次从照片上看过那些壁画，这次身临其境，应该会有似曾相识的特殊感觉吧？

石布、程风、吉川羽三人在探访石窟壁画后发疯，我可不想步他们的后尘，必须得好好筹划一番。

“他说得没错，在敦煌发生的任何事都逃不过他的眼睛，这人心思缜密、感觉敏锐，像一尾潜伏在夜幕中的鱼，天生就是一块做间谍的好料。燕盟在全球超过四十个黑道门派中留有卧底死间，却没有一个能比得上他。忙完了这件事，我会电告梁夫人，看有没有可能开价收购他。”随着老鬼的离去，白雪脸上的表情立刻变得僵硬起来。

《孙子兵法》上有对于“死间”的解释：死间者，为诳事于外，令吾闻知之而传于敌间也。基本解释为：兵法五间之一。 死间，是指制造散布假情报，通过我方间谍将假情报传给敌间，诱使敌人上当，一旦真情败露，我方间谍难免一死。

燕盟是极有野心的门派，老谋深算的梁夫人一手培养了十二君子，正在将触角伸向新加坡乃至亚洲以外的地方。毫无疑问，白雪的所作所为，全都是在梁夫人的授意之下。

最终，还是我亲手翻开了那两张照片，画面竟然一模一样，就是那只箱子。

“我真的很想打开那只箱子，当然，是在找到它以后。据说那箱子是属于太平天国翼王石达开的，里面藏着的东西也许会超越所有历史学家的想象力。听过‘买椟还珠’的故事吧？任何人都可能首先被箱子吸引，忘却了追究里面到底藏着什么……”白雪拨开马爹利酒瓶的塞子，替我倒了一杯，然后将指尖上挟着的香烟在烟缸里慢慢地碾碎。

“谢谢，我不喝酒。”我不露痕迹地借着拿起照片的手势，推开了酒杯。

“吸烟是为了帮助思考，而不是故作姿态、哗众取宠；喝酒是为了发散思维，而不是借酒浇愁，放纵乱性。杨先生，人在江湖，身不由己，只要保持心灵的纯净，何必拘泥于某种死板的生活形式？”白雪笑了，自顾自举杯，饮干了自己杯中的琥珀色液体。

我轻弹照片，不作应答。

自从来到敦煌，我还没有成功地解开过一个谜题，只是在别人发动的攻袭中一次次被动地应付，像田野中兀立不动的稻草人一样。我必须得摆脱这种困境，甩掉身上的束缚才是，而眼下要做的第一步，就是改变与白雪间的关系，变简单同行为深度合作。

“白小姐，我有一个提议，目前你、我和石小姐都是困在迷宫中的个体，手中各有一部分解谜资料，如果能三方合作，将资料贡献出来，相互佐证，可能会有助于大家更快地脱困而出。试想一下，石梦是石布唯一的亲人，她会继承石布的一切，是最接近真相的人，应该是这局危棋中最重要的棋子。接下来，我做中间人，促成大家的联盟合作怎么样——”我举手阻止白雪要开口的动作，继续说下去，“程霓裳失踪，是一次危机更是一种契机，已经印证了我的判断，说明她脑子里存在极其重要的资料。白小姐，现在你能做的，就是集中燕盟全力，把程霓裳抢回来！”

等我说完，白雪忽然陷入了缄口无语的沉默。

我看看腕表，已经在酒吧里耽搁了一个半小时之久，不免有些怅然。时光流逝太快，自己要做的事毫无进展，一直在白白浪费时间。

“目前来看，什么……是最重要的？”白雪边思索边开口，“找到地下深埋的东西，对吧？那么如何才能深入地下？必须要依循着石布走过的路才对。石布滞留敦煌数个月，都去过哪些地方？莫高窟、鸣沙山、月牙泉、壁画石窟……程风、吉川羽也同样去过，他们三人的结盟，与你我现在所处的情况相似。所以，我才执意要先夜探112

窟。别担心，目前程霓裳被黑星帮、隼机关控制着，他们要的是资料，不是一具死尸。”

我不由自主地松了口气，因为深知隼机关不会乱来，至少程霓裳没有生命危险。

“走吧，我们出去冷静一下，看看敦煌市的夜景。”白雪与我恰恰相反，在我长吁出一口气的同时渐渐皱起了眉头。

走出驼铃酒吧，我们并肩向南，踱步于千年老街之上。几分钟时间，酒吧门口的霓虹灯管映射出的彩光便消失了，身前身后，只剩下昏暗夜幕包裹下的古巷老屋。与其他城市一样，敦煌的旧城开发工作正在如火如荼地进行，或许下次重临此地，文庙巷就早已是记忆中的风景了。

空气中仍旧是经年不绝的沙尘味道，这已经成了小城的固定标签，只要身在敦煌，就永远躲避不开。

“石布留下了太多谜一样的线索，引发了各方势力的竞相追逐，令当前形势乱得不可开交。杨先生，你和石梦的现状，就像蹿行奔跑于树林中的野兔，吸引着众多猎人的目光。不过，猎人只是把你们当做诱饵，不会开枪射击，而是瞄准了可能被诱饵引出的巨兽。呵呵，我也是猎人之一，只关心太平天国翼王宝藏，并且志在必得。”白雪继续着先前的话题，并且引述了一段英文资料给我听，大致意思如下——

“能够还原石达开本来面目的诸多资料中，最著名的当属美国传教士麦高文通讯中的这段话：这位青年领袖作为目前太平军的中坚人物，各种报道都把他描述成为英雄侠义的化身，勇敢无畏、正直耿介、无可非议，可以看做是太平军中的‘培雅得(法国著名将领和民族英雄)’。他性情温厚，赢得万众的爱戴，即使那位颇不友好的‘金陵庶谈’作者也承认这一点。该作者为了抵消上述赞扬造成的美好印象，故意贬低他的胆略，正如其他清朝官方人士、向我们口述历险经过的外国水手所声称的翼王石达开在太平军中的威望，驳斥了这种蓄意贬低的说法。他那意味深长的‘翼王’封号，正表示出他在军事上的雄才大略和他的性格。他是一个有教养的人，一个敢作敢为的人。”

这段话其实早就被译成汉语刻在“翼王坪”的石达开纪念堂里，充分证明了后人们对他的敬仰。

“我一定能取得那只箱子，只是时间早晚的问题。”白雪跺了跺脚，脸上露出傲然的微笑。

我忽然闻到右前方老屋里传来一阵浓烈的藏香气味，但那间气度不凡的青砖、灰瓦、飞檐斗拱的老房子里没有一丝灯光，只有青砖墙顶上探出的老树枯枝随着夜风颤巍巍地摇曳着。

白雪停下脚步，深吸了一口气，若有所思地说："闻到了吗？那是来自甘南拉卜楞寺的黑松脂藏香，你一直想见的多吉占堆大师就在里面闭关。现在，你该知道我为什么要约你在驼铃酒吧会面了吧？我只是要你明白，如果在敦煌市方圆五百里内找一个能真正帮助你的人，就只能是我，没有第二个人选。杨先生，等大师出关，我会第一时间通知你前来拜谒，提早揭开石布尸体的真假之谜。"

她的一举一动都极有深意，我意识到自己又棋差一招，落入了她的行事步调里。

"大师有危险吗？"我努力嗅探着空气里传来的各种复杂气味，辨析出其中掺杂着擦枪油、新枪烤蓝以及枪弹火药的怪味，马上明白老屋四周已经遍布虎视眈眈的枪手。

与老屋连接着的建筑物大多低矮而破旧，窗洞、门框、屋顶烟囱口、屋脊背光处都能成为枪手的天然掩体。按地形错略估计，以老屋为中心圆点的半径百米内，足以伏下数以百计的枪手。

"有。"白雪忧心忡忡地点点头。

藏传佛教大师被传统藏民们奉为通晓古今、看透天机的神佛，在拉萨、昌都、林芝、山南、日喀则、那曲、阿里等藏民集中居住地拥有极高的威信和权力，一旦有事，藏民们会自发团结起来，维护寺院和僧侣们的利益。但是，敦煌是一个各族人民混杂居住之城，全市总人口18万人，其中农业人口9.3万人。总人口中汉族占绝大多数，回、蒙、藏、维吾尔、苗、满、土家、哈萨克、东乡、裕固等10个少数民族仅占总人口的1.06%。所以说，多吉占堆大师在这里的受尊敬程度远逊于身在甘南拉卜楞寺之时。

"我已经调了两组人马秘密至此，只在暗中保护。如果其他势力没有动手的意思，我的人也会按兵不动。多吉占堆大师是位有德高僧，医术高明，为人谦和，无论对我们有没有帮助，我都有义务确保他的人身安全。杨先生，身处这种剑拔弩张的局面下，你再不努力做点什么的话，就白走西北这一遭了。"白雪将自己的意思补充完整，话里隐然有对我的责备之意。

此时，我的脑子中浮起的是石布尸体光秃秃的后背，如果那不是真正的石布又会是谁？石布呢？从文华东方酒店顶楼坠下后落向何方？

“我会开诚布公地与石小姐谈，将石布去港岛前后的详细情况做一个全面的了解。你的意思，是不是说石布已经见到宝藏并有可能私自对它们进行了处置？可你有没有想到，石布、程风、吉川羽都是宝藏的见证者，想法不会那么整齐划一，见到宝藏后，势必会各持己见，闹出矛盾来。我想你高估了石布的能力，而这些照片也不一定就是出自石布之手……”说着说着，我发现自己的论调也无法自圆其说，只能重归缄默。

老屋旁边有一组陈旧的铸铁长椅，白雪率先坐下来，拉高衣领，默默凝视着对面破破烂烂的矮房。

“还有二十四小时，大师就会出关，剩下的问题等拜谒大师后再说。”看得出，她对我的回答并不满意，语气越来越冷淡。

我注意到前面房顶上的屋脊后面，不经意地露出一支长枪的枪管和瞄具来。这些破绽一落到警察眼里，可不是闹着玩的。我推了推白雪，向那边轻轻一指，示意她最好警告一下这群枪手的带头人，千万注意隐蔽，别再节外生枝了。

大约在半小时后，就在我和白雪起身向回走的时候，她接到了老鬼的电话，要我们凌晨四点钟跟他在安敦公路北侧的老干部休养所附近会合，乘他安排的车子去莫高窟。

白雪爽快地答应下来，但收线后就变得面色凝重、一言不发了。

能够亲临112窟观看壁画、探查环境是件好事，我们来敦煌的首要目的就是完成这件事。

“我想通知石梦，一起赶过去。”我思考再三，提出了这个建议。

白雪立即摇头：“错，杨先生，这一次的行动可以称之为‘踩雷’，极度危险。以你对石小姐武功的了解，认为她有能力在沙漠里保护自己吗？如果不能，趁早断了这个念头，别拖她下水。”

我冷静地纠正她的话：“她在，能发现你我无法注意到的细节。关于莫高窟的壁画，千年来一直被冠以‘外行看热闹、内行看门道’的最高境界艺术品。如果你想从‘反弹琵琶舞’的壁画中得到某些启迪，就同意我的建议吧。”

石布反持琵琶、拨弦狂舞时，只有我和石梦察觉到他身体上的诡异变化，其他人懵然不知。从这一点上说，石梦对反弹琵琶舞的理解能力在普通人之上，机缘巧合的话，一定会给我们的探索带来“柳暗花明又一村”的新启迪。

白雪沉默了几秒钟，终于点头。

我随即打电话给石梦，现在是晚上十一点钟，到凌晨四点还有五个小时，我们有充足的准备时间。

石梦的嗓音有些沙哑，仿佛刚刚哭过：“我会做好准备，请在到达酒店前五分钟通知我一下，我会赶紧下来。”

我无端地叹了口气，然后道了再见。如果不是担心白雪这边中途生变，我真应该赶回酒店去陪着石梦才对。

在我打电话的空当里，白雪用湿纸巾抹去脸上的浓妆，恢复了本来面目。

“还有几个小时，我们需要找一个安心静养的地方，调整状态，迎接即将到来的挑战。”她向前指了指，领着我快步走过了两条静谧的小巷，在一所两边蹲伏着石狮的民居门前停步。

有个穿着粗布棉袄的中年女人早就等在那里，向我们轻轻躬身：“来了。”

白雪轻弹指甲，只说了两个字：“带路。”

那女人推开陈旧的黑色木门，快步带着我们穿过青砖铺地的天井，到达了一个檀香扑鼻的宽大客厅。绕过客厅的红木雕花屏风后，再走过一小段窄廊，我们已然身处一间素雅干净的卧室。这个房间的东西两面墙下，各摆着一张紫黑色的核桃楸木罗汉床，上面叠放着锦缎被褥和丝绒枕头。

“大姐，这里绝对安全，不会遭到任何势力的窥探，您二位可以放心休息。稍后我会端两碗西洋参枸杞子牛肉粒黑米粥过来，权充消夜。明天凌晨，也会提前准备好早餐，绝不耽误行程。”那女人的声音听起来既软又糯，如同粤港澳有钱人最爱吃的冰糖糯米鸡一般，听在耳朵里，暖在心窝上。

“好，花错，辛苦你了。”白雪审慎地打量着这个房间，语气虽低沉，却充满了黑道大佬的威严。

“花错”这名字令我猛然一怔，因为跟那两个字相连的应该还有一个气势非凡的江湖名号——“一品带刀侯”。“一品带刀侯花错”曾是十年之前东南亚诸岛最著名的女赏金猎人，擅长狭窄空间内的冷兵器格杀，惯用一柄尼泊尔廓尔喀弯刀，经由她的双手送入阴曹地府的江湖人物没有一千，也有八百。

那女人好脾气地低头微笑着：“大姐，十二君子誓死效忠梁夫人，但有差遣，火里来火里去，水里来水里去，任何辛苦都是应该的。”她一笑起来，脸颊上便浮现出两个又大又深的浑圆酒窝，带着足够杀死任何男人的致命温柔。

“花错，梁夫人知道将你派驻这个西北不毛之地是太屈才了。好好干，完成莫高窟宝藏这件事后，我会在夫人面前力荐，离开这里，去你最喜爱的巴尔干半岛。”白雪不断地扫视着屋顶和门窗，最终露出了满意的笑容。

花错又一躬身，倒退着走了出去。

白雪在罗汉床边上坐下，从长靴内抽出一支银白色的短枪，手摁枪栓，一拉一推，完成了子弹上膛的动作，放在枕头内侧。

我没有多问一句与“一品带刀侯”花错有关的事，只是默默地脱掉鞋子，躺在另一张床上。

“我在江湖，只相信直觉和短枪。没有它，就辗转反侧夜不能寐。你呢？”白雪拢了拢头发，轻轻打了个哈欠。

“我相信直觉，也相信自己的身体和手脚，却不会将自己的命与一柄毫无生命力的短枪捆绑在一起做难兄难弟。上海滩‘杀手之王’王亚樵说过，兄弟是用来出卖的，枪械只会暴露破绽，真要想杀人，动手比动枪容易得多。白小姐，我要睡了，晚安。”我闭上眼睛，强迫自己忘掉那些令人头痛的事，一遍一遍调匀呼吸，仅用不到三分钟便跌入了梦乡。

〔叁〕

西方净土变，反弹琵琶舞

“连花错这样的顶尖高手都加入了十二君子，可见燕盟的势力有多强大！”我在短梦醒来时，跃进脑子里的第一句话就是它。腕表已经指向凌晨两点，我的体力与精力已经完全恢复，便悄悄地起床，走出门来。

花错正精神奕奕地坐在卧室门外的一张小沙发上，膝盖上横着一把黑鞘弯刀，右手虚按在缠着黑色丝线的刀柄上。

我不禁想到大亨雷动天经常挂在嘴边的那些传奇故事，从他嘴里随时都会跳出“花错”的大名——“花错的美貌与惊艳，都及不上她取人首级时那来自天际的一道刀光，轻妙得像一杯宿醉醒来的莲心茶，抑或是一场笼着轻纱的梦。她是情场浪子们最愿提到的话题，那绝对是一个神秘、妖冶、媚艳、铭心的女子。”但现在，花错只是一名谦虚而低调的护卫者，为了让我和白雪有一个好梦而长夜不眠地守在门外。

“醒了？”她柔柔地笑起来，一颗白生生的虎牙从唇角探出头来，为这徐娘半老的女子平添了岁月不能掩盖的娇媚。

“辛苦你了。”我压低嗓音，免得惊扰白雪。回手关门时，正看到白雪翻了个身，裹紧绸被，再次沉沉睡去。

“有强敌在，不敢大意安睡，只能枕戈待旦。杨先生，你来得正好，我有个困扰许久的问题，希望你能帮我解答。”花错从口袋里取出一支签字笔，在旁边的便签簿上写了几个字，递给我看。

那是“隼机关睡佛”五个字，我不解其中含义，冷静地向她望着。

“隼机关睡佛，是一位令我恨到极点、也看重到极点的敌人。我有种预感，他就在左近，随时将与我狭路相逢，拉开一场无法躲避的遭遇之战。看，我的廓尔喀‘月食’宝刀已经磨好了，只等他出现。我知道杨先生有位非常著名的黑客朋友，能否帮我详细查找一下睡佛的资料，看他的易容术、隐身术、龟息术到底存在什么破绽？大恩不敢言谢，我会在歼灭睡佛之后——如果还能有命的话，倾毕生的每一分每一秒报恩还情。”花错的拇指在漆黑刀鞘上轻轻一顶，弯月般的刀已经自动跳出刀鞘一寸，释放出一道深秋寒月般森冷的光华。

欧阳雪莉是我的朋友不假，但她毕竟有自己的工作和事业，不能无休止、无限制地给我帮忙，大事小情都去麻烦她。

我稍一迟疑，花错已经站起来，向我深深地鞠了一躬，神情肃杀：“睡佛与我有杀亲之恨，属于私人恩怨。我只要报仇，不会做出其他丧心病狂的事，更不会连累别人。”

花错不愧是老江湖，瞬间看透了我的想法。

“请让我考虑一下。”我与花错不过是萍水相逢，这样的重托恐怕担当不起。睡佛亦是51号地区的传奇人物，据资料显示，他是从一名美军海豹突击队的金牌教官转入隼机关的，精通海豹突击队各项单兵技能，并身怀数项特殊武功。除了花错提到的几项，他还在心理学催眠术方面有极高的造诣。如果他被派到敦煌来协助隼机关的工作，将是令中国黑道势力十分头疼的一件事。

“那就拜托杨先生了，我在这里敬候佳音。”花错又深鞠了一躬。

仇恨真的是人类体内蕴藏的一种最极端的力量，如此妩媚妖娆的女人，一旦谈及宿仇睡佛，脸上的肌肉立刻扭曲变形，暴露出其内心正在忍受着巨大的痛苦。古人说：笑谈渴饮匈奴血，壮志饥餐胡虏肉。或许只有畅快淋漓地杀敌饮血，才能平息她不能忘却的那些沉痛往事吧？

我只能点头答应，苦笑着接下了这件非常意外的工作，然后慢慢踱到天井中。向老屋那边望去，黑黢黢的夜色覆盖了一切，恰好是黎明前最黑暗的时段。

蓦地，那个方向传来一声凄厉的长嚎，听起来像是从一个仅仅十一二岁的少年喉咙里发出的声音。长嚎声的尾音袅袅不绝，引得四邻八舍的看家犬都汪汪乱叫起来。我走向天井侧面的长梯，想要登上屋顶去看，肩膀却突然被人搭住。

“不要去，那是多吉占堆大师正在为一个幽灵附体的少年疗伤。”说话的是白雪，她的精神也已经恢复到巅峰状态，眼神明澈，炯炯有神，只是头发稍微有些凌乱。

“什么？”我皱了皱眉。

“乱喊乱叫的是一个长期辍学的藏族牧羊少年，名叫班措，患上了轻度的精神失常和严重的午夜梦游症。多吉占堆大师从甘南拉卜楞寺至此，就是为了替那少年闭关治病。班措家很穷，他的父母没钱送他去看西医或中医，只能听天由命，把班措交给藏医来治。在班措犯病期间，我们每天凌晨的三点到四点钟之间都能听到这种声音。”花错从旁解释。

此刻，这个秘密工作点里的所有人员都已经醒来（也可以说大家为了保护白雪而整晚没睡过），花错亲手为我和白雪送上了牛肉蛋花粥和蒜蓉黄油面包，用温热可口的早餐驱散了凌晨的寒意。

凌晨三点半钟，我和白雪出门，进入花错准备的一辆半旧桑塔纳轿车。那种车子在敦煌街头随处都能看到，好处是性能优越而不会引起任何人的注意。车子滑出文庙巷的黑暗，沿文庙巷和市场巷一线转入灯火辉煌的新建路，驶向酒店。

黎明中的敦煌市大街，除了早起扫街的清洁工外，行人车辆极少，寂寥得如同一座空城。如果是在大陆的其他城市，这个时间应该是勤劳的市民们户外锻炼的黄金时段，但大漠边城无处不在的风沙抑制了敦煌人的此类需求，与其出来吹风吃沙，不如在家里老婆孩子热炕头地呼呼大睡，直到晨曦爬满窗台。

“花错说了什么？”白雪驾驶着车子，忙里偷闲地问。

“要我帮忙查睡佛的资料。”我实话实说。

白雪一声喟叹，轻拍着方向盘：“她的一生可以分为两部分，上一半是为一个男人活着的——‘快枪罗密欧’南园；下一半则是为了报仇而活，仿佛整个人都已经被仇恨的火苗煎熬透了，言必报仇，再也没有第二个话题。”

我听过南园的名字，那是一个横行印度、缅甸、尼泊尔一线的赏金猎人，最终殒命于第二次海湾战争时的伊拉克港口城市巴士拉。

“那年三月，南园接了一笔生意，潜入已经戒严封城的巴士拉，企图刺杀盟军的一位地下情报分析要员。彼时，在该要员身边担任保护组组长的正是睡佛。两个人站在战争利益的两端，势如水火，不能并容。结果，南园死于睡佛的海豹突击队专用格斗刀下，身中一百零八刀，尸体被悬挂在巴士拉的闹市区示众，以警示别有用心的亚洲黑道势力不要打盟军的主意。南园是花错今生唯一深爱的男人，她得知噩耗后，三日三夜兼程赶到巴士拉，动用了一切力量夺回南园的尸体，重金聘请亚洲最好的美容师，将南园身上的一百零八个伤口全部缝合，然后安葬于位于喜马拉雅山脉南坡的南园老家。她发誓要手刃睡佛，在他身上洞穿一百零九刀。其中，前一百零八刀是为南园报仇，最后一刀则是为了自己。很可惜，睡佛从第二次海湾战争后就调任51号地区，并成为隼机关的带头人，行踪和身份飘忽不定，花错始终没有得手。这一次，她从秘密渠道探知睡佛将要主导隼机关在敦煌这边的工作，便主动请缨，于两年前便深入大漠，培植羽翼，等待复仇良机。”白雪叙述花错与南园的故事时，满脸苦涩，声音低沉。

爱与死，是人类故事的永恒主题。我现在能理解花错低声下气地请求我帮忙的心情了，只要能格杀睡佛，她甘心情愿做任何事。

“真的是一个爱情的悲剧，不是吗？”白雪意犹未尽地感叹着。

车子已经停在酒店侧面，白雪的考虑真是周全到极点，从这个方向恰好能看到我们所住的房间露台。房间的灯亮着，那是酒店大厦黑黝黝的立面墙体上唯一的光点，像茫茫海上的灯塔般穿破了敦煌市黎明前的黑暗。

“她在等你，漫漫长夜里为你亮着那盏灯。杨先生，这样的女孩子才是最值得一个好男人珍惜的，千万别辜负了她。”白雪用一种极其诗意的口吻开我的玩笑。

自从大哥杨正失踪以来，我已经很久没尝到有人等我的滋味了。其实，就算那盏灯是石梦无意中保留着的，于我而言，也是一种意外得来的幸福。

我拨了石梦的电话，她的声音清醒而冷静：“等我三分钟，马上下来。”

听筒里传来轻微的电子噪声，成了她那两句简短有力的话的背景音。不见其人，只闻其声，我忽然很想多说几句什么，以表达自己对那盏灯的感激，但末了，只是控制了胸膛里惊涛骇浪般的冲动，极冷静、极淡然地叮嘱：“非常时期，出入当心。”

石梦一怔，伴着低沉的笑声回答：“我知道，多谢了。”

与此同时，白雪也伏在方向盘上，发出掩抑不住的促狭笑声来。

我轻轻收线，脸颊在黑暗中开始发烧，仿佛被对方窥到了自己的一点点私心似的。

“男女之间的那层窗户纸没有戳破之前，所有的情感是最微妙而玄秘的。杨先生，你屡次说到敦煌来不为宝藏，只为求得真相，眼下看来，能获得石小姐的青睐，最终抱得美人归，岂不是比世间任何宝藏都要珍贵得多？”白雪挺直身子，注视着酒店大堂外的旋转门，鼻子里轻轻哼起了一段西北边塞的旖旎小曲。

石梦来得很快，并且换了一套紧身的黑色皮衣，脚上则是一双黑色高弹力旅游鞋，再加上一只小巧的黑色腰包。

白雪随即发动车子，回到新建路，继续向东飞驰。

车子上了东环路后，白雪联系到老鬼，对方称已经等在老干部休养所以南的岔路上。

“二位小心，别被这些人黑吃黑了。这次只是探路，咱们没必要拍照，因为镁光灯闪耀时目标太大，容易被莫高窟旅游局的保安们发现。还有，此次探索的所有成果必须三人平分，绝不容许任何人独吞。咱们先小人后君子，免得到时候纠缠不清。”白雪把油门踩到底，车子越开越快，很快便上了安敦公路，望见了休养所的烟灰色小楼。

石梦坦然回答：“白小姐，一切照你的安排，无需担心。”

我默不作声地向前望着，黑色的柏油公路在车灯照耀下像条疲惫的大蛇，而我们就是骑行在蛇背上的无畏探险者。很快，视野中便出现了一辆成色很差的国产中巴车，小个子的老鬼正靠在车门边低头吸烟。

桑塔纳车子靠近中巴车停下，老鬼跑过来，低声催促：“大家上那辆车，那是管理局方面的后勤补给车，路上不会有人查。从现在起，大家关掉电话，别随便开口，一切行动听指挥，听明白了吗？”

我们三个立刻下车，登上中巴车，由老鬼亲自驾驶，沿安敦公路一直驶向东南。

由敦煌市区到莫高窟，仅需要半小时的行程，沿途全部都是大漠戈壁风光。眼下所走的这条灰黑色的柏油公路，完全暴露于朔风和沙尘之中，稍远处，黑魆魆的三危山正在向我们缓缓靠拢着。

莫高窟属全国重点文物保护单位，俗称千佛洞，被誉为“20世纪最有价值的文化发现”、“东方的卢浮宫”，以精美的壁画和塑像传名于世。它始建于十六国的前秦时期，历经十六国、北朝、隋、唐、五代、西夏、元等历代的兴建，形成巨大的规模，现有洞窟735个，壁画4.5万平方米、泥质彩塑2415尊，是世界上现存规模最大、内容最丰富的佛教艺术圣地。近代以来又发现了藏经洞，内有5万多件古代文物，由此衍生专门研究藏经洞典籍和敦煌艺术的学科——敦煌学。

这些耳熟能详的资料已经深刻在我的脑海中，此时最关注的就是老鬼有没有异常表现。其实，从发动车子起，他就一直从后视镜里打量着我们，眼珠子不停地转来转去。

蓦地，车灯下跃起一只灰色的沙漠黄兔，在白色光柱里快速奔跑着。

“傻黄兔啊傻黄兔，正好中午拿你下酒！”老鬼嘿嘿干笑起来，猛踩油门，车子瞬间提速，向黄兔冲去。这个意外插曲让我认识到，这辆外表破旧的车子一定是经过某种改装的，发动机的功率非常强大，能够在数秒钟内将时速由六十公里提升至一百出头。

那只黄兔并不像传说中那么傻，会一直沿着光柱奔跑，直至被车轮碾死，而是在几分钟后便跳下公路边沟，消失在黑暗中。

“大家不要紧张，有我带路，任何地方都会大开绿灯，游遍所有洞窟都没问题，何况你们要看的仅仅是112窟。我记得那一窟的壁画名称为《西方净土变》，净土净土，天底下哪里还有什么净土啊？不过是人哄人的胡编乱造而已，拿来骗无知老百姓的。三位请放松，下面我给你们讲讲莫高窟旅游的官方搞笑规定，好不好？”老鬼扭回头来，目光从我们三人脸上依次扫过。

白雪寒着脸冷笑：“老鬼，你听好了，这次我只是花钱买路走，签支票给你是赏你一个面子，千万不要搞花样，玩‘仙人跳’、‘空手套白狼’、‘过河拆桥’等圈套。好好带路，看完了还有酬金；耍心眼、使绊子的话——你该明白，在沙漠里杀个人就像折根草一样容易，你也许就看不到今天的日出了。这些话，我只讲一遍，你的命也只有一条，该如何做，多考虑考虑吧！”

一边说，她一边向前探身，把老鬼手边的一部老式摩托罗拉对讲机关掉，卸下背壳和电池，扬手扔出车窗。

老鬼脸色一变，双臂抖了抖，车子随即在空无一人的沙漠公路上扭了几下，险些冲下路沟。

啪的一声，白雪掌心里弹起一柄窄刃弹簧跳刀，刀尖倏地抵在了老鬼的右侧太阳穴上。

“喂喂，白小姐，你这是干什么？有话好说，有话好说！”老鬼踩了一脚刹车，车子打横停住，发动机也被憋得熄火。

“好好干你的活，动一下歪脑筋我就杀人。听好了，任何话我都没耐性重复两遍。”白雪冷冷地抖了抖手腕，老鬼鬓边的头发立刻断下两绺，掉落在臂弯里。这柄吹毛断发的快刀弹指之间就能贯入老鬼的太阳穴，让他命丧当场。

车子里的气氛瞬间跌入冰窖，老鬼脸上的干笑也被冻僵，老老实实地笔直坐着，再不敢乱说乱动。

“花错说过，老鬼真的是一只见过世面、经过风雨的‘老鬼’，稍有疏忽，就成了鬼爪下的猎物，比刚刚那只黄兔的下场还惨。不过，你最好多回顾回顾燕盟十二君子的战斗历史，任何人想在十二君子的前路上下套的话，都会死得很惨。好，言尽于此，继续开车吧，你很清楚应该怎么办！”白雪撤刀，轻按绷簧，刀刃嚓的一声收回，又消失在掌心里。

老鬼努力地咽了三大口唾沫，将已经成了废物的对讲机从车窗里扔了出去，重新启动车子上路。

自始至终，我和石梦并排静坐着，绝不插言，只做安静乖巧的观众，看白雪行事。我们深知，燕盟的力量非常强大，此次尽遣十二君子出手，绝对是有备而来，不达目的决不罢休。

很快，莫高窟外的小小绿洲已经进入视线，那些空旷天空下的绿色植物即使在深秋初冬的肃杀节气里，仍然并肩而立，如同守护在千年莫高窟之前的尽职卫兵一般。远处，灵骨塔的轮廓变得相当模糊，这种夜探莫高窟的奇怪感受并非人人都有机会体验的，所以我一直在睁大眼睛，警惕地四面眺望。

据资料显示，时至今日，莫高窟的保安工作已经非常完备，敦煌市风景区旅游局为此亦投入了大量的人力、物力、财力，他们的主要工作就是防范别有用心的旅行者和剑指宝藏的盗墓人。由老鬼带路，车子并未在莫高窟外围受阻，只接受了简单的询问后便抵达莫高窟入口处的“三危揽胜”与“石室藏宝”牌坊附近。牌坊之后，就是经过历年来不断修葺的绝壁石窟了。石窟原先都是露天凿刻修建的，现在为了保护莫高窟，把原本露天的石窟入口都修砌成屋子，安装上小门，最大限度地抵挡风吹、雨淋和日晒。

在有关敦煌莫高窟的新闻报道中，无论中外媒体，都高度评价了新中国政府对于古老壁画艺术的保护工作。唯其如此，才令千年石窟顶住了自然风化和石崖崩碎的侵害，将五千年文明古国的神奇艺术完美传承下去。

“到地头了，大家随我下车。”老鬼终于恢复了常态，从副驾驶座位下翻出一个鼓鼓囊囊的挎包，挂在脖子上。

一出车子，立刻感受到莫高窟之夜的干冷，石梦瑟缩着身子，紧靠着我，突然连打了两个响亮的喷嚏。不过，这平时听来惊天动地的声音，被漠野和荒山瞬间吸收，立刻随风而散，并不引人注意。

“只看112窟的‘西方净土变’和‘反弹琵琶舞’，带路吧！”白雪的精神也紧张起来，一直在向那些高耸于危崖上的大小门户仰望着。

在之前看到的敦煌壁画资料中，不断地遇到“经变”这个名词。经变也称变或变相，是佛画种类之一，广义来说，凡依据佛经故事绘制的画作，都可称之为“变”。不过，敦煌经变画则是指将某一部甚至某几部有关佛经的主要内容组织成首尾完整、主次分明的大画。经变在南朝时即已出现，据唐张彦远《历代名画记》所载，南朝宋袁倩画有“维摩诘变”，梁时儒童画有“宝积经变”。莫高窟有经变三十三种，晚唐第156窟南顶有妙法莲华经变题榜，第12窟保留有法华变、东方药师变、西方净土变、报恩经变、维摩居士变等题榜。其中，持续时间长的有西方净土变、东方药师变、弥勒经变、法华经变、维摩诘经变，数量最多的则是东方药师变。敦煌经变内容丰富、形式多样，除了佛经内容外，大量的社会生活内容在经变画中得到生动的体现，许多经变画技巧高超，堪称艺术珍品。

老鬼从挎包中取出一支笔形手电筒，一声不响地向前走，白雪随即跟上。

“杨大哥，我有种预感，好像……看到了一些魑魅魍魉样的东西，就在……就在那里面，不不，是在那下面！”石梦一下子捏住了我的手指，在我耳边低语着。

〔肆〕

112窟内，石梦消失8秒钟

我摇摇头，反手握住她的腕子，向她使了个眼色，用唇语说："少说，多看。放心，一切有我。"

经过了酒店内程、石二人同时出现幻觉的那件诡事后，我深知石梦是具有某种特殊灵性的女孩子，能够先知先觉，在同行者无所觉察之前，获得极其珍贵的信息。现在，她所指的是石窟脚下的地面，但那里除了坚硬无比的千年岩石之外，就只剩随风而来的细微沙尘了。

"是幻觉，一定是幻觉。"她用唇语回答。

"把你看到听到的全都记录下来，撤退时单独告诉我。"我继续使用唇语，牵着她的手，跟上老鬼和白雪的脚步。

空气中出现了淡淡的发霉气味，类似于年久失修的老房子中常见的那种，还夹杂着时有时无的陈年香烛气。莫高窟是绝对禁止烧香、祭拜、祷告活动的，但上有政策、下有对策，总是有些虔诚的善男信女们能够通过各种秘密途径带香烛来此，冒天下之大不韪点燃祈祷。五千年来，中国人养成了见神佛庙宇皆跪拜的习惯，此种意识已然深深地融入人们的血液之中。莫高窟壁画是近乎"神迹"的古代佛教文化遗产，在善男信女们心中的地位无比崇高，这也难怪他们勇于藐视禁令，只求香火一祭。

踏上石阶，进入石窟之前，石梦突然停步，讶然指向头顶的天空："看，流星！"

我与她平行站着，立刻仰头，果然看见三颗流星正飞速掠过昏暗的夜空，向东方坠下。

就在那一瞬间，石梦已然双手合十，嘴唇轻轻翕动着闭目祈祷。“流星划过时美梦成真”这个一厢情愿的欧美唯心主义学说一直都蛊惑着年轻一代中国人，连石梦也不例外。

白雪严肃绷紧的脸上绽出了难得的笑容，轻弹了一下指甲，斜瞟着我和石梦：“石小姐，许的什么愿望，不妨说来听听？”

她从人之常情考虑，认为石梦所许下的不过是寻常男欢女爱内容的心愿，但我们都料不到石梦竟然一字一句地回答：“我在祈求上天，让大哥石布复活，让他的灵魂展开飞翔之翼追逐他的身体，让他的生命和灵性永不消散。他是我在这世上唯一的亲人，我要他永远地活下去，就像这面大漠危崖上的洞窟与壁画一般，不知何时何处来，不知何时何处止，永恒存在，击破时间的藩篱。”

仿佛有一阵轻飘飘的凉风从我背后吹过，令我遍体生出浓重的寒意，不由自主地攥紧了双拳，努力抑制着牙齿打战的动作。

老鬼气急败坏地低叫起来：“喂喂，白小姐，管管你的朋友，在这种地方起那样的誓，果真应验的话，几百座洞窟里不知藏着多少孤魂野鬼，一起冒出来，咱们大家就都死定了！真是他妈的晦气，早一分钟进洞就不会有这事了。你们都不知道，之前在这边发生过好几起怪事了，都是胡乱起誓惹的祸。白小姐，等一下我是不进112窟了，就在外面等着，你们自己进去看……”

他加快脚步，带我们走到112窟前，用蒙着白纱布的电筒向门口的数字编号飞快地照了一下，随即灭掉。

“就是这里，请你们动作快些，免得我那些混在保安队里的朋友难做。现在是四点三十五分，半小时到四十分钟内撤退，耽误时间出事的话，后果自负。”老鬼退到一边，顺手将电筒交给白雪。

石梦的许愿内容非常古怪，以她的身份和江湖阅历，不该说出如此外行的话来。

我不好多说什么，只能拉着她进洞，努力地眨着眼睛，以求尽快适应前面无穷无尽的黑暗。霉气、香烛味、古代绘画颜料的返潮味、千年古洞里的阴冷地气混合交织在一起，无声无息地扑面而来。

电筒亮起来，一幅幅生动的飞天形象跃然于洞顶，衣带飘摇，手舞足蹈，一瞬间便将人带入了神佛故事的无尽长卷中，令人深怀谦卑而低敛的心情，一点一点地随着电筒光圈的移动，将那些菩萨、罗汉、比丘、乐伎的一举一动尽收眼底。

莫高窟的壁画中处处可见漫天飞舞的飞天形象，敦煌市的城雕标志也是一个反弹琵琶的飞天仙女形象。此时，洞壁之上，各种姿态的飞天在浮动飘舞着，有的直冲云霄若礼花，有的垂直俯冲如流星，有的穿堂入户如游龙，有的随风旋转如春藤。在古代画家笔下，各种蜿蜒曲折的线条、顿挫、重抹、轻描，成就了佛教壁画艺术的万仞之巅。

飞天，印度语为干闼婆（Gandhanra），又作犍闼婆、犍闼缚、紧那罗，是佛教中天帝司乐之神，又称香神、乐神、香音神。飞天是干闼婆和紧那罗相混合，男女不分，职能不分，以香为食，不近酒肉，有佛陀出现的场合，便一定有飞天存在。每当天上举行佛会，这种神便凌空飞舞，抛洒鲜花，用歌声、舞姿、音乐、鲜花、食物供养诸佛。

很快，我们便抵达了《伎乐图》前，亦即“反弹琵琶舞”的原始出处。

白雪悠然感叹：“任何言辞描述、图片资料都比不过亲眼目睹对人造成的震撼，看了这幅壁画，我真恨不得化身为画卷中的人物，亲自手持琵琶，奉献一生的专注，做一次激情狂舞。”

光柱从画面上伎乐天的头顶琵琶一直移动到脚下的云纹裙裾，又从左侧弯曲缭绕的丝带横掠到右侧的垂悬花瓣，舞者丰盈美好的体态和飘然欲动的衣带令白雪不断发出啧啧赞叹声。

据资料记载，莫高窟内的壁画原先都是用纯天然矿物颜料绘制，先由水平最高的大画师们打稿、绘图，然后交给普通画工按照指示小心填色。经过千年岁月的侵蚀洗礼后，壁画上那些原本鲜艳的色彩，渐渐地氧化、蚀变、褪色，现在只有蓝绿色、土黄色、棕红色保持较好，其余颜色基本都已遭到氧化。其中，氧化最厉害的要数与人物肤色极为接近的肉色，现在看上去，差不多所有壁画佛像的肤色都近似于黑褐色。

那时，石梦已经缓缓越过了壁画前设置的围栏，贴近壁画，并试图伸手去触摸那些云头图案和佛界鲜花。

白雪轻咳了一声，温和地劝诫她：“石小姐，这些都是中国最宝贵的艺术品，虽然没有监督者在旁，咱们也应该自觉自律才对。”

灯光落在石梦半举的指尖上，她的动作已经因白雪的话而停止。

“我知道，石小姐的腰包里一定也带着照明用具，不如咱们分头行动，四下看看能否找到可疑之处。时间已经消耗过半，大家一定加快速度，不要惊动了外面的巡逻保安。”进洞以来，一直都是白雪自说自话，我和石梦既不开口，也不表示丝毫惊叹或诧异的态度，难免让她有些焦躁。

“好，好。”石梦梦游般地回答，左手机械地拉开腰包，抓出两支笔形电筒来。

“杨先生？”白雪提高了声音，很明显有责备我的意思。带石梦一同前来是我的提议，如果在她身上出现奇怪状况，责任全在于我，无可推脱。

我迎着白雪的灯光做了个“ＯＫ”的手势，跨过护栏，站在石梦身边，同时接下了电筒。

白雪向《西方净土变》的另一端走去，电筒上下晃动着，态度极其认真。

“发现了什么？”我的声音已经压到最低，揿亮电筒，向着石梦要触摸的壁画部分照过去。

“舞者似乎就要活过来了，看她的手臂动作和眼神瞄向，那只琵琶极重，有点像古代神话传说中历千年即可成精的玉石琵琶，只能借力旋舞而无法维持长举不动的姿势。下一个动作，她就要将琵琶挥过头顶，向右下方斜砸下来，同时奏出整支乐曲中的最强音。那一定是乐曲的高潮部分，然后于最高潮处戛然而止，在空气中留下余音袅袅，绕梁三日不绝。杨大哥，你看她的脸——”石梦的语速越来越快，肩头颤抖着，仰面看着画中的舞者，脸上露出惊惧与神往复杂交织的表情。

那幅“反弹琵琶舞”的壁画已经近乎成了莫高窟的代名词，单单这一条，就能说明该画作的艺术水准之高明。在许多著名摄影家的镜头之下，该画作已经纤毫毕现地出现于各种艺术画册上，我也有幸在大哥那里观摩过几本，对舞者的动作表情都算比较熟悉了。现在，我仔细看着舞者丰腴的脸庞，却始终没有石梦那样的怪异感受。

“舞乐结束，盛宴散尽，就是一个时代的终结。而终结，正是另一个时代的开启点，上天关闭了一扇门，便会相应地开启一扇窗给世人。由那扇窗，睿智的人将抵达时空交汇的焦点。而这趋近尾声的反弹琵琶舞，就是一个信号……对，它就是一个信号，大哥明明白白地接收到了信号，才做出种种匪夷所思的举动。杨大哥，我似乎看懂了一切，繁华背后，原来是那样的一个真实世界……”石梦又低语起来，声音忽高忽低，近乎梦呓。

我轻轻关闭电筒，本意是希望她的视线脱离壁画的刺激和束缚，神智就能逐渐清醒，集中精力，找到石布有可能留下的特殊线索。

“她为什么要做出反弹琵琶的动作……大哥反复求证过，找了很多琵琶专家和舞蹈专家请教，他们谁也无法在背后弹奏琵琶。那么，为什么这幅壁画中偏偏要描绘反弹琵琶呢？难道是说，一切都要反其道而行之，向最不可能中寻求解决之道？”石梦的轮廓与黑暗融为一体，几不可见，只有急切而迷惑的声音持续响着。

现代成语“反弹琵琶”的意思就是“反其意而用之、反其道而行之”，是求异思维的一种形式和结果，即经过了多种多样方向的“求异”之后，最终确定朝原来的信息相反（或相对）的方向发展的一种表现。运用这种逆向求异思维的方法，极有可能进入新的意境，获得发人深省的启迪。

如我们现在这样，身处《伎乐图》前，又该从哪个方向下手，去进行“反弹琵琶”式创新思维呢？

“石先生的反弹琵琶舞是向谁学的？难道单纯看着这幅壁画，就能领悟那些左旋右转的舞姿吗？”我边思索边问，换来的却是石梦的微微叹息。

回忆当时的场景，石布弹着琵琶旋舞时，带给我们的不是悠闲雍容、落落大方的音乐享受，而是一种急迫、惶恐、狰狞、暴戾的观感，仿佛一个阴魂附体的人正摇曳着招魂铃、招魂幡，晃晃荡荡、伶伶仃仃而来。

“石梦，你在流星掠过天际时，怎么会想到许下那样的愿望？人死不能复生，石先生从高楼坠下后，肯定是生还无望，你又何必过于执著？”我希望石梦能真正地敞开心扉，翻过人生中悲惨而难忘的一幕。

石梦没有回答，又一阵寒风从背后袭来，扑到对面壁画后又回旋转折，席卷我的脚下。

“石梦？”我心头有了不祥的感觉，立刻向黑暗中挥手，想要抓住她的胳膊。灭灯之前，我们相隔半步，我出手去抓的位置，是她的左侧小臂靠近手腕的部分，绝不会错。可我的手却扑了个空，石梦根本不在那里。

那种情形下，我下意识地横跨了半步，再次伸手去打捞。

诡异而恐怖的事就在此刻发生了，我的右脚跨出去再落下的时候，突然踩空，感觉不到地面的存在，向一个空洞里坠落。我来不及收脚，双膝一屈一伸，高高弹跳起来，半空转身，落回到原地。

事发突然，我的反应稍稍有些迟钝，到现在才来得及揿亮电筒，向石梦所在的位置照过去。那时候，我简直无法相信自己的眼睛，石梦已经不在那里了。我再照脚下，不见深坑沟壑，只有青石地面。

“石梦？”我又叫了一声，将电筒举到肩头位置，向四面搜索。半分钟后，我额头上的冷汗便滴答滴答地落在地上，因为此刻的112窟里，除了壁画远端的白雪，再也看不到第三条人影，石梦这个好好的大活人已经凭空消失了。

我关掉电筒，感觉自己的心跳越来越快，脑子里也出现了缺氧性眩晕。

“石梦怎么会不见了？刚才我踩中的明明是个陷阱，难道她是落入陷阱中，被地面吞没了？”大漠多流沙，沙井则最善于无声无息地杀人，通过反复卷扬蠕动的流沙将失陷的人拖入地底。假使壁画前的地上果真存在一个看不见的流沙井的话，石梦的神奇失踪才会解释得通。当然，我也可以假定石梦是悄悄走出洞窟去了，这一点只要追出去，向守在外面的老鬼求证就可以了。

石窟外的风声呼啸传来，对面壁画中的舞者形象正在急速扩大，仿佛真的要突破千年洞壁、飘摇而下似的。接下来，我的耳朵里出现了各种各样的幻听声音，有人声、钟鼓声、水陆道场的铙钹锣磬声、辚辚车声、咴咴马嘶声……我知道那是幻听，但为什么偏偏在此时此地出现呢？

我长吸了一口气，气沉丹田，闭目凝神，控制着脑海里万马奔腾般的胡思乱想。忽然间，我闻到了一种之前从未接触过的味道，隐约像是百米狂奔极度缺氧后从心底泛起的极度苦涩感。人类对于“苦”味的感觉全都来自舌床味蕾，而生活中的苦涩、苦闷、愁苦却是仅仅存在于笔下，无法化作实质性的体感。

据我所知，古代画家所用的天然颜料是具有轻微毒性的，在潮湿而又通风不畅的环境中能够挥发积淀，造成游客窒息事件。但是，我此刻的感觉与此不尽相同，确切说，就像是站在一只巨大的抽风机前面，因气流的快速逸去而将身边的氧气一起带走，才让我感到绝望的窒息。

“开灯，那些只是幻觉，石梦不会凭空消失。再找一遍，然后出去问老鬼！”我默默地告诫自己，然后狠狠地咬了咬牙，按住电筒的开关，再次深呼吸三次，确信所有的高低幻听正在退潮般远去，才对着旁边出现陷阱的位置再次揿亮电筒。此时，就算那里突然冒出一口流沙井、一个无底深坑或是一只张着血盆大口蹲伏噬人的怪兽来，我都能坦然面对，沉着应付——

惨淡的光柱首先照到了一双黑色的旅游鞋，鞋带系得整整齐齐的，没有丝毫凌乱。鞋子踩着的地面平整而洁净，与石窟内其他地面高低一致、材质相同，丝毫不差。这也就否定了流沙井之说。光柱向上移动时，依次出现的是皮裤、皮夹克和石梦那张惨白迷惘的脸。豆粒大的汗珠正布满她的额头、鼻凹、下颌，渐渐汇集成一道道水渍，慢慢地流淌下来。

我彻底怔住，石梦的消失和出现都是无声无息的，甚至连最轻微的脚步声、衣裤摩擦声、裤脚带风声都没有。

“石梦——”我大力地咽了口唾沫，举手揉捏了一下已经僵硬的嘴唇，才能尽量表情自然地接续下去，“你没事吧？你的脸色有些不太好。”

其实我应该问“你去哪儿了”，但她的脸色白得惊人，身子也摇摇欲坠，仿佛刚刚经历了一段魂飞魄散的恐怖场景，我不忍心再问，只是上前扶住她。“地面是否存在流沙陷阱”一说已经无需赘述，如果有，我们两个早就同时沦陷下去，承受灭顶之灾了。

“我……没事，没事，刚刚发生了什么？我好像看到你把电筒关了……为什么要关电筒？”石梦的牙齿正在喀喀乱碰，嘴唇亦泛出了惊恐过度后的青紫色。当我握住她的小手时，感受到的是万年坚冰样的刺骨寒意。

“没事，我无意中揿到了开关。”我轻轻地拥住她，用自己的身体带给她温暖。

“那就好……那就好。”她接过我手中的电筒，再次向舞者仔仔细细地照射着。我注意到，光柱焦点数次停顿于舞者的脸上，以至于我恍惚觉得舞者几乎要挥手遮挡眼睛，以避开灯光的照射。

事实上，只有亲临莫高窟的人才能体会到那些佛教题材画像的传神美妙之处。当然，这是在有充足时间去感受、去凝视的状态下，而不是在几名弱智官方解说员的吆喝聒噪之中。

我早就从酒店房间的旅游资料上读到莫高窟的游览须知条例，其中赫然注明：莫高窟游览特定洞窟需要提前申请预定；进入石窟前将相机寄存；有讲解员带领，参观并做讲解，不能随意走动；不要拍照、不要触摸、不要打哈欠、喷嚏、不要打开任何照明设施……在那种走马观花的过程中，就算是火眼金睛的孙悟空也不可能看出什么门道来。所以，真正对莫高窟感兴趣的黑道人物通常会像我们一样采取夜探方式，独辟蹊径，以达目的。

白雪率先结束了搜索探查，失望地退了回来。

“有什么发现吗？”她手中的电筒光与石梦那支并在一起，同时落在舞者举过头顶的琵琶上。

“没有。”我代替石梦作答。

“好了，暂时撤离吧。”白雪连叹三声，充满惆怅与沮丧，与来时的兴致勃勃迥然不同。

石梦关掉电筒，同我一起在黑暗中静默了几秒钟，才决然地转身往外走。这一次，我始终跟她并排站着，不敢有丝毫的疏忽大意，生怕噩梦重演。

“奇怪，我的表停了。”我无意中抬起腕子，想看看已经几点钟的时候，发现这款瑞士爱彼(Audemars Piguet)夜光表已经停摆。

石梦受了我的影响，也抬腕看表，愕然低语：“怎么？我的表也停了？五点十分十秒。”

她戴的也是爱彼表，与我的表同属爱彼全精钢材质高端运动表系列“皇家橡树”(Royal Oak)中的经典款式。爱彼在全球奢侈品协会公认的世界十大名表排行榜上排名第三，仅落后于百达翡丽(Patek Philippe)和江诗丹顿(Vacheron Constantin)，其质量无与伦比，向来以走时精准出名，年误差极小。

“8秒钟，我失去了8秒钟。”石梦怔忪地苦笑着低语，左手按住表盘，脚下变得踉踉跄跄起来。

“什么？石小姐，我听不懂你的意思。”白雪狐疑地转身望过来。

来自石窟外的晨风卷动她的头发，纷纷扬扬，飘飘摇摇，犹如壁画上那反弹琵琶的舞者袖底衣带，不胜风吹之力，令人满心怜惜。

〔伍〕

石梦亲历幻境，时空隧道入口？

“我的表停了。”石梦冷淡地回答。

外面风寒，我担心她满头满脸的汗水会着凉感冒，赶紧取出手帕，示意她快点擦汗。我明白“8秒钟”的含义，也就是说，她在消失前看过表，消失后也看过表，恰恰就是在她二次看表之后，指针停摆。那么我的表呢，会不会跟她那块表遭遇了同样的诡变？

“唔，请快些走，我们的时间有限。”白雪不得要领，皱紧眉头，加快脚步前行。

“回去再说。”我低声告诫石梦。

田勇亦是在老鬼带领下夜探过莫高窟的人，不知道他面对112窟反弹琵琶舞壁画时，心中有没有特殊的感受？不过，他比我和石梦的际遇要好得多，因为他捡到了那柄“西双版纳英雄令”短枪。

一想到大哥的配枪，我的心就开始扯扯拉拉地痛起来。

老鬼早就在门外等得急了，一俟我们出门，马上打手势要我们快速回撤。

我一把抓住他的肩头，冷静地问：“上次你带田勇过来的时候，曾拾到一柄短枪，当时枪是落在什么位置？”

老鬼挣扎了两下，粗鲁地回答：“我不知道你说什么，东天的鱼肚白就要出来了，再不走，等着被保安队抓去挨揍吗？”

果然，晨曦已经撕裂了苍穹上的夜幕，正从遥远的东方铺陈过来。至多再过十分钟，莫高窟外面就会天光大亮，迎来大沙漠上崭新的一天。

我五指加劲，指尖上的霸道内力只透对方的肩胛骨。北少林的“金刚指”天下闻名，与早已失传的云南大理段氏的“一阳指”并称武学奇葩，稍加用力，老鬼的肩胛骨就会被当场捏碎，造成终身残疾。

喀的一声，老鬼肩头关节发生轻度移位，忍不住低低地惨叫起来：“别动手，那柄枪就摆在这边的石窟门口正中，被我一脚踢到，卖给小田的。白小姐，拜托管管你的朋友行不行，有什么话咱们撤回去再说，保安队转眼就到，咱们四个大活人聚在这里，不等于是一个巨大的靶子吗？”

我松开手指，抟在他的后颈上，另一只手指向112窟前的地面，再次追问：“是这里吗？只有一柄枪，没有其他东西？老鬼，这个问题对我很重要，不弄明白是绝不会离开的。”

照莫高窟严格的管理制度推断，那柄枪是在清洁工人打扫下班后放在此处的，才恰好被夜行探幽的田勇跟老鬼捡到。否则，得到它的将是勤勤恳恳的环境清洁工们。

“对，就是随随便便地丢在那里的，旁边什么都没有。小田当时还被吓了一跳，以为是什么人抢先一步进石窟去了，立刻拔枪准备战斗。可石窟里面空无一人，跟平时一模一样。小田很够意思，拿走那柄枪，给了我50000块。”老鬼被我抟得连喘气都费劲了，顾不得跟我讲理，一五一十地坦白交代。

我不禁一阵茫然，大哥的性格向来小心谨慎，才能成为寻宝师这一行里的常青树，怎么会无缘无故失落配枪？最重要的是，他已经失踪很久了，即便“西双版纳英雄令”出现，也只是经由他人之手，而非他本人。

“谁带那柄枪来此的？因何失落在地？携枪者又去了哪里？难道田勇和老鬼都在撒谎……”一个叠一个的问号，逐渐串连成一道越箍越紧的枷锁，死死地将我的脖颈套住，憋闷得我无法喘息。

“枪在地上是怎样摆放的？枪口指向何处？”石梦突然发问。

老鬼半跪在地上，伸出手指，大概比划了一下，含混不清地回答：“当时太黑了，我先踢到枪，才捡起来细看，谁知道原来的枪口指向哪儿？拜托两位，咱们先撤到牌坊外面再说行不行？我的保安朋友也是养家糊口混饭吃的，你们总不能一趟就砸了他们的饭碗吧？”

他的话入情入理，而石梦的问题却来得极其怪异。

我放开老鬼，他恨恨地在膝盖上拍打了两下，掸去浮尘，然后起身带路，一行人迅速返回车里。

从“石室藏宝”牌坊旁经过时，老鬼停住车子，将一叠钞票递给木然站在石阶上的三名身着保安制服的男人。

“最近天气变冷了，规矩也要变，按人头算，多加三成。”那个矮矮胖胖的黑脸保安头目接过钞票，并不收手，仍旧按在车门上。

老鬼不敢怠慢，马上又抽出三张百元钞票送过去。胖头目的手缩回去，车子才得以绕过牌坊，原路返回。

“靠山吃山，靠水吃水，大家都要吃饭，都得想办法讨生活，没办法。”老鬼盯着后视镜里渐渐远去的危崖、石窟、牌坊、绿洲，摇头长叹，满脸郁闷。

我们三人也很郁闷，因为连夜从敦煌市区赶过来，一路风尘仆仆，没有任何发现，只沾惹了一身洞窟霉气。

半小时后，车子返回了休养所南面的停车点，老鬼如释重负地感叹：“好了，大家的合作到此结束，希望各位对我的导游服务还算满意。我们敦煌人最爱说‘山不转水转、水不转沙转’，大家一定还会有再见面的时候。”

此时，天已大亮，东方云霞灿灿，又是一个朗朗晴天。

我拍拍他的肩，诚恳地说：“抱歉老鬼，刚刚在石窟时我太激动了。”

“别忘了我们的约定，帮我找妙手公孙世家的人。老鬼，我希望你能明白，跟我合作，只有天大的好处，绝没有后顾之忧。”白雪假装看不见老鬼脸上的怨愤，随意地抽了几张钞票扔在驾驶台上，“拿去喝茶，保持联络。”

然后我们三人回到自己的车上，继续驶向市区。

石梦变得出奇的安静，缩在后座上的角落里，怔怔地扭头望着窗外。敦煌城外，即是千里戈壁，除了那些极度耐寒耐旱、不惧风沙的低矮植物，即将席卷大地的朔风能撕碎一切树木和草皮，直至遍地裸露出戈壁的本来颜色。

“老鬼恐怕要恨死你了，以后出入酒店小心点。现在你们两位回去休息，我还有事，再联络吧。”白雪的情绪相当低沉，将车子停在酒店侧面的僻静小街上。

“再联络。”我强打起精神道别，而石梦动作迟缓地下车，疲惫地靠在一根电线杆上，只向白雪点头苦笑，仿佛连说话的力气都没有了。

白雪挥挥手，踩下油门，桑塔纳轿车缓缓滑出小街，拐弯消失了。

不约而同的，我和石梦一下子挺直了身子，重新变得精神焕发。

“好了，现在只有我们两个人，应该找个地方坐下来，慢慢聊聊刚才112窟里发生的怪事了！”我长舒了一口气。从出石窟开始伪装到现在，努力做出万念俱灰、极度失望的样子，只是为了瞒过白雪。石梦的异样表现与反弹琵琶舞的壁画有关，我现在相信石布、程风、吉川羽三位应该也有近似的遭遇。

“且慢。”石梦取出电话，迅速拨了个号码，沉着冷静地吩咐，“铁叔，跟踪白雪，看她会不会加紧处理拉卜楞寺高僧那边的事。请记住，多吉占堆大师到敦煌来，一定与‘挖掘伏藏’的大事件有关。大哥说过，敦煌市今冬的最大变数就是‘伏藏’，咱们务必要抢在白雪前面，弄清这一切。”

我听到了狂狮铁战沉郁的回答：“我已经集齐鹤翼、鱼鳞、锋矢、冲轭、长蛇、车悬六队人马，全部调至文庙巷、自由市场、市场巷一带，现在咱们在人数、武器和战斗力上都能与燕盟抗衡了。剩下的事，我知道该怎么做。”

石梦稍一沉吟，咬了咬下唇，一字一句地说：“铁叔，非常时刻，务必采取非常手段。田勇的反叛已经给我们敲响了警钟，如果各队人马中再出现叛徒，请在第一时间采取雷霆霹雳手段诛杀之。做大事不拘小节，切记，切记！”

她的表情变得无比冷峻，与文华东方酒店初次见面时相差无几。这样的石梦，才符合江湖侠女的本色，之前她跟我一样，都是在竭力伪装，以骗取白雪的轻敌。

啪的一声，石梦合上电话，果决地结束了通话。

“不要问我铁战要做什么，也不要管我的身份，那些都是与你无关的。杨大哥，我知道你是个非同凡响的大人物，睿智过人，武功绝顶，但眼下敦煌这摊事是一潭越搅越浑的死水，谁涉足进来，都会被拖得筋疲力尽。我爱你，所以不想害你，就这么简单！”石梦的最后一句话令我心弦一震，万料不到“我爱你”三个字竟然能在这种场合下说出来。

朝霞的绯色光芒从东侧店铺顶上投射下来，将石梦的柔软发梢镀了一层浅浅的亮色。

我注视着她，一缕混合着怜惜、挚爱、恳切、赤诚的复杂感觉细细碎碎地浮上心头，嘴角绽出忍俊不禁的温柔微笑：“我也爱上你了，从文华东方酒店初相见的那一面起。这算不算一见钟情？或者是浴血战火中的爱情？”

小街两侧，皆是高高低低的店铺，各种招牌鳞次栉比，上面印着五花八门的名称文字。我曾几百次构想过自己向一个女孩子坦露心声时的场景，那应该是在一个温暖轻柔的春天之夜，空气中充满了玫瑰花和法国香槟的迷幻味道，耳中还该听到若有若无的小提琴四重奏、掌声、祝福声……

“男儿本自重横行，天子非常赐颜色。江湖儿女，本来就不该拘泥于世俗的繁文缛节，无论是‘凤求凰’还是‘落山风’的阴阳八卦布局，都抵不过心头的灵犀一点，不是吗？”石梦向我走过来，将自己的脸慢慢地贴在我的胸膛上，然后双臂穿过我的肋下，用力环住了我的腰。我的手臂也揽着她的肩，在晨起的敦煌街头，完成了两情相悦、两心相许的第一次深情拥抱。

“我饿了。”良久，石梦仰起头来，羞涩地笑了。

刹那间，我的肚子也咕咕咕地叫起来，似乎是在恰到好处地呼应着她的话语。爱情的魔力令我的精神发生了天翻地覆的质变，身体里也仿佛有用不完的力气。我们牵着手向前走了一段，在一家窗明几净的小店里坐下，四目交投，沉浸在爱情刚刚萌芽时的欣然喜悦中。

我点了小菜、烧饼和两大碗羊肉粉汤，用这种西北风味的丰盛早餐庆祝我们的美好开始。

羊肉粉汤是敦煌的传统小吃，选用敦煌本地饲养的膘肥体壮羯羊，宰好洗净切成大块，然后清水下锅，待快熟时打净血沫，放入少许精盐，肉熟后捞出剔骨，然后骨头回锅，温火熬煮成浓汤。食用时，先将骨汤兑水，放入适量生姜、胡椒、花椒、桂皮、玉果、辣椒、精盐、萝卜片、大蒜等香料煮沸，再将熟肉切成薄片与切成块的凉粉盛入碗中，舀入沸汤，上面撒香菜末、韭菜、葱、辣椒末等，颜色红黄绿白，香味扑鼻，食之香辣爽口，肥而不腻，深受外地游客喜爱。

等待服务生上餐的空当里，石梦低声讲出了对白雪的怀疑：“铁叔说，多吉占堆大师所住的地方已经被燕盟的人团团围住，名为暗中保护，实际上等于是变相的软禁。其他人进不去，大师也出不来。那间大屋的历史能追溯到上个世纪初，具体建造日期差不多在1900年前后，按建筑学家的猜测，凡此类昔日的大宅，下面全都设有复杂的密室，但至今没有发掘出来。白雪已经将全部注意力放在这边，即便是今晚夜探莫高窟，她也显得有点心不在焉的，对那幅反弹琵琶图没有特别地关注。”

以我对白雪的了解，她今晚铁定不是第一次进入112窟了。既然前几次有足够的时间上下搜索，却一无所得，今次失去兴趣，也是应该的。

“我想去见多吉占堆大师。”石梦做了最终决定。

“为什么？给我一个理由？”据田勇说，多吉占堆正在闭关之中，贸然闯入，后果无法预料。一旦出事，谁也承担不了。

“你看我的腕脉——”石梦将双手平摊在桌上，掌心向天。我立刻察觉，她的左右腕脉都在急骤地跳动着，如同两匹骏马狂奔时，四蹄连环腾跃，没有丝毫停顿。粗略估计，她的脉搏至少到了每分钟180次以上，即每秒钟狂跳3次。

我并起右手的食指、中指，搭在她的脉门上，左手缓慢地压住了她的天灵盖，用全身真气汇聚成的温和热流输入对方的百会穴，帮助她调匀呼吸，平息体内金蛇狂舞般的血脉躁动。

健康人的脉象应该为一次呼吸跳4次，手腕寸关尺三部有脉，脉象应从容和缓，不浮不沉，不迟不数，不细不洪，节律均匀。常见病脉有浮脉、沉脉、迟脉、数脉、虚脉、实脉、滑脉、洪脉、细脉、弦脉等。此时，石梦的脉象表现为“十病脉”中的数脉，跳跃频率变得非常急促，每分钟180次，远远超过正常人每分钟脉搏90次的上限。

医家有谚：数脉有力为实热，无力为虚热。外感热病初起，脏腑热盛，邪热鼓动，血行加速，脉快有力为实热；阴虚火旺，津血不足，虚热内生，脉快而无力为虚热。石梦的表现，能够诊断为邪气侵入五脏六腑的“湿热症”。

“我带你去医院，注射一些解毒清热、固本保元的针剂，很快就能恢复。”我明知道事情没有如此简单，但仍然耐心安慰她。

“不，杨大哥，我明白到底是怎么回事！没猜错的话，我跟大哥、程风、吉川羽三位遭遇到了同样的困境。那幅反弹琵琶舞的壁画大有问题，那舞者的眼神和表情带有强烈的催眠力，诱使我在脑子里不停地揣摩她到底在看什么，并且不由自主地沿着她的视线向画面的左下角看过去。表面上看，她的脚下只有飘带和花瓣，毕竟飞天这种不食人间烟火的神仙每次出现，随身带来的只有以上两样东西。这一次，我从她的眼睛里看到了近乎绝望的恐惧，仿佛有一种极其可怕的东西从那里悄悄出现了，与她近在咫尺。”说到这里时，服务生送来了我们的早餐，石梦的话被迫中断。

我的饥饿感忽然消失得无影无踪，因为石梦谈及了“恐惧”二字。当我在壁画前横跨一步，感觉自己即将跌入无底深渊时，心头闪电般跳起的岂非也是这两个字？

石梦长叹：“近代考古学家、各类艺术家都对‘反弹琵琶舞’津津乐道，以为那是舞蹈中的最高境界。纷至沓来的旅行者亦蜂拥到112窟的《西方净土变》

前，瞻仰伎乐天伴随着仙乐翩翩起舞，举足旋身，使出了‘反弹琵琶’绝技时的霎时间灵动风姿——但很显然他们并不明白，舞者反举琵琶，并非是训练有素的特殊动作，而是在受到巨大的惊吓时做出的自然反应。她的本意，是要用手中的玉石琵琶砸向那突然出现的东西……”

我无言以对，因为石梦对那幅画的解释已经超出了千年来任何一位专家的评语。

大部分专家认为，该壁画人物造型丰腴饱满，线条描绘写实明快、流畅飞动、一气呵成，体现了唐代佛教绘画民族化的特色。敷彩以石绿、赭黄、铅白为主，使整个画面显得更加典雅、妩媚，令人赏心悦目。无论是从反映生活的角度，还是从绘画技法的角度，它所取得的成就都是引人注目的，是敦煌壁画中的代表杰作。

石梦所说，不啻对那些崇敬溢美之词彻底的掀翻毁灭。

“我现在才明白大哥的困惑——很多琵琶专家和舞蹈专家到此观赏品鉴，希冀从中领悟到‘反弹琵琶’的奥妙，但可惜的是，谁也无法在身体背后弹奏琵琶——为什么呢？就是因为那已经不是舞蹈动作，而是一次意外事件。”石梦紧咬着唇，面对餐桌上的大小碗碟，亦没有动筷的意思。

我摇摇头，但却不是对她这些话的否定，而是在感叹世事多变，波诡云谲。

“还有什么？她看的是什么？你看到了什么？”我连问了三个“什么”，急促喷出的鼻息吹动了餐桌中央的一束绢花，枝头花瓣乱颤起来。

门外的车声人影渐渐多了，上班的、上学的、开车的、骑自行车的全都匆匆忙忙地向前赶路，没有人有暇注意窗内这两个外乡来客。又一个无眠之夜过后，映入我们眼中的敦煌依旧古老陈旧，与昨日一模一样。

“第一个问题，我感觉到石窟下面埋藏着一个巨大广袤的空间，大得惊人，无法估量那空间里到底有多少条巷陌甬道。它们密密地交错连接着，伸向无穷无尽的远方，视线所及，不见尽头。第二个和第三个问题答案是相同的，我和她都看到了画面左下角那东西。怎么说呢？那是一个蹲伏着的巨大怪兽，已经张开了血盆大口，时刻准备将她一口吞噬掉。那怪兽的嘴比她的身体还要长十倍、宽十倍，并且那张嘴像一个巨大的排气扇一样，产生了强劲的吸力，如果她不用急旋狂舞的动作极力挣脱的话，早就被吸到了怪物肚子里了。你想想，那舞者的衣带是不是都被无影无形的风吹向了左下角？事实上，那是被怪物巨口吸过去的。”

以上回答，让我脸上的微笑全都变成了苦笑，简直怀疑自己是在听《天方夜谭》或是《山海经》上的故事。

石梦再次接续下去：“龙生九子，各个不同。我辨别出那怪兽就是九子之一的老大囚牛，一种平生爱好音乐的神兽，它常常蹲在琴头上欣赏弹拨弦拉的音乐，因此琴头上便刻上它的遗像。这个装饰现在一直沿用，一些贵重的胡琴头部至今仍刻有它的形象，被笼统称为‘龙头胡琴’。我哥哥是寻宝师，自小便向我灌输了种种识宝知识，所以即便是常人无法区分的囚牛、睚眦、嘲凤、蒲牢、狻猊、霸下、狴犴、负屃、螭吻这九种冷僻神兽，我也绝不会认错。”

我点点头，对这一点深信不疑。

“杨大哥，以上这些已经足够悬疑诡异了，但最重要的一点是，透过那惊恐的反弹琵琶的舞者，我仿佛看到了一个巨大的圆筒形入口，就在石窟下面，像一只被放大了几百倍的万花筒，正在缓慢地自转着。每转动一点，里面便释放出各种光怪陆离的画面，全都活生生的，比立体电影更为逼真。我清楚地知道，只要走进去，就能到达另外一个世界。”

石梦举起一根筷子，在我眼前划了一个大圆圈，皱着眉苦笑。

我意识到一个很重要的问题：“石梦，你只不过是离开了一小会儿，或者就像你的腕表显示的，只是8秒钟时间，怎么能看到、感受到那么多？”

8秒钟，普通人闭眼、睁眼4次就过去了，连一张小小的食品标签都看不完。

石梦摇头：“我不知道一切是如何发生的，但我知道一点，万花筒后，就是一个常人不应踏足的禁地。”

〔陆〕

绘着双翼人的唐卡伏藏

仿佛一声惊雷在我耳边炸响："禁地？你到底是怎么想的？难道万花筒的后面是阿鼻地狱、恶鬼凶窟吗？我感觉到舞者像是要活生生地动起来一样，但是……"任何语言都无法表达我的惊诧，假如石梦能感受到"禁地"，那么石布、大哥杨正所写的"禁地"二字，代表的也是同样的幻觉吗？

万花筒是英国物理学家大卫•布尔斯答于1816年发明的，这是一种圆筒形玩具，两头镶着玻璃，筒的内壁装着玻璃条组成的三面镜子，一端放着各种颜色和形状的碎玻璃。对着亮处转动圆筒，由于镜子的反射作用，可以从筒的另一端看到一朵美丽的"花"样。将它稍微转一下，又会出现另一种花的图案。不断地转，图案也在不断变化，所以叫"万花筒"。

"《庄子》里说，鉴止于水。万花筒的原理在于光的反射，而镜子就是利用光的反射来成像的，这种成像原理我国远古时代的古人就已掌握。如果踏进那万花筒，就会融入未知的世界，难道说，那是一扇通往异世界的门户吗？杨大哥，想想真是可怕，我们面对的已经不仅仅是一幅壁画，而是……一趟极度凶险之旅。怪不得大哥和杨正大侠要留下'禁地'的提醒，他们是要竭尽所能地阻止后来者不断追寻，防止其误入歧途……"石梦的声音越来越低沉，到了最后，断断续续如半夜里的梦呓。

敦煌的阳光照着我们面前的餐桌，几乎没动过的饭菜已经凉透了。

蓦地，一个夹着公文包的年轻男子步履匆匆地闯进来，到了石梦身边，弯腰禀报："有情况，多吉占堆大师提早出关了。铁先生说，大伙儿都靠过去，事情随时会有变化。"

石梦立即一跃而起，飞快地拢了两把头发，斩钉截铁地说：“走！”

多吉占堆大师是石布之死的最关键人物，我也非常想面见他，请教那些照片的问题。

石梦绕过桌子，抓住我的手腕，语调恳切地低声说：“杨大哥，我有一个想法——”我还来不及说什么，她的袖子里倏地滑出一只精钢手铐，嗒的一声锁住了我的腕子。她急挥手，手铐另一端扣住了侧面的暖气管道，随即飘然后退。

“杨大哥，大屋那边危机重重，我不愿你轻易涉险。宝藏和寻亲固然重要，但最重要的是好好活着，远离危险。好好地在这里等我回来好吗？有铁叔、有他聚齐的朋友相助，我不会有事的，他们会全力保护我。敦煌，是大哥和杨正大侠那种绝代高手心目中的禁地，可知其无可比拟的危险性……总之，等我回来——如果我还能回来的话。”

那年轻人愕然地看着我们，不明白到底发生了什么。

石梦挥手：“我走后，关门落锁，要你的人打起精神来守着杨先生，不许出任何差错。”然后她大步走出了小餐馆，乘着年轻人带来的那辆红色计程车离去。

年轻人困惑地挠了挠头，向旁边木然站着的服务生吆喝：“快，公主的吩咐没听见吗？拉下卷帘门、上锁、拿出武器，通知所有的人进入警戒状态，封锁后院通道。”

当他们忙忙碌碌起来的时候，我只能面对手铐苦笑。石梦是个好女孩，她今早在这种特殊环境里暴露了自己的心声，似乎已经预示着现在的结局。她为爱而孤身赴险，用非常手段阻止我靠近被燕盟包围的大屋，每一步都走得坚决无比。

“疯了！”我突然被跃上脑海的这两个突兀的字吓了一跳。石梦的身体异样征兆表示，她的思想状态正在发生古怪的变化，就像石布、程风、吉川羽那样，在夜探莫高窟的过程中被一些奇怪的东西所诱惑，最终变得血脉动荡，神智混乱。如此一来，她去大屋就更危险。

“小兄弟，听我说，石梦有危险，我必须赶去救她，拜托你打开手铐。”我对年轻人说。卷帘门和窗子上的挡风板全都放下后，屋里的光线变得非常幽暗，他正坐在距我三排桌子的地方，抱着公文包发愣。

“什么？”他从沉思中猛醒。

“打开手铐。”我重复了一句。

随着一阵急促的脚步声，柜台后的门帘后面冲出七个高矮不同的男男女女来，有的手握双枪，有的横提着长枪，脸上没有任何惊慌，只有死气沉沉的冷肃。

“我不能。”年轻人摇摇头，打开公文包，取出一柄手枪，平放在桌面上，“铁先生说过，这是唯一一次启用我们的时候。只要过二十四小时，我们的工作就算完成了，就都能领到一大笔钱，自由自在地过日子，欠他的债、欠他的人情一笔勾销。我们等这二十四小时已经很久了，不单单是为了报恩，更重要的，是要卸下人生的一具最大的枷锁。”

他从旁边的盒子里抽出了两张纸巾，用力擦拭着自己的十指，嘴角不断地神经质地抽搐着。

站在柜台边的七个人受了他的感染，默不作声地分散坐下，放下手里的枪，以同样的动作取纸擦手。

“其实，你的死活并不重要，但你必须平安地活过二十四小时，让大家对铁先生有所交代。”年轻人望着我，嘴角神经质地抽动着，脸上挂着忧惧交加的苦笑。他的样子，与这城市里任何一个辛苦打拼的年轻人一样，二十四五岁，正是辛勤创业的大好时光。但他选择了与大多数人迥异的人生之路，用自己的生命对赌明天。

“这是一件很危险的大事，否则铁先生也不会启用我们——”他渐渐陷入了沉思，目光仿佛要穿透我的身体，一直望向我身后的虚空世界里。

“谁是公主？”我突然问。

之前石梦离去后，年轻人嘴里曾冒出这个称呼。

年轻人一下子惊醒了：“什么？什么公主？”

我一字一句地提醒他：“你刚刚说过‘公主的吩咐没听见吗’这句话，告诉我，公主是谁？”按照他的语意，“公主”应该指的是刚刚离去的石梦。

现代汉语中，“公主”一词常用作代称其他国家的皇女或王女，如把日本的皇女以及封为内亲王的亲王之女也翻译为公主，女王则有时会翻译为郡主。欧洲君主的女儿、姊妹、姑母和其他直系王室成员之女的称号princess翻译为公主，有时会依照与君主的亲疏翻译成公主或郡主。此外，一些非君主直系亲属而被封为 Princess的女性有时也会翻译为公主，如茜茜公主、戴安娜公主等等。

我看过石梦的护照，上面注明为美籍华人，与“公主”似乎扯不上任何关系，她也从来没有透露过。

年轻人缓缓地摇头："我不明白你在说什么，总之一句话，请看着对面墙上的电子钟。等它循环两圈之后，也就是明天上午的这个时刻，你就自由了。"他那张平凡普通的瘦长脸上，渐渐铺满了雕塑般的冷漠表情，挺直腰杆，目视前方，右手按在枪柄上一动不动。

二十四小时内，敦煌不知能发生多少事，我可没时间跟他耗下去，但我不想挣断手铐杀人伤人，因为他们都是石梦和铁战的属下。大战在即，徒增内耗，是江湖人的大忌。

突然，靠着后门最近的中年女人软软地倒了下去，手里的长枪也砰的一声跌在地上。我嗅到了黑道蒙汗药的诡异香气，从屋顶天窗和柜台边的门帘下面飘来。

"他怎么了？"年轻人跳起来，低喝一声。

紧接着，柜台边的枪手一个一个倒下，武器全都抛在一边。年轻人也未能幸免，捂着额头转了两圈，跌跌撞撞地向正门跑，最终坚持不住，倒在卷帘门下面。我匆忙用"龟息功"屏住呼吸，用精湛的内功来抵抗蒙汗药的刺鼻香味。

"这是怎么回事……怎么回事？"年轻人哀号着，双手使出最后一分力气，死死握住短枪，横在自己的膝盖上。

我知道，有蒙汗药的地方，就一定会出现"刀子帮"的闪电，因为他之前在潜入酒店送还资料时，就向我使用过这种招数。果不其然，一分钟后，餐馆的天窗被人轻轻拉开，一个瘦长的人影轻飘飘地跃下来，扑到年轻人面前。那正是一身灰色沙漠游客服装的闪电，手里握着一只小巧的喷壶，似笑非笑地看着年轻人。

"你是谁？敢在敦煌破坏狂狮铁战的事？"年轻人的武功要强于其他人，此刻还能拼命坚持下去。

"我？你没必要知道这一点。"闪电飞起一脚，年轻人的枪便脱手飞出，跌入墙角。然后，他回手扔给我一把手铐钥匙，坏坏地笑了笑，"喂，杨先生，先开铐，然后想想该付我多少钱。"

我打开手铐，走向门口，闪电立刻横飞五步，刻意地避开我。

"谢谢兄弟解围，钱好说，不要难为这几个人好吗？"狂狮铁战是石梦的帮手，而这些人又都是看着铁战面子来的，我下意识地把他们都当成了朋友。

闪电撇了撇嘴，啪地打了个响指，指着年轻人的耳后，以一种不容置疑的决然口吻冷笑："杨先生，知道这群人是干什么的吗？知道他们以前曾干过什么吗？杀人放火、抢掠强奸、黑帮打手、江湖败类……他们所干的坏事，足够让最富于联想的人都感到发指。就说眼前这个，身背五条人命，出手凶残，妇孺不留，被白道通缉令称为'夜魔手'。受害者一方出了15万人民币的赏格收买他的下落消息，至今仍一无所获。如果纵容这群人活着，就是对无辜百姓最大的犯罪。"

年轻人耳根后面呈品字形生长着三颗肉色拴马桩，与江湖传说中的"夜魔手"的特征完全吻合。

"你……你不是黑道上的……人，你是白道……上的……"年轻人想继续说，闪电已然快速伸出右手，按住了年轻人的喉咙，稍稍发力，那块喉间软骨就一下子瘪了下去，剧烈呛咳着，无法开口说话。

"你到底是谁？站在哪一方？"我终于忍不住，拉下脸来。

闪电嬉皮笑脸地摇摇头："你无须知道我是谁，只要知道我救过你一次，然后支付应有的报酬就好了。不过，我知道你现在有事在身，必须赶到文庙巷去，也就不多说废话了。请记住，你欠我一份钱，下次时间宽裕的话，就要一笔结清，好不好？至于这些人，每一个背后都背着好几件大案子，根本不是你我二人所能清算完毕的，必须得将他们送到警局去。好了，大家后会有期，就此别过。"

等他摇头晃脑地说到最后一句时，我猛地出手，抓住了他的小臂，随即用分筋错骨手、金丝缠腕手将他整条右臂都控制住。

"放过他们，给我点面子，好不好？"我压低了声音跟他商量。

看闪电的手段，非要将倒地的人整个半死，再送往警局领赏，可谓榨干了猎物的最后一丝力气，完全是第一流的赏金猎人的做派。如此高手，潜伏在刀子帮，真是屈才了。

"不好。除非你杀了我。"闪电亮出白森森的牙齿，"任何一个有正义感的人都会揭发检举他们，与金钱无关。杨先生，我听说过杨正大侠的英雄事迹，他的弟弟总不会是个黑白不分的人吧？想想看，我为民除害，然后给自己创造一点财富，碍着谁了？"

我无言以对，慢慢地松手，弯腰看着那个近乎昏倒的年轻人："你还有什么话说？”

“这一天……早该到了，我知道白道从未停止过对我的追杀，所以才甘心听从铁先生的调遣，希望通过他逃到他国去，重新开始。现在，美梦破灭了，我愿意死，用自己的命赔那些人的命，死了升天堂，不想下地狱……”年轻人居然很看得开，完全明白闪电的出现，就是敲响了这一票人的丧钟。

“世事一场春梦，人生几度秋凉。杨先生，黑道江湖的水极深，有些事不是你能读懂的。”闪电叹息着，先给年轻人戴上从我腕上摘下来的手铐。

我什么都不想说，只是慢慢直起腰来，打开卷帘门走出去，站在白花花的阳光下。

风更凉了，白云散尽，碧蓝如洗的天空里，只剩那一轮明晃晃的太阳。21世纪的今天，边塞小镇敦煌亦不能保持自己亘古以来的宁静淳朴，也被卷入到黑道江湖的无尽纠葛之中。

我招停了一辆计程车，让他以最快速度赶到文庙巷的老屋。闪电的身份越发变得扑朔迷离了，他只关心钱，不妥协于任何黑白帮派，十足就是一名纵横敦煌的赏金猎人，随时都可能被高价收买，变成一柄既能伤人又能伤己的双刃剑。

车子行驶到文庙巷时已经是正午十二点钟，我顾不得整理衣服，更顾不得此时四周有多少双眼睛、多少个枪口在盯着我，跳下车便擂响了前面老屋那扇黑色的松木大门。此时的文庙巷空无一人，只有离开后的计程车卷起的一阵扬尘。之后，等我住手不敲了，文庙巷就变成了一个死寂、静默的世界。

我长吸了一口气，双掌贯注内力，按在门闩的位置，振臂、抖腕，猝然发出一股“剪刀力”，大门中部横着的门闩立刻被无声的内劲摧折，然后门扇霍然大开。门内是一个青石板铺地的院落，长二十步、宽十五步的样子，院子里连张桌子、连个板凳、连个水缸都没有，只有石缝里蔓延出来的干枯草根，稀稀疏疏地胡乱覆盖在石头上。

“有人吗？”我低声问。

明知道多吉占堆大师就在此地，但如此毫无生气的地方，根本不像是有人常住的样子。

喳喳两声，几只杂毛小麻雀从北屋的破窗里飞出来，扑棱着翅膀飞向邻家的屋顶。北屋的门窗玻璃一半以上已经破碎，剩下的都被浮尘遮蔽得不成样子，可知屋内的光线也好不到哪里去。

我反手关上大门，勉强用断掉的半截门闩顶住门扇，然后举步走向北屋。那种青砖老屋在边塞是很少见的，对角勾缝、门框格局都比较讲究，应该是出自江南建筑师的设计作品。如果能满院栽种垂柳、阶前耕耘花圃、遍地清泉灌溉的话，老屋立刻就会变成可入诗、可入画的大好江南民居。

蓦地，北屋的门吱嘎一声打开，一个身上裹着棉被、脚下穿着棉靴、手上戴着棉手套的人出现在我面前。他的脸上布满了深深浅浅、长短不一的皱纹，头发又短又稀疏，但却白得非常透彻，如一大捧竖立的银针。

“牙沛（藏语，意为‘请进’）。”他一开口，便露出两排掉落殆尽的干瘪牙床来。

“是多吉占堆大师？”我脚下站了个退可守、进可攻的“不丁不八步”，双掌蓄力，随时准备应付突变。

那人跺了跺脚，点点头：“咯啊名哪多吉占堆（藏语，意为‘我的名字是多吉占堆’），牙沛（藏语，意为‘请进’）。”

他的外貌如此苍老，但动作并不迟缓，并且我意识到他的内功非常精湛充沛，从跺脚的发力动作到两侧高高鼓起的太阳穴，无一不在泄露着他的身体信息。

“请大师讲汉语可以吗？我听说多吉占堆大师精通藏、回、维、蒙、满、汉、尼泊尔、印度、英、日等十国语言，对藏传佛教经书的认识更是精妙深刻，特来拜谒。”我并不确信站在面前的就是被石布视为救命稻草的多吉占堆，因为对方的打扮实在是太怪异了，不像有道高僧，却像是沿路乞讨的丐者。

那人摘下棉手套，使劲搓了搓脸，又深吸一口气，慢慢地抬起胳膊，令披着的棉被滑落在地，露出里面的灰色僧衣来。

“精通十国语言有什么用？真正博大精深的道理是无需言语描述的，而是潜移默化地进入人的内心。就像把秧苗插入稻田和小草茁壮突破泥土遮盖之间的区别那样，以心灵悟到的道理会受用终生，而从别人那里聆听来的话语却毫无根基，随风而逝。请进吧，无需怀疑什么，放松内心之湖，让我们一起来参悟那张唐卡上的内容。”他果然改用汉语交谈，并且向伸出右手。

我也伸出右手，指尖掌缘布满真气，防备对方偷袭。

要知道，燕盟、黑星帮、隼机关甚至刀子帮的人都在暗中伺伏着，我思想上的任何一次松懈机会，都可能会成为死亡的导火索。

“年轻人，我没有恶意，放松点。”他的手瘦削有力，掌心如同一口波浪翻滚的热锅，一下子摧垮了我的警戒线。这下也印证了我之前的猜测，对方的内力之强，在我所见过的高手之中，只有大哥杨正、北少林方丈大师以及罗汉堂、般若堂、菩提院、戒律院、证道院、忏悔堂、药王院、舍利院、藏经阁、达摩院等十大庭院的首座大师能够匹敌。

当他转身拖着我向里走的时候，我的全身都被他的内力控制，无法自主，只能跟从。

屋内是一正房、两侧房的布局，迎面墙上悬挂着一幅尺寸巨大的唐卡，高有三米，宽有一米，上面绘着一位披着亮银铠甲的将军，右手提着银色月牙弯刀，左手挽着金色圆形盾牌。奇怪的是，他的背后长着一对金色的翅膀，从肩头一直悬垂到地，半张半合，给人以“即将振翼而飞鹏搏九霄”的奇怪感觉。

“看，看他。”多吉占堆向唐卡指了指。

唐卡也叫唐嘎、唐喀，系藏文音译，指用彩缎装裱后悬挂供奉的宗教卷轴画。它的绘制过程极为复杂，用料极其考究，颜料全为天然矿植物原料，色泽艳丽，经久不退，具有浓郁的雪域风格。传世唐卡大都是藏传佛教和苯教作品，类似于汉族地区的卷轴画，多画于布或纸上，然后用绸缎缝制装裱。上端横轴有细绳便于悬挂，下轴两端饰有精美轴头，画面上覆有薄丝绢及双条彩带。涉及佛教的唐卡画成装裱后，还要请喇嘛念经加持，并在背面盖上喇嘛的金汁或朱砂手印。

在我看来，眼前这幅要算是唐卡中的“异类”，因为我所涉猎的唐卡资料中，很少有绘着异族将军的图画，内容多为西藏宗教、历史、文化艺术和科学技术等，凝聚和记载着西藏的文明、历史和发展。

“这是我在本地发掘到的第一件伏藏，为了等你，我刻意闭关自守，拖延时间，务求吻合开启第二件伏藏的时机。既然你已经到了，我们就开始吧？”多吉占堆向右侧房间指了指，然后牵着我的手向里面走。

〔柒〕

隼机关睡佛

伏藏，是指苯教和藏传佛教徒在他们信仰的宗教受到劫难时藏匿起来、日后重新挖掘出来的经典，分为书藏、圣物藏和识藏。书藏即指经书；圣物藏指法器、高僧大德的遗物；最为神奇的就是识藏，据说当某种经典或咒文在遇到灾难无法流传下去时，就由神灵授藏在某人的意识深处，以免失传。当有了再传条件时，在某种神秘的启示下，被授藏经文的人（有些是不识字的农牧民）就能将其诵出或记录成文，这一现象就是排在野人、红雪、巫师、虹化、旗云、象雄、说唱艺人、古格、伏藏、香巴拉等“藏地十大不解之谜”第九位的“伏藏之谜”。

“伏藏”的藏文是“爹玛”，“爹”，是“宝贵”和“值得保全”的意思，可以引申为“一件珍宝被埋藏若干年后，最终再被发掘出来。伏藏是藏传佛教宁玛派所独有的，其中包括挖掘伏藏所特有的方法和原则，前来挖掘伏藏内容的被称为“得登巴”，能够完整、圆满、准确地解读伏藏经文的理论和方法，如最著名的《西藏度亡经》等。

石梦也提到过“多吉占堆为伏藏而来”，而此刻唐卡就挂在老屋的正厅里，却无人闯进来摘取。可见，各路人马都不愿意做第一个吃螃蟹的人，都怕成为别人伺伏攻击的“蝉”。

“大师，请等一下。”我轻轻挥了挥手臂，挣脱多吉占堆的五指。

正面观察唐卡时，那银甲将军气势威武，仪态严肃，仿佛正昂首挺胸，对阵敌人的千军万马。不过，我此时却是从右侧观察，陡然发现他提刀挽盾的两手根本不是人类的“手”，而是尖瘦弯曲的两只“鸟爪”。千真万确，我甚至能借助画工的高超绘画技艺分辨出覆盖在鸟爪上的灰白色鳞片来。还有，将军的鼻子、嘴巴也发生了异变，分别幻化为弯曲前伸的鹰钩鼻和由坚硬角质层构成的尖喙。

“大师，唐卡上绘的是什么人？”我察觉到这老屋里四处散发着一丝躁动不安的气息。

“无人知晓其姓名，也许只是山野间、湖泊边偶尔经过的陌生人吧？我找到这幅唐卡后，除了背面仅存的一方朱砂印章外，没有任何文字说明。作为一个掘藏师，我深感愧疚，所以必须马上找到第二件伏藏，盼着两件东西能彼此印证，得出此地伏藏的真实意义。”多吉占堆摸了摸自己的头顶，随手一拂，雪片一样的头皮屑簌簌飘落下来。

侧房的门扇半开着，里面正传来一阵急促的脚步声，一张少年的脸倏地从门后面闪出来，黑少白多的眼珠子向我溜了两眼，随即缩回头去。

花错说过，老屋里住着一个长期辍学的藏族牧羊少年，名叫班措，患有轻度的精神失常和严重的午夜梦游症，应该就是刚刚露面的这个。

“的几拙哇土簇卡翠过热儿（藏语，意为‘到那里需要多久’）？ 的几拙哇土簇卡翠过热儿……”少年躲在门后，反反复复地说着同一句话，声音忽高忽低，竟然像是在诵念藏经一样。

“到哪里？”我冷静地问。

“菩提树之巢。”多吉占堆回答，“也即是圣物藏所居之地。”

“怎么去？”我继续追问。假如老屋有地窖密室的话，早就该被考古学家们发掘出来，不必等到多吉占堆从拉卜楞寺千里迢迢地赶来了。

“跟随他，班措。他会带我们抵达那里，开启伏藏的万妙之门。”多吉占堆掩着嘴打了个哈欠，突然间疲态毕露，眼睛里密密麻麻的血丝又加重了数层。

我想了想，走向唐卡，把整幅画掀起来，在右下角发现了那个手掌大小的朱砂印章。印章是正方形的，里面共有九个跟成年人拇指盖面积相等的“字块”，笔画异常清晰完好，一点都没遭到腐蚀和玷污。可是，我无法读懂那九个“横平竖直、棱角分明”的字，因为那些字在汉语字典上根本找不到，只能被称之为“字块”。

“那些文字不属于任何民族，是无人识别的天书。我已经耗尽心力，仍然无法解开。当务之急，是找到剩余的圣物藏和识藏，三藏合一，也学可解。”多吉占堆推开侧房的门，要我跟他走。

我转身向外看，老屋右前方那家的屋顶上，正有两名性急的枪手探出半个身子，握着望远镜向这边观察。那些人就像一群饥饿的老鹰一样，一旦发觉此地有可以啄食的大好猎物，怕不是要即刻飞速扑至，一扫而空。

“真是一个多事之秋啊！”我默默地叹了一声。

外面的人越沉得住气，就越能证明各方势力的领导者都是心思缜密、阴鸷狡黠者，正因如此，这局棋才越发变得诡谲多变、纷杂难解起来。

“还记得石布吗？那个从敦煌赶往拉卜楞寺向你求救的寻宝师？他向你说了什么，你又为他做了什么？大师，如果再有一个人有跟他一样的遭遇，你还能重新施展法力，挽救那人的生命吗？”我永远知道自己该做什么，就算在形势一变再变的情况下，我也算计得清事情的轻重缓急。

石梦在莫高窟内目睹“反弹琵琶舞”舞者的诡变，身体出现异状，有可能危及生命，这才是当前最棘手的问题。

多吉占堆的脸突然变色，身子一晃，靠在门框上，立即双掌合在一起，连念了三遍六字真言：“唵嘛呢叭咪吽、唵嘛呢叭咪吽、唵嘛呢叭咪吽……禁地，又有人穿越禁地，妄图接近那个离奇世界吗？告诉我，是谁？是谁又一次踏进了时间陷阱，被莫高窟里的壁画蛊惑而走火入魔了？”

他脸上的四道额部横纹、三道眉间竖纹、八道眼角鱼尾纹、两道鼻背横纹一起扭曲着，双眼也紧紧地闭起来，仿佛内心正忍受着巨大的痛苦。

“是石梦，石布唯一的妹妹。”我预感到情况不妙。

“那是一道无解的难题，入禁地者必死无葬身之地。就算我用莲花生大士心咒护住彼等闯入者的心脉，保持他们心头灵性的一点烛火，仍然无法挡住诅咒的力量。告诉你吧，只要有人穿越禁地，作为他们的朋友，你就可以替他们准备后事了。至于我，仅仅是延迟那一刻的到来罢了。”多吉占堆走进了侧房，那少年立刻唧唧咕咕地低声笑起来，不停地用藏语述说着些什么。

如果与“禁地”发生关联的人必死，那么，我的大哥杨正呢？石布又是怎么拍到那些照片的？

我盯着那幅唐卡，忽然灵机一动，找了张破椅子垫脚，将它摘了下来，吹去画面上厚厚的浮尘，慢慢卷了起来。大屋不是堡垒，外面的人总有闯进来的时候，我先保留它，以待多吉占堆来领悟伏藏的秘密。实际上，资料记载中，所有的“掘藏师”都该明了伏藏所代表的意思，有的放矢地去搜寻查找，很顺利地就令前贤们留下的书藏、圣物藏大白于天下，德行普照藏地苍生。像多吉占堆这样一问三不知的“掘藏师”，从未在西藏资料上出现过。

“真希望现在是可以随时遁形的黑夜，否则那些枪手们的子弹可是……”我明白现在只是大战来临前的死寂，一旦有人开枪，必将引发难以预料的激战。

唐卡背后的墙壁灰乎乎的，没有暗门之类的入口。我还特意屈起手指，仔细地敲遍了唐卡覆盖的范围，生怕它是为了遮蔽某个秘密而被挂在此处的。

“那是一幅很有趣的画——”一个人蓦地闪了进来，如一阵穿堂入户的风般轻快，开门、关门统共用时不到一秒，真有些“白日见鬼”的意味。嘭的一声，我右掌脱离卷轴，向前挥出，与他匆匆忙忙间击出的右掌相接，完全是硬碰硬的金刚猛劲对撞。那人前冲的势头一下子被阻住，轻飘飘地落向左边，但我掌心里吐出的澎湃力量仍然一股脑儿地倾泻在他右臂上，屋子里连续响起“喀、喀、喀”三声，他的腕关节、肘关节、肩关节全部脱臼，右臂软绵绵地垂落下来。

不管来的是谁，不管对方的话是调侃还是挑衅，我都会全力扑击，不留后手，免得当断不断，反受其乱。

“阁下是谁？”我向后退了一大步，挡住右侧房间的入口，也等于是用自己的身体护住了多吉占堆和那藏族少年班措。

那人伸了个懒腰，用左掌捂着嘴，懒洋洋地打了个哈欠。

他穿的是最普通的蓝色羽绒服、黑色牛仔裤和黑色大头皮鞋，身材偏瘦偏矮，头发如一堆乱糟糟的干草，属于那种一旦融入敦煌的人群中，就再也找不出来的寻常人。

“我是来看那唐卡的，不会伤害你。”他皮笑肉不笑地回答，一双深陷在眼眶内的棕褐色眼珠骨碌碌地转了转，捋了捋软软细细的两撇黑色鼠须，轻蔑地指着我左臂中搂着的卷轴，“不要带走它，那没有任何意义。对于无法领悟其中奥妙的人来说，那只是一幅再平淡不过的画。”

说着，他又连打了三个哈欠，脸上的厚重倦容如积雨云一样快速合拢，看上去像三日三夜都没合过眼似的。

“你懂这幅画？”我笑了。

“那是一个手挽日月的双翼怪客，并不属于人类世界，而更像是一只坠落凡间的金翅大鹏鸟。你说他会让我们想到谁？一定是中国南宋历史上最有名的抗金英雄岳飞，传说他就是‘金翅大鹏鸟’转生而来。小兄弟，这里的事不是你能管得了的，听话，还是老老实实回港岛去吧，躲在老雷的翅膀底下过富家儿郎的好生活，免得随随便便丢了自己的命！”那人一边说一边打哈欠，语气越是严厉，打哈欠的频率便越高。

他所站的角落是房间里最黑暗的地方，仿佛是要刻意避开外面的阳光似的。

“金翅大鹏鸟转生为岳飞”是说书人嘴里的野史故事，但眼前的唐卡上绘着的却是一个实实在在的立体人物。作为伏藏之一的书藏，大部分应该为经书、佛偈、先贤参悟笔记之类，都被如实记载于西藏佛教的发展史上。近代著名的伏藏师及其开启的书藏如下：

根桑尼玛活佛（1904-1958），系敦珠仁波切后裔，降生于藏历木龙年色达一牧户家中。是闻名安多地区的伏藏上师，一生开启了六十多部伏藏法经典。其中部分目前仍然作为修供仪轨而传承下来。特别他的后半生开启了部分格萨尔王传伏藏本、目前已发现的《公特山羊宗》和数十万字的《格萨尔修供法》。

色拉拥智活佛（1925-1988），诞生于色达县泥朵乡一牧民家中。三岁时，由色拉寺索根活佛降央钦则活佛认证为伏藏大师志美威色活佛之转世化现，并举行了隆重的座床典礼。色拉拥智活佛一生开启理趣伏藏法共十多部，包括《明集》、《马头明王》、《金刚橛》、《勇猛上师》、《狮面》、《亥母》、《措杰尔》、《度母》、《集章》等。

仁真尼玛，出生于藏历十六胜生铁羊年（1931年）一个普通牧民家中，从小天资聪颖，智力超群，学习启蒙文化一学即通，被视为格萨尔王的再生人，开启了数部格萨尔王传伏藏本，主要有《降生》、《世界金宗》、《姜王子》、《征伏北妖》。

如意宝年龙上师父母，被称为格萨尔大将姜子•王拉托杰化身的年龙活佛晋美彭措和礼琼空行母化身的大乐王母又名达热拉姆。二位是色达年龙寺的主持。晋美彭措活佛上师和空行达热拉姆（1938-2000）于20世纪90年代，开启了格萨尔王传《姜王子•王拉托杰传勇士呐喊声》伏藏。

伏藏上师俄西尔，生于公元1939年，进入中年以后，从事“伏藏”弘法事业，掘出大量的“理趣伏藏”。逐渐成为一位当今色达有名的伏藏上师。他曾发掘出《莲生传》和格萨尔王传《诞生莲苑》、《占领玛域》等二百多页长篇“伏藏”本。近年来，他又开启了《阿达拉姆》、《红岩大鹏宗》等格传……

诚如多吉占堆所说，他作为一名掘藏师，在老屋内找到这幅双翼人唐卡却不知道其代表的含义，真是一件既荣幸又古怪的事。那么，他说还能从少年班措身上找到圣物藏，是否可信？

“小兄弟，我的好话都说完了，再不走，就得埋骨敦煌，与风沙大漠同朽了。”那人发出一阵阴沉沉的冷笑，左手按住右肩，伏低身子，霍地一扭。他的右臂各个关节发出一阵“喀啦、喀啦”的脆响，脱臼部位已经复原。这是印度瑜伽术中的神奇功夫，我曾从大哥那里见识到过。

“我刚才用关节脱臼的方法卸掉你发出的那种浑如金刚猛扑般的霸道掌力，而不是逆行强拼或者退缩躲避，已经试探出了你的底牌。你的武功只能骗骗老雷手底下那些草包保镖而已，遇到我，就像蝎子遇到金鸡、蛛网遇到雷雨一样不堪一击、可笑至极。小兄弟，我数到三，再不走，就等着老雷给你收尸吧。”那人双手互握着，指关节发出“嘎巴嘎巴”的爆豆响声，可见右臂已经恢复如初，毫无损伤。

“我知道你是谁了——睡佛，隼机关一代至强高手。”我的话是伴着他的一个大大的哈欠说出的。

花错期待睡佛的出现，他就果然出现了，而且是在众敌环伺之中毫无顾忌地大摇大摆地出现。

“对，恭喜你猜对了，但这并不能说明你可以通过老雷、杨正的名字来套近乎。聚合于隼机关的高手全部都是美籍华人，并且都跟华裔江湖上的大佬们有千丝万缕的联系，即便如此，我们宣誓效忠的只有美国政府，与原本的种族肤色毫无关联。当我站在这里，只会为五角大楼、51号地区争取利益，绝不会对任何华人心慈手软。”睡佛抹了抹嘴角，使劲眨了眨眼睛。

资料显示，睡佛患有严重的嗜睡症，其病因是超强的脑力运算。换句话说，是他对脑部的过度开发、高强度使用才逼迫中枢神经不得不用“疲倦嗜睡”来调控身体机能，以免走火入魔。

猝然，我感到脚下猛地震颤了一下，犹如飞机落地前的起落架触地动作。

“是地震？”我有些摸不着头脑。

睡佛倏地举起手腕，盯着自己的腕表，绝望地喃喃自语：“又一次……又一次失去了时间！到底怎么回事，到底怎么回事？”

他摘下腕表，使劲甩了几下，绝望的脸上一片铁青色。

“发生了什么事？”我看看自己的表，秒针依旧平缓稳定地转动着。

“看外面的天空，我或者是我们同时失去了一个小时的时间。通常情况下，只有时空突变、地球自转速度瞬间加快、飞行器以超光速前进时才会发生‘时间丢失’的现象。你懂这个道理吗？霍金的《时间简史》读过吗？时间是因变量，是宇宙事件秩序的计量，其本质将‘随宇宙的变化而变’……”睡佛变得无比激动，在半空中挥舞着腕表，仿佛一头被人戏弄以至于暴怒无比的雄狮猛兽。

《时间简史》是由英国伟大的物理学家、黑洞理论和“大爆炸”理论的创立人史蒂芬•威廉•霍金撰写的一本有关宇宙学的经典著作，是一部将高深的理论物理通俗化的科普范本。睡佛说的几个与时间有关的定理，就是摘自霍金的语录。

我无法确定自己有没有失去时间，因为腕表一直在走动，没像在莫高窟时那样自动停止过。外面，日光西斜，投射在院子里的光线大半被西墙挡住，连带着屋子里的气氛也变得阴森森的。

睡佛的出现，间接说明了其他人没有贸然闯入的真正原因。就像猛虎出行时小兽自动趋避躲藏一样，有隼机关睡佛这种等级的高手进入大屋，其他人当然会采取匿伏自守的作战方针了。当然，“伏藏”的诱惑力巨大，只要睡佛露出破绽，仍会有人冒险出击，做铤而走险的赌命一搏。

“一定是……一定是……”睡佛的目光投向我背后的门口，陡地前冲，轻烟般飘过来。

我毫不犹豫地发出了大力金刚掌和大摔碑手左右齐发，全力阻击。金刚掌是少林寺基本武功之一，由般若堂专研，练到极致，能够发出如八大金刚合力怒击一样的威力。大摔碑手则是少林罗汉堂专研，练到中上水平就能裂石开碑，令中招者全身骨骼逐寸碎断。

一瞬间，睡佛睁开了惺忪的睡眼，紧闭着嘴唇，不再哈欠连天。他虽然只有双手十指和双腿双脚，却同时做出了超过四十种凌厉的攻击，抵消我掌力的同时，以泰拳中“鱼牙交错”、“鳄鱼摆尾”、“魔王捉猴”、“山神卷土”四招击中了我的胸腹要害。

“哇”的一声，我吐出的一大口鲜血溅湿了正房的青砖地面，随即倒退着撞在墙上。

睡佛毫不耽搁地闯入侧房，那扇本来就腐朽不堪的木门被他撞得粉碎，稀里哗啦地乱响着落地。

“少林护体神功”是修行“七十二绝技”的基础，所以我在受伤吐血的情况下，仍旧托庇于护体神功，没有构成重伤，还有再战之力。

没想到的是，闯入侧房的睡佛突然爆发出一声怒吼："人呢？人呢？去了哪里？"

我愕然转身，从他肩上向里屋望去。睡佛出现之前，多吉占堆和少年班措都在门后，唧唧咕咕地用藏语快速交谈着，所以我才有力阻睡佛、保护他们的举动。但是现在，整个房间都空了，他们两个像是偷偷消失在空气中一样。

〔捌〕

催眠术大师万沙浪

那个房间比正房略窄，靠北墙铺着厚厚的干草，草上胡乱堆放着两床半旧的棉被，这应该就是多吉占堆和班措睡觉的地方。房间里没有任何家具和电器，屋角的灰色蛛网极多，大大小小的蜘蛛正悠闲地爬行于网上。

“你猜，他们去了哪里？”睡佛完全忘记了刚刚我们还是生死相拼的敌人，把后背完全留给我，毫不顾忌我发动攻击。

这是个一眼就能看清的房间，前后无窗，屋顶无损，两个大活人要想离去的话，只有“遁地”这一条路。我凝视地面，但却找不到那些方砖有被扰动的明显痕迹，唯一值得怀疑的，就是那堆干草遮盖的位置。

“地下。”我这个毫无创意的回答显然并不能令他满意。

“掘藏师与伏藏师会合在一起后，最该做的就是挖掘伏藏。伏藏在哪里？果真是地下吗？看那些蜘蛛……看那些完美绝妙的伺伏猎手们，正虎视眈眈地盯着我们俩。瞧啊，在这个小小的敦煌市一角的老屋里，竟然生长着蓝星狼蛛和墨西哥大红脚蛛，它们牙齿里的毒素猛烈得能杀死一百头大象。所有的人都在寻找禁地，在我看来，这个小小的房间就是进不得的禁地，已经被毒蜘蛛们全都占领了。”睡佛的声音越来越低，生怕惊动了蛛网上爬行的那些小东西们。虽然如此，距我们最近的一大片稀疏的蛛网仍然轻轻颤动起来，一只细腰长脚、浑身闪耀着着亮蓝色金属光泽的蜘蛛慢慢地向着我们的头顶爬行过来。

“金属蓝、火焰黄膝头、姬鬼蛛、恐蛛……真是太可怕了，全球十大毒蜘蛛已经有六种现身了——”我的话还没说完，干草堆也喳喳作响起来，一群灰黑色的瘦长蜘蛛涌现出来，大小不等，约有二十几只。

我倒吸了一口凉气，随即屏住呼吸，躬身后撤。

那些全都是剧毒昆虫的代表者——黑寡妇。这种东西属于球腹蛛科以及狼蛛科中的穴居狼蛛，广泛分布在前苏联南方、欧洲东南部与中亚细亚、美洲及中国的海南岛、新疆等地。敦煌与新疆维吾尔自治区接壤，出现黑寡妇并不稀奇，只是以上那群蜘蛛中还混合着墨西哥橙膝头、秘鲁金铜、秘鲁红粉趾、毛圆蛛等四种同属于“十大毒蜘蛛”的毒物。

毒蜘蛛口腔内有以坚硬的结构，为螯肢，即上颚，内有毒腺。当它遭到惊动时，为了自卫，立即扑上去蜇伤来犯者，此时蜘蛛体内分泌一种神经性毒蛋白的液体，从螯肢经皮肤伤口进入被螯者体内，被螯时有剧烈疼痛感，之后受害者的运动神经中枢发生麻痹而失去生命。就算中招者有再强的武功，缺乏必要解毒针剂的话，也只有死路一条。

此刻，睡佛前有毒蛛，后有我这样的强敌，只要我肯趁火打劫，落井下石，在他后背或肩头轻推一掌，他就死定了。作为51号地区隼机关的大人物，他的死必将引起一场混乱动荡。

几秒钟后，我们一起退了出来，而毒蜘蛛组成的战线已经推进到侧房门口，大有蜂涌出来袭人的可能。

睡佛取出一个烟盒，抽出一支香烟，迅速揉捏成碎末，撒在侧房门口。空气中充满了硫黄、降龙木和樟脑精混合在一起的怪味，毒蜘蛛们随即被阻住，不再向外爬。

“你刚才有机会杀我的，为什么不动手？”睡佛松了口气，理了理乱发，斜着眼睛问。

“杀你？据说你的反击术非常厉害，就算敌人用一击必杀的手段暗袭，也会遭到你同归于尽式的强硬反击。我看到你肩头和腰部、肋部的六处破绽，任意一处都可以放胆攻击。可是，像你一样的高手，岂能不明白自己的缺陷？那会不会是你故意留下的诱敌之招？所以，我才放弃攻击，好让大家一起度过危机，重新控制形势。”我实话实说，不想隐瞒。51号地区出来的每一个人都不是无能之辈，与其费力辩驳，不如省下力气做正事。

睡佛忧心忡忡地笑了，蹲下身子，入神地注视着那些畏缩退后的黑寡妇蜘蛛们。与这么多毒虫同居一室而不惊慌，少年班措的克制力和忍耐力果然厉害。要知道，哪怕是其中一只蜘蛛误伤了班措，生还的希望都近乎于零，治愈过程将非常麻烦。

“杨先生，你很聪明，能够第一时间预见到危险，这是一名寻宝师所必须具备的。如你所言，刚刚你伺机出手的话，死的一定是你，因为我的后背衣服下面暗藏着触发式弹簧弩和生化磷粉，就等着偷袭者的手掌拍上来。知道我为什么叫‘睡佛’吗？那意味着就算我在睡梦之中，仍然是百战不殆的佛，敌人根本没有可乘之机——”睡佛倏地探出右手，用食指和中指挟住了一只蜘蛛的细腰，拿起来细看。

“如果我发出的是劈空掌力呢？无形无影的暗劲杀到，你怎么防？”我静静地笑了。

不杀睡佛，只是因为程霓裳还在隼机关手上，有投鼠忌器般的担心。况且，他没有对我下致命杀手，我又何必非要致对方于死地？

“杀心一动，你就必死无疑。现在我们都好好地活着，就是因为你心无杀机。”睡佛也笑了，吸了吸鼻子，把蜘蛛放在左手掌心之中。

“我跟你有同样的想法。”我的话只是点到为止。自古“文无第一、武无第二”，用“如果怎样就怎样”的假设来推演战斗结果，只是纸上谈兵。隼机关是令黑白两道都大为忌惮的一个神秘组织，非到万不得已，没人愿意跟他们结仇。

毒蜘蛛一旦脱困，立即张嘴，咬向睡佛的皮肉。

“这些黑寡妇真的都饿疯了，一闻到人的体味，马上拼命啮咬，恨不得钻到人的皮肉里去饱饱地大吃一顿。那么，多吉占堆和那藏族少年都在，它们为什么不曾发动攻击呢？”睡佛淡淡地自言自语。当他将真气遍布于左掌时，就算那蜘蛛长着一只金刚钻做成的嘴，都无法刺透睡佛的皮肤。作为一只毫无思考能力的昆虫，它只是凭着自己的本能狠咬，徒劳地在他掌心里张牙舞爪地扭动着。

我再次观察两人消失的那个房间，从南到北、从东到西共有五十六块方砖，除了被干草压住的十四块外，剩余的每一块都有脚印、浮尘旧痕，证明近期没被扰动过。

毒蜘蛛不对多吉占堆和班措攻击的怪事，其实可以用佛经中的故事来解释。传闻释迦牟尼出行时，林中猛虎、山中豺狼、水中巨鳄、天空鹰鹫都感受到了他的佛光普照，收敛杀心，自动退避。也就是说，佛的智慧之光等同于一种无形的防护罩，百毒不侵，百兽不近。如果掘藏师与伏藏师也拥有这种异能的话，毒蜘蛛们是绝不会靠近的。

“借过一下，我想进去看看。”我不想放弃机会，越等下去，真相便隐藏越深。

石梦面临困厄，目前来看，只有多吉占堆的莲花生大士心咒是最对症的“药”。我那么爱她，今天早晨，彼此间刚刚吐露真情，我怎么能眼睁睁看着她重蹈石布等人的覆辙？如果我还是一个男人的话，就该倾尽全力去为她拼一条活路出来。

“莽莽撞撞地进去，你会被这群小家伙们吸干的。杨进，我跟你一样迫切想看到掘藏师多吉占堆是如何发掘到第二重圣物藏的，当然也可能亲眼目睹他找到第三重的‘识藏’，但现在还不是时候。”睡佛沉思着挥手，毒蜘蛛又飞回了同伴旁边。

我把唐卡放在一边，盘膝坐下，默默地调匀呼吸，让自己的心情平静下来。要想活着进去、活着回来，的确不能莽撞，一定要步步沉稳，想好退路。

院子里的光线已经相当黯淡了，太阳落山的时刻来得比平时早很多。我知道石梦、白雪等人就在左近，却并不希望她们闯进来，跟我一起陷入危境。

睡佛取出电话，拨了一个号码，大声吩咐：“通告大屋附近所有黑白势力，这里有变化发生，任何人不要趁乱闯入。告诫他们，隼机关在此办事，闲人回避，否则直接围歼射杀，不留活口。”

他的语气是如此的孤傲冷漠，只有杀人如折草的铁血人物，才会传下这种“顺我者昌、逆我者亡”的铁令。

“要万沙浪带程小姐过来，事情紧急，我不能再等下去了。”末尾，他的声音略显焦躁，随随便便地挥手拍在后墙上，古老的青砖上立刻留下了一个清晰的掌印。说实话，他的武功比我高明很多，并且丰富驳杂，每次出手都涵盖了各种门派的外家招数和内功心法。

在我的记忆中，江湖上曾出现过一位名叫“万沙浪”的奇人，他精通中医的“望闻问切”和西医的合成片剂、注射液体配伍，然后又开始自学西医心理学的催眠术以及中国武学中的“移魂大法”，最终成长为一位全球知名的心理学兼催眠术大师。万沙浪成名早，消失也早，在他三十七岁生日时离奇失踪，再也没有现身江湖。

唯一值得庆幸的是，程霓裳出现，又能令事情出现转机，打破眼前的一团团疑雾。

“我们挟持了程霓裳，这是本局中最好的一张牌，也是最后一张牌。”睡佛停在我的面前，似是自言自语又似是在向我示威。

我无时无刻不在观察着他身法、脚法、精神中的破绽，永远都清醒地告诉自己，跟隼机关的人走在一起，就是世上最危险的与虎谋皮。

“催眠术大师万沙浪？思想古怪的程霓裳？这两个异人走在一起后，将会发生什么？难道隼机关想强制性读取程霓裳的脑部思想——”我的猜测仅在五分钟后就被证实了，程霓裳慢吞吞地跨进来时，身后跟着一个穿着白西装、披着白风衣、头戴白色礼帽、脚蹬白色皮鞋的中年人。

“杨进？亚洲第一寻宝师杨正大侠唯一的弟弟？幸会了。”中年人向我点点头，剑眉一挑，黑白分明的眸子一转，棱角分明的方脸上露出一个春风送暖般的微笑。一笑，他的嘴角便露出白生生的整齐牙齿，刮得干干净净的两腮上亦适时地旋出两个深深的酒窝，将他洒脱不羁、风流倜傥的性格暴露无遗。

这就是心理学大师万沙浪，与我之前从报纸上看到的照片一模一样。那则报道他隐退的新闻早在五年之前，五年时光过去，他没有见老，反而变得越来越有中年人独特的睿智、深沉韵味，让我一下子心生好感。

我轻轻点头：“幸会，万先生。”

万沙浪仰起头，洒脱地大笑出声：“该说‘幸会’的是我，虎兄无犬弟，大侠杨正的英雄事迹江湖上尽人皆知，连欧美人提到‘密斯特杨’都连连挑大拇指，连声说‘ＯＫ’。他是全球华裔年轻人学习的榜样，你的未来，也一定海阔天空、鸢飞鱼跃，无可限量。”

当我和万沙浪对话时，程霓裳沉默地走到了唐卡卷轴前。她没有动手打开它，而是用一种深邃而悲哀的眼光静静地凝视着它，仿佛靠这种方式也能读到唐卡上的内容。

“悲歌可以当泣，远望可以当归。你的生命结束于何时、何处、何种方式？我猜，也许你没有死，只是回到了最初的状态。这是任何人都不能理解的一件事，当然你也不要求别人理解，只是在进退之间任意地游戏风尘……”万沙浪低声说话，如背诵台词对白一样。

起头两句是《乐府诗集》里的文字，后面的则像是一个人的内心独白。

睡佛竖起食指，做了个“嘘声”的动作，示意我继续静听下去。我、睡佛、万沙浪不约而同地屏住呼吸，正房里安静下来，而侧房里的毒蜘蛛们挥动脚爪、爬行吐丝的嘁嘁喳喳声马上变得清晰可闻。

赶来拜谒多吉占堆大师之前，我本想虔诚求教他几个谜题，揭开石布精神错乱、坠楼而亡的秘密，但真等到见面之后，我才又一次发现这世界上根本不存在“能够解答一切的智慧高僧”。正如佛典中记载的那样，凡人去求教佛祖，佛祖只在莲花台上高坐，用似是而非的佛门术语解释，令凡人无所适从，还是得凭自己的脑力去拼命捉摸。悟透了，思想的死结就能拆解；悟不透，千里迢迢、跋山涉水而来，仍要跋山涉水、千里迢迢地回转。

“大师也有大师的烦恼与困惑啊——”我的思路有些走神了。

“北冥有鱼，其名为鲲。鲲之大，不知其几千里也。化而为鸟，其名为鹏。鹏之背，不知其几千里也，怒而飞，其翼若垂天之云。是鸟也，海运则将徙于南冥。南冥者，天池也。《齐谐》者，志怪者也。《谐》之言曰：‘鹏之徙于南冥也，水击三千里，抟扶摇而上者九万里，去以六月息者也。’野马也，尘埃也，生物之以息相吹也。天之苍苍，其正色邪？其远而无所至极邪？其视下也，亦若是则已矣。且夫水之积也不厚，则其负大舟也无力。覆杯水于坳堂之上，则芥为之舟；置杯焉则胶，水浅而舟大也。风之积也不厚，则其负大翼也无力。故九万里，则风斯在下矣，面后乃今培风；背负青天而莫之夭阏者，而后乃今将图南……”

万沙浪复诵的是《庄子·逍遥游》里的句子，声调越来越快，如万马奔腾，说到此处，又一下子顿止，沉吟着自问：“鹏，来自何处？归于何处？也许重要的不是事物的表象，而是它为什么要出现？”

程霓裳突然拿起了那幅唐卡，合抱在怀里，大步踏进了毒蜘蛛遍地的侧房。

“老万，你的催眠术失控了！”睡佛低叫起来。

万沙浪举手，示意睡佛住嘴。

与此同时，我亦忍不住出声阻止：“程小姐，不要进去，危险！”

那些昆虫被选入“全球十大毒蜘蛛”之列，绝不是徒有虚名的。如果它们合力向一个人攻击，后果如何，不言自明。

万沙浪陡然向我望过来，他的眼睛里仿佛带着一种银白色的冷光，被这种奇幻的眼神一瞪，我的胸口立刻如遭到一柄千斤巨锤的轰然一击，呼吸一紧，喉咙一痛，又是一口鲜血喷出来。

程霓裳的右脚一踏入侧房，十几只黑寡妇如同得到命令般迅速聚拢，沿她的鞋面和裤管攀援到她身上，但她毫不在意，大步走向那堆干草，连踢了几脚，将地面清理干净。然后，她伏下身子，用袖子擦拭了几遍，呼呼吹气，把草屑吹开。

“禁地，我看到了禁地，凡人不得逾越的一个地方，亦即是玄门黑暗与大地光明的交汇之地。越过那里，就是一个崭新的、无法控制的世界，人人向往，但每个人都没再回来。万年鲲鹏，亦是如此。那么，它是以何种形式存在的，为什么此地会有这样一个入口或出口……我看不透，只有亲自走到那里，才能……”

我现在看懂了，所有的话都是从万沙浪嘴里说出来的，但那却是程霓裳的心声。她被万沙浪催眠控制，目前处于梦游的状态。

最后，程霓裳跪在地上，额头贴近地面，静静地伏在那里，老僧入定一般停滞不动了。

万沙浪的额头已经见汗，他长出了一口气，从怀中掏出一支裹在真空袋里的针管，把里面约十五毫升的红色药水注射进自己的小臂静脉里。几秒钟后，他打了几个寒战，额头渐渐出奇的红润，重新变得精神抖擞起来。

催眠术的实施过程，其实就是一个精神控制力强大者对一个控制力微弱者的驱使、指挥过程，所以很多催眠师通过吸毒、服药、针刺等极端方式，提升自己的精神凝聚力，以达到持续保持精力旺盛的目的，保证被催眠者永远俯首帖耳、听从指令。那些进入万沙浪体内的药水所起的作用肯定也在于此，但我真正担心的，却是梦游中的程霓裳。

“青砖上刻画着地图，是一幅非常古老的敦煌地图，与当前使用的新版地图截然不同。上面标明了一条东西走向的地下路线，就在敦煌城南面，从进出大漠的阳关镇门户，一直通向鸣沙山、月牙泉、三危山、莫高窟那边。那条弯弯曲曲的路线是用血画出来的，鸣沙山一带，步步血印……不，不是血印，而是一个挨一个拇指大小的印章……”万沙浪喘了两口粗气，掀掉礼帽，头顶百会穴上正蒸腾着氤氲的白气。

“你看到，还是程霓裳看到？你预见，还是程霓裳预见？那条血线是真实存在的吗？”饶是睡佛那样具有大智慧的高明人物，此时也无法准确理解万沙浪在说什么。

万沙浪身体晃了两下，双腿一软，跌坐在我身边。

“入口！我要入口！”睡佛的声调一下子提高。

既然有地下通道，最重要的当然是找到入口，然后才能决定下一步行动。

“禁地，那是禁地，一个充满魑魅魍魉、鬼影憧憧之地，我看不到入口，也不知道通道的尽头会是什么……快抓住她，我正在失去控制，她快失控了，不行就杀……杀了她，免得出现……”万沙浪咬着牙，艰难地指向程霓裳。

那一刻，本来静伏着的程霓裳腾的一下跳跃起来，双臂举过头顶，做出了一个奇特的舞蹈定格姿势。

〔玖〕

月刀日盾，圣物伏藏

“控制住……或者杀了她……”万沙浪倒向我，拼尽最后一口气大叫。

被催眠者失控是一件很危险的事，程霓裳是目前解谜的唯一钥匙，如果她死了或是疯了，那将是我们的最大损失。我不敢怠慢，双掌齐出，抵住万沙浪的后背，无私地将真气送入他的体内，替他护住心脉。

万沙浪的身子一直在瑟瑟颤抖，在我的全力援助下，他终于重新坐定，双手按住自己的太阳穴，缓缓地凝神吐纳。

“杀了她？”睡佛突然瞪起了眼睛，身子挺直，由一个蔫头蔫脑的平凡人变成了一柄出鞘的标枪。要杀程霓裳的话，只需十分之一秒就足够了，但目前在场的每一个人都企图控制形势，而不是毁灭掉唯一的线索。

“杀……”万沙浪无力地重复了一遍。

“不能杀，她是线索的核心。杀了对任何人都没好处。”我出声阻止。

程霓裳怔怔地保持着那种姿势，双腿微微弯曲，脚跟提起，仿佛音乐一起，她的舞姿就将应声展开似的。

“她要跳舞。”睡佛说，“我当然知道，那种反弹琵琶舞会引发一些匪夷所思的诡异事件，但我已经控制了大屋外的局面，并不担心这里产生的局部复杂变化。既然一局棋的开局、中盘胜负已分，收官部分就算出现小的差池，又有什么关系呢？要跳，就让她跳吧。”他的脸色阴沉沉的，唇角噙着冷笑，死死地盯住定格中的程霓裳。

眼下敦煌的非常事件，的确像是一局漫长而复杂的棋。无可否认，隼机关凭借背后来自51号地区强大的支持力量，已经牢牢占据了“风雨不动安如山”的优势地位，所以才能够藐视各方力量，自以为稳操胜券。

“不能让她跳，后果难以想象，难以承受……你最好报告上级，调集更多的军事专家来处理这件事。禁地里匿藏着很多奇怪的人……也许不是人，而是那唐卡上的鹰嘴、鸟爪怪物。打开禁地之门，将是地球人的末日。而……而她的……反弹琵琶舞，就是开启禁地之门的钥匙——”万沙浪拼命想要说服睡佛，但他的职位显然是低于睡佛的，劝阻完全无效。

蓦地，我感到门外传来一股强大的杀气，立刻回头去看。睡佛、万沙浪也同时回头，三个人一起盯着空无一人的昏暗小院。

黄昏已至，四外无人，小院和大屋里的荒凉破败，总是令人恍惚觉得步入了遥远的冷兵器时代，而远处偶然破空传来的汽车喇叭声，清楚地提醒我现在是在21世纪的敦煌小城，把我的思绪拉回到暗流汹涌的现实困境中来。

睡佛干笑了一声：“他奶奶的，我已经传下令去，要其余帮派滚远点儿，难道还有不知死活的家伙敢闯进来搅局吗？”他的眼中分明有一阵难言的惊惧掠过，并且快步走到门边，向外面扫视了一圈。

通常情况下，杀手身上、宝刀宝剑刃上都会带着某种特殊的死亡气息，可意会而不可言传，只有敏感的人才能感觉到。这一次，我分明感到杀气不是来自一个人或一柄刀剑，而只能用“莫名危机、末日杀机”这样的词来形容。

“看到……什么？”万沙浪问。

睡佛静静地伫立着，良久，才轻轻地摇头：“什么都没有。”

“我感到‘那东西’就在左近，匿藏在暗处窥探着我们的行动。我说过，‘那东西’是真实存在的，并不仅仅是我的幻觉。睡佛，你早该上报，要上级派人支援的。”万沙浪变得相当激动。

睡佛没有反驳，只是淡淡地一笑：“拿不出证据，只凭空话，总部那边谁听？要知道，总部为了南洋降头师大会的事已经忙得焦头烂额了，那边的几个小国首脑被高手下了降头，结成丧心病狂的战争联盟体，准备效仿伊拉克的例子……算了算了，你只是隼机关的文职人员，跟你说有什么用？”

他拿出了一把小巧的灰白色象牙梳，一下一下梳理着自己的乱发，看似颇有闲心，但浑身上下都蓄满了凌厉的劲道，随时都会扑出去，痛击歼敌。

“不听我的劝告，会酿成大祸的。战争和降头术，只是凡人间的杀戮战斗，怎么能比得上我们眼前的危机重要？”万沙浪不肯放弃自己的观点。

睡佛猛地提高了声调："老万，你到底在担心什么？'那东西'到底是指什么？难道比天降魔鬼、地涌妖怪更可怕吗？"

他这种色厉内荏的表现，一下子加重了我内心的不安，因为刚刚我对那种杀气的最终判定，正是"妖"或者"鬼"骤然出现而引起的。真正的绝顶高手对同一件事的判断结果总是相差无几的，可见睡佛亦有同样的担心。

万沙浪不再辩解，苦笑一声，视线转向程霓裳。

程霓裳的动作没有继续下去，这是因为在我的内力输送下，万沙浪对她的精神控制加强，令她陷入了更深度的被催眠状态。她被劫持之前，手臂和腿脚都曾骨折，不知万沙浪给她用了什么灵药，骨伤已经神奇地痊愈了。

"驱使她，要她找到通道。"睡佛大声吩咐。

"开启它，开启它，开启进入下一层的通道。"万沙浪的声音变得极其尖细，刺得我的耳朵阵阵作痛。

程霓裳退向北墙边，站在最中间的一块方砖上，双手平举，身子紧贴在墙上。已经爬到她身上的毒蜘蛛突然快速逃离，与其他毒虫一起溃散到墙边，然后急急地上升，退缩到屋顶角落里。

"妙！真是太奇妙了，原来那块方砖和墙壁都具有某种心灵感应力量，当生物电流慢慢增大时，地面就会产生位移，开启进入地下空间的门户。真不敢相信，这种全球领先的高明设计会出现在中国大西北的一幢老房子里。好啦，生物电流正在加大……加大……"万沙浪喃喃自语，脸上眉飞色舞。

随着他的低叫声，侧房的地面（不包括程霓裳踩住的那块方砖）无声地缓缓抬高，在我们面前出现了一个黑黝黝的空间。

"用人的意念来驱动门户机关，非常巧妙的设计。"睡佛取出一只手电筒，探头向前照，一道宽大的阶梯向黑暗中笔陡地延伸着，除此以外，四边不见任何液压举升设备，这块近一米厚度的巨大地面仅靠与东墙、南墙的连接力量悬在空中。

"下去吧！"睡佛大声说。

我搀起万沙浪，三个人一起踏上阶梯。程霓裳亦跟过来，一声不响地走在我们身后。

"多吉占堆和那藏族少年一定就是通过这种方式凭空消失的，我们的注意力全在唐卡上，根本料不到老屋里有这样的暗藏机关。杨先生，你的名字早就登上了隼机关编纂的亚洲青年才俊花名册，组织有意邀请你加盟。你应该知道，51号地区自建成以来，就一直是全球范围内科技最先进、力量最强大、后盾最坚实的团体，任何人都以能得到这个机会为荣，因为一旦进入组织，就将与全球顶尖的精英人才一起工作，并融入其中……”偌大的黑暗空间里，只有睡佛的声音在回荡着。

我没心情回应他，只是全神贯注地辨别着路径和方向，并且尽量地屏住呼吸，以减少意外中招的几率。

既然班措能养那么多毒蜘蛛作为暗道入口的守护者，焉知不会在下面也豢养更凶猛的带毒生物？睡佛的滔滔不绝只能显示出内心的虚弱，自古以来那些外表强大的纸老虎往往如此。51号地区的力量的确非常强大，但大哥杨正和我都无意加盟，这一点在他十年前收到来自内华达州空军基地掌门人的亲口邀约时，就已经明确地告诉对方了。

头顶那块巨大的盖板（侧房地面）无声落下，眼前除了睡佛手中射出的电筒光柱，再没有一点亮光了。脚下青石阶梯渐渐收窄，下行三十多级后便九十度左转，再下行三十级，再左转，共循环了五次，终于到达了一个二十步见方的宽大石室。

与意料中相同，多吉占堆和少年班措都在这里，正面对着一扇紧闭着的厚重石门发愣。这扇宽一米、高三米的石门紧紧地嵌在石室的北墙上，旁边一左一右嵌着一柄银色的月牙弯刀和一只金色的圆形盾牌，跟唐卡上那银甲将军手中所持的一模一样。

石室里的亮光来自屋顶正中悬垂着的古式黄铜八角油灯，火焰无声地跳跃着，把各人的影子投射在墙上。若非身临其境，谁也不会相信闹市区的老屋下面会存在如此幽深广大的石室，而那扇门的存在，则说明地下暗道仍然没到尽头，开门之后，可能会有更为令人瞠目结舌的发现。

“果然还有第三层空间存在，如果第一层、第二层放着的分别是书藏、圣物藏的话，第三层一定是非同寻常的识藏，马上我就有幸亲眼看到掘藏师的精彩表现了。”睡佛的精神状态最好，伸手去摘墙上的弯刀，似乎他到达哪里，哪里的地盘就归他所有。

我盯着他，脑海中浮现的却是唐卡上的银甲将军。古代战场上的大将都要身披铠甲，手挽武器，但他背后的翅膀有什么作用呢？亦只是古怪的装饰品吗？还是像万沙浪所读出的那样，世界上有这种双翼人真实存在着？

庄子的《逍遥游》一篇中，曾刻意盛赞大鹏的力量；佛教典籍中，我佛如来头顶的光影内，也藏着神通广大、修炼成人的鹏鸟。难道那银甲双翼将军的形象与传说中的“鹏”大有关联？

“程小姐，请把唐卡给我。”我不想只做旁观者，听凭隼机关的人牵引指挥。既然万沙浪的内力耗尽，再用催眠术控制程霓裳已经没什么意义。当我的手掌离开万沙浪时，他像一只倒空了的麻袋一样，颓然倒地，哀声长叹。

程霓裳肩头一震，双眼骤然亮起来，警觉地环顾着石室之内。

“程小姐，不要怕，是我。”我向她走过去，慢慢地捉住她的双手。

“是你……杨先生，杨叔叔……”她的嘴唇已然干裂，轻轻一动，便有丝丝血迹潸然涌出。我怀疑隼机关将她劫持后，一直使用催眠术加以控制，连必要的食物和水都没有供应过。

她是第一个称呼我为“杨叔叔”的人，这一刻，我忽然怀疑自己是否已经老了，譬如今天在隼机关数次挑衅下，仍然能保持清醒、冷静、忍耐，一直与睡佛周旋着。老，代表的是超越年轻人的青涩和冲动，进入了成熟稳重的境界。从这层意义上说，“老了”未尝不是一件好事。

“不要怕，如果你感受到什么，就立即告诉我。放心，我会带你离开这里，去安全的地方。”事到如今，我确信敦煌的所有诡异事件都有隼机关的人参与其中，只有远离这群人，才是最安全的。

“我想……去见爸爸，形势太危险，我必须告诉他，只有离开，才是保全自己的上策。我很抱歉，杨叔叔，我一直想完完整整地跳一次‘反弹琵琶舞’给你看……那实际是一种仪式，向信徒传达某种独特的讯息。我不知道你会不会懂，如果你要，我会毫无保留地跳给你看……”

唐卡落在我们脚下，自动伸展开来，银甲将军的形象再度跃然于所有人眼中。

“奇怪啊，明明看到它们，怎么会抓不到？”墙壁前的睡佛奇怪地叫起来。果然，他的双手明明都按在那弯刀柄上了，却连续三次都抓了个空。

“不要碰那两件东西，它们是天神的武器。”班措回过头来，指着睡佛，“天神会降罪于你，武器上已经沾了太多异族人的鲜血，你会遭到报应的。”

我此刻才发现，少年的双手各有四根手指，竟是一个重度残疾人。他身上的藏袍极其破烂，衣领、袖口磨得又黑又亮，两个肘部都撕开了大洞，露出黝黑的皮肤来。他的下身只穿了条松松垮垮的土布单裤，鞋子则是前露脚趾、后露脚跟，仔细辨认才能看得出那曾是一双白色的球鞋。可能是长期没有刷牙的缘故，少年的牙齿又黄又黑，结满了茶锈和污垢，看上去寒碜而可怜。

少年班措是与多吉占堆紧紧地靠在一起的，此刻后者的表情非常古怪，眉头皱起了一个近乎拳头大的死疙瘩，可见他是在绞尽脑汁思索一道巨大的难题。

“小兄弟，你是谁？”睡佛并没理会班措的警告声。

“咯啊名哪班措（藏语，我的名字是班措）。”班措大声回答，然后学着多吉占堆的样子，双手抄在袖子里。

睡佛摇摇头：“不不，我不是问你的名字，而是问你的身份——你以何种身份滞留于此？到底是伏藏师、引路者还是守护者？”

他摘不下弯刀，转到门的另一边去摘那盾牌，结果仍是一样。火光晃动中，几次将他的身影清晰地印在石门上。

多吉占堆突然开口，代替班措回答：“他什么都不是，只不过是无尽岁月长河中一枚小小的鹅卵石，有他不多，无他不少。真正的伏藏师，仍旧藏身于门后，期待我的到来。这扇门挡住的不仅仅是所有人的去路，更是一道考校心灵的智慧壁障。你总想从别人身上打开缺口是毫无意义的，还是收敛心神，自己参悟吧！”

那些话无异于在睡佛脸上狠狠地掮了一个耳光，令他脸色大变。事实上，包括隼机关在内的51号地区各个部门一直都在做着“投机取巧”的生意，不止一次地将别国、别组织、别人的重大发现窃为己有。久而久之，他们不再费力关注事件本身，转而关注“如何窃取成果”。他们的力量越强大，行为方式便越无耻，这也正是大哥杨正拒绝五角大楼高官力邀的主因。

“我只不过是想尽量节约时间而已，如果非要经过漫长岁月的参悟才能打通那道门，任谁都耗不起的。”睡佛冷笑，唾面自干，神情自若。

多吉占堆悠悠地长叹了一声，抚摸着班措的头顶，对睡佛的回应恍若未闻。

“大师，我知道你曾怀着悲天悯人之心向很多人施以援手，但你肯定明白，那些经过你救治的人，最终仍然难逃死神的嘲弄，并且以更离奇的方式结束了自己的生命。远的不说，近年来最轰动的文华东方酒店三栖明星坠楼事件，岂不是跟你摆脱不开干系？至于数天前大寻宝师石布之死，更是活生生的例证。事实证明，莲花生大士心咒并非解决问题的灵丹妙药，不值得拿一条条生命来做试验。”睡佛口齿伶俐，句句击中多吉占堆的要害。

班措忽然抬起头，向程霓裳叫了一声：“且让（藏语，你），如索得波饮拜（藏语，你好吗）？”

程霓裳一怔，来不及开口，班措又说：“嘎苏徐（藏语，欢迎），切让（藏语，你），卡内沛巴（藏语，从哪里来）？卡巴太卡（藏语，到哪里去）？

他的情况应该是听得懂汉语，但只能说藏语，所以睡佛向他提问时，他才能顺利听懂。

“我从东北来，东北，白山黑水，你知道吗？”她很耐心地听完了班措的藏语，才缓缓地点头，认真回答。

班措突然伸出右手的食指、中指、无名指，起初三指叉开，然后用左手将三根指头攥紧。

“那是什么意思？”程霓裳摇摇头，表示看不懂。

“松（藏语，三），几（藏语，一）。桑珠（藏语，心愿达到），却巴（藏语，到此结束）。”班措焦急地说，变得结结巴巴起来。

“杨先生，我一直以来有个最重要的心愿，就是找一位拥有催眠术天资的年轻人做我的接班人，收入门墙，尽心尽力地将自己的才能传授给他。今天，我终于发现，你才是最具有这种特质的人，如果我有这份荣幸的话，就请随我一起回隼机关总部去，我会倾囊传授，决不藏私。”沉默许久的万沙浪拉扯着我的衣襟，低声哀求。

我了解他的心思，收徒是假，要我救他离开是真。

“谢谢，我会考虑。”我对他催眠程霓裳的事耿耿于怀，绝不会拜师，也不会出言讥讽。

“杨先生，这里包括敦煌都会很危险，我感觉大家是站在即将喷发的火山口上，随时都可能灰飞烟灭。咱们撤退吧，反正那扇门是打不开的，没必要耗下去。而且就算咱们走了，送下我之后，你还能再次回来……”万沙浪的话越来越无耻，我都听不下去了。

“闭嘴！”睡佛大叫一声，继续狐疑地盯着班措。

班措向前走了几步，来牵程霓裳的右手。

睡佛身形一晃，骤然追近，箍住了班措的脖子，从他的领口探手进去，摸他的胸膛。

多吉占堆大声冷笑："你在找他身体里的佛骨吗？那就大错特错了。之前我已经告诉你，他并不是真正的伏藏师，只是与今天的僵局毫不相干的人。"

藏传佛教记载，几乎所有的伏藏师都拥有一根不属于自己身体的"佛骨"，那就是伏藏灵性的全部所在。睡佛做出如此性急的举动，意在辨明班措到底是不是身怀机密的伏藏师，但又一次被多吉占堆点破。不过，最终结果仍是令他失望了，随即慢慢松开了班措。

那时候，万沙浪倒地不起，多吉占堆靠近石门，我、程霓裳、班措站在一起，只有睡佛一直在徘徊踱步，渐渐走到了房间的正中央。陡然间，一队蹑足潜踪、训练有素的灰衣刀手冲了进来，迅速将睡佛围住。

〔拾〕

一品带刀侯花错的天方夜谭之杀

老屋之外，睡佛早就安排下了严密的防守，并向各方势力下了通牒，告诫他们不要妄动。但是，他忽视了一个被仇恨烧红了眼睛和头脑的人，那就是“一品带刀侯”花错。灰衣人的九宫八卦刀阵困住睡佛之后，换了一袭白裘大衣、重新梳洗艳妆的花错出现在石室入口处。

“我等这一刻很久了！你以隼机关为后盾、为臂膊、为指爪，在敦煌黑白两道上风光了一年多，终日前呼后拥，绝不落单。今天，我所有的耐心结成正果，终于等到这个机会了。睡佛，你还有什么想说的吗？”花错落落大方地凛然冷笑着，炽烈的视线中只有睡佛，绝无旁人。

“凭你？凭你们？”睡佛脸上露出了嘲讽的笑意。

“交代后事吧，虽然那样一点都不管用。我希望能更多地享受复仇的快乐，比如你跪地求饶、自己掮自己耳光之类可笑的场景，相信南园九幽之下的亡灵也很乐意看到这一幕。如果你愿意那么做，就请抓紧时间，否则等我失去了耐性，就算你肯做，我都不一定有心情看了。”花错手中仍旧握着那柄黑色的弯刀，并且遵守诺言，只用冷兵器攫取睡佛的生命。

“该死，你们都该死！”睡佛说了七个字，距他最近的七人便已经倒下。他采用了最阴险毒辣的进攻招数，扣喉、掏阴、叉眼杀死三人，又借对方手中的刀杀死另外三人，躬身冲向花错时，又头槌撞飞一人，半空喷血，落地即殁。

这是一次真正意义上的屠杀，灰衣刀手们布成的战阵为“三十六人小周天降魔阵”，最适合在狭窄拥挤处布置，每个人的攻击和步法彼此呼应，与昔日全真教的“天罡北斗阵”有异曲同工之妙。很可惜，睡佛的战斗力超过所有人的估计，如同一尊狂野中的超级坦克一般横冲直撞着。

我搂住程霓裳和班措，把他们送到多吉占堆那边去。

“这只是开始，只是开始。”多吉占堆的表情十分淡漠，看着那些纷纷哀嚎扑倒的杀手们。

班措紧紧地牵着程霓裳的手，一言不发，脸上洋溢着欢天喜地的笑容。

“大师，石布说过什么？”我抢在刀光剑影中提出了这个问题。睡佛正被花错所牵制，等他重新控制了局面后，一切就都晚了，所有秘密都将归隼机关所有。

“他说，他看见了‘非人间’的景色，神为之迷，目为之眩。他无法解释那种令人心潮澎湃、热血沸腾的力量，才会到拉卜楞寺来求教于我。我用莲花生大士心咒镇压他的魔性狂念，本来能够奏效的，但他非要回港岛去，而不是听我的话，留在拉卜楞寺的静室里清修一百零八日，直到魔性完全泯灭。我曾援引当年那港岛明星的例子告诫他，他始终不信，终于酿成大祸。”多吉占堆连连长叹，右手的拇指正在不停地连续掐算，对相距不足十步的激战并不在意。

“那些照片呢？他有没有说过照片的来历？”我挥手挡开一名被睡佛踢过来的刀手，任由他踉踉跄跄地重新冲入战团。

“那只不过是缥缈的浮光掠影、海市蜃楼，画面上的人看似很近，实则极远，就算给你夸父逐日的腿脚、精卫填海的羽翼、后羿射日的箭速，你都不可能追到他。因为他，根本不是在我们的前后左右、上上下下——”嘭的一声，多吉占堆一掌拍在那扇坚硬的石门上，上面立刻留下了一个带血的手印。

“就在后面，真正的伏藏精髓就在后面，但我却被阻隔于此，无法得其门而入。班措，不要分心，否则我们的闭关参悟就功亏一篑了。”多吉占堆按住班措的肩膀，扭转他的身子，面向石门。

我似乎明白了多吉占堆的话，如果大哥杨正的出现是海市蜃楼幻境的话，影像在咫尺之间，真人却一定在千万里之外。古往今来，多少人前赴后继登程，企图进入海市蜃楼，却最终成为天下人的笑柄。

“至少……大哥还活在这世界上啊！”我的心情豁然开朗。

就算照片不能助我找到大哥，只要他还好好地活着，我就能暂时安心了。

“错，错……你并没有明白我在说什么！”多吉占堆摇摇头。

“错了，错了，我们大错特错了！”突然间，班措与程霓裳一起开口，用汉语大叫，“这里什么都没有，只是枯石瘦山，其下连接苍茫大地，深度不知有几千米。石门后面什么都不存在，不要说是伏藏师、活人、生命体了，连空气和缝隙都没有，只是无边无际的石头。”

班措一下子咬破中指，在石门上那个血掌印下面画了一个潦草的符号，形状与唐卡背后的那些文字极其类似。

“什么意思？这明明是一道石门，是门，就一定能找到通道，不是吗？”多吉占堆疑惑地盯着那个符号。

程霓裳也走过去，拾起袖子，把血迹与符号擦掉，一字一句地说：“时空皆是幻影，智慧只是枷锁，见识亦仅痴愚，有为全都无为。我领悟了，你呢？”

班措大笑：“当然，走吧。”

他们两个重新牵着手，绕过激战中的刀手们，经过花错身边，径直消失在阶梯上。

多吉占堆看着那扇石门，脸上的皱纹却积越深，像是一块干旱到极致的土地。

“就算是空空幻影，总该能打开这扇门才对啊？我的本意，是要看到那些海市蜃楼里出现的人和事，然后指点给痴愚者看，点化他们，令他们迷途知返。你们说的‘门后无路’是什么意思？我明明看到书藏、圣物藏、识藏三者归一的极乐世界，为什么到此就戛然而止了？他伸手抚摸着嵌在石壁里的弯刀和盾牌，迷迷茫茫地低声自语着。

我之所以没有追着程霓裳出去，是因为此地的激战还在进行，而多吉占堆肯定需要我的帮助。至少，我得将他带离此地，重新回到老屋里去。

月刀和日盾摆放的位置非常奇怪，当我试图抚摸它们时，指尖只是触摸到一面冷冰冰的石壁，两件兵器似乎都被禁锢在冰块里，只有砸碎冰层，才能攫取到手。现在看来，班措与程霓裳一定是有某种缘分的，当他们相遇时，班措不再只说藏语，两人间的沟通也并不仅仅依赖于语言。

“在51号地区的秘密资料库里，还有一些可用的资料。大师，要想破解石门秘密，你只能选择与隼机关合作，等我收拾完眼前的残局，咱们就能开始新一轮合作了！”睡佛嚣张地大笑着打飞了两名刀手，花错的攻势正在土崩瓦解之中。

“杀了那老僧！”花错陡然提气大喝。

有人立刻脱离战团，刀光挥向多吉占堆。

为了复仇，花错可以不择手段，但我不能袖手旁观，单手抓住刀手的腕子，发力一扭，长刀当啷一声落地。多吉占堆是不能死的，如果白雪在的话，也绝不会容许燕盟的人胡来。

睡佛再次发力，又有五名刀手惨叫着撞上石壁，战阵随即告破。花错转身逃离，睡佛马上追了出去。

我知道，花错策划了很久的计划，不会如此简单，大屋里一定另有埋伏，双方两败俱伤的结局是绝对可以预见的。

“石布说，透过112窟的那幅‘反弹琵琶舞’壁画，他能看到一条瑰丽多彩的旋转通道。他知道，一旦踏进通道，就会走入未知的世界。那世界是充满变数的，他说自己起初是站在一个周身有360条去路的原点上，每条路都是一个运动着的花花世界，每条路上的人都是不尽相同的，其服饰有的如峨冠华服的古代人，有的与我们相差无几，有的只披着兽皮树叶，有的则穿着前所未见的金属航空衣……”

多吉占堆缓缓地背靠着石门坐下，望着血泊中挣扎的刀手们。与睡佛对战，是他们一生错得最厉害的一次选择。而且，花错的第二层战阵能否困住睡佛，也是一个巨大的未知数，因为睡佛所展示出来的杀戮手段之狂猛剽悍，是我从未见过的。与他相比，北少林那么多的成名武僧，统统有所不及。

“其实，石布说过的话是正常人完全无法想象的，他起初说的360条去路还可以理解，但他随即又更正了自己的说法，认为自己正处于无数个360条路平面的原点上，也即是说，他位于一个圆球的中心点，四面八方全都是路，每条路代表一个不同的世界。他被那幅壁画所迷，产生的是无法解释的心魔，而心魔只能用心药来祛除，所以我才在他后背上书写了莲花生大士心咒……至于心魔，人人都有，单看它是大是小，是善是恶。在我看来，一个人是不可能面临那么多种选择的，就算处于轮回转世时，也只有六道轮回，即天道、修罗道、人间道、畜生道、饿鬼道、地狱道。如石布所说，他只要迈开脚步，即刻进入任意世界，岂非痴人说梦？”

多吉占堆已经进入了自说自话的呓语状态，我必须得全神贯注凝听，才明白他转述的石布所说的话。

同样的幻觉也曾发生在石梦身上，夜探112窟时，她也说过自己看到了万花筒一样的世界。那么，“反弹琵琶舞”壁画后面（或是下面）果真存在这样一个亦真亦幻、亦魔亦佛的诡谲世界吗？

所谓的“六道轮回”理论是佛教的基本理论之一，六道中，上三道（天、修罗、人间），为三善道，因其作业（善恶二业，即因果）较优良故；下三道为三恶道，因其作业较惨重故。佛教认为，一切沉沦于分段生死的众生，其轮回的途径，不出六道。所谓轮回者，是描述其情状，去来往复，有如车轮的回旋，在这六道中周而复始，无有不遍，故名六道轮回。世间众生无不在轮回之中，只有佛、菩萨、罗汉才能够跳出三界，不入轮回。

诚如石布、石梦所言，如果存在一个圆球状辐射的轮回模式（轮回通道），那将是一个天文数字，远远推翻了佛教所言的“六道”。

事实上，石布往返拉卜楞寺一趟，其效果是非常明显的，否则早就跟程风、吉川羽一样疯癫入魔，被关进精神病院里了。于是，在此处又有一个疑问，莲花生大士心咒是何时失效的？是因外力导致还是心魔大炽，突破了心咒的禁锢呢？

“大师，现在石布的妹妹石梦遭遇了同样的事，体内也有心魔，请大师务必施以援手。”当时进入112窟的还有我和白雪，我真担心我们两个也会出现异状，成为壁画梦魇中的另外两个牺牲品。

多吉占堆陡然睁大了眼睛，两条灰白错杂的眉毛倒竖起来：“心魔并非外来侵入，而在于自身。你呢？你没感觉到一股阴寒诡异的气流正从背后升起吗？穿五脏六腑，过心脉喉关，上达天灵百会，下到脚底涌泉，然后，你将心怀暴戾杀机，成为毫无忍耐力的嗜杀者——看，回头看他！”

我霍地旋身，万沙浪正摇摇晃晃地站在我身后，手里高举着一柄长刀，满脸都是瘆人的狞笑。

“毁灭吧……”万沙浪低声咕哝着。

在我眼中，他该死千百次，因为他协助睡佛催眠程霓裳，才造成了现在尸横遍地的杀戮事件。

“要毁灭的是你！”我挺直身子冷笑。

“如果不能消弭危机，每个人早晚都会死。与其被动地毁灭，不如主动求死。那样，至少不在有生之年留下遗憾。看，看……看啊，我的人生就是一个天大的悲剧，为了追逐谜底而苦苦求索，甚至不惜修炼古印度‘天尸神密多宗婆罗功’那样的邪派下三滥功夫，借死人的尸气培植自己对灵魂世界的阅读能力。在那个阶段，我获得了成功，是全球人眼中的催眠术大师、心理学大师，脖子上挂满了信众抛掷过来的花环。于是，我在闪光灯下迷失了自己，成了地地道道的走火入魔解谜者，为此，我又加入了堪称全球最神秘的51号地区组织，进一步探究‘灵魂’、‘异世界’、‘敦煌禁地’的命题……”

当他摇晃着走近时，我飞起一脚，啪的一声踢折了他的腕子，那柄刀也脱手飞到石室的对面去了。

万沙浪仰面倒地，发出一阵令人作呕的哀嚎。

51号地区人才济济，数十年来，几乎将天下异能者网罗得一干二净。不过很可惜，像万沙浪这样的高手一旦进入了组织，就像被关在笼子里的鸟一样，失去了创造力和生命力，忘掉了奋斗的意义，而是变成了庞大组织机体上的一枚螺丝钉。

“我只顾向前求索，却忘了回头看看自己走过的路，忽视了人类亲情的存在。到了今天，我已经失去了一切，面对的却是一个又一个解不开的谜。现在，我厌倦了，我想走不同的人生，完全不同的人生。大师，你可以帮我，对不对？对不对？”万沙浪呜咽着，双拳捶地，完全不顾身上的白衣变成了沾满灰尘的抹布。

我完全将他视为睡佛的帮凶，根本不值得怜悯，但51号地区的实力却不容人小觑。

“走，我们走，外面有杀机，上面的人都会死！”多吉占堆猛地跳起来，跌跌撞撞地向台阶上跑。

“那是隼机关和燕盟之战，我们是管不了的！”我跟着跑了几步，到达了石室的中央。恍惚间，我感觉到石室轻轻晃动起来，当我回头再看，那扇石门也在晃动着，仿佛马上就有人敢来开门似的。我停下来细看，奇怪，石门仍是石门，岿然不动。

万沙浪已经挪动到石门前，双手摸着墙壁上嵌着的兵器。

“快走，他们需要解救，他们都会死！”多吉占堆大叫，声音在黑暗的通道里激起了重重的回声。

“凶手是谁？”我赶上他，搀起他的胳膊。

多吉占堆气喘吁吁地回答：“我不知道，只是我感受到了乾位、坤位、离位的力量纠缠，有一股至为阴寒的力量已经笼罩了天地，那是一名无可匹敌的杀人者。杨先生，如果今日我身遭不测，请记住，一定要会同天下英雄，一起消灭他，使人类生灵免遭涂炭！”

石阶上很黑，一阵阵阴森森的怪风从上面直刮下来，割面如刀。

“燕盟花错为的只是向睡佛复仇——”

“不不，不是她，与那杀人者相比，现有的这些人就像萤火虫一样不值一提。杨先生，那敌人的杀伤力强大得难以想象，我都能感觉到死神之翼正在笼盖敦煌。天哪，禁地——死神之翼覆盖之处，岂不就是生人禁地？”多吉占堆打断我的话，也否定了我杀气来自花错的猜测。

此时，侧房的地面又一次升起来，但外面并没传来厮杀呐喊声。

我跟着多吉占堆冲出来，蓦然发现正房中央默立着的六个人正出于“山雨欲来风满楼”的激战之前的关键时刻。站在最中间的是表情和姿势都懒洋洋的睡佛，距他最远、站在屋角的是面容整肃、不苟言笑的花错，她的弯刀已经出鞘，轻轻地架在左臂肘弯里，刃口上的森冷寒气正一环一环地荡漾开来。

天色已晚，大屋顶上残破的花枝吊灯已经亮了，但因电灯泡上落满了尘灰，所以洒落下来的光线异常晦暗。令我感到奇怪的是，外面和屋里都没有风声，那么石阶通道里的阴风又是从何而来的呢？

围住睡佛的是四名白发、白须、白色棉布长袍的老头子，他们手上的兵器分别是宽背单刀、厚身斩骨刀、单刃水果刀、短柄掌中刺。从他们四位头顶有着鲜明民族特色的无檐小白帽（回族礼拜帽）可以看出，这是四位正统的回族高手。本地的回族老人大多长寿，而单代秘传的回族武功也是非常神秘而古怪的，不容忽视。

“杀人是最简单的事，早知道你们在这里候着，我又何必在下面跟那些小喽啰们动手？中国人有句俗谚，下棋找高手，弄斧到班门。单论冷兵器格斗的话，在敦煌、酒泉一带，再没有比四位更高明的了。所以，我从总部调任此地前，最大的心愿，便是有朝一日能跟四位对上，让隼机关的铁骑——”睡佛伸了个长长的懒腰，重重地打了个哈欠。

没容他说完，其中一个帽子上绣着黑色阿拉伯文“真主至大”的老人猛挥了一下手中的斩骨刀，用极为晦涩的汉语打断了睡佛的话：“我们欠、一个梁夫人的、人情，答应帮她。”

花错低低地冷笑了一声，右腕微微一振，弯刀发出一阵龙吟虎啸般的嗡嗡颤音。

“隼机关没有铁骑，这里也不是任由你们横行的非洲沙漠小国。今天，你和我只有一个人能站着走出大屋，看到明日的朝阳。我知道，黑道江湖人人尊称你一句‘睡佛’，都对你有七分忌惮，所以，我才敦请‘天方夜谭、白发神刀’四位回教绝顶高手出关，在这里布下‘天方夜谭之杀’的战阵等候你——睡佛，今晚注定是个不眠之夜，领死吧！”她的最后一句话便是命令，貌似沉寂的大屋里突然闪出了四道刀光，交织成一张精光四溢的刀网，罩向睡佛的头顶。

第一回合，睡佛身中四刀，肩头和腰间立刻血花飞溅。

第二回合，刀网之外，花错的刀亦电射而来，在睡佛胸口上留下了一个皮开肉绽的半尺长十字交叉刀痕。

“不是他们。”多吉占堆突然低语，目光扫向门外小院。

小院依旧空寂，八方势力大概都因花错布下的“天方夜谭之杀”而凛然退缩，改作壁上观了。

“那会是谁？”我忍不住追问。

下一回合，睡佛一定会发出惊天反击，我不能袖手旁观，必定要出手营救花错。奇怪的是，白雪亦没有现身，难道她会听任花错出事？

“我不知道，杀人者就在暗处。听，听啊，他的喘息声……”多吉占堆走向门口，脸上现出无法掩抑的错愕。就在那时，花错等人的第三波进攻发动了，五柄刀或先发后至，或后发先至，或下发上至，或上发下至，毫无保留地袭向睡佛。

不知怎的，睡佛一把便夺下了花错手中的刀，垂手一划，四位回族高手的四柄刀全都应声而断。

睡佛一声长啸：“果然好宝刀！”弯刀已然抹向花错的脖颈。

花错急退，睡佛急追，就在北墙正中原先悬挂唐卡的地方，那刀光已经追到花错的颈旁。很明显，睡佛的战斗力远远超过花错的估计，如果不是此时此刻他的右肋下突然中了我沉重的一记“大摔碑手”的话，花错必将身首异处。

喀嚓喀嚓两声，睡佛右肋两处骨折，断骨倒戗，肺腑受伤，立刻口喷鲜血，身子如断线风筝一般侧翻出去。这次我只是在还他的旧账，他和万沙浪令我吐血，我亦以同样的手法回报，十成功力的“大摔碑手”已经足以将他的战斗力削减三成。

“天方夜谭”四大高手失去武器，高速退向院里。睡佛左手在西墙上一撑，嗖的一声借力旋身，毫不停顿地追向门口。看情形，因为我的护卫，他无法取花错性命，但却不肯放过那四位回族高手。

此时，就在我和花错的眼皮底下，发生了一件难以相信、难以捉摸、难以想象的天大怪事。

睡佛冲出门口，倒持弯刀，刀刃横贴在右肘下，那是一个标准的海豹突击队“攻守兼备”暗杀姿势。如果他能追到“天方夜谭”四大高手，必定有人当场遭到重创，但他的身子刚刚过了门槛，一团耀眼的白光突然从天而降，将他从头到脚裹住。那白光带着一种“嗖嗖嗖嗖”的锐啸风声，在我们眼前持续了约三四秒钟的样子，倏地向天飞去，消失不见。

“那是什么？”花错刚刚从断颈之厄中清醒过来，沙哑着嗓子问。

我无法回答，也无法解释刚才发生的一幕。

“啊——”睡佛凄厉地张口大叫，仿佛吹箫者到了“入破”一节时的无限高音。随即高音中断，我清楚地看到睡佛偌大的身体已经化成了一丝一缕、一片一撮，从头到脚被完完全全、毫无阻碍、一点不剩肢解干净了。一秒钟前还生龙活虎、带怒杀敌的51号地区高手，瞬间横陈于地，粉身碎骨。

白光离去时，将他的七八片碎衣服带起来，此刻正悠悠地从檐前飘浮下来，如同一群折断羽翼的蝴蝶。